365天用的 日語會話 6,000

吉松由美／田中陽子
西村惠子／山田玲奈
◎合著

日語學習首選24小時必備書！

山田社
Shan Tian She

Preface

前言

365 天日本人天天用的 6000 會話，精華完全收錄版
生活日常、職場應對、旅遊進修，讀這一本就夠啦！

想學日語，就從隨意閒聊的會話「輕聊天」開始吧！
用自己的嘴巴，流利的説出日語，是一件很酷的事喔！
當您能 3 分鐘講出一則體育比賽結果，或一個連續劇的劇情，甚至是一個小故事，那您就是日語會話的達人了。

本書選材：
輕鬆一點，感覺像在街頭巷尾聊天談話，內容：興趣、美食、電影、夢想、朋友、運動…，天南地北、自由發揮，什麼開心聊什麼。

本書告訴您這樣聊，自然達到流利的境界：
★日本人怎麼描述一件事，您也跟著這麼説。
★學日本人每天都會使用各種慣用説法，説習慣了，人家還以為您是日本人。
★自己的生活大小事日語怎麼説呢？就是要讓自己跟日語連結起來。
★要活用日語，就要用日語來發問跟討論，刺激自己的思考，讓日語活起來。

本書文法：
對文法沒有太吹毛求疵，就是要讓您解放一下，只要簡單，重要的是開口説就對啦！

本書光碟：
想要説得溜，就是要模仿，而且是模仿標準的日語。可以試著模仿光碟中專業日籍老師的發音及腔調。只要不斷地重複，最愛記憶的大腦，就會幫您發揮驚人的效果，多難搞的語言都難不倒您。

用「日曬機」可以很快的曬出一身漂亮的古銅色皮膚，用《365 天用的日語會話 6000》可以讓您隨心所欲溜日語，晚上睡覺都偷笑！

Contents

目錄

Contents

Contents

はじめまして。

先簡單寒暄一下

CD101

日本人最常見的打招呼方式就是「鞠躬」，幾乎任何狀況都會深深一鞠躬。不但和人家握手時會鞠躬，就連打電話也會邊講邊向看不見的對方鞠躬。鞠躬可以展現自己的謙卑，有提升對方地位的感覺。

1／1 寒暄及問候

❶
早安。
おはようございます。

❷
你好。（白天）
こんにちは。

❸
你好。（晚上）
こんばんは。

❹
晚安。（睡前）
おやすみなさい。

♥ 小知識

日本人剛搬新家，通常三天後就會去拜訪新的左右鄰居。打招呼時會準備一份禮物，聊表心意。至於跟幾家打招呼呢？大約十家左右吧！

5

謝謝。

どうも。

6

您好，初次見面。

はじめまして。

7

初次見面，我是鈴木，請多關照。

はじめまして、鈴木(すずき)です。

どうぞよろしくお願(ねが)いします。

8

彼此彼此，也請多關照。

こちらこそ、どうぞよろしくお願(ねが)いします。

9

有人嗎？

ごめんください。

10

啊，春子，歡迎歡迎。請進。

あ、春子(はるこ)さん。いらっしゃい。

どうぞおあがりください。

11

打擾了。

お邪魔(じゃま)します。

1／2 再見

CD101

□ 再見。	➡	さようなら。
□ 先走一步了。	➡	失礼(しつれい)します。
□ 那麼（再見）。	➡	それでは。
□ Bye-Bye。	➡	バイバイ。
□ Bye囉。	➡	じゃあね。
□ 告辭了。	➡	ではまた。
□ 回頭見。	➡	じゃ、これで。
□ 那麼，再見了。	➡	それじゃ、ここで。
□ 那麼，下回見。	➡	じゃ、また会(あ)いましょう。
□ 那麼，回頭見。	➡	じゃ、また会(あ)おう。
□ 路上請當心，慢走。	➡	お気(き)をつけて。
□ 請多保重。	➡	お元気(げんき)で。
□ 請珍重。	➡	どうぞお大事(だいじ)に。
□ 好久不見（一段時間未見面）。	➡	しばらくでした。

□ 久違了（較長時間未見）。	➡	おひさしぶりです。
□ 久疏問候（久未聯繫）。	➡	ご無沙汰(ぶさた)しております。

1／3 回答

CD101

□ 是。	➡	はい。
□ 對，沒錯。	➡	はい、そうです。
□ 知道了。（一般）	➡	わかりました。
□ 知道了。（較鄭重）	➡	かしこまりました。
□ 知道了。（鄭重）	➡	承知(しょうち)しました。

1／4 謝謝

CD101

□ 謝謝您了。	➡	ありがとうございました。
□ 謝謝。	➡	どうも。
□ 不好意思。	➡	すみません。

☐ 您真親切，謝謝。 ➡ ご親切(しんせつ)にどうもありがとう。

☐ 非常感謝。 ➡ どうもありがとう。

☐ 太謝謝您了。 ➡ ほんとうにありがとうございました。

☐ 多謝您。 ➡ お礼(れい)を申(もう)し上(あ)げます。

☐ 謝謝。 ➡ 感謝(かんしゃ)いたします。

☐ 給您添麻煩了。 ➡ お手数(てすう)をおかけ致(いた)しました。

☐ 不知該說什麼來表達謝意好。 ➡ 何(なん)とお礼(れい)を言(い)っていいかわかりません。

☐ 謝謝照顧。 ➡ お世話(せわ)になりました。

☐ 真不好意思。 ➡ 恐(おそ)れ入(い)ります。

1／5 不客氣啦

CD101

☐ 不會。 ➡ いいえ。

☐ 不客氣。 ➡ どういたしまして。

☐ 不要緊。 ➡ 大丈夫(だいじょうぶ)ですよ。

- [ ] 我才要道謝。 ➡ こちらこそ。
- [ ] 不要在意。 ➡ 気（き）にしないで。
- [ ] 哪裡，別放在心上。 ➡ いいえ、かまいません。
- [ ] 我也學到了很多東西。 ➡ 私（わたし）もいろいろ勉強（べんきょう）させてもらいました。
- [ ] 哪裡的話。 ➡ とんでもない。
- [ ] 請您不要客氣。 ➡ ご遠慮（えんりょ）なさらないでください。
- [ ] 不，這只是點小意思而已。 ➡ いや、ほんの気持（きも）ちだけです。
- [ ] 請您不必客氣。 ➡ どうぞご遠慮（えんりょ）なさらないで。
- [ ] 應該是我謝謝你。 ➡ こちらがお礼（れい）を言（い）わなくては。

1／6 真對不起

CD101

- [ ] 對不起。 ➡ すみません。
- [ ] 失禮了。 ➡ 失礼（しつれい）しました。
- [ ] 對不起。 ➡ ごめんなさい。

□	抱歉。	➡	申し訳ありません。
□	給您添麻煩了。	➡	ご迷惑をおかけしました。
□	真對不起。	➡	大変失礼しました。
□	不好意思。	➡	悪いですね。
□	我錯了（較正式）。	➡	私が間違っていました。
□	是我不對（較正式）。	➡	私が悪かったです。
□	是我不好（較鄭重）。	➡	私がいけなかったです。
□	抱歉（較鄭重）。	➡	謝ります。

1／7 諒解

CD101

□	敬請您諒解。	➡	お詫び申し上げます。
□	請您原諒。	➡	お詫びします。
□	請你原諒。	➡	許してください。
□	請您原諒我這次。	➡	今回は勘弁してください。
□	是我不好，是我做了蠢事。	➡	私がばかでした。
□	沒關係。	➡	どういたしまして。

□	哪裡哪裡，您太客氣了（男性用語）。	➡	いや、いや、どうもご丁寧（ていねい）に。
□	哪裡的話，沒事的（男性用語）。	➡	いや、なんでもありません。
□	沒事的。	➡	とんでもありません。
□	沒關係，不要緊。	➡	いや、大丈夫（だいじょうぶ）ですよ。
□	用不著道歉。	➡	お詫（わ）びには及（およ）びません。
□	哪裡哪裡，我也不對。	➡	いいえ、こちらこそ。

1／8 請問一下

CD101

□	不好意思。	➡	すみません。
□	可以耽誤一下嗎？	➡	ちょっといいですか。
□	打擾一下…。	➡	ちょっとすみません。
□	請問一下…。	➡	ちょっとうかがいますが。
□	有關旅行的事。	➡	旅行（りょこう）のことですが……。
□	請問…。	➡	あのう……。
□	現在幾點？	➡	今何時（いまなんじ）ですか。
□	這是什麼？	➡	これは何（なん）ですか。
□	這裡是哪裡？	➡	ここはどこですか。
□	那是怎麼樣的書？	➡	それはどんな本（ほん）ですか。
□	河川名叫什麼？	➡	なんていう川（かわ）ですか。

Chapter 02 道地日語

CD102

跟日本人聊天，很重要的是「あいづち」（附和）。這個字的意思是，聽對方說話時，適當地加以回應，讓對方心情愉快的說話，設身處地聽對方說，設身處地說給對方聽。想學好日文，練習恰到好處的回應方式，也很重要喔！

2/1 日常會話、打招呼

1. 早安。
   おはようございます。

2. 早啊！
   オハヨーッス！

3. 拜拜。
   バイバイ。

4. 我回來了。
   ただいま。

5. 謝謝。
   ありがとう。

6

Thank you.

サンキュー。

7

真是謝謝你了。

どうもすみません。

8

上回真是謝謝您。

この間(あいだ)はどうも。

9

真是太客氣了。

それはそれは。

10

真是抱歉。

申(もう)し訳(わけ)ありません。

11

請多多指教。

どうぞよろしく。

12

請問一下。

ちょっと聞(き)きたいんですけど。

13

辛苦了。

お疲(つか)れ様(さま)。

2／2 應和

CD102

是喔。	そう。
對喔。	そうね。
就是啊。	そうよね。
我也是。	わたしもそうです。
原來如此。	なるほど。
難怪。	道理(どうり)で。
好堅強喔。	つよいわね。

2／3 真傷腦筋

CD102

這真是個難題。	これは難(むずか)しいですね。
真是傷腦筋。	困(こま)ってます。
嗯～很為難啊。	うーん、困(こま)りましたね。
糟了！弄錯了！	しまった、間違(まちが)えた！
大事不妙了。	やばい。

- [ ] 搞砸了。 ➡ やっちゃった。
- [ ] 中計了。 ➡ やられた。
- [ ] 不妙！快逃！ ➡ やばい、逃(に)げろ。
- [ ] 我敗給你了。 ➡ まいった。
- [ ] 哎呀～真是受不了。 ➡ いやー、まいった、まいった。
- [ ] 今天真夠衰的。 ➡ 今日(きょう)はついてないな。
- [ ] 我已經累了。 ➡ もう、疲(つか)れた。
- [ ] 真拿你沒辦法。 ➡ しょうがないなあ。
- [ ] 真慘！ ➡ 情(なさ)けない。
- [ ] 吃虧了。 ➡ 損(そん)をした。
- [ ] 怎麼辦？ ➡ どうしよう？

2／4 高興與祝賀

CD102

- [ ] 答對了。 ➡ あたり。

□	真的嗎？謝謝。	➡	ほんとに？ありがとう。
□	好高興！	➡	うれしい。
□	高興到眼淚都掉下來了呢。	➡	うれしくて涙(なみだ)が出(で)てきたよ。
□	太棒了！	➡	素晴(すば)らしい。
□	太厲害了！	➡	すごいよ。
□	萬歲！萬歲！萬萬歲！	➡	万歳(ばんざい)！万歳(ばんざい)！万々歳(ばんばんざい)！
□	有了！找到了！	➡	あった、あった。
□	那太好了。	➡	それはすばらしい。
□	那可是件好事。	➡	それはいいことですね。
□	棒極了。	➡	最高(さいこう)。
□	賺到了（撿到便宜了）！	➡	もうけもんだ。
□	萬事OK！	➡	バッチリ。
□	恭喜恭喜。	➡	おめでとうございます。
□	祝賀你成功。	➡	ご成功(せいこう)おめでとうございます。

□ 我代表大家向你祝賀。 ➡ みんなを代表してお祝いの意を表します。

□ 聽說你結婚了，恭喜恭喜。 ➡ ご結婚なさったそうで、おめでとうございます。

2／5 自信

CD102

□ 包在我身上。 ➡ 任せて。

□ 當然。 ➡ もちろん。

□ 小事一樁啦！ ➡ 楽勝さ！

□ 我就說吧！ ➡ だろう。

□ 我就說了吧！ ➡ でしょ。

□ 我做得來嗎？ ➡ やってけるのかな私。

□ 嗯…，是有一點啦！ ➡ …ちょっと。

□ 總覺得，工作好難喔。 ➡ なんかさ、仕事って難しいなぁ。

□ 真沒信心。 ➡ 自信ないな。

2／6 禁止、保留說法

CD102

☐	不可以在這邊玩啊！	➡	ここで遊（あそ）んじゃいけないよ。
☐	那個，不能摸喔。	➡	それ、触（さわ）っちゃだめだ。
☐	那個，拜託不要用。	➡	それ、使（つか）わないでくれない？
☐	雖說是老師，但畢竟也是男人啊。	➡	先生（せんせい）と言（い）っても、男（おとこ）だからね。
☐	沒那個必要吧！	➡	何（なに）もそこまで。
☐	現在的年輕人都是這副德行嘛！	➡	今（いま）の若者（わかもの）はこれだからね。
☐	但他那樣的實力就很夠了。	➡	その実力（じつりょく）だけでも十分（じゅうぶん）なんじゃない？
☐	沒有啊！	➡	別（べつ）に。
☐	嗯？呃，這個嘛（是有啦）…。	➡	え？や、それはまあ…。
☐	那就當我沒問吧。	➡	聞（き）かなかったことにしよう。
☐	那是「以前」啦！	➡	昔（むかし）はなあ。
☐	是的。	➡	ええ。
☐	不，也不是說絕對的啦！	➡	いや、絶対（ぜったい）ということもないけど。
☐	沒幫的必要吧！	➡	助（たす）けてやることはないだろう。

□ 看個人業績囉。	➡	実績次第(じっせきしだい)だ。
□ 應該領得到吧。	➡	もらえるんじゃない。
□ 買是想買啦…。	➡	買(か)うことは買(か)いますが。
□ 還過得去啦！	➡	まあまあだよ。
□ 那就恭敬不如從命。	➡	お言葉(ことば)に甘(あま)えて。
□ 差不多要那個價錢吧。	➡	それぐらいするんじゃない。
□ 交給他做好嗎？	➡	彼(かれ)にやらせるのはどうかな。

2／7 贊成

CD103

□ 對啊。	➡	そうですよ。
□ 沒錯！	➡	その通(とお)り。
□ 那當然。	➡	それはそうよ。
□ 有什麼關係！	➡	いいじゃないか。
□ 這才對嘛！	➡	そうこなくちゃ。

- [ ] 好啊。那有什麼問題。 ➡ ぜんぜんオッケー。
- [ ] 可以，這樣就好了。 ➡ はい、結構（けっこう）です。
- [ ] 是，知道了。 ➡ はい、わかりました。

2／8 反駁

CD103

- [ ] 你懂什麼！ ➡ 全然（ぜんぜん）わかってない。
- [ ] 我才想說咧！ ➡ それはこっちのせりふよ。
- [ ] 我們也是啊。 ➡ うちだって同（おな）じだよ。
- [ ] 不用你說我也知道啦。 ➡ わかってるよ、それぐらい。
- [ ] 真的嗎？ ➡ ほんとうかしら？
- [ ] 真是這樣嗎？ ➡ どうでしょうね。
- [ ] 你在說什麼傻話啊？ ➡ 何（なに）を言（い）ってるの？
- [ ] 怎能說不幹就不幹了呢！？ ➡ やめるわけにはいかないよ。
- [ ] 反正結果還不都一樣。 ➡ どうせ、また同（おな）じことになるよ。

□ 我又沒做錯！	俺(おれ)、間違(まちが)ってると思(おも)ってないから。
□ 又來了。	またかよ。
□ 不用這樣說吧！	その言(い)い方(かた)はないんじゃないの。
□ 也沒必要說成那樣啊！	何(なに)もそこまで言(い)わなくたって。
□ 你想太多了吧！	そんなの、ナイナイ。
□ 怎麼可能辦得到嘛！	できるわけがないよ。
□ 沒那回事啦。	そんなことないよ。
□ 不行，太貴了。	だめ、高(たか)すぎる。
□ 那筆錢打哪來啊？	どこに、そんな金(かね)あんの？
□ 才怪，最好是啦！	いや、まさか。
□ 一點也不好。	よかないよ。
□ 我也有話要說。	わたしもあるの。
□ 我就是懂！	わかるもん。
□ 好啊。	いいよ。

☐	那怎麼可能。	➡	あるわけないだろう。
☐	我才不相信。	➡	信（しん）じない。
☐	還早啦！	➡	まだいいじゃないか。

2／9 拒絕

🔊 CD103

☐	啊！不用了。	➡	ああ、いいです。
☐	謝謝，沒問題。	➡	ありがとう。大丈夫（だいじょうぶ）です。
☐	啊！不用了。	➡	あ、いりません。
☐	這樣就夠了，不用了。	➡	これだけあれば十分（じゅうぶん）ですので、けっこうです。
☐	對不起，我不能接受。	➡	残念（ざんねん）ですが、お断（ことわ）り致（いた）します。
☐	多謝您的好意。	➡	せっかくですけど。
☐	很不巧，我沒時間。	➡	あいにく時間（じかん）が取（と）れなくて。
☐	現在正忙着。	➡	今（いま）、手（て）が離（はな）せないので。
☐	下次請您一定要再邀請我。	➡	次（つぎ）の機会（きかい）にぜひまた誘（さそ）ってください。

□	我幫不了這個忙。	➡	お手伝いできません。
□	無法按照您的要求。	➡	ご希望に沿うことができません。
□	真不巧，明天下午有點事耶～。	➡	あいにく、明日の午後はちょっと……。
□	那我不要了。	➡	じゃ、やめときます。
□	不了。	➡	ノー。
□	不用，我自己來。	➡	いい、自分でやる。
□	但也不是那麼容易啦！	➡	でも、なかなかね。
□	我才不要。	➡	やだよ。
□	嗯，下次吧。	➡	またそのうちにね。
□	這樣好嗎？	➡	どうかな？

2／10 不滿、抱怨

CD103

□	你做什麼！？	➡	何やってんだよ。
□	你很囉唆耶！	➡	うるさいな。

☐ 你在說什麼傻話啊？ ➡ なに言(い)ってんの。

☐ 不用你雞婆啦！ ➡ 大(おお)きなお世話(せわ)だよ。

☐ 我受夠了。 ➡ もうあきれた。

☐ 夠了，真不像話！ ➡ もう、話(はなし)にならない。

☐ 歹勢喲！我像個家庭主婦。 ➡ 悪(わる)かったね。専業主婦(せんぎょうしゅふ)で。

☐ 虧你說得出口！ ➡ 言(い)ってくれるよな。

☐ 別得寸進尺了！ ➡ 調子(ちょうし)に乗(の)るなよ。

☐ 你別太過分了！ ➡ いい加減(かげん)にしてよ。

☐ 開什麼玩笑！ ➡ 冗談(じょうだん)じゃないよ。

☐ 誰知道啊！ ➡ 知(し)らないわよ、そんなもの。

☐ 最好是會開心啦！ ➡ 楽(たの)しいもんか。

☐ 最好是！ ➡ まさか。

☐ 真是的！ ➡ まったく！

☐ 偏心啦！ ➡ ずるいよ。

□ 不要隨便亂看啦！	勝手(かって)に見(み)ないでよ。
□ 催什麼催啦！	せかすなよ。
□ 你真差勁！	最低(さいてい)！
□ 少挑了。	贅沢(ぜいたく)言(い)うな。
□ 品味真差耶！	趣味(しゅみ)悪(わる)いね。
□ 別邊走邊吃啦！	歩(ある)きながらもの食(く)うなよ。
□ 你到底想怎麼樣？	一体(いったい)どういうつもりなんですか。
□ 你就饒了我吧！	勘弁(かんべん)してよ。
□ 荒唐！	そんなばかな！
□ 神經病。	ばかみたい。
□ 小氣！	ケチ！
□ 傻瓜！（關西地區用語）	アホ！
□ 畜生！	畜生(ちくしょう)！
□ 就是這種下場。	この始末(しまつ)だ。

□ 你很囉唆耶！ ➡ うるさいな。

□ 做得到才怪咧！ ➡ そんなのできっこないよ。

2／11 驚訝

CD103

□ 有必要做到那樣嗎？ ➡ そこまでするかよ。

□ 咦！？ ➡ えっ。

□ 真的假的！ ➡ うそ！

□ 怎麼會！ ➡ そんなばかな。

□ 真不敢相信！ ➡ もう、信（しん）じられない。

□ 真沒想到。 ➡ まったく意外（いがい）だ。

□ 這真是無法想像。 ➡ 考（かんが）えられないことです。

□ 到底是怎麼回事啊？ ➡ 一体（いったい）どうしたことなんでしょう。

□ 真的嗎？ ➡ 本当（ほんとう）ですか。

□ 真的？那怎麼可能呢？ ➡ まさか、そんなことがあるなんて。

□ 什麼？你說什麼？	➡	何(なん)だって？
□ 嚇我一跳！	➡	びっくりした。
□ 哇！嚇死人了。	➡	まあ、おどろいた。
□ 哎呀，真是少見啊。	➡	やあ、珍(めずら)しい。
□ 哎呀，哎呀!（表示意外、驚訝）	➡	まあ、おやおや。
□ 好巧喔！	➡	偶然(ぐうぜん)ですね！

2／12 質問

CD104

□ 你怎麼知道的？	➡	どうして知(し)ってるの？
□ 這是怎麼一回事？	➡	どういうことですか？
□ 咦？什麼意思？	➡	えっ、どういう意味(いみ)？
□ 找我有什麼事？	➡	話(はなし)って何(なん)だよ。
□ 女朋友幾歲啊？	➡	彼女(かのじょ)、いくつ？
□ 記得阿公好像是90歲來著？	➡	おじいちゃんは９０歳(さい)だっけ？

□ 你該不會去整形啦？ ➡ 整形(せいけい)したの？

□ 你覺得這雙鞋怎樣？ ➡ この靴(くつ)はどう？

□ 筆試還好吧？ ➡ 筆記試験(ひっきしけん)はいかがでしたか。

□ 知道嗎？ ➡ 知(し)ってる？

□ 什麼什麼？ ➡ なになに？

□ 為什麼要和我接吻？ ➡ どうして俺(おれ)とキスしたの？

□ 我哪不對勁嗎？ ➡ 何(なん)か変(へん)？

□ 咦？在哪裡在哪裡？ ➡ え？どこどこ？

□ 怎麼說？ ➡ 何(なに)が。

□ 你有沒有在聽啊？ ➡ ちょっと、聞(き)いてんの？

□ 不服氣嗎？ ➡ 納得(なっとく)いかない？

□ 這該怎麼辦才好呢？ ➡ これ、どうするんですか？

□ 你有來過這裡嗎？ ➡ ここ、来(き)たことある？

□ 這個怎麼樣？ ➡ これはどうかしら？

☐	你在看什麼？	➡	何見てるの？
☐	哪一個哪一個？	➡	どれどれ？
☐	幫我拿到山下智久的簽名了嗎？	➡	山下智久のサインもらってくれた？
☐	我們是不是在哪裡見過面？	➡	どっかで会ったことない？
☐	你剛才說什麼？	➡	なんか言った？
☐	翹班跑來做這種事對嗎？	➡	会社サボってこんなことしてていいのか？
☐	這份資料不帶可以嗎？	➡	この資料持っていかなくていいの？
☐	這什麼啊？	➡	何これ？
☐	為什麼？	➡	どうしてですか？
☐	你真以為自己可以全搞定啊？	➡	全部やれると思っているの？
☐	你以為現在幾點了啊？	➡	今何時だと思ってるの？
☐	你到底想說什麼？	➡	何を言いたいの？
☐	什麼意思啊？	➡	どういう意味だよ？
☐	我到底算光一先生的什麼人？	➡	私って光一さんの何？

2／13 請求

CD104

□ 這次就放我一馬吧。	➡ 今回(こんかい)は、見逃(みのが)してください。
□ 請再寬容一下。	➡ そこを何(なん)とか。
□ 你可以幫我弄嗎？	➡ 代(か)わりにやってくれないかな？
□ 這個順便也洗一下。	➡ ついでにこれも洗(あら)って。
□ 那就拜託你了！	➡ 頼(たの)んだぞ。
□ 我要看我要看！	➡ 見(み)せて、見(み)せて。
□ 要不要一起去吃個飯？	➡ 飯(めし)でも食(く)いに行(い)かない？
□ 不要這樣。	➡ やめて。
□ 你決定啦。	➡ あなたが決(き)めて。
□ 可以幫我買包香菸嗎？	➡ タバコちょっと買(か)って来(き)てもらえない？

2／14 讚美

CD104

□ 精彩絕倫。	➡ ご立派(りっぱ)です。
□ 真漂亮啊。	➡ きれいですね。

□	果然名不虛傳。	➡	さすがです。
□	好瀟灑。	➡	かっこいい。
□	真了不起。	➡	すごいですね。
□	好漂亮啊。	➡	すてきですね。
□	作為新手，已經相當不錯了。	➡	新米(しんまい)にしては、なかなかいいんじゃないか。
□	到底是書法家，果然身手不凡。	➡	書道家(しょどうか)だけあって、たいしたものだ。
□	不愧是行家，手藝不同做出來的東西就是不一樣啊。	➡	さすが名人(めいじん)だ、腕(うで)が違(ちが)うからできばえも違(ちが)う。
□	哪裡哪裡，還差得遠。	➡	いいえ、まだまだです。
□	哪裡，獻醜了。	➡	いいえ、お恥(は)ずかしい限(かぎ)りです。
□	不，您過獎了。	➡	いいえ、とんでもありません。

2／15 鼓勵

CD104

□	不要介意。	➡	気(き)にしない。
□	我會幫你加油的。	➡	私(わたし)、応援(おうえん)しますよ。

□	沒事，沒事！	➡	平気(へいき)、平気(へいき)。
□	沒什麼大不了的。	➡	たいしたことありませんよ。
□	別那麼沮喪嘛，下回還有機會呀。	➡	そんなに落(お)ち込(こ)まないで、またチャンスがあるよ。
□	鮑伯先生被女朋友甩了，現在心情很沮喪哩。	➡	ボブさん、彼女(かのじょ)にふられてへこんでたよ。
□	一定辦得到的，加油喔。	➡	きっとできるよ、がんばって。
□	從頭再來又何妨呢。	➡	一(いち)からやり直(なお)せばいいじゃないですか。
□	您真的很努力了哪。	➡	よくがんばったね。
□	真是辛苦你了！	➡	本当(ほんとう)に大変(たいへん)だったのね。
□	居然在演講比賽中獲勝，實在好厲害喔。	➡	スピーチ大会(たいかい)で優勝(ゆうしょう)したなんてすごいね。
□	我可以了解你的心情喔。	➡	その気持(きも)ち、わかるよ。
□	明年再努力吧。	➡	来年(らいねん)がんばればいいよ。
□	女人三十人生才開始！	➡	女 三十(おんなさんじゅう)、これからよ。
□	船到橋頭自然直！	➡	何(なん)とかなるわよ。
□	人在哪裡做什麼都好不是嗎？	➡	どこで何(なに)してたっていいじゃない。

2／16 關心

CD104

你怎麼了？	どうかしましたか。
要緊嗎？	大丈夫（だいじょうぶ）ですか。
那可真不得了了。	それは大変（たいへん）ですね。
現在情況怎麼樣？	具合（ぐあい）はいかがですか。
有我可以幫忙的地方嗎？	なにかお手伝（てつだ）いすることは？

補充單字

難（むずか）しい 困難，複雜	易（やさ）しい 簡單，容易	昨日（きのう） 昨天
今日（きょう） 今天	明日（あした） 明天	疲（つか）れる 疲倦
仕事（しごと） 工作，職業	遊（あそ）ぶ 遊玩	買（か）う 買
売（う）る 賣，販賣		

Chapter 03 每天的日程安排

CD105

日本東京的街道，不管來幾次都讓人感覺好乾淨、好舒服。到日本關西也給人寧靜的印象。吸著清新的空氣，整個人心曠神怡到可以飛起來了。

3／1 早上起床

1. 到了早晨，屋外呈現出一片光亮。
   朝が来て外が明るくなった。

2. 到了早晨，星星一顆接著一顆消失了。
   朝が来て星が一つずつ消えていく。

3. 早晨的清新空氣讓人覺得神清氣爽。
   朝の空気は気持ちがいい。

4. 我每天早上七點起床。
   ▲私は毎朝7時に起きます。

   A：「9時だよ。もう起きなさい。」
   ／已經九點囉，該起床了。

   B：「もっと寝ていたいなあ。」
   ／真想再多睡一點哪。

5

今天要去九州旅行耶，快點起床嘛。

きょう　きゅうしゅう　りょこう　はや　お
今日は九州まで旅行だ。早く起きよう。

6

鬧鐘沒有響。

めざ　どけい　な
目覚まし時計が鳴らなかった。

7

在鬧鐘響之前就先醒了。

めざ　どけい　な　まえ　め　さ
目覚まし時計が鳴る前に、目が覚めました。

8

忘了設定鬧鐘的鈴響時間。

めざ　どけい　わす
目覚まし時計をかけ忘れました。

9

又睡了回籠覺。

にどね
二度寝してしまった。

10

星期天的早晨，只想要好好地睡個夠。

にちようび　あさ　ね
日曜日の朝はゆっくり寝ていたいです。

11

昨天晚上睡不著，整晚沒有闔過眼。

ゆう　ねむ　ひとばんじゅう　お
夕べは眠れなくて、一晩中起きていた。

12

再不起床，上學就要遲到囉。

そろそろ起きないと学校に遅れるよ。

13

假如不在五點半起床的話，上班就會遲到。

5時半に起きないと会社に間に合わない。

14

都已經到了共進早餐的時刻，爸爸卻還沒起床。

もうご飯なのにお父さんはまだ起きてこない。

15

今天到凌晨三點都還沒睡，所以頭有點疼。

今朝3時まで起きていたから、ちょっと頭が痛い。

16

不知道為什麼，今天早上起床時覺得無精打采的。

▲なぜか今朝は元気に起きられなかった。

A：「朝、一人で起きられる？起こしてあげようか。」

／你早上有辦法自己醒過來嗎？要不要我叫你起床呢？

B：「大丈夫、ちゃんと起きるから。」

／沒問題，我可以自己起床啦。

17

早上一起床，馬上感到胃不舒服作嘔。

朝起きるとすぐ、胃がムカムカします。

3／2 早上做的事

CD105

☐	起床後立刻去洗臉。	➡	起きたらすぐ顔を洗います。
☐	一早起床後就做體操。	➡	朝早く起きて体操をします。
☐	每天清晨五點起床後去散步。	➡	毎朝 5 時に起きて散歩をします。
☐	要上學之前，先帶小狗去散步。	➡	学校へ行く前に、犬の散歩に行きます。
☐	爺爺每天都會隨著收音機裡的晨操廣播做體操。	➡	おじいちゃんは毎日ラジオ体操をしています。
☐	啊！已經八點了。我們來看晨間新聞吧！	➡	あっ、8時だ。朝のニュースを見よう。
☐	早上一起床，馬上喝一杯水。	➡	朝起きたら、すぐに1杯の水を飲みます。
☐	刷牙。	➡	歯を磨きます。
☐	檢查郵件。	➡	メールをチェックします。

3／3 吃早餐

CD105

☐	做小孩子的早餐。	➡	子どもの朝ごはんを作ります。
☐	我父母不做早餐。	➡	うちの親は朝ごはんを作りません。
☐	我決定由我來做早餐給家人吃。	➡	僕は家族に朝ごはんを作ることにしたよ。

□	我喜歡做飯。	➡	ごはんを作ることが好きです。
□	早餐已經準備好囉。	➡	朝ごはんができましたよ。
□	通常吃麵包當早餐。	➡	朝食はだいたいパンです。
□	今天早餐吃的是麵包和牛奶。	➡	朝はパンと牛乳でした。
□	今天早餐吃的是麵包、日式煎蛋、還有蔬菜沙拉。	➡	朝ごはんはパンと玉子焼きと野菜サラダでした。
□	由於昨晚一夜好眠,所以覺得今天早餐吃起來格外美味。	➡	よく眠れたので朝ごはんがおいしい。
□	早餐隨便吃吃打發。	➡	朝は簡単にすませます。
□	請問您已經用過早餐了嗎?	➡	朝ごはんはもうすみましたか。
□	每天都一定要確實吃早餐才行喔!	➡	朝をちゃんと食べなくてはだめですよ。
□	如果不好好吃早餐的話,將會有礙身體健康。	➡	朝、しっかりご飯を食べないと体に悪いよ。

3/4 出門啦

CD105

□	早上七點要去上班。	➡	朝7時に会社へ行きます。
□	我起床的時候,姊姊已經出門了。	➡	私が起きたときは、姉はもう出かけていた。

□ 今天很冷，要穿暖和一點喔！ ➡ 今日は寒いから、暖かい服を着なさいね。

□ 還不快點出門的話，會遲到的唷！ ➡ ▲早く出かけないと遅れるよ。

A：「急ぐから先に行くよ。」

／我快來不及了，要先出門囉！

B：「行ってらっしゃい。」

／小心慢走喔。

□ 快一點，要不然會遲到的！快快快！ ➡ ▲遅れるから急いで！早く！

A：「気をつけてね。」

／路上小心哪。

B：「行ってきます。」

／我出門了。

□ 差一點就遲到了。 ➡ もう少しで遅刻するところでした。

□ 爸爸從早到晚都在辛苦工作。 ➡ 父は朝から晩まで仕事をしていました。

□ 星期一的整個早上都要開會。 ➡ 月曜日の朝はずっと会議があります。

□ 每週一、三、五的七點開始社團的晨間練習。 ➡ 月水金はクラブの朝練が７時からあります。

吃午餐

CD106

□ 肚子餓了。 ➡ おなかがすいた。

□ 差不多該是吃中飯的時候囉。 ➡ そろそろ昼(ひる)ごはんの時間(じかん)だ。

□ 距離午餐時刻還有一個鐘頭，但是實在等不下去了。 ➡ ▲昼(ひる)ごはんまでまだ1時間(じかん)もあるが待(ま)てない。

A：「昼(ひる)ごはんは何(なに)にしましょうか。」
／午餐要吃什麼呢？

B：「たまにすしでも食(た)べましょう。」
／偶爾來吃個壽司吧。

□ 午餐多半都吃便當。 ➡ ▲お昼(ひる)はいつもお弁当(べんとう)です。

A：「今朝(けさ)から何(なに)も食(た)べてません。」
／我從一大早到現在都還沒吃東西。

B：「それじゃおなかがすいたでしょう。」
／那麼想必肚子已經餓扁了吧？

□ 今天很晚才吃早餐，所以吃不下午餐。 ➡ ▲朝(あさ)、食(た)べるのが遅(おそ)かったので、昼(ひる)ごはんはいらない。

A：「彼(かれ)ったら休(やす)みの日(ひ)は昼(ひる)からお酒(さけ)を飲(の)んでいるのよ。」
／他真是的，只要遇上假日，也不管還是大白天的，就會開始喝起酒來。

B：「まあ、ひどい。」
／哎呀，真過分耶。

□ 在吃午餐前，一定要回來。 ➡ 昼(ひる)ごはんまでに帰(かえ)ってきなさい。

3／6 中午的活動

CD106

□	中午休息時間只有一個小時而已。	➡	昼休みは1時間しかありません。
□	要開始播報午間新聞。	➡	昼のニュースが始まります。
□	每個月會舉行一次午餐會議。	➡	月に一度はランチミーティングがあります。
□	中午休息時間會在操場踢足球玩耍。	➡	昼休みはグランドでサッカーをして遊びます。
□	如果是中午休息時間，就能離開公司一下。	➡	昼休みなら、会社を抜け出すことができます。
□	在下班前必須先回公司一趟才行。	➡	退勤前に、一度会社に戻らなければなりません。
□	中午之前會回來。	➡	昼までに帰ります。
□	午後將會登門拜訪。	➡	昼過ぎに伺います。
□	今天的課程從中午開始上課。	➡	今日の講義は昼からです。
□	下午上課時有睏意。	➡	午後の授業は眠いです。
□	放學後去參加足球社的活動。	➡	放課後はサッカークラブに行きます。
□	今天恐怕得留下來加班。	➡	今日は残業することになりそうです。
□	我家的門禁是六點半。	➡	私の家の門限は6時半です。
□	我白天不在家，但是到晚上就會回來。	➡	昼は家にいませんが、夜はいます。

□ 現在都是白天睡覺，晚上工作。 ➡ 昼は寝て、夜は仕事をしている。

3／7 吃晚餐了

CD106

□ 已經六點囉，得開始準備晚餐才行。 ➡ ▲もう６時だわ。晩の支度をしなくちゃ。

A：「晩ご飯は何にしようか。」
／晚餐想吃什麼呢？

B：「そうだね。魚が食べたいな。」
／讓我想想…，我想吃魚耶。

□ 晚飯還沒好嗎？肚子已經餓扁了耶！ ➡ ▲晩ご飯はまだなんですか。おなかがペコペコですよ。

A：「今日の晩ご飯は何にしましょう。」
／今天晚餐要吃些什麼？

B：「あまりおなかがすいてないから、軽いものがいいな。」
／肚子不大餓，吃點輕食就好了。

□ 晚飯已經準備好囉。 ➡ 晩ご飯ができましたよ。

□ 七點左右要吃晚餐。 ➡ ７時ごろ晩ご飯を食べます。

□ 要準時回來吃晚飯喔！ ➡ 晩ご飯に間に合うように帰ってきてね。

□ 全家人一起吃的晚餐，感覺特別美味。 ➡ 家族みんなで食べる晩ご飯はおいしい。

□	由於晚上還要用功讀書到很晚，除了晚飯以外，還希望能幫忙準備三明治。	➡	夜遅(よるおそ)くまで勉強(べんきょう)するので晩(ばん)ご飯(はん)のほかにサンドイッチがほしい。
□	晚餐不要吃太多，對身體比較好。	➡	夜(よる)はたくさん食(た)べないほうが体(からだ)にいい。
□	晚餐會在外面吃，不回來吃飯了。	➡	外(そと)で食(た)べるから、晩(ばん)ご飯(はん)はいりません。
□	洗澡以後才吃晚餐。	➡	お風呂(ふろ)に入(はい)ってから、夕飯(ゆうはん)を食(た)べます。
□	偶爾會一個人在家小酌一番。	➡	たまに家(いえ)で一人酒(ひとりざけ)することがあります。
□	沒有吃消夜的習慣。	➡	夜食(やしょく)を食(た)べる習慣(しゅうかん)はありません。

3／8 晚上的活動

CD106

□	下班後已有約會。	➡	アフター5(ファイブ)にはデートの約束(やくそく)があります。
□	一回到家以後，首先寫功課。	➡	家(いえ)に帰(かえ)るとまず宿題(しゅくだい)をします。
□	我每天八點開始看連續劇。	➡	私(わたし)は毎日(まいにち)8時(じ)からドラマを見(み)ます。
□	不要再看電視了，快去睡覺！	➡	テレビなど見(み)てないで寝(ね)なさい。
□	我總是看電視直到深夜。	➡	いつも夜遅(よるおそ)くまでテレビを見(み)ていた。
□	從早到晚都在練習彈吉他。	➡	朝(あさ)から晩(ばん)までギターの練習(れんしゅう)をした。

□	我先生幾乎每天都是凌晨才回家。	➡	主人はほぼ毎日午前様です。
□	我很害怕一個人單獨走夜路。	➡	夜、暗い道を一人で歩くのは怖い。

3／9 洗澡

CD107

□	一到家後就會立刻去洗澡。	➡	▲家に帰ったらすぐ風呂に入ります。 A：「熱すぎませんでしたか。」 ／水溫會不會太燙呢？ B：「いいえ、とてもいいお風呂でした。」 ／不會，這熱水泡起來舒服極了。
□	泡個熱水澡，好好地舒展了筋骨。	➡	暖かい風呂に入って手足を伸ばした。
□	如果水溫太燙的話，請加些冷水。	➡	お風呂が熱ければ水をたしてください。
□	想必外頭很冷吧。請快點洗個熱水澡暖暖身子。	➡	外は寒かったでしょう。早くお風呂に入って温まりなさい。
□	我們家的小孩很討厭泡澡，真是傷腦筋。	➡	うちの子は風呂が嫌いで困ります。
□	我最喜歡在泡澡後喝冰啤酒。	➡	風呂から上がって冷たいビールを飲むのが楽しみだ。

3／10 肌膚保養

CD107

□ 晚上的順序是先抹化妝水、精華液，然後乳液。	夜は化粧水、美容液、クリームの順番でつけます。
□ 用化妝水保養肌膚。	化粧水でお手入れしています。
□ 每天不要忘了洗臉後擦化妝水跟乳液雙重保濕。	洗顔後は化粧水と乳液のW保湿を毎日忘れずに。
□ 晚上偷工減料的只擦化妝水跟乳液。	夜は化粧水とクリームという手抜きケアだった。
□ 晚上用乳液修復肌膚。	夜はクリームで肌を整えている。
□ 晚上用精華液保濕。	夜は美容液で肌の保湿をしている。
□ 晚上只擦化妝水。	夜は化粧水しかつけていない。
□ 晚上化妝水跟乳液什麼都不擦。	夜は化粧水もクリームもなんにもつけません。
□ 睡前擦乳液，第二天肌膚就會感到很濕潤。	寝る前にクリームをぬると翌朝しっとりします。
□ 熬夜的話對皮膚不好。	夜更かしすると肌が荒れます。

3／11 睡覺了

CD107

□ 睡覺前會刷牙。	寝る前に歯を磨きます。
□ 昨天晚上沒刷牙就睡著了。	夕べ歯を磨かないで寝てしまった。

- ☐ 晚上十點左右睡覺，早上五點起床。 ➡ 夜(よる)10時(じ)ごろ寝(ね)て、朝(あさ)５時(じ)に起(お)きます。
- ☐ 假日會睡到十點左右。 ➡ 休(やす)みの日(ひ)は10時(じ)ごろまで寝(ね)ています。
- ☐ 十二點以前會上床睡覺。 ➡ 12時(じ)までにはベッドに入(はい)ります。
- ☐ 已經十二點了，快點睡覺！ ➡ もう12時(じ)だ。早(はや)く寝(ね)な。
- ☐ 今天晚上叔叔要來家裡對吧！ ➡ 今晩(こんばん)おじさん来(く)るんでしょ。
- ☐ 叔叔會睡在客廳，對不對？ ➡ おじさん、応接間(おうせつま)で寝(ね)るんだよね。
- ☐ 叔叔會睡在哥哥的房間裡。 ➡ おじさんはお兄(にい)さんの部屋(へや)で寝(ね)ます。
- ☐ 今天晚上要不要跟媽媽一起睡呢？ ➡ 今晩(こんばん)、お母(かあ)さんと一緒(いっしょ)に寝(ね)る？
- ☐ 我總是很晚睡。 ➡ 私(わたし)はいつも遅(おそ)く寝(ね)るんです。
- ☐ 最近的小孩子都越來越晚睡了哪。 ➡ 最近(さいきん)の子供(こども)は寝(ね)る時間(じかん)が遅(おそ)くなりましたね。
- ☐ 昨天書看到一半就睡著了。 ➡ 昨日(きのう)は本(ほん)を読(よ)んでいて寝(ね)てしまいました。
- ☐ 正想睡的時候，朋友打電話來了。 ➡ 寝(ね)ようとしたら友達(ともだち)から電話(でんわ)がかかってきた。
- ☐ 假如周圍一片寧靜的話，原本可以好好睡一覺。 ➡ 静(しず)かならゆっくり寝(ね)られるのに。
- ☐ 因為在榻榻米上睡著了，結果睡醒後腰酸背痛。 ➡ 畳(たたみ)の上(うえ)で寝(ね)てたから体(からだ)が痛(いた)い。

☐	晚安。	➡	おやすみなさい。
☐	昨晚很早就寢，早晨起床後感到通體舒暢。	➡	昨夜(さくや)、早(はや)く寝(ね)たので朝(あさ)は気持(きも)ちがよかった。
☐	睡得很飽，感覺好舒服。	➡	よく寝(ね)たので気分(きぶん)がいい。

補充單字

起(お)きる 起來，起床	寝(ね)る 睡覺，躺	学校(がっこう) 學校
会社(かいしゃ) 公司	顔(かお) 臉	洗(あら)う 沖洗，清洗
歯(は) 齒	磨(みが)く 刷洗，擦	ごはん 飯
午前(ごぜん) 上午	午後(ごご) 下午，午後	宿題(しゅくだい) 作業，家庭作業
テレビ 電視	見(み)る 看，觀看	風呂(ふろ) 浴缸，洗澡
気分(きぶん) 情緒，身體狀況，氣氛		

Chapter 04 我的家人

CD108

初次跟對方見面，簡單的自我介紹之後，您當然也可以在後面加上自己專屬的介紹用語，來增加別人對您的印象。例如現在日本年輕人聯誼時，多半還會再說明自己的興趣或是專長。

4／1 介紹自己

1. 我姓田中。

   田中(たなか)です。

2. 敝姓山田。

   山田(やまだ)と申(もう)します。

3. 你好，我姓楊。

   はじめまして、楊(よう)といいます。

4. 我是木村，請多指教。

   木村(きむら)です。よろしくお願(ねが)いします。

5. 我才是，請多指教。

   こちらこそ、よろしく。

6. 幸會幸會！

   お会(あ)いできてうれしいです。

♥ 小知識

中文裡作自我介紹時，習慣將姓名一起說出來，但是日語一般只說姓就可以了。

4／2 出生地

CD108

□	您從哪裡來？	どこからいらっしゃいましたか。
□	我從台灣來。	台湾(たいわん)から来(き)ました。
□	我來自臺灣。	出身(しゅっしん)は台湾(たいわん)です。
□	您是哪國人？	お国(くに)はどちらですか。
□	我是台灣人。	私(わたし)は台湾人(たいわんじん)です。
□	我畢業於日本大學。	私(わたし)は日本大学出身(にほんだいがくしゅっしん)です。
□	我從台北來的。	私(わたし)は、台北(タイペイ)から来(き)ました。
□	台北的地理位置比台中還要北邊。	台北(タイペイ)は台中(たいちゅう)より北(きた)の方(ほう)にあります。
□	中國的首都是北京。	中国(ちゅうごく)の首都(しゅと)は北京(ペキン)です。
□	人口較日本為少。	日本(にほん)ほど人(ひと)は多(おお)くないです。
□	位於東京的南方。	東京(とうきょう)より南(みなみ)にあります。
□	在我的國家也經常播映日本的卡通。	私(わたし)の国(くに)でも日本(にほん)のアニメがよく放送(ほうそう)されています。
□	日本的動畫跟漫畫、電玩等都很酷。	日本(にほん)のアニメやマンガ、ゲームなどがかっこいいですね。
□	日本的現代藝術很有趣。	日本(にほん)の現代(げんだい)アートがおもしろい。

☐	日本的棒球很棒。	➡	日本(にほん)の野球(やきゅう)はすばらしいです。
☐	我小時候曾有一位日本朋友。	➡	子供(こども)のころ、日本人(にほんじん)の友達(ともだち)がいました。
☐	在我的國家也有很多家日本料理餐廳。	➡	私(わたし)の国(くに)にも日本料理(にほんりょうり)のレストランがたくさんあります。
☐	請問您有沒有去過上海呢？	➡	上海(シャンハイ)にいらっしゃったことがありますか。
☐	請問您知道忠犬八公嗎？	➡	ハチ公(こう)はご存(ぞん)じですか。
☐	我的家鄉以生產燒酒而聞名。	➡	私(わたし)の地元(じもと)は、米焼酎(こめじょうちゅう)で有名(ゆうめい)なんです。
☐	你呢？	➡	あなたは？
☐	我從美國來的。	➡	私(わたし)はアメリカから来(き)ました。
☐	請問您貴鄉是哪裡呢？	➡	ご出身(しゅっしん)はどちらですか。

4／3 生日

CD108

☐	生日快樂！	➡	お誕生日(たんじょうび)おめでとう。
☐	二十歲生日快樂！	➡	２０歳(はたち)のお誕生日(たんじょうび)おめでとう。
☐	從今天起，變成幾歲了呢？	➡	今日(きょう)でいくつになったの？

☐	你想要什麼生日禮物呢？	➡	誕生日(たんじょうび)プレゼントは何(なに)がいい？
☐	別人送了我一只皮包作為生日禮物。	➡	誕生日(たんじょうび)プレゼントにバッグをもらいました。
☐	我準備舉辦生日派對。	➡	誕生日(たんじょうび)パーティーをする予定(よてい)です。
☐	朋友們為我舉辦了一場驚喜生日派對。	➡	友達(ともだち)がサプライズパーティーを開(ひら)いてくれた。
☐	為了慶祝父親六十大壽，我們依照習俗送了父親紅色的鋪棉開襟背心。	➡	父(ちち)の還暦(かんれき)のお祝(いわ)いに、赤(あか)いちゃんちゃんこを送(おく)りました。
☐	今年是祖父的八十八歲大壽。	➡	今年(ことし)、祖父(そふ)は米寿(べいじゅ)を迎(むか)えました。
☐	奶奶，您要長命百歲喔。	➡	おばあちゃん、100歳(さい)まで長生(ながい)きしてね。
☐	二月二日是我的生日。	➡	2月(がつ)2日(ふつか)は私(わたし)の誕生日(たんじょうび)です。
☐	請問您的生日是在什麼時候呢？	➡	誕生日(たんじょうび)はいつですか。
☐	四月二十七號。	➡	4月(がつ)27日(にち)です。
☐	請問美知子小姐收到了什麼生日禮物呢？	➡	みちこさんは誕生日(たんじょうび)に何(なに)をもらいましたか。
☐	當我過下一個生日時，就是二十歲了。	➡	次(つぎ)の誕生日(たんじょうび)で二十歳(はたち)になります。
☐	我過生日時，會邀朋友們一起來開慶生派對。	➡	誕生日(たんじょうび)に友達(ともだち)をよんでパーティーをします。
☐	你希望我送你什麼生日禮物呢？	➡	誕生日(たんじょうび)のプレゼントは何(なに)がいいですか。

- [ ] 您竟然忘了太太的生日！想必您太太非常生氣吧。 ➡ 奥(おく)さんの誕生日(たんじょうび)を忘(わす)れちゃったんですか！奥(おく)さん、怒(おこ)ったでしょう。
- [ ] 他寄來了生日賀卡。 ➡ 彼(かれ)から誕生日(たんじょうび)のお祝(いわ)いのカードが届(とど)きました。
- [ ] 上了年紀以後，就算過生日也不怎麼開心。 ➡ 年(とし)をとると誕生日(たんじょうび)が来(き)てもあまりうれしくないです。

4／4 介紹家鄉

CD109

- [ ] 請問鹿兒島是在日本的什麼位置呢？ ➡ 鹿児島(かごしま)って、日本(にほん)のどの辺(へん)ですか。
- [ ] 請問是在廣島縣的哪裡呢？ ➡ 広島県(ひろしまけん)のどこですか。
- [ ] 請問那裡比青森還冷嗎？ ➡ 青森(あおもり)より寒(さむ)いですか。
- [ ] 請問那裡會時常下雪嗎？ ➡ 雪(ゆき)はよく降(ふ)るんですか。
- [ ] 請問那裡有沒有什麼著名的東西呢？ ➡ 何(なに)か有名(ゆうめい)なものはありますか。
- [ ] 請問您是否一直都住在橫濱呢？ ➡ ずっと横浜(よこはま)に住(す)んでるんですか。
- [ ] 請問從東京搭新幹線去那裡，大約需要多久時間呢？ ➡ 東京(とうきょう)から新幹線(しんかんせん)でどのくらいかかりますか。
- [ ] 我曾經去過一次。 ➡ 一度(いちど)行(い)ったことがあります。
- [ ] 那裡真是個好地方呀。 ➡ いいところですよね。

□	如果您有照片的話，可否借我瞧一瞧呢？	➡	写真(しゃしん)があったら見(み)せてもらえませんか。
□	真希望有機會造訪那裡呀。	➡	一度(いちど)行(い)ってみたいんですよね。

4／5 介紹家人

CD109

□	請問您結婚了嗎？	➡	ご結婚(けっこん)はされていますか。
□	是的，我已經結婚了。	➡	はい、結婚(けっこん)しています。
□	還沒，我是單身。	➡	いいえ、独身(どくしん)です。
□	請問您的小孩幾歲了呢？	➡	お子(こ)さんはおいくつですか。
□	請問您有兄弟姊妹嗎？	➡	ご兄弟(きょうだい)はいらっしゃいますか。
□	請問您有幾位兄弟姊妹呢？	➡	何人兄弟(なんにんきょうだい)ですか。
□	我有一個哥哥。	➡	兄(あに)が一人(ひとり)います。
□	我有一個弟弟。	➡	弟(おとうと)が一人(ひとり)います。
□	弟弟比我小兩歲。	➡	弟(おとうと)は私(わたし)より２歳下(さいした)です。
□	家姊比我大兩歲。	➡	姉(あね)は私(わたし)の二(ふた)つ上(うえ)です。

- ☐ 舍妹比我小三歲。 ➡ 妹(いもうと)は私(わたし)の三(みっ)つ下(した)です。
- ☐ 這個人是誰？ ➡ この人(ひと)は誰(だれ)ですか。
- ☐ 這是我哥哥。 ➡ これは兄(あに)です。
- ☐ 這是我哥哥和姊姊。 ➡ これは、兄(あに)と姉(あね)です。
- ☐ 這是我父母。 ➡ 父(ちち)と母(はは)です。
- ☐ 這是我女兒。 ➡ これはうちの娘(むすめ)です。
- ☐ 請問您的家人現在住在哪裡呢？ ➡ ご家族(かぞく)は今(いま)どちらにいらっしゃるんですか。
- ☐ 請問令尊與令堂安好嗎？ ➡ ご両親(りょうしん)はお元気(げんき)ですか。
- ☐ 請問您和家人住在一起嗎？ ➡ ご家族(かぞく)と一緒(いっしょ)に住(す)んでるんですか。
- ☐ 是呀，我和家父母住在一起。 ➡ ええ、両親(りょうしん)と一緒(いっしょ)に住(す)んでます。
- ☐ 沒有，我自己一個人住。 ➡ いえ、一人暮(ひとりぐ)らしです。

4／6 家人

CD109

- ☐ 我家一共有四個人。 ➡ 私(わたし)の家(いえ)は4人家族(にんかぞく)です。

- □ 我家有先生、孩子、還有我，一共三個人。 ➡ 家族は夫と子供、3人です。

- □ 容我介紹我的家人：這是家父母以及家兄。 ➡ 家族を紹介します。両親と兄です。

- □ 我們全家人去了銀座用餐。 ➡ 銀座へ行って家族で食事をしました。

- □ 我的父親非常重視家人。 ➡ ▲父は家族をとても大切にします。

  A：「ご主人はお元気ですか。」
  ／請問您的先生別來無恙嗎？

  B：「はい、おかげさまで元気です。」
  ／是的，託您的福，一切都好。

- □ 當我前往日本的那段時間，我的家人一直留在台灣。 ➡ ▲私が日本へ行っている間、家族はずっと台湾にいた。

  A：「奥さんによろしくお伝えください。」
  ／請代我向尊夫人問好。

  B：「はい、ありがとうございます。」
  ／謝謝您的關心。

- □ 和妻子分離後，我只能獨自堅強地活下去。 ➡ 妻と別れ、一人で生きていかなくてはならない。

- □ 戰爭奪走了我的家人。 ➡ 戦争で家族をなくした。

- □ 那個男人拋下了他的家人，離家出走了。 ➡ その男は家族を捨てて家を出た。

- □ 別讓家人為你擔心吧。 ➡ 家族を心配させないようにしよう。

祖父母

CD109

□	爺爺雖然已經高齡九十二了，但還是十分健壯。	➡	おじいさんは92歳(さい)になりますが、とても元気(げんき)です。
□	爺爺跟奶奶兩人總是形影不離。	➡	おじいさんとおばあさんはいつも一緒(いっしょ)だ。
□	我領到了爺爺給我的新年紅包。	➡	おじいさんからお年玉(としだま)をもらった。
□	奶奶身體非常健康，每天都去游泳。	➡	おばあさんはとても元気(げんき)で毎日(まいにち)プールへ通(かよ)っています。
□	奶奶的肩膀似乎會痛。	➡	おばあさんは肩(かた)が痛(いた)いようだ。
□	爺爺，請您來吃飯囉！	➡	おじいさん、ご飯(はん)の用意(ようい)ができましたよ。
□	我向奶奶學習了烹飪技巧。	➡	おばあさんから料理(りょうり)を習(なら)いました。
□	爺爺告訴了我一些往事。	➡	おじいさんから昔(むかし)の話(はなし)を聞(き)いた。
□	只要和爺爺見面，他老人家必定會提起往昔的事情。	➡	おじいさんに会(あ)うと必(かなら)ずむかしの話(はなし)が出(で)ます。
□	由於爺爺很想找人聊聊天，所以我去陪陪他，聽他說說話。	➡	▲おじいさんが話(はなし)をしたがっていたので相手(あいて)になってあげました。

A：「おばあさん、手(て)を引(ひ)いてあげましょう。」
／奶奶，我們手牽手一起走吧。

B：「ありがとうございます。でも大丈夫(だいじょうぶ)ですよ。」
／謝謝你喔！不過我可以自己走，不會有事的。

□	我的女兒生了女娃兒囉！	➡	娘(むすめ)に女(おんな)の子(こ)が生(う)まれたんですよ。
□	我也終於當上奶奶了。	➡	私(わたし)もとうとうおばあさんだわ。

□	您已經有三個孫子了呀？	➡	お孫さんが3人もいるんですか？
□	真看不出來您已經當上祖母了耶。	➡	とてもおばあさんには見えませんね。
□	好一陣子沒見到她，沒想到她也頗具老態了哪。	➡	しばらく会わないうちに彼女もずいぶんおばあさんになったなあ。
□	我的孫子已經七歲了。	➡	孫が七つになりました。
□	一整天陪孫子玩，真夠累人的。	➡	一日中孫の相手をするのも疲れる。
□	爺爺過世後，我覺得好寂寞。	➡	おじいさんが亡くなって寂しいです。

4／8 父親

CD110

□	家父是上班族。	➡	父は会社員です。
□	家父為人嚴謹。	➡	父は厳しい人でした。
□	我的父親明年65歲。	➡	父は来年65になります。
□	家父依然精神奕奕地工作。	➡	父は元気に働いています。
□	我和爸爸下了西洋棋。	➡	父を相手にチェスをした。
□	這是爸爸給我的手錶。	➡	これは父からもらった時計です。

□	這支鋼筆是父親送給我的生日禮物。	➡	これは誕生日に父からもらった万年筆です。
□	家父拚了命地工作，把我們這些孩子撫養長大。	➡	父が一生懸命働いて、私たちを育ててくれました。
□	家父在旅行社工作。	➡	父は旅行会社に勤めています。
□	家父年輕時因適逢戰爭而無法上大學。	➡	父は若い頃、戦争で大学へ行けなかった。
□	爸爸，請您工作不忘保重身體！	➡	お父さん、体に気をつけて仕事をしてください。
□	爸爸，謝謝您送我的禮物。	➡	お父さん、プレゼントありがとう。
□	令尊在世時，是位非常了不起的人。	➡	あなたのお父さんはとても立派な人でした。
□	我過去曾受過令尊非常多照顧。	➡	昔、あなたのお父さんには大変お世話になりました。
□	家父於今年六月過世了。	➡	今年の6月父を亡くしました。
□	聽說令尊已經離世了，真不知該如何表達我的慰問之意。	➡	お父さんが亡くなったそうですね。なんと申し上げたらいいか言葉がありません。
□	我們不能忘了爸爸說過的話喔。	➡	父の言葉を忘れないでおこう。
□	自從家父離開人世後，我才開始體會到父親的想法。	➡	父が死んで初めて父の考えが分かるようになりました。
□	真希望能夠再一次見到已經撒手人寰的父親。	➡	死んだ父にもう一度会いたい。

4／9 母親

CD110

- [ ] 家母今年五十八歲。 ➡ 母は今年、58になります。
- [ ] 家母雖然已經高齡八十四了，卻依然非常健康。 ➡ 母は84歳になりますが、とても元気です。
- [ ] 我的母親獨自含辛茹苦地帶大了四個孩子。 ➡ 母親一人で4人の子を育て上げた。
- [ ] 家母特別疼愛我。 ➡ 母は私をとてもかわいがってくれました。
- [ ] 家母是個對孩子們非常溫柔的媽媽。 ➡ 子供たちにとても優しい母でした。
- [ ] 住在鄉下的媽媽寫了信給我。 ➡ 田舎の母から手紙が来た。
- [ ] 我每天會打一通電話給媽媽。 ➡ 毎日1回母に電話します。
- [ ] 她二十歲時就生下了一個男孩。 ➡ 彼女は20歳で男の子の母になった。
- [ ] 母親節時，送什麼禮物給媽媽好呢？ ➡ 母の日に何をプレゼントしようか。
- [ ] 我想趁媽媽身體還很硬朗時，帶媽媽去東京一遊。 ➡ 母が元気な間に東京へ連れて行ってあげたい。
- [ ] 假如是跟媽媽一起去倒還好，但是我可不想和爸爸出門。 ➡ 母となら一緒に行ってもいいけど、父とはいやだ。
- [ ] 我的爸爸是日本人、媽媽是韓國人。 ➡ 父は日本人で、母は韓国人です。

4／10 我與父母

CD110

□	我老是和爸爸起爭執。	▲父とけんかばかりしていました。 A：「うちの子はなかなか親の言うことを聞かないんです。」 ／我家的孩子老是不聽爸媽的話。 B：「どこの子もみんな同じですよ。」 ／每一家的孩子都是一樣的呀。
□	爸爸沒收了我的摩托車。	父にオートバイを取り上げられた。
□	父親只要一不高興，就會對母親動粗。	父は気に入らないことがあるとすぐ母に手を上げた。
□	家父的觀念守舊，只要我超過晚上十點才回到家，就會惹得他勃然大怒。	父は頭が古くて、私が10時を過ぎて帰ると怒るんです。
□	我一點也不怕爸媽。	親など少しも怖くない。
□	他根本絲毫不打算幫忙父母。	彼には親を手伝う気持ちなどなかった。
□	爸爸雖然對你說了重話，其實他是非常擔心你的。	お父さんは君にああ言ったけど、ほんとうは心配しているんだよ。
□	由於父母在我八歲的時候過世，因此我是由伯伯撫養長大的。	8歳のときに親を亡くしたのでおじに育てられました。
□	好一陣子沒和父親見面，父親的頭髮全都變白了。	しばらく会わない間に父の髪の毛はすっかり白くなっていた。
□	我在被櫥的深處發現了父親的日記。	押入れの奥から父の日記が出てきた。
□	從我有了自己的孩子以後，才終於能夠體會到父母的心情。	子供を持ってはじめて親の気持ちが分かるようになった。
□	這間房子是父母給我的。	この家は親からもらったものです。

□ 父親非常疼惜母親。	➡	父は母をとても大事にしています。

4/11 哥哥

CD111

□ 家兄目前在貿易公司任職。	➡	兄は貿易会社へ行っています。
□ 哥哥以前在郵局上班。	➡	兄は郵便局に勤めていました。
□ 哥哥很會打棒球。	➡	兄は野球が上手です。
□ 哥哥以前很帥。	➡	兄は格好よかったです。
□ 很溫柔的哥哥。	➡	やさしいお兄ちゃんでした。
□ 哥哥經常照顧我。	➡	兄が私のめんどうをいつも見てくれました。
□ 我經常跟在哥哥的後面。	➡	僕はいつも兄の後を追いかけていた。
□ 哥哥每天工作到很晚。	➡	兄は毎日夜遅くまで仕事していた。
□ 我對哥哥經常唯命是從。	➡	僕はよく兄のいいなりになってしまった。
□ 我常跟哥哥吵得不可開交。	➡	僕と兄はいつも激しくけんかをしていた。
□ 我跟哥哥學開車。	➡	兄から自動車の運転を習っています。

☐ 哥哥教我很多事情。 ➡ ▲お兄さんがいろんなことを教えてくれた。

A：「お兄ちゃん、この漢字はどう読むの。」
／哥哥，這個漢字怎麼唸呢？

B：「これは『地面』と読むんだよ。」
／這個唸「地面」。

☐ 我最喜歡哥哥了。 ➡ お兄ちゃんのこと、大好きです。

☐ 哥哥總是保護我。 ➡ ▲兄はいつも僕のことを守ってくれた。

A：「お兄ちゃん、僕も連れて行ってよ。」
／哥哥，你帶我一起去嘛。

B：「ああ、一緒においで。」
／好啊，跟我一起走吧。

☐ 我常跟哥哥手牽手。 ➡ ▲いつも兄と手をつないでいた。

A：「お兄ちゃん、久しぶりです。」
／哥哥，好久不見了。

B：「本当に久しぶりだねえ。」
／真的好久不見了耶。

☐ 哥哥結婚了。 ➡ 兄は結婚しました。

☐ 哥哥生了重病。 ➡ 兄は重い病気にかかっています。

☐ 哥哥都把討厭的工作丟給我。 ➡ 兄は嫌な仕事を僕にさせる。

4／12 姊姊

CD111

☐ 我和姊姊上同一所學校。	▲姉(あね)と学校(がっこう)が同(おな)じでした。 A：「お姉(ねえ)さんはあなたよりいくつ上(うえ)ですか。」 ／請問您的姊姊比您大幾歲呢？ B：「三(みっ)つ上(うえ)です。」 ／她大我三歲。
☐ 姊姊經常幫助我。	姉(あね)はいつも私(わたし)を助(たす)けてくれた。
☐ 姊姊超喜歡小妹的。	姉(あね)は妹(いもうと)のことが好(す)きで好(す)きで仕方(しかた)ないです。
☐ 姊姊經常跟我在一起。	姉(あね)はいつも一緒(いっしょ)にいてくれた。
☐ 姊姊人很開朗，很會照顧別人。	姉(あね)は明(あか)るく面倒見(めんどうみ)がいいです。
☐ 姊姊為我挑選了一件適合我穿的毛衣。	姉(あね)が私(わたし)に合(あ)うセーターを選(えら)んでくれました。
☐ 這條裙子是姊姊給我的。	このスカートは姉(あね)からもらったものです。
☐ 由於父母在我很小的時候就過世了，所以是由姊姊將我一手撫養成人的。	両親(りょうしん)が早(はや)く亡(な)くなったので、姉(あね)が私(わたし)を育(そだ)ててくれました。
☐ 姊姊很優秀。	姉(あね)は結構(けっこう)優秀(ゆうしゅう)です。
☐ 姊姊開始一個人過生活。	お姉(ねえ)ちゃんは一人(ひとり)暮(ぐ)らしを始(はじ)めた。
☐ 命運老愛捉弄姊姊。	運命(うんめい)はいつも姉(あね)にいたずらをしていた。
☐ 姊姊很少哭。	姉(あね)はめったに泣(な)かない。

□ 姊姊老是在睡覺。 ➡ 姉は、いつも寝てばっかりです。

□ 姊姊經常晚歸。 ➡ 姉は夜遅く帰ることが多い。

□ 姊姊老想著提高年收。 ➡ 姉はいつも年収アップのことを考えていた。

□ 姊姊像個惡魔。 ➡ 姉は悪魔のようだ。

□ 姊姊的存在對妹妹造成很大的困擾。 ➡ 妹 はいつも姉の存在に悩まされている。

□ 姊姊跟媽媽把我當傭人一般使喚。 ➡ ▲姉貴と母さんにこき使われていた。

A：「ほら、お湯が沸いたわよ。」
／你看，水燒開了唷。

B：「は～い。」
／我來囉～。

□ 跟姊姊老是話不投機半句多。 ➡ 姉との会話はいつも続かない。

□ 姊姊跟媽媽常吵架。 ➡ 姉と母はよくけんかしていた。

□ 我的姊姊在二十三歲那一年結婚了。 ➡ 姉は23歳のとき結婚しました。

□ 因為姊姊有三個年紀尚幼的小孩，所以非常忙碌。 ➡ 姉は小さい子が3人いるのでとても忙しいです。

4／13 弟弟

CD111

我有一個弟弟。	弟(おとうと)が一人(ひとり)います。
弟弟比我小三歲。	弟(おとうと)は三(みっ)つ下(した)です。
我的弟弟還在上學。	弟(おとうと)はまだ学生(がくせい)です。
弟弟總是跟狗玩在一起。	弟(おとうと)はいつも犬(いぬ)といっしょに遊(あそ)んでいる。
經常跟弟弟一起玩耍。	いつも弟(おとうと)と遊(あそ)んでいるのです。
弟弟經常笑得很開朗。	弟(おとうと)はいつも明(あか)るい声(こえ)で笑(わら)っています。
我以前和弟弟住在同一棟公寓裡。	弟(おとうと)と同(おな)じアパートに住(す)んでいました。
弟弟的腦筋比我聰明。	私(わたし)より弟(おとうと)のほうが頭(あたま)がいい。
弟弟老跟大家添麻煩。	弟(おとうと)はいつもみんなに迷惑(めいわく)かけていた。
小時候，我常和弟弟吵架。	小(ちい)さいころ弟(おとうと)とよくけんかした。
由於我和弟弟的聲音很像，所以打電話來的人常分不清楚是誰。	声(こえ)が似(に)ているので電話(でんわ)で弟(おとうと)と間違(まちが)えられます。

4／14 妹妹

CD112

我有小我三歲的妹妹。	僕(ぼく)には、三(みっ)つ下(した)の妹(いもうと)がいます。

□ 妹妹很會耍性子。 ➡ 妹(いもうと)はわがままです。

□ 妹妹很活潑。 ➡ 妹(いもうと)は明(あか)るいです。

□ 妹妹經常笑嘻嘻的。 ➡ 妹(いもうと)はいつもニコニコ笑(わら)っている。

□ 你妹妹真是可愛。 ➡ とてもかわいい妹(いもうと)さんですね。

□ 有個活潑的妹妹，我真感到高興。 ➡ 元気(げんき)な妹(いもうと)ができて嬉(うれ)しいです。

□ 妹妹總是跟我在一起。 ➡ 妹(いもうと)はいつも私(わたし)といっしょでした。

□ 妹妹最喜歡哥哥，總是跟在他後面。 ➡ 妹(いもうと)はいつもお兄(にい)ちゃんが大好(だいす)きであとを追(お)っている。

□ 您的妹妹已經長這麼大了呀。 ➡ 妹(いもうと)さんもずいぶん大(おお)きくなりましたね。

□ 如果您身上帶著令妹的照片，請借我看一看。 ➡ 妹(いもうと)さんの写真(しゃしん)を持(も)っていたら見(み)せてください。

□ 最小的妹妹，嫁出去了。 ➡ 末(すえ)の妹(いもうと)は、嫁(よめ)に行(い)ってしまった。

□ 煩請您幫忙轉告令妹一聲：我明天無法和她見面。 ➡ 明日(あした)はお会(あ)いできないと妹(いもうと)さんに伝(つた)えてください。

□ 在兄弟姊妹之中，只有我上了大學。 ➡ 兄弟(きょうだい)の中(なか)で私(わたし)だけが大学(だいがく)へ行(い)きました。

4／15 兒女

CD112

- □ 結婚七年以後，才終於有了小寶寶。 ➡ 結婚(けっこん)してから7年(ねん)たって、やっと子供(こども)ができた。
- □ 我有三個孩子，已經全都是大學生了。 ➡ 子供(こども)が3人(にん)いますが、みんなもう大学生(だいがくせい)です。
- □ 我家有一個男孩、兩個女孩。 ➡ うちには男(おとこ)の子(こ)が一人(ひとり)、女(おんな)の子(こ)が二人(ふたり)います。
- □ 我家有我們夫妻倆、兩個孩子、還有岳父母，一共六個人。 ➡ うちは私(わたし)たち夫婦(ふうふ)と子供二人(こどもふたり)と妻(つま)の両親(りょうしん)の6人(にん)家族(かぞく)です。
- □ 生下了一個男孩。 ➡ 男(おとこ)の子(こ)が生(う)まれました。
- □ 無論是男孩或女孩都一樣好。 ➡ 男(おとこ)の子(こ)でも女(おんな)の子(こ)でもどっちでもいいです。
- □ 頭一胎希望生個女的。 ➡ 最初(さいしょ)は女(おんな)の子(こ)がいい。
- □ 接下來希望生個男孩。 ➡ ▲次(つぎ)は男(おとこ)の子(こ)がほしい。

  A：「お子(こ)さんはいくつになりましたか。」

  ／請問您的孩子幾歲了呢？

  B：「10歳(さい)になりました。」

  ／已經十歲了。

- □ 我的女兒在四月以後，就上小學一年級了。 ➡ 娘(むすめ)は4月(がつ)から小学校(しょうがっこう)１年生(ねんせい)になります。
- □ 希望能夠養育出活潑開朗的孩子。 ➡ 明(あか)るい子供(こども)に育(そだ)ってほしい。
- □ 母親正牽著男孩的手。 ➡ 母親(ははおや)が男(おとこ)の子(こ)の手(て)を引(ひ)いています。
- □ 陪小孩玩了一整天。 ➡ 一日中(いちにちじゅう)子供(こども)と遊(あそ)んだ。

□	只可以待在安全的地方玩耍喔。	➡	危(あぶ)なくないところで遊(あそ)びなさい。
□	別那麼嚴厲地斥責小孩！	➡	そんなに子供(こども)をしかるな。
□	才只有七歲而已，已經會一個人搭電車。	➡	七(なな)つなのに一人(ひとり)で電車(でんしゃ)に乗(の)れる。
□	無論孩子長到幾歲，父母永遠都會擔心。	➡	親(おや)は子供(こども)がいくつになっても心配(しんぱい)する。
□	請問哪裡有賣小男孩的鞋子呢？	➡	男(おとこ)の子(こ)の靴(くつ)はどこで売(う)っていますか。
□	我想讓兒子去學柔道。	➡	息子(むすこ)に柔道(じゅうどう)を習(なら)わせたいと思(おも)っています。
□	不曉得兒子願不願意去工作呢？	➡	息子(むすこ)が働(はたら)いてくれないかなあ。
□	女兒每天都很晚才回到家，真令我頭痛萬分。	➡	毎日帰(まいにちかえ)りが遅(おそ)い娘(むすめ)には頭(あたま)が痛(いた)い。
□	只要一想到女兒已經過了三十歲卻還沒結婚，就讓我就睡不著覺。	➡	30歳(さい)を過(す)ぎても結婚(けっこん)しない娘(むすめ)のことを考(かんが)えると頭(あたま)が痛(いた)い。
□	只要一想到不去上大學的兒子，我就睡不著覺。	➡	大学(だいがく)に行(い)かない息子(むすこ)のことを考(かんが)えると夜(よる)も眠(ねむ)れない。
□	只要一想到孩子們的學費，我就忐忑不安。	➡	子供(こども)たちの学費(がくひ)を考(かんが)えると不安(ふあん)でしょうがない。
□	一定要以長遠的眼光為孩子的成長過程做打算。	➡	子供(こども)の成長(せいちょう)は長(なが)い目(め)で見(み)なくてはなりません。
□	為了供三個孩子上大學，妻子也在工作。	➡	3人(にん)の子供(こども)たちを大学(だいがく)に上(あ)げるために妻(つま)も働(はたら)いています。
□	等孩子長大後，希望夫妻倆單獨去國外旅遊。	➡	子供(こども)が大(おお)きくなったら、夫婦二人(ふうふふたり)だけで外国(がいこく)旅行(りょこう)をしたい。

4／16 親戚

CD112

□	叔叔和家父長得很像。	→	おじは父によく似ています。
□	舅舅比家母小三歲。	→	おじは母より三つ下です。
□	我的姑姑是護士。	→	おばは看護師です。
□	我在阿姨的店裡工作。	→	おばの店で働いています。
□	叔叔的酒量很好。	→	おじは酒が強い。
□	小時候，伯父非常疼我。	→	子供のころおじにかわいがってもらった。
□	住在奈良的叔叔來家裡玩。	→	奈良のおじが訪ねてきた。
□	舅舅寄了信來。	→	おじから手紙が来た。
□	住在鄉下的表叔寄來了地方特產。	→	田舎のおじさんからお土産が届きました。
□	堂叔和爸爸一起去釣魚了。	→	おじさんは父と一緒につりに行きました。
□	我去住在東京的伯父家。	→	東京のおじの家に泊めてもらいました。
□	請問叔叔在和我一樣大的時候，在做什麼呢？	→	おじさんが僕ぐらいの年のときは何をしていましたか。
□	伯父，非常感謝您送我的書。	→	おじさん、本を送ってくださってありがとうございました。

□ 我當年上大學時，是住在山口阿姨的家裡通學。 ➡ ▲学生のときは山口のおばの家から大学に通っていました。

A：「おばさんはお元気？」
／您的姑姑最近好嗎？

B：「ええ、おばは元気ですが、おじが少し弱くなりました。」
／嗯，我姑姑很好，不過姑丈的身體有點虛弱。」

□ 舅舅，我下個月會去東京，想和您見面。 ➡ ▲おじさん、来月東京に行くのでお会いしたいと思います。

A：「おじさんが入院したそうですね。」
／聽說您的舅舅住院了喔？

B：「ええ、病気があそこまで悪いとは思いませんでした。」
／是啊，實在沒有想到病情這麼嚴重。

□ 伯父，祝您早日康復。 ➡ おじさん、早く元気になってください。

□ 舅舅代替我過世的父母，將我撫養成人。 ➡ おじは死んだ親の代わりに育ててくれた。

4／17 家人的工作

CD113

□ 哥哥是行銷員。 ➡ 兄はセールスマンです。

□ 你哥哥在哪家公司上班？ ➡ お兄さんの会社はどちらですか。

- ☐ ABC汽車。 ➡ ＡＢＣ(エービーシー)自動車(じどうしゃ)です。
- ☐ 你妹妹從事什麼工作？ ➡ 妹(いもうと)さんのお仕事(しごと)は？
- ☐ 當公司秘書。 ➡ 会社(かいしゃ)で秘書(ひしょ)をしています。
- ☐ 打零工的。 ➡ フリーターです。
- ☐ 是汽車公司。 ➡ 車(くるま)の会社(かいしゃ)です。

4／18 家人的個性

CD113

- ☐ 我姊姊很活潑。 ➡ 姉(あね)は明(あか)るいです。
- ☐ 姊姊不小氣。 ➡ 姉(あね)はけちではありません。
- ☐ 姊姊朋友很多。 ➡ 姉(あね)は友(とも)だちが多(おお)いです。
- ☐ 姊姊沒有男朋友。 ➡ 姉(あね)は彼氏(かれし)がいません。
- ☐ 妹妹喜歡看電影。 ➡ 妹(いもうと)は映画(えいが)が好(す)きです。
- ☐ 我姊姊會喝酒。 ➡ 姉(あね)はお酒(さけ)を飲(の)みます。
- ☐ 我哥哥住在東京。 ➡ 兄(あに)は東京(とうきょう)に住(す)んでいます。

□	我弟弟一個人住。	➡	弟(おとうと)は一人暮(ひとりぐ)らしです。

4／19 將來的希望

CD113

□	你以後想要從事什麼行業？	➡	将来何(しょうらいなに)になりたいですか。
□	我還不知道。	➡	まだ分(わ)かりません。
□	以後想要在貿易公司工作。	➡	将来(しょうらい)は商社(しょうしゃ)で働(はたら)きたいです。
□	未來想要當新聞記者。	➡	ジャーナリストになりたいです。
□	等我退休以後，想去南方的島嶼過著悠閒的生活。	➡	退職(たいしょく)したら、南(みなみ)の島(しま)でのんびり過(す)ごしたいです。
□	未來想到國外工作。	➡	いつか海外(かいがい)で働(はたら)きたいと思(おも)っています。
□	如果能和他結婚就太好了。	➡	彼(かれ)と結婚(けっこん)できればいいなと思(おも)います。
□	想要早點獨當一面，以便孝順父母。	➡	早(はや)く自立(じりつ)して、親孝行(おやこうこう)したいです。
□	如果能夠的話，希望盡早蓋一棟屬於自己的房子。	➡	できるだけ早(はや)く、マイホームを建(た)てたいです。
□	期望能夠考上想要就讀的學校。	➡	志望校(しぼうこう)に合格(ごうかく)できますように。
□	只要家人們全都身體健康，就非常幸福了。	➡	家族(かぞく)がみんな健康(けんこう)であれば、それで十分幸(じゅうぶんしあわ)せです。

4／20 夢想

CD113

□	將來我想當歌手。	➡	将来歌手になりたいです。
□	以後想做什麼？	➡	将来、何になりたいですか。
□	為什麼？	➡	どうしてですか。
□	因為喜歡唱歌。	➡	歌が好きだからです。
□	你想從事什麼工作？	➡	どんな仕事をしたいですか。
□	我想從事貿易工作。	➡	貿易の仕事がやりたいです。
□	因為很有挑戰性。	➡	やりがいがあるからです。
□	因為很有趣的樣子。	➡	面白そうだからです。
□	我想開公司。	➡	自分の会社を持ちたいです。
□	你現在最想要什麼？	➡	今、何がほしいですか。
□	我想要交朋友。	➡	友だちがほしいです。
□	為什麼想要錢？	➡	なぜ、お金がほしいですか。
□	因為想再多唸書。	➡	もっと勉強したいからです。
□	因為想旅行。	➡	旅行したいからです。

□	因為我想留學。	➡	留学したいからです。
□	為什麼想要車子？	➡	どうして、車がほしいですか。
□	因為我想跟女友約會。	➡	彼女とデートしたいからです。
□	因為方便。	➡	便利だからです。
□	你想要什麼樣的房子。	➡	どんな家がほしいですか。
□	我想要VOLVO車。	➡	ボルボの車がほしいです。
□	現在，我最想要朋友。	➡	今、友達が一番ほしいです。
□	因為在一起感到很快樂。	➡	一緒にいると楽しいからです。

4／21 宗教

CD113

□	我是個虔誠的基督徒。	➡	私は敬虔なキリスト教信者です。
□	我沒有特定的宗教信仰。	➡	私は無宗教です。
□	請問基督教是什麼時候傳入日本的呢？	➡	キリスト教はいつごろ日本に伝道されましたか。
□	請問是淨土真宗的哪一個教派呢？	➡	浄土真宗の何派ですか。

□	星期天會全家一起上教會做禮拜。	➡	日曜日（にちようび）には家族（かぞく）そろって教会（きょうかい）へ礼拝（れいはい）に行（い）きます。
□	在盂蘭盆節時，必定會去掃墓。	➡	お盆（ぼん）には必（かなら）ずお墓参（はかまい）りに行（い）きます。
□	請問您向神明許了什麼願望呢？	➡	神様（かみさま）に何（なに）をお願（ねが）いしましたか。
□	與僧侶一起誦經。	➡	お坊（ぼう）さんと一緒（いっしょ）にお経（きょう）を唱（とな）えます。
□	請問已經準備好供品了嗎？	➡	お供（そな）え物（もの）はもう準備（じゅんび）してありますか。
□	在用餐前先禱告。	➡	食事（しょくじ）の前（まえ）に祈（いの）りを捧（ささ）げます。

補充單字

国（くに） 國家，故鄉	誕生日（たんじょうび） 生日	プレゼント 禮物
友達（ともだち） 朋友	住（す）む 住，居住	結婚（けっこん）（する） 結婚
家族（かぞく） 家人，家庭	働（はたら）く 工作，勞	

Chapter 05 外表

■)) CD114

走在日本街頭，可以看到從中學生到歐巴桑，幾乎都會上妝，年輕女生就更不用說了。化妝與皮膚保養對日本女性來說，除了美觀，也是專業的表現，更是日本「禮貌文化」的基本態度，總是要顧慮到他人感受，不該讓不好的氣色或憂愁的表情，影響他人對自己的觀感。

5／1 外貌（一）

1

我長得像父親。

私(わたし)は父(ちち)に似(に)ています。

2

兄弟三人長得一模一樣。

兄弟(きょうだい)3人(にん)そっくりです。

3

比實際年齡看起來年輕。

私(わたし)は年(とし)より若(わか)く見(み)えます。

4

外貌看來雖然年輕，其實已經四十歲了。

見(み)た目(め)は若(わか)いけど、実(じつ)はもう４０歳(さい)です。

5

他越來越帥氣了。

彼(かれ)はだんだん格好(かっこう)よくなってきた。

6

她的身材就像模特兒般曼妙。

彼女(かのじょ)はスタイルがよくて、モデルのようです。

7

他的長相雖然英俊瀟灑，卻不是我喜歡的類型。

ハンサムだけど、わたし好(ごの)みの顔(かお)じゃないです。

8

請問有沒有人說過您長得和松嶋菜菜子很像呢？

松嶋菜々子(まつしまななこ)に似(に)ていると言(い)われたことがありませんか。

9

她總是充滿青春活力呀。

彼女(かのじょ)はいつも若々(わかわか)しいですね。

10

可能是因為過去飽經風霜，看起來比實際年紀還要蒼老。

苦労(くろう)してきたせいか、年(とし)の割(わり)に老(ふ)けて見(み)えます。

5／2 外貌（二）

CD114

□	爸爸和媽媽都已經不再年輕了。	➡	父も母も、もう若くないです。
□	和田先生的太太長得年輕貌美。	➡	和田さんの奥さんは若くてきれいです。
□	那位太太多年來一直保持著美麗的容貌。	➡	あの奥さんはいくつになってもきれいだ。
□	所有的小寶寶都長得很可愛。	➡	赤ちゃんはみんなかわいい。
□	小寶寶的手小小的，好可愛喔。	➡	赤ちゃんの手は小さくてかわいい。
□	令千金變得越來越可愛囉。	➡	お嬢さん、かわいくなりましたねえ。
□	我那孫子真是可愛極了。	➡	孫はかわいいですねえ。
□	爺爺雖然上了年紀，但是心態卻非常年輕。	➡	おじいさんは年をとっていますが、気持ちはとても若い。
□	我和校長會面後，才知道他非常年輕，讓我吃了一驚。	➡	校長先生に会ったらとても若いので驚きました。

5／3 外貌（三）

CD114

□	咦，那是誰呀？	➡	あら、それ、だれ？
□	你是說這個人嗎？是大學同學山田。	➡	これですか。大学時代の山田です。
□	嘎？簡直像是另一個人耶。	➡	え？別人みたいですね。

□	是啊，她以前一直都很胖呀。	➡	昔はずいぶん太っていましたよね。
□	太讓我驚訝了，她現在的身材那麼苗條耶。	➡	驚きました、こんなに痩せて。
□	再加上她把頭髮留長。	➡	それに、髪も伸ばしてるし。
□	而且又戴上了眼鏡。	➡	眼鏡もかけるようになりましたから。
□	真的耶，完全認不出是她哩。	➡	本当、全然わかりませんでした。

5／4 臉部

CD114

□	每個人的長相都不一樣。	➡	顔は一人ずつみんな違います。
□	瑪利亞小姐的眼睛是藍色的。	➡	マリヤさんは青い目をしている。
□	我常被人家說有張娃娃臉。	➡	よく童顔だと言われます。
□	真希望有雙明亮有神的大眼睛。	➡	パッチリした目になりたいです。
□	我喜歡輪廓深邃的面孔。	➡	彫りが深い顔が好きです。
□	您長得真像日本的古典美女呀。	➡	純日本風のお顔ですね。
□	真希望能和安室奈美惠同樣有張小臉蛋。	➡	安室奈美恵のような小顔になりたいです。

☐	長相五官分明。	➡	すっきりした顔立ちです。
☐	眼睛大、鼻梁挺。	➡	目鼻立ちがはっきりしている。
☐	與其說是美女，不如說是可愛類型的。	➡	美人と言うより、かわいい系です。
☐	臉蛋長得像混血兒。	➡	ハーフのような顔つきです。
☐	歐洲人的鼻子很高挺。	➡	ヨーロッパ人は鼻が高い。
☐	自從過了三十歲以後，感覺黑斑和皺紋似乎越來越多了。	➡	30歳を超えてから、シミやしわが増えてきた気がする。
☐	摔傷了臉。	➡	転んで顔をけがした。
☐	妹妹在耳朵戴著穿針式的耳環。	➡	妹は耳にピアスをしています。
☐	在看書的時候會戴眼鏡。	➡	本を読むときは眼鏡をかけます。

5／5 髮型

CD115

☐	每天都會洗頭。	➡	毎日頭を洗います。
☐	長島小姐的秀髮既長又黑。	➡	長島さんの髪の毛は長くて黒い。
☐	日本人和中國人的頭髮是黑色的。	➡	日本人や中国人の髪の毛は黒い。

□	才不過四十歲而已，頭髮都已經白了。	➡	まだ40歳なのに頭が白い。
□	我爸爸的頭髮已經變得稀疏了。	➡	父は頭が薄くなった。
□	我從五十歲左右，頭髮就開始日漸稀疏了。	➡	50歳の頃から髪の毛がだんだん薄くなってきた。
□	髮絲都披到臉上了，令人心煩意亂。	➡	顔に髪の毛がかかってうるさい。
□	最近流行捲髮。	➡	最近、巻き髪がはやっています。
□	每天早上都自己捲燙頭髮。	➡	毎朝、自分で髪を巻いています。
□	小學時代時常把頭髮中分，編成兩條麻花辮。	➡	小学生のころは、よくおさげにしていました。
□	梳丸子頭是最近比較受歡迎的髮型喔。	➡	お団子ヘアが最近のお気に入りです。
□	高中的棒球選手多半剃光頭喔。	➡	高校の野球選手は坊主頭が多いですね。
□	去理髮店把頭髮剪短了。	➡	床屋で髪を短くしてもらった。
□	由於天氣變熱了，想要剪個短髮。	➡	暑くなってきたので、ショートカットにしようと思います。
□	請問您今天想要做什麼樣的髮型呢？	➡	今日はどんなふうにいたしましょうか。
□	失戀以後，就把頭髮剪短了。	➡	失恋して、髪を短く切りました。
□	今天早上出門前時間不夠，來不及梳整頭髮。	➡	今朝は時間がなかったので、セットできませんでした。

- [ ] 我想要把頭髮留到與肩齊。➡ 肩まで髪を伸ばすつもりです。
- [ ] 最近時常看到有人綁馬尾。➡ ポニーテールをしている人を、よく見かけるようになりました。

5/6 體型（一）

CD115

- [ ] 請問您有多高呢？ ➡ 背はいくらありますか。
- [ ] 一百七十公分。 ➡ 170センチです。
- [ ] 她的腿很纖細，非常漂亮。➡ 彼女の足は細くてきれいだ。
- [ ] 她的身材曲線真是棒極了。➡ 彼女は体の線がすばらしい。
- [ ] 假如腿能再長一點，身材可算是很棒的。 ➡ 足がもう少し長かったら格好いいのに。
- [ ] 小寶寶的腳只有一丁點大，讓我感覺很驚訝。 ➡ 赤ちゃんの足が小さいのに驚いた。
- [ ] 腳趾甲變長了。 ➡ 足のつめが伸びた。
- [ ] 我看到自己映在鏡中的體型了。 ➡ 鏡に映った自分の体を見た。
- [ ] 身材太高大了，結果棉被根本無法蓋住手和腳。 ➡ 体が大きくて布団から手や足が出てしまいます。
- [ ] 因為變胖了，所以不得不在皮帶上額外打洞。 ➡ 太ったのでベルトの穴を開けなくてはならない。

5／7 體型（二）

CD115

□ 這一位的身材纖瘦得幾乎會被風吹走。	飛(と)ばされそうなぐらい華奢(きゃしゃ)な方(かた)です。
□ 大約是中等身材。	中肉中背(ちゅうにくちゅうぜい)といったところです。
□ 最近身材越來越像歐巴桑了。	最近(さいきん)、おばさん体形(たいけい)になってきた。
□ 乍看之下雖然略胖，但是運動神經似乎高人一等。	一見(いっけん)、小太(こぶと)りですが、運動神経(うんどうしんけい)は抜群(ばつぐん)だそうです。
□ 真是肌肉結實的優良體格呀。	筋肉(きんにく)のしまったいい体(からだ)をしていますね。
□ 由於腿短，所以不適合穿牛仔褲。	足(あし)が短(みじか)いので、ジーンズは似合(にあ)いません。
□ 我喜歡身材較為豐滿的人。	ぽっちゃり気味(ぎみ)の人(ひと)の方(ほう)が好(す)きです。
□ 我希望能變得和模特兒一樣纖瘦。	モデルのように細(ほそ)くなりたいです。
□ 我的男友身材非常棒喔。	私(わたし)の彼(かれ)は体格(たいかく)がいいですよ。
□ 雖然瘦，卻有肌肉喔。	痩(や)せていますが、筋肉(きんにく)はありますよ。

5／8 化妝

CD115

□ 她的臉上總是帶著妝。	彼女(かのじょ)はいつも化粧(けしょう)している。
□ 請問您通常花幾分鐘化妝呢？	お化粧(けしょう)に何分(なんぷん)ぐらいかかりますか？

□	最好不要化太濃的妝喔。	➡	あまり厚化粧にしない方がいいですよ。
□	臉頰的腮紅上得太重了，看起來有點奇怪。	➡	チークの色が濃すぎてなんか変です。
□	我認為化淡妝，給人清純的感覺比較好。	➡	薄化粧のほうが、清楚な感じで印象がいいと思います。
□	請人教我化正在流行的彩妝。	➡	はやりのメイクを教えてもらいました。
□	絕不給別人看到我沒化妝的臉孔。	➡	スッピンは誰にも見せられない。
□	不同的臉妝會給人截然迥異的印象。	➡	メイクによって印象がずいぶん変わります。
□	如果不化妝的話，簡直就像是另一個人似的。	➡	化粧しないと別人ですね。
□	即使沒化妝也很美麗喔。	➡	ノーメイクでもきれいですね。

5／9 頭髮

CD116

□	我的頭髮是咖啡色的。	➡	私の髪は茶色です。
□	請問您有染髮嗎？	➡	髪を染めていますか？
□	我是自然捲。	➡	私は天然パーマです。
□	我的頭髮原本就會有點亂翹。	➡	もともとちょっと癖毛です。

□ 梅雨季節時頭髮就會變得扁塌，真討厭。	梅雨時は髪が広がるので、嫌です。
□ 空氣乾燥的話，頭髮就很容易有分岔。	乾燥すると、枝毛ができやすいです。
□ 請問這是您的真髮嗎？	これは地毛ですか？
□ 請問您是用什麼方式來保養這一頭柔順的秀髮呢？	髪がサラサラですが、どんなお手入れをしているのですか？
□ 真是有光澤的美麗秀髮呀。	つやがあって、きれいな髪ですね。

5／10 肥胖

CD116

□ 最近變胖了。	最近、太り始めました。
□ 我有留神別在元月過年期間變胖。	正月太りしないように気をつけています。
□ 可能是上了年紀，肚子越來越凸了。	年のせいか、おなかが出てきました。
□ 最近長出了雙下巴。	この頃、二重あごになってきました。
□ 結婚以後，可能是日子過得太幸福，似乎變胖了。	結婚して、どうも幸せ太りしてしまったようです。
□ 真希望能減掉這顆啤酒肚呀。	このビール腹をなんとかしたいです。
□ 我覺得圓潤一點的人看起來比較可愛。	ちょっとぽっちゃりしている方がかわいいと思います。

□	我是個胃口超大的瘦子，不管吃了多少都不會長肉。	➡	私は痩せの大食いで、いくら食べても全然太りません。
□	由於我的體質很容易水腫，所以在睡前會注意盡量不攝取水份。	➡	むくみやすいので、寝る前には水分を摂らないようにしています。
□	因為心情不好而狂吃發洩，結果胖了五公斤之多。	➡	やけ食いして、5キロも太ってしまいました。

5／11 瘦身

CD116

□	我正在減重。	➡	ダイエットをしています。
□	希望在夏天來臨之前能再減掉三公斤。	➡	夏までにあと3キロ減らしたいです。
□	我打算等瘦下來以後，去買那件洋裝。	➡	痩せたら、あのワンピースを買うつもりです。
□	明明沒吃什麼東西，卻怎麼也瘦不下來。	➡	あまり食べていないのに、一向に痩せません。
□	請問是用什麼方法瘦下多達十公斤呢？	➡	どんな方法で10キロも痩せたのですか？
□	太瘦的話對身體不好喔。	➡	やせ過ぎは体に良くないですよ。
□	雖然嘗試了〇〇減重法，卻沒能成功變瘦。	➡	〇〇ダイエットに挑戦したけど、失敗した。
□	現在不吃甜食和含油量高的食物。	➡	甘いものと脂っこいものを摂らないようにしています。
□	如果可以的話，希望在八月前瘦到50公斤以下。	➡	できれば8月までに50キロを切りたいのですが。

☐ 花三個月就瘦回生產前的體重了。 → 3カ月(げつ)で出産前(しゅっさんまえ)の体重(たいじゅう)に戻(もど)りました。

補充單字

わか 若い 年輕，有朝氣	かみ　け 髪（の毛） 頭髪	めがね 眼鏡 眼鏡
め 目 眼睛	みみ 耳 耳	ほん 本 書
よ 読む 閱讀，看	くろ 黒い 黑（色）	しろ 白い 白（色）
せ／せい 背 身長，背	あし 足 腳	て 手 手
ふと 太る 胖	や 痩せる 瘦	からだ 体 身體
きんにく 筋肉 肌肉	けしょう 化粧（する） 化妝	たいじゅう 体重 體重

Chapter 06 性格

CD117

日本人都不表達自己的意見嗎？其實並非全然如此，而是他們表達的方式非常含蓄，尤其是對於負面的評價，態度非常溫和、語帶保留，目的是不想使對方感到太過沮喪，導致談話氣氛緊張或是氣氛低落，或是使得第三者處境尷尬。總而言之，是一種顧全大局、避免給別人造成困擾的作法。

6／1 性格

1

日本女子很溫柔。

▲日本(にほん)の女性(じょせい)は優(やさ)しい。

A：「どんな人(ひと)が好(す)き？」
／你喜歡哪種個性的人呢？

B：「優(やさ)しい人(ひと)がいいわね。」
／我覺得溫柔體貼的人蠻不錯的。

2

山田小姐的眼神很溫柔，是位美麗的女子。

山田(やまだ)さんは目(め)が優(やさ)しくてきれいな人(ひと)です。

3

他雖然長相醜惡，但是心地善良。

彼(かれ)は顔(かお)は怖(こわ)いが気持(きも)ちは優(やさ)しい。

4

住在鄉下的姑姑對我總是格外慈祥。

田舎(いなか)のおばは私(わたし)にいつも優(やさ)しかった。

5
自己的事要自己做。
自分のことは自分でします。

6
哥哥喜歡引人注目。
兄は目立つのが好きです。

7
我屬於怕生的類型。
私は人見知りするタイプです。

8
她很容易害羞。
彼女は恥ずかしがり屋です。

9
小林先生真是個進退有禮的人。
小林さんは実に礼儀正しい方です。

10
年紀雖輕，卻很穩重可靠哪。
年の割にしっかりしていますね。

11
他的個性沉穩，總是一個人在看書。
彼は物静かな性格で、いつも一人で本を読んでいます。

12
由於他的個性穩重，還以為年紀比我大。
落ち着いているので、年上かと思いました。

13 很高興能將他撫養成直率敦厚的好孩子。

素直ないい子に育ってくれて、うれしいです。

14 弟弟的女朋友是個謙卑溫婉的好女孩。

弟の彼女はひかえ目でおとなしい人です。

15 伊藤先生總是有話直說。

伊藤さんはいつもはっきりものを言います。

16 她雖然長相並非特別美麗，卻是個體貼的人。

彼女はそれほど美人ではないけれど、心の温かい人です。

17 他雖然表面上很有禮貌，卻讓人摸不清他在心裡盤算些什麼。

彼はとても丁寧だが、心の中では何を考えているのか分からない。

18 他的心胸很寬大，只要真誠地向他道歉，一定會原諒你的。

彼は心が広いから、ちゃんと謝れば、きっと許してくれる。

19 己所不欲，勿施於人。

自分がされたらいやなことは、人にもしてはいけません。

積極的性格

CD117

□	真是個善解人意的人呀。	よく気がきく方ですね。
□	心胸真寬大呀。	本当に心が広いですね。
□	他在任何時刻都抱持積極的態度。	彼はどんな時も前向きです。
□	真是個寬容為懷的人呀。	寛容な方ですね。
□	他經常說些好笑的話。	彼はいつも面白いことを言う。
□	由於她個性開朗，大家都很喜歡她。	彼女は明るい性格なので、みんなに好かれています。
□	他雖然看起來很恐怖，其實很容易和人打成一片。	見た目は怖いですが、打ち溶けやすい人ですよ。
□	她的性格很大而化之，很容易在一起相處。	彼女はサバサバしていて、付き合いやすい性格です。
□	丈夫對我還有我的家人都非常體貼。	夫は私にも、私の家族にもとても優しいです。
□	只要和她在一起，就變得神采奕奕。	彼女と一緒にいるだけで、元気になれます。
□	我希望能夠養育出懂得體貼的孩子。	思いやりのある子に育ってほしいと思います。
□	我們用開朗的聲音向大家打招呼吧。	明るい声で挨拶をしましょう。

6／3

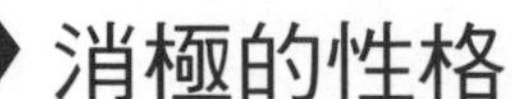

消極的性格

CD117

□	他心地不好。	➡	彼は意地悪です。
□	她很自私。	➡	彼女は自分勝手です。
□	父親很頑固。	➡	父は頑固です。
□	哥哥動不動就生氣。	➡	兄は怒りっぽいです。
□	姊姊很神經質。	➡	姉は神経質です。
□	弟弟很沒責任感。	➡	弟は責任感がありません。
□	妹妹自我意識很強。	➡	妹は自己中心的です。
□	隔壁的太太很小氣。	➡	隣の奥さんはけちです。
□	部長人很冷漠。	➡	部長は冷たい人です。
□	女兒的想法非常裹足不前。	➡	娘は極度の引っ込み思案です。
□	那個人真是長舌呀。	➡	あの人は本当におしゃべりですね。
□	雖然很想改進急躁的個性，卻遲遲無法如願。	➡	短気な性格を直したいんですが、なかなかうまくいきません。
□	如果過於一毛不拔的話，可就交不到朋友囉。	➡	あまりケチケチしていると、友達ができませんよ。
□	以前的個性很陰沉。	➡	昔はかなり根暗でした。

- □ 都已經三十歲了，竟然還這麼幼稚啊。 ➡ 30歳だというのに、ずいぶん幼稚だね。
- □ 並不是討厭對方，只是覺得有點難相處。 ➡ 嫌いなわけではありませんが、どこかとっつきにくいです。
- □ 他屬於無論對多麼微不足道的事，都會懷恨在心的類型。 ➡ 彼はどうも小さいことを根に持つタイプのようです。
- □ 他似乎常常會說別人的壞話喔。 ➡ 彼は人の悪口をよく言っているらしいよ。
- □ 沒想到竟會是嫉妒心那麼強的人。 ➡ こんなに嫉妬深い人だとは思いませんでした。

6／4 習慣

CD118

- □ 她有咬指甲的習慣。 ➡ 彼女はつめを噛む癖がある。
- □ 請不要抖腳。 ➡ 貧乏揺すりするのをやめてください。
- □ 每天都固定跑五公里。 ➡ 一日5キロ走ることを日課にしています。
- □ 一定會先做好隔天出門前的準備才會睡覺。 ➡ 必ず翌日の準備をしてから寝ます。
- □ 至少每週打一通電話回老家。 ➡ 最低でも1週間に1回は実家に電話をします。
- □ 已經持續寫日記五年以上。 ➡ もう5年以上日記を書いています。
- □ 每逢週末必定會去練習打網球。 ➡ 週末には決まってテニスの練習に行きます。

□ 近十年來，每天早上都會喝果汁。 ➡ 10年近く、毎朝フルーツジュースを飲んでいます。

□ 已經完全養成早睡早起的習慣了。 ➡ 早寝早起きの習慣がすっかり身に付きました。

□ 每天都不忘澆花。 ➡ 毎日、忘れず花に水をやります。

6／5 喜歡的事

CD118

□ 我喜歡明亮的顏色。 ➡ 明るい色が好きです。

□ 在數字裡面，我喜歡 3 和 7。 ➡ 数の中では3と7が好きです。

□ 請問您的興趣是什麼呢？ ➡ ▲趣味は何ですか。

A：「あなたの好きなスポーツは何ですか。」
／你喜歡什麼運動項目呢？

B：「バスケットボールです。」
／我喜歡籃球。

□ 我喜歡在雨中漫步。 ➡ 私は雨の中を歩くのが好きです。

□ 夏天太熱了，我不喜歡。 ➡ 夏は暑くて好きじゃない。

□ 我實在很怕搭飛機。 ➡ 飛行機はどうしても好きになれない。

□ 比起啤酒，我更愛紅酒。 ➡ ビールよりワインが好きです。

□ 我喜歡觀賞電影。 ➡ 映画を見るのが好きです。

□ 最近這孩子迷上玩扮家家酒。 ➡ 最近、この子はままごとに夢中です。

□ 和朋友談天說地時最快樂。 ➡ 友達と話している時が一番楽しい。

□ 做甜點時，渾然不覺時間過了多久。 ➡ お菓子を作っていると、時間が経つのも忘れてしまいます。

□ 去唱卡拉ＯＫ可以徹底發洩壓力。 ➡ カラオケに行くといいストレス発散になります。

□ 那家餐廳的湯，只要喝過一次就會上癮。 ➡ あのレストランのスープは、一度食べると病みつきになります。

□ 只要聽到喜愛的歌曲，心情就會平靜下來。 ➡ 好きな歌手の歌を聴くと、心が落ち着きます。

□ 他說一面喝啤酒，一面看職棒轉播是最享受的時刻。 ➡ ビールを飲みながら、プロ野球を見るのが至福の時なんだって。

□ 我最喜歡和男朋友一起看喜歡的ＤＶＤ。 ➡ 彼と一緒にお気に入りのＤＶＤを見ている時が、一番好きです。

6／6 不喜歡的事

CD118

□ 我討厭上醫院。 ➡ 病院は嫌いです。

□ 雖然我討厭吃肉，可是很喜歡吃魚。 ➡ 肉は嫌いだけど魚は好きだ。

□ 不大想喝酒。 ➡ お酒はあまり飲みたくない。

□ 最討厭在雨天出門。 ➡ 雨(あめ)の日(ひ)に出掛(でか)けるのは嫌(きら)いです。

□ 我怕蟑螂。 ➡ ゴキブリが怖(こわ)い。

□ 每天都要下廚實在很麻煩。 ➡ 毎日(まいにち)、料理(りょうり)するのが億劫(おっくう)です。

□ 不大喜歡恐怖電影。 ➡ ホラー映画(えいが)は好(す)きじゃありません。

□ 實在很怕和經理說話。 ➡ 部長(ぶちょう)と話(はな)すのはどうも苦手(にがて)です。

□ 盡可能不大想吃辣的東西。 ➡ 辛(から)いものはできるだけ食(た)べたくありません。

□ 還得專程回去拿傘，實在很麻煩。 ➡ わざわざ傘(かさ)を取(と)りに戻(もど)るのは、面倒(めんどう)くさいです。

□ 只要一想到明天要考試，心情就很鬱悶。 ➡ 明日(あした)テストがあると思(おも)うと、憂鬱(ゆううつ)です。

□ 我討厭在難得的假日，什麼也不做地閒晃一整天。 ➡ せっかくの休日(きゅうじつ)に、何(なに)もしないでだらだら過(す)ごすのは嫌(いや)です。

□ 我沒有什麼特別討厭的顏色。 ➡ 特(とく)に嫌(きら)いな色(いろ)はありません。

□ 沒有人不喜歡花。 ➡ 花(はな)が嫌(きら)いな人(ひと)はいません。

□ 請別嚷嚷著說不要，事情還是要麻煩您做。 ➡ いやだなんて言(い)わないでやってください。

6／7 好心情

CD118

□	我笑得太激動了，肚子好痛。	➡	▲笑いすぎておなかが痛い。 A：「よく笑うねえ。」 ／你怎麼笑得那麼開心啊？ B：「このテレビ、すごく面白いよ。」 ／這個電視節目非常好笑喔。
□	感覺真舒服哪。	➡	気持ちいいですね。
□	今天真是開心的一天。	➡	今日は楽しい１日でした。
□	她總是情緒高昂呀。	➡	彼女はいつもテンションが高いね。
□	滿懷感激之情。	➡	感謝の気持ちでいっぱいです。
□	只要聆聽進行曲，心情就會變得豁然開朗。	➡	マーチを聞くと気持ちが明るくなる。
□	大家都興高采烈地正在準備祭典。	➡	みんなノリノリでお祭りの準備をしています。
□	由於田宮先生是位既親切又開朗的人，和他共處的時光總是非常愉快。	➡	田宮さんは親切で明るい人なので、一緒にいるととても楽しいです。

6／8 壞心情

CD119

□	這孩子今天好像不大高興。	➡	この子、今日はご機嫌斜めみたい。
□	近來情緒有點低落。	➡	このところちょっと落ち込み気味です。

□ 但事到如今已經無法補救了。 ➡ 今さらどうしようもできません。

□ 考試結果並不理想，因此正沮喪著。 ➡ テストの結果が悪かったので、凹んでいる。

□ 無所事事，真是無聊透頂。 ➡ 何もすることがなくてつまらない。

□ 今天的心情不大好。 ➡ 今日はあまり気分が乗りません。

□ 儘管結果不如人意，但是絲毫沒有後悔。 ➡ 残念な結果に終わりましたが、後悔はありません。

□ 自從妻子過世以後，我根本快樂不起來。 ➡ 妻が亡くなってからは少しも楽しくないです。

□ 出席昨天那場派對的全都是女生，實在是無聊透了。 ➡ 昨日のパーティーは女性ばかりでつまらなかった。

□ 工作不順利、妻子又嘮叨，所有的一切快把我逼瘋了。 ➡ 仕事はうまくいかないし、妻はうるさいし、何もかもいやになった。

6／9 感情

CD119

□ 毫無來由地被人發洩怒氣，真令我火冒三丈。 ➡ 理由もなく怒られて、本当に腹立たしい。

□ 我很容易把喜怒哀樂寫在臉上。 ➡ 私は感情が表に出やすいです。

□ 非常疼愛的小狗死了，非常傷心。 ➡ かわいがっていた犬が死んで、とても悲しいです。

□ 學生時代的最後一場比賽能夠獲勝，喜悅之情難以形容。 ➡ 学生最後の試合で優勝できて、うれしいといったらない。

□	今天真是太開心了。	➡	今日はすごく楽しかった。
□	照片裡的我，不知道為什麼露出滿臉不安的模樣。	➡	写真の私は、なぜか不安そうな顔をしています。
□	一個人獨自過生活，畢竟是挺寂寞的哪。	➡	一人暮らしはやはりさみしいものですよ。
□	他終於如願以償，能夠和心儀已久的女性交往，因而興奮得不得了。	➡	彼は憧れだった女性と付き合えることになって、舞い上がっています。
□	為什麼要那麼不高興呢？	➡	どうしてそんなに不貞腐れているのですか。
□	看了那部電影後，由於太哀傷而淌下淚水。	➡	あの映画を見ると、切なくて涙が出ます。

6／10 困擾的事

CD119

□	我搭的那班電車發生了意外事故，實在糟糕極了。	➡	電車が事故で困りました。
□	我的丈夫會酗酒，害我傷透了腦筋。	➡	夫が大酒飲みで困っています。
□	這下麻煩了，我忘了帶眼鏡了。	➡	困ったなあ。眼鏡を忘れてきた。
□	我手頭很緊，借我一點錢嘛。	➡	金に困っているんだ。少し貸してよ。
□	這個村莊不僅沒有醫院，連醫師人力也很缺乏。	➡	その村は病院もなく、医者に困っていた。
□	我正飽受汽車噪音的干擾。	➡	自動車の音がうるさくて困っています。

那個人很傷腦筋耶，總是說到不做到。 ➡ あの人は約束を守らないから困るよ。

女兒每天都很晚才回到家，讓我非常擔心。 ➡ 毎日帰りが遅い娘に困っています。

客人一直待著，遲遲不願離去，令我困擾極了。 ➡ お客さんがなかなか帰らないので困りました。

晾曬的衣物遲遲乾不了，真是糟糕。 ➡ なかなか洗濯物が乾かなくて困ります。

6／11 希望

CD119

我寧願用金錢去換取時間。 ➡ 金などいらないから時間がほしい。

內人雖然很想去旅行，可是我只想待在家裡。 ➡ ▲家内は旅行に行きたがっているが、私は家にいたい。

A：「どこへ行きたいですか。」
／您想要去哪裡呢？

B：「静かな海へ行きたいです。」
／我想要去僻靜的海邊。

小孩子吵著要回家。 ➡ 子供が家へ帰りたがっている。

等我離職以後，想住到鄉下去。 ➡ ▲会社を辞めたら田舎に住みたいです。

A：「どんな家に住みたいですか。」
／你想要住什麼樣的房子呢？

B：「広い庭のある家に住んでみたいです。」
／我想要住看看有個大院子的房屋。

□ 住在有大庭院的房子裡、擁有大型房車、身旁又有可人的妻子…。唉，這種願望恐怕只是痴人說夢話吧。	➡	▲広(ひろ)い庭(にわ)のある家(いえ)に住(す)んで、大(おお)きな自動車(じどうしゃ)があって、かわいい妻(つま)がそばにいて～。あ～あ、そんなことは夢(ゆめ)だよなあ。 A：「どんな人(ひと)と結婚(けっこん)したいですか。」 ／你想要和什麼樣的人結婚呢？ B：「お金(かね)があって、背(せ)が高(たか)くて優(やさ)しい人(ひと)がいいです。」 ／我喜歡既有錢，而且身材高大的體貼男人。
□ 真希望能夠說得一口流利的日語。	➡	日本語(にほんご)が上手(じょうず)になりたい。

6／12 好用的那一句

CD119

□ 不好意思。	➡	ちょっとすみません。
□ 不好意思，麻煩借過一下。	➡	すみません、ちょっと通(とお)してください。
□ 不好意思，我要上車。	➡	すみません、乗(の)ります。
□ 不好意思，我要下車。	➡	すみません、降(お)ります。
□ 從您的前面借過，不好意思。	➡	前(まえ)を失礼(しつれい)します。
□ 啊！對不起。	➡	あっ、ごめんなさい。
□ 啊！非常抱歉。	➡	あっ、失礼(しつれい)しました。
□ 謝謝。	➡	どうも。
□ 不好意思，請問那個位置有人坐嗎？	➡	すみません、そこ、空(あ)いてますか。

Chapter 07 朋友

CD120

我們似乎只要彼此認識，就可以稱對方為朋友。但是日本人對朋友的定義就不一樣了，要真正成為日本人的朋友，必須花很多時間與心力「交陪」。別以為只要見一兩次面，跟對方就是朋友，還用過度親昵的態度對待，這樣反而會讓日本人覺得你侵犯隱私，那就不太好囉！

7／1 介紹

1

敝姓若山。敬請多多指教。

私(わたし)は若山(わかやま)と申(もう)します。どうぞよろしく。

2

也請您多多指教。

▲こちらこそ、どうぞよろしくお願(ねが)いします。

A：「佐藤(さとう)さんですか。」
／請問您是佐藤先生嗎？

B：「はい、佐藤(さとう)です。」
／是的，我是佐藤。

3

您是壽限無先生嗎？這個姓氏好特別喔。

▲ジュゲンムさんですか。珍(めずら)しい名前(なまえ)ですね。

A：「内藤(ないとう)さんのお名前(なまえ)は何(なん)ですか。」
／請問內藤先生，您的名字是？

B：「春夫(はるお)です。」
／我叫春夫。

4

請告訴我您就讀的校名。

学校の名前を教えてください。

5

橫濱日語學校。

横浜日本語学校です。

6

家父的名字是一郎、家母的名字是花子。

▲ 父の名前は一郎、母の名前は花子です。

A：「娘の優子です。」

／這是小女，名叫優子。

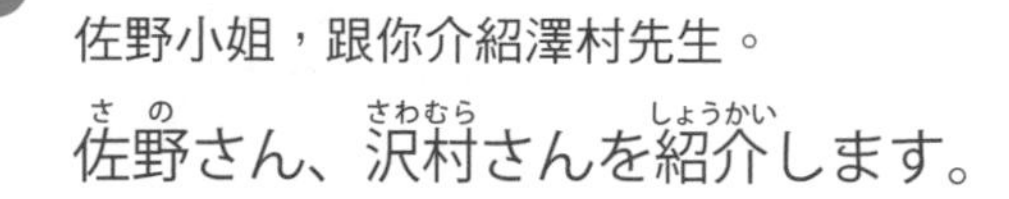

B：「かわいいお名前ですねえ。」

／好可愛的名字喔。

7

佐野小姐，跟你介紹澤村先生。

佐野さん、沢村さんを紹介します。

8

這一位是我的老朋友—福島先生。

こちらは私の古い友達の福島さんです。

9

我家孩子叫做保羅和瑪麗。

うちの子供たちはポールとマリーという名前です。

10 我正在幫下個月即將出生的孫子取名字。

来月生まれる孫の名前を考えています。

11 請問小寶寶的名字取好了嗎？

赤ちゃんの名前は決まりましたか。

12 您已經決定要幫狗取什麼名字了嗎？

犬の名前は決まりましたか。

♥ 小知識

可以從日本人對你的「客氣」程度，來評斷他是不是把你當做朋友。千萬要記住！要是跟日本人沒有一定的交情，最好不要隨意跟他們聊到私生活，包括家人、婚姻狀況等，以免造成對方困擾。

13 日本人常見的姓氏有田中、鈴木、以及高橋等等。

日本人に多い名前は田中、鈴木、高橋などです。

14 我把中田先生的姓氏，錯記成永田了。

中田さんの名前を永田さんと間違えてしまいました。

7／2 交朋友（一）

CD120

□ 我在念書的時候交了幾個好朋友。 ➡ ▲学生時代に何人かのいい友達を作った。

A：「日本人の友達ができましたか。」
／請問您已經交到日本朋友了嗎？

B：「ええ、たくさんできました。」
／有啊，已經交到很多位了。

□ 我和大我十歲的人變成了朋友。 ➡ 10歳上の人と友達になりました。

□ 戸川先生是我從學生時代就有深交的好朋友。 ➡ 戸川さんは学生のときからの大切な友達です。

□ 她是我進入中學就讀後，第一個交到的朋友。 ➡ 彼女は中学校に入って初めての友達です。

□ 有位相交已久的朋友過世了，讓我感到很失落。 ➡ 昔からの友達が死んでさびしい。

□ 我想起了曾在鄉下一起玩耍過的朋友。 ➡ 一緒に遊んだ田舎の友達を思い出します。

□ 我走在原宿街頭時，恰巧遇到了中學時代的朋友。 ➡ 原宿を歩いていたら中学のときの友達に出会った。

7／3 交朋友（二）

CD120

□ 在幼稚園交到新朋友了嗎？ ➡ 幼稚園で新しいお友達できた？

□ 我和祐樹小朋友很要好。 ➡ 僕と祐樹君は仲良しです。

□ 那兩人水火不容。 ➡ あの二人は仲が悪い。

□	我已經和智也絕交了。	➡	智也君とはもう絶交しました。
□	我只想把秘密告訴伊藤先生一個人。	➡	伊藤さんにだけは秘密を打ち明けようと思う。
□	沒有幾個朋友能夠讓我說出真心話。	➡	本音を打ち明けられる友人は少ないものです。
□	我和鈴木小姐雖然相識，卻不是朋友。	➡	鈴木さんとは知り合いですが、友達ではありません。
□	她不大願意敞開心胸說出內心話。	➡	彼女はあまり心を開いて話してくれません。

7／4 好友

CD121

□	小花是我最要好的手帕交。	➡	花ちゃんは私の大親友です。
□	村田先生總是對我百般呵護。	➡	村田さんはいつも私を気遣ってくれます。
□	她時常為我加油打氣。	➡	彼女は常に私を応援してくれます。
□	我有能夠無話不談的好朋友。	➡	何でも話せる友達がいます。
□	他總是在一旁陪伴我度過難過的時刻。	➡	彼はつらい時に側にいてくれました。
□	只有她會在我沮喪的時候給予鼓勵。	➡	落ち込んだ時に励ましてくれるのは、彼女だけです。
□	光是把心裡的話講給小美紀聽，就得以平復情緒。	➡	美紀ちゃんに話を聞いてもらうだけで、心が落ち着きます。

□ 願意嚴厲批評我們的，才是真正的朋友。 ➡ 厳しいことを言ってくれる人こそ、本当の友人です。

□ 她總是設身處地為人著想。 ➡ 彼女はいつも親身になって考えてくれます。

□ 他總是給予切實的建議。 ➡ 彼はいつも的確なアドバイスをしてくれます。

□ 只要和她談過以後，想法就會轉為積極正向。 ➡ 彼女と話していると前向きな気持ちになれます。

□ 她在總是將周圍人們列為第一優先考量。 ➡ 彼女はいつも周りのことを第一に考えて行動します。

7／5 損友

CD121

□ 他的心眼真的很壞。 ➡ 彼は本当に意地悪だ。

□ 他動不動就會說別人的壞話／在背地裡批評別人。 ➡ 彼はすぐに人の悪口／陰口を言う。

□ 不知道她在背地裡做些什麼勾當。 ➡ 彼女は陰で何をしているか分からない。

□ 他總是想到自己。 ➡ 彼は自分のことばっかり考えている。

□ 他似乎是個完全不為別人著想的人。 ➡ 彼は他人の気持ちを全然考えない人らしいですよ。

□ 實在沒有辦法忍受她的無理取鬧。 ➡ 彼女のわがままには付き合いきれない。

□ 請不要在背後搞小動作。 ➡ 陰でこそこそするのはやめてください。

- □ 只在自己方便的時間叫人出來陪他，真是太過分了啦。 ➡ 都合のいい時だけ呼び出すなんて、ひどいね。
- □ 我再也不想和那種人有所牽扯了。 ➡ あんな人とはもう二度と関わりたくない。
- □ 我再也不想和他繼續交往了。 ➡ あの人とはもう付き合いたくない。
- □ 無論在什麼地方，總會有一兩個會霸凌他人的小孩。 ➡ どこに行っても、一人や二人はいじめっ子がいる。

7／6 吵架（一）

CD121

- □ 你很討厭我吧？ ➡ 私なんか嫌いなんでしょう。
- □ 他對女友說了重話耶。 ➡ 彼は彼女にひどいことを言ったね。
- □ 我覺得他犯不著把話說得那麼重吧。 ➡ あそこまで言わなくてもいいと思う。
- □ 再怎麼說，那種講法實在太失禮了。 ➡ いくらなんでも、そういう言い方は失礼だ。
- □ 我和他起了爭執，但有部分原因是我的錯。 ➡ 彼とけんかしたのは自分も悪かった。
- □ 這件事是你的不對，快向人家道歉！ ➡ ▲君が悪いんだからあやまりな。

  A：「なぜか彼女とけんかしてしまう。」
  ／不曉得為什麼，我和女朋友動不動就會吵架。

  B：「彼女が好きなんじゃないの？」
  ／你不是很愛她嗎？

東西明明是妳買的，為什麼非得要我付錢不可呢？	君が買ったのになぜ僕が払わなくちゃいけないの？
我的話還沒說完！你可不可以聽完再走？	まだ話があるんだ。ちょっと待ってよ。
可不可以不要再哭了啊？	いつまでも泣くのはやめてよ。
倘若想找她吵架的話，是絕對吵不贏的。	彼女を相手にけんかしても絶対に勝てない。

7／7 吵架（二）

CD121

只是起了一點口角罷了。	ちょっと言い争いになっただけです。
那兩個人好像上星期就一直吵架到現在了喔。	あの二人は先週からけんかしているらしいよ。
已經有兩星期沒跟她講過半句話了。	もう 2 週間も彼女と口をきいていません。
操場上似乎發生了互毆事件。	運動場で殴り合いのけんかがあったらしい。
我一直被人視若無睹，卻完全不知道原因出在哪裡。	ずっと無視されているんだけど、なぜなのか理由が分からない。
你到底在生什麼氣呢？	一体何を怒っているんですか。
請不要那樣高聲怒罵。	そんなふうに怒鳴らないでください。
可以冷靜下來談一下嗎？	ちょっと冷静になって話し合いませんか。

□	你到底還要氣多久？	➡	いつまで怒っているつもりなの？
□	我和朋友終於重修舊好了。	➡	友達とやっと仲直りした。

7／8 老朋友

CD122

□	我和她已經認識很久了。	➡	彼女とは古くからの知り合いです。
□	我和伊藤先生是中學時代的同班同學。	➡	伊藤さんは中学時代の同級生です。
□	鈴木小姐是我以前公司的同事。	➡	鈴木さんは以前働いていた会社の同僚です。
□	我和他的交情已經非常久了。	➡	彼とはもうずいぶん長い付き合いです。
□	和她聊天時，彷彿回到了學生時代。	➡	彼女と話していると、学生時代に戻った気がします。
□	恰巧在車站遇到了久違重逢的人。	➡	駅で偶然懐かしい人に会いました。
□	他和我是有二十年交情的朋友。	➡	彼は20年来の友人です。
□	她還沒結婚前就非常了解我。	➡	彼女は独身時代から私のことをよく知っています。
□	我們之間的緣份是怎麼切也切不斷的。	➡	僕たちには切っても切れない縁がある。
□	我們或許可以算是孽緣吧。	➡	僕らは腐れ縁かもね。

7／9 談論朋友（一）

CD122

□	小瞳對誰都很溫柔體貼。	➡	瞳(ひとみ)ちゃんは誰(だれ)にでも優(やさ)しい。
□	所有人都喜歡小聰。	➡	聡君(さとしくん)はみんなに好(す)かれている。
□	那個人在職場上似乎不大受到歡迎耶。	➡	あの人(ひと)は職場(しょくば)で嫌(きら)われているらしいよ。
□	只要有伊藤先生在場，氣氛就很熱鬧喔。	➡	伊藤(いとう)さんがいると盛(も)り上(あ)がるね。
□	太郎是班上很受歡迎的人物。	➡	太郎君(たろうくん)はクラスの人気者(にんきもの)です。
□	似乎不大容易與鈴木小姐攀談。	➡	鈴木(すずき)さんは何(なん)だか話(はな)しにくい。
□	真希望能和武雄成為好朋友呀。	➡	武雄君(たけおくん)と仲良(なかよ)くなりたいなあ。
□	佐藤小姐對我很冷淡。	➡	佐藤(さとう)さんは私(わたし)に冷(つめ)たい。
□	工藤先生讓人感覺似乎不大容易親近。	➡	工藤(くどう)さんはなんか近(ちか)づきにくい。
□	美由紀小妹妹總是很謙虛。	➡	美由紀(みゆき)ちゃんはいつも控(ひか)えめです。

7／10 談論朋友（二）

CD122

□	聽說山田小姐最近結婚了唷。	➡	山田(やまだ)さんが最近結婚(さいきんけっこん)したそうだよ。
□	是喔。她和誰結婚？	➡	へえ。相手(あいて)は誰(だれ)？

□ 竟然有人謠傳他曾偷過東西，那真是天大的謊言！	➡	彼が泥棒したなんて真っ赤なうそだ。
□ 由於他的個性爽朗，所以朋友很多。	➡	▲彼はいつも明るいので友達が多い。

A：「ねえ、卓也の趣味って知ってる？」
／我問你，你知道卓也的興趣是什麼嗎？

B：「列車の写真を撮るだけでしょう？」
／他不就是愛拍火車的照片而已嗎？

□ 他對日本的歷史瞭如指掌。	➡	彼は日本の歴史に詳しい。
□ 他的腳程很快，和他一起走路時，根本沒辦法跟得上。	➡	▲彼の足が速くて、一緒に歩けない。

A：「ねぇ、愛子の彼ってどの人？」
／我問你喔，愛子的男朋友是哪一個？

B：「そんなにやせてないわよ。」
／沒有長得那麼瘦喔。

7／11 拜訪朋友

CD122

□ 下週日，要不要來家裡玩？	➡	来週の日曜日、家へ遊びに来ませんか。
□ 有人在家嗎？	➡	ごめんください。
□ 歡迎光臨。	➡	いらっしゃいませ。
□ 好棒的房子呢！	➡	いいお家ですね。
□ 好棒的房子喔！	➡	立派なお家ですね。

CD101

□	那裡，都已經老舊了。	➡	いいえ、もう古いんですよ。
□	不好意思，不成敬意的小禮物。	➡	あのう、これつまらないものですが。
□	唉呀！這麼客氣，謝謝您。	➡	あ、ご丁寧に、ありがとうございます。
□	來，請坐。	➡	どうぞ、おかけください。
□	今天煮了你愛吃的壽喜燒唷！	➡	今日はお好きなすき焼きを作りましたよ。
□	別客氣，請盡量吃。	➡	遠慮しないで、たくさん食べてくださいね。
□	請嚐嚐這日式點心。	➡	この和菓子を食べてみてください。
□	好好吃的樣子，我開動了。	➡	おいしそうですね。いただきます。
□	要不要再來點飯？	➡	ご飯、もう少しいかがですか。
□	啊！不了，謝謝您。	➡	あ、もうけっこうです。ありがとうございます。
□	已經十點了。我該失陪了。	➡	もう１０時ですね。そろそろ失礼します。
□	啊！是嗎？再待一會兒嘛？	➡	あ、そうですか。まだよろしいじゃありませんか。
□	那麼，再一會兒吧！	➡	じゃ、もう少しだけ。
□	謝謝您，可是已經很晚了。	➡	ありがとう、でももう遅いですので。
□	今天非常感謝您的款待。	➡	今日はどうもごちそうさまでした。
□	哪裡，要常來玩喔！	➡	いいえ。またいつでも遊びに来てくださいね。
□	那麼，告辭了。	➡	では、失礼します。

Chapter 08
愛

CD123

現在的日本人年輕人對於愛情就比以前坦率多了，大部分年輕人只要互有好感，就會向對方表白，甚至女生還比男生大方許多。對於學生時期談戀愛的態度，家長與老師也不會像大部分台灣父母一樣，會跳出來阻止勸說；相反的，如果因為感情受挫，父母、老師還會幫忙開導，給予鼓勵。

8／1 愛情

1. 她非常愛家人。
   彼女は家族をとても愛している。

2. 我深愛著丈夫。
   夫に対し深い愛情を抱いている。

3. 我感覺不到他的愛。
   彼の愛が感じられない。

4. 再也無法愛任何人了！
   もう誰も愛せません。

5. 她的愛讓人無法呼吸。
   彼女の愛は重すぎる。

6
日本人不大懂得如何表達情感。
日本人は愛情表現が苦手です。

7
他曾是個備受全世界樂迷愛戴的流行樂明星。
彼は世界中のファンに愛されたポップスターでした。

8
可以說連猴子都具有母愛。
サルにも母性愛があるといえます。

9
不要溺愛孩子比較好喔。
子供を溺愛しない方がいいよ。

10
只要看著她的舉動，就可以體會到「愛情使人盲目」這句話。
彼女を見ていると「愛は盲目」という言葉が実感できます。

♥ 小知識
從言語上來看愛情，日本人還是有含蓄的一面。日本人在互相告白或是兩人濃情蜜意時，最多只會說「すきです」（喜歡你），這其實已經含有一點「愛」的成分了，而不會像西方人一樣，整天把「love you～」掛在嘴邊。

8／2 戀愛（一）

CD123

□	請問妳願意和我交往嗎？	➡	僕(ぼく)と付(つ)き合(あ)ってくれますか？
□	請問你有沒有正在交往的對象呢？	➡	誰(だれ)か付(つ)き合(あ)っている人(ひと)がいますか？
□	是否另有喜歡的人呢？	➡	他(ほか)に気(き)になる人(ひと)がいるの？
□	我已經和小美香在交往了。	➡	美香(みか)ちゃんと付(つ)き合(あ)うことになりました。
□	他在喜歡的女孩面前，整張臉就會漲得通紅。	➡	彼(かれ)は好(す)きな女(おんな)の前(まえ)だと赤(あか)くなるんだ。
□	太郎好像喜歡小雪喔。	➡	太郎君(たろうくん)は雪(ゆき)ちゃんに気(き)があるみたいだよ。
□	我很喜歡山田先生。	➡	私(わたし)は山田(やまだ)さんのことが好(す)きです。
□	我對在巴士站遇到的她一見鍾情。	➡	バス停(てい)で見(み)た彼女(かのじょ)に一目(ひとめ)ぼれしてしまいました。
□	我和他去了迪士尼樂園約會。	➡	彼(かれ)とディズニーランドへデートに行(い)った。
□	我和隆夫之間，比普通朋友還要深，但是還不能算是情侶。	➡	隆夫君(たかおくん)とは友達以上恋人未満(ともだちいじょうこいびとみまん)といったところです。

8／3 戀愛（二）

CD123

□	我來介紹一下我的女友吧。	➡	▲僕の彼女を紹介しよう。 A：「彼女、きれいになったね。」 ／她變得好漂亮喔。 B：「好きな人ができたんだよ、きっと～。」 ／一定是因為她交了男朋友囉。
□	你這條領帶挺不錯的唷。	➡	いいネクタイしてるじゃない。
□	很不賴吧，是我女朋友送我的。	➡	そうだろう。彼女がくれたんだ。
□	聽說瓊恩小姐有男朋友喔。	➡	▲ジューンさんには彼がいるそうよ。 A：「あなたの彼ってどんな人？」 ／請問妳的男朋友是個什麼樣的人呢？ B：「背は高くないけどとても優しい人よ。」 ／他雖然長得不高，卻是個非常體貼的人唷。
□	那女孩也已經長大成人了，就算交了男朋友也不足為奇。	➡	▲あの子ももう大人だ。彼ができてもおかしくない。 A：「彼女はいないの？」 ／你沒有女朋友嗎？ B：「うん、まだだよ。」 ／嗯，還沒有呢。
□	好想見到她喔。	➡	彼女に会いたいな。
□	我兩點要和女朋友碰面。	➡	2時に彼女と会います。
□	我們找個地方見面吧。	➡	どこで会いましょうか。

□ 我們到車站前的咖啡廳見面。 ➡ 駅前の喫茶店で会いましょう。

□ 今天晚上可以見個面嗎？ ➡ 今夜会えない？

□ 我們今天晚上八點在 L 飯店見面吧。 ➡ ▲今晩8時にLホテルで会いましょう。

A：「彼女に会ってる？」
／最近有沒有和女朋友見面呀？

B：「いや、最近あまり会ってないんだ。」
／沒耶，最近很少和她碰面。

□ 我明天下午很忙，所以沒辦法見面。 ➡ あしたの午後は忙しくて会えません。

□ 我們不是昨天才剛見過面而已嗎？ ➡ 昨日会ったばかりじゃないか。

□ 稍微隔一陣子再見面吧。 ➡ もう少し間をあけてからまた会おうよ。

8／4 熱戀

CD123

□ 他和他女友正在熱戀中。 ➡ 彼と彼女は熱い関係だ。

□ 我很迷戀直樹同學。 ➡ 直樹君に夢中です。

□ 我越是了解她，就越是愛她。 ➡ 彼女を知れば知るほど好きになります。

□ 我第一次遇到像她那樣溫柔的人。 ➡ こんな優しい人は初めてです。

□ 假如沒有每天見到男朋友，就會覺得很孤單寂寞。 ➡ 毎日彼に会わないと寂しい。

□ 我想妳根本沒有辦法體會我的心情吧。 ➡ ▲僕の気持ちは君などに分からないだろう。

A：「それは何ですか。」
／那是什麼東西？

B：「彼女からもらったハンカチですよ。」
／是我女朋友送我的手帕唷。

□ 倘若我是一隻鳥，我願飛到妳的身旁。 ➡ 僕が鳥ならあなたのところへ飛んで行きたい。

□ 我好想好想見到妳，整晚都無法成眠。 ➡ あなたに会いたくて夜も眠れません。

□ 她現在很渴望見到你。 ➡ 彼女があなたに会いたがっています。

8／5 分離（一）

CD124

□ 我愈來愈討厭他了。 ➡ 彼がだんだん嫌いになった。

□ 如果不開心的話，乾脆分手吧。 ➡ いやならやめなさい。

□ 或許她已經討厭我了。 ➡ 彼女は僕が嫌いになったのかもしれない。

□ 她的心已經不在我身上了。 ➡ 彼女の心は離れていった。

□ 我沒有做錯任何事。 ➡ 私は何も悪いことをしていません。

☐ 我和女友已經很久沒有見面了。 ➡ 彼女(かのじょ)とは長(なが)い間(あいだ)会(あ)っていません。

☐ 我根本不想見到她。 ➡ 彼女(かのじょ)など会(あ)いたくない。

☐ 我想要忘記他的一切。 ➡ 彼(かれ)のことは何(なに)もかも忘(わす)れたい。

☐ 不管妳想說什麼，我都不要聽。 ➡ 君(きみ)の話(はなし)は何(なに)も聞(き)きたくない。

☐ 她和我完全沒有任何關係。 ➡ 彼女(かのじょ)と私(わたし)は何(なに)も関係(かんけい)ありません。

☐ 在三十歲時結婚，三十五歲那年離了婚。 ➡ ▲30歳(さい)で結婚(けっこん)して35歳(さい)のときに離婚(りこん)しました。

A：「失敗(しっぱい)したのはなぜですか。」
／你為什麼會失戀呢？

B：「自分(じぶん)でもよく分(わ)かりません。」
／我自己也搞不清楚。

☐ 你根本已經忘了我，對不對？ ➡ 私(わたし)などもう忘(わす)れてしまったでしょう。

8／6 分離（二）

CD124

☐ 我們分手吧。 ➡ もう別(わか)れましょう。

☐ 我們可以暫時保持一段距離，好嗎？ ➡ しばらくちょっと距離(きょり)を置(お)きませんか。

☐ 對不起，我喜歡上別人了。 ➡ ごめんなさい、他(ほか)に好(す)きな人(ひと)ができました。

□ 那兩個人似乎在上個月分手了喔。 ➡ あの二人(ふたり)は先月(せんげつ)別(わか)れたらしいですよ。

□ 雖然曾經交往了五年，最後還是分手了。 ➡ 5年(ねん)も付(つ)き合(あ)ったけど、最終的(さいしゅうてき)には別(わか)れました。

□ 兩人之間的關係似乎難以修復了。 ➡ もう関係(かんけい)を修復(しゅうふく)できそうにありません。

□ 再也不愛對方了。 ➡ もう気持(きも)ちがすっかり冷(さ)めてしまった。

□ 還是跟那種不求上進的人分手比較好喔。 ➡ あんなだらしのない人(ひと)とは別(わか)れた方(ほう)がいいよ。

□ 可以再和我重新嘗試一次嗎？ ➡ もう一度(いちど)僕(ぼく)とやり直(なお)してくれませんか。

□ 忘不了已分手的前男友。 ➡ 別(わか)れた元(もと)カレのことが忘(わす)れられない。

8／7 求婚

CD124

□ 我希望和喜歡的人無時無刻都黏在一起。 ➡ ▲好(す)きな人(ひと)といつも一緒(いっしょ)にいたい。

A：「どんな人(ひと)と結婚(けっこん)したいのですか。」
／妳想和什麼樣的人結婚呢？

B：「お金(かね)があって背(せ)が高(たか)くてやさしい人(ひと)がいいです。」
／我想和多金又高大的體貼男人結婚。

□ 從去年起就在大廈裡同居。 ➡ 去年(きょねん)からマンションで同棲(どうせい)しています。

□ 如果你真的那麼愛她的話，和她結婚不就得了？ ➡ そんなに彼女(かのじょ)が好(す)きなら結婚(けっこん)すればいいのに。

□	我們都還只是學生而已，所以還沒想到結婚的事。	➡	私たちは学生なのでまだ結婚は考えていません。
□	結婚曾是她的夢想。	➡	結婚は彼女の夢だった。
□	跟我結婚吧！	➡	僕と結婚しようよ。
□	從我第一次見到妳時，心裡就一直覺得一定會和妳結婚。	➡	初めて会った時からきっとあなたと結婚するだろうと思っていました。
□	他上個月向我求婚了。	➡	先月、彼にプロポーズされました。
□	他跪著向我求了婚。	➡	彼は跪いてプロポーズしてくれました。
□	我們已經訂了婚。	➡	私たちはもう婚約しています。
□	下個月要舉行文定儀式。	➡	来月、結納式をします。
□	他是我的未婚夫。	➡	彼が私のフィアンセ／婚約者です。

8／8 結婚

CD125

□	我們決定要在夏威夷舉行婚禮。	➡	▲ハワイで結婚式を挙げることにしました。

A：「高校で一緒だった彼女と結婚します。」
／我要和從高中就開始交往至今的女朋友結婚。

B：「それはおめでとうございます。」
／那真是恭喜你囉！

☐ 他們父母也對這樁婚事感到非常高興。 ➡ 二人(ふたり)の結婚(けっこん)をご両親(りょうしん)もたいへん喜(よろこ)んでいらっしゃる。

☐ 你可以來參加我們的喜宴嗎？ ➡ ▲ 披露宴(ひろうえん)に出席(しゅっせき)してくれますか。

A：「結婚(けっこん)のプレゼントは何(なに)がいいですか。」
／妳希望我送妳什麼作為結婚禮物呢？

B：「壁(かべ)にかける時計(とけい)がほしいわ。」
／我想要一個壁鐘耶。

☐ 已經決定好結婚後要住在哪裏了嗎？ ➡ 新居(しんきょ)はもう決(き)まりましたか。

☐ 只要能和他在一起，無論住在哪裡我都無所謂。 ➡ ▲ 彼(かれ)と一緒(いっしょ)ならどこでも住(す)める。

A：「ご結婚(けっこん)おめでとうございます。」
／恭喜結婚！

B：「どうもありがとうございます。」
／感謝你的祝福。

☐ 我們是在二十歲時結了婚的。 ➡ 私(わたし)たちは二十歳(はたち)で結婚(けっこん)しました。

☐ 你聽說她要結婚的消息了嗎？ ➡ 彼女(かのじょ)が結婚(けっこん)するっていうニュース、聞(き)いたか。

☐ 即使我結婚以後，還是想要繼續工作。 ➡ 結婚(けっこん)しても仕事(しごと)は続(つづ)けていきます。

☐ 已經逐漸適應嶄新的生活。 ➡ 新(あたら)しい生活(せいかつ)にもだんだん慣(な)れてきたところです。

☐ 結婚以後就立刻懷孕了。 ➡ 結婚(けっこん)してすぐ赤(あか)ちゃんができました。

☐ 我的女兒已經三十五歲了，到現在還沒結婚。 ➡ 娘(むすめ)は35歳(さい)ですが、まだ結婚(けっこん)していません。

□	我爸爸老是催著我要快點結婚。	➡	父にいつも早く結婚しろと言われています。

8／9 婚前憂鬱症

CD125

□	下週日，我姪子要結婚。	➡	来週の日曜、おいの結婚式なんだ。
□	你下星期就要結婚了，怎麼還一臉不高興的模樣哩？	➡	来週、結婚式なのに、浮かない顔して。
□	我女朋友竟然說她想要再考慮一下要不要結婚。	➡	彼女が結婚を考え直したいって言い出したんだ。
□	事到如今怎麼能取消結婚典禮呢？	➡	今から結婚式を取りやめるわけにはいかないでしょう。
□	而且假如把典禮延期舉行，就非得向大家道歉不可耶。	➡	式を延期したらみんなに謝らなきゃいけないしなあ。
□	我正在考慮乾脆不要結婚算了。	➡	結婚をやめようと思っています。
□	我正在考慮把結婚典禮延期。	➡	結婚式を先に延ばそうと思っています。

8／10 離婚 ➡

CD125

□	被妻子發現了我的外遇。	➡	浮気していることが妻にばれてしまいました。
□	妻子帶著孩子離家出走了。	➡	妻が子供を連れて家を出ていきました。

□	我先生根本不回家。	➡	夫(おっと)は全然(ぜんぜん)家(いえ)に帰(かえ)ってきません。
□	他似乎有外遇。	➡	どうやら浮気(うわき)しているようです。
□	我發現了他和別人交往的證據。	➡	浮気(うわき)の証拠(しょうこ)を見(み)つけました。
□	現在正在談離婚。	➡	今(いま)、離婚(りこん)に向(む)けた話(はな)し合(あ)いを進(すす)めています。
□	聽說他去年終於離婚了。	➡	彼(かれ)は去年(きょねん)とうとう離婚(りこん)したそうです。
□	請問贍養費和監護權如何處理呢？	➡	慰謝料(いしゃりょう)や養育権(よういくけん)はどうなりましたか。
□	這場婚姻已經嚐夠了苦頭，不想再婚了。	➡	この結婚(けっこん)で懲(こ)りたので、再婚(さいこん)したいとは思(おも)いません。
□	對前夫沒有眷戀。	➡	別(わか)れた夫(おっと)に未練(みれん)はありません。

補充單字

恋人(こいびと) 情侶	以上(いじょう) ～以上	以下(いか) ～以下
大人(おとな) 大人，成年人	デート 約會	カップル 情侶

Chapter 09 嗜好

CD126

３Ｄ電影帶來視覺上的新感受，但如果能身歷其境就更棒了！最近日本開始風靡４Ｄ電影，讓你彷彿置身在電影場景裡，跟著主角一起冒險。這些感受來自於戲院的動感座椅，搭配燈光、風、水、氣味等效果，當越野車在沙漠中顛簸行駛時，你也會跟著車子一起晃動，甚至聞到淡淡的細砂味道喔！

9／1 登山看風景

1

我很喜歡爬山。

▲山に登るのが好きだ。

A：「富士山に登ったことがありますか。」
／你曾經登過富士山嗎？

B：「まだなんです。ぜひ一度登ってみたいです。」
／還沒去過。我一定要去爬一次看看。

2

我想要爬阿爾卑斯山。

アルプスに登りたい。

3

那座山只要五小時左右就能夠攻頂了。

その山は5時間ぐらいで登れます。

4

越是往山上爬，溫度就變得越冷。

高く登れば登るほど寒くなる。

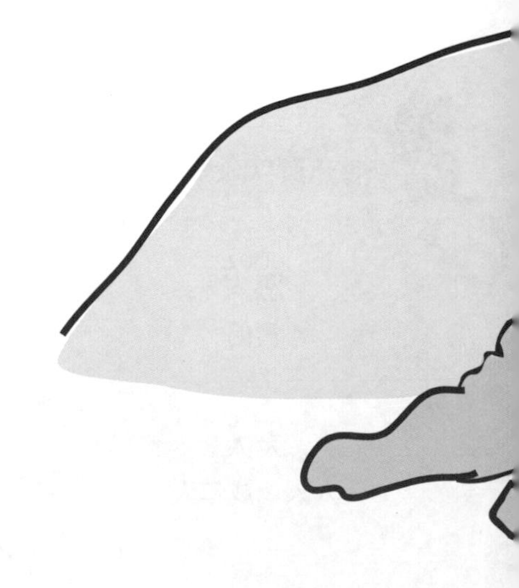

5
爬山時不要著急，要慢慢走喔。
山(やま)に登(のぼ)るときは急(いそ)がないで、ゆっくり歩(ある)こう。

6
身體健康的話，應該就能夠爬上高山。
元気(げんき)だったなら高(たか)い山(やま)にも登(のぼ)れたと思(おも)います。

7
那座山的標高超過三千英呎。
あの山(やま)は3000メートル以上(いじょう)あります。

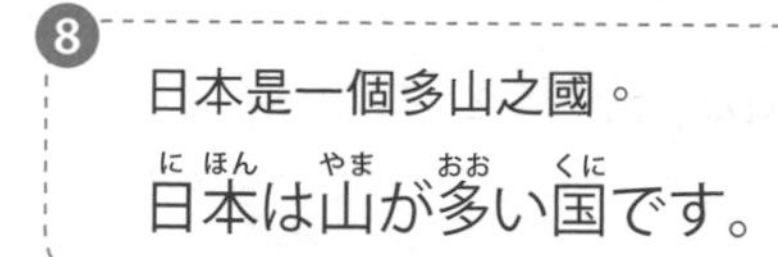

8
日本是一個多山之國。
日本(にほん)は山(やま)が多(おお)い国(くに)です。

9
日本第一高山則是富士山。
日本(にほん)で一番高(いちばんたか)い山(やま)は富士山(ふじさん)です。

10
世界第一高峰是聖母峰。
世界(せかい)で一番高(いちばんたか)い山(やま)はエベレストです。

⑪ 山上還有殘雪未融。

山(やま)にはまだ雪(ゆき)が残(のこ)っている。

⑫ 太陽在山的後方逐漸西沉。

太陽(たいよう)が山(やま)の向(む)こうに沈(しず)んでいく。

⑬ 從山上可以遠眺村莊。

山(やま)の上(うえ)から遠(とお)くの町(まち)が見(み)える。

⑭ 我想從山上看夜景。

山(やま)から夜景(やけい)を見(み)たいです。

⑮ 從函館山看的夜景，真叫人感動。

函館山(はこだてやま)から見(み)た夜景(やけい)は感動的(かんどうてき)でした。

⑯ 我以滑雪的方式下了山。

スキーで山(やま)を降(お)りた。

♥ 小知識：日本三大煙花

土浦全國花火競技會：可以觀賞明年最新的煙花作品；天神祭奉納花火：慶典活動最後一項節目就是放煙火拜祭天神；全國花火競技會：是擁有傳統歷史的煙花大會。

9／2 讀書

CD126

我送了父親一本書作為生日禮物。	▲父の誕生日に本を贈った。 A：「この中に読みたい本はありますか。」 ／這些書裡面，有沒有你想看的呢？ B：「これが読みたいですね。」 ／我想看這一本。
你在讀什麼呢？	何を読んでいますか。
她看得懂葡萄牙文。	彼女はポルトガル語が読めます。
我很喜歡一個人靜靜地看書。	一人で静かに本を読むのが好きです。
教授的新書出版了。	教授が新しい本を出した。
讀一讀這本書吧。	この本を読んでみてください。
這裡面記載著對你有所助益的內容。	役に立つことが書いてあるから。
這本書的內容太難了，即使反覆閱讀，還是看不懂。	難しくて何回読んでも分からない。
這本書既厚又重。	本が厚くて重い。
把看完的書歸回了原位。	読んだ本をもとの所においた。
不要自己掏錢買書，儘量去圖書館借閱。	本は買わないでなるべく図書館から借ります。
上次我借給你的那本書，等你看完後要還給我喔。	この間貸してあげた本、読み終わったら返してね。

☐ 我正在找西班牙文的書，請問妳知不知道在哪裡可以買得到呢？	スペイン語の本を探しているんですが、どこで売っていますか。
☐ 在孩子睡覺前念書給他聽。	子供が寝る前に本を読んであげます。
☐ 我在星期天多半看看書，或是到附近散散步，度過閑適的一天。	日曜日はたいてい本を読んだり近くを散歩するなどして過ごします。

9／3 雑誌

CD126

☐ 書店裡陳列著各種類型的雜誌。	本屋にいろいろな雑誌が並んでいます。
☐ 這本雜誌裡面的照片真多呀。	▲この雑誌は写真が多いですね。 A：「その雑誌、面白い？」 ／那本雜誌好看嗎？ B：「うん、読んだら貸してあげるよ。」 ／嗯，等我看完以後借你看吧。
☐ 這本雜誌每週一上架販售。	この雑誌は毎週月曜日に売り出されます。
☐ 接二連三地編輯完成新雜誌。	次々と新しい雑誌が作られています。
☐ 有很多人都會在電車裡看報紙或雜誌。	電車の中で新聞や雑誌を読んでいる人が多い。
☐ 最近淨看些雜誌，幾乎沒看小說了。	最近は雑誌ばかり読んで小説はあまり読まなくなった。
☐ 山田先生現在透過閱讀美國雜誌的方式學習英文。	山田さんはアメリカの雑誌を読んで英語の勉強をしています。

- [ ] 我沒有自掏腰包買雜誌，而是上圖書館借閱。 ➡ ▲雑誌は買わないで図書館で読んでいます。

  A：「何をして遊ぼうか。」
  ／我們要不要來玩個什麼遊戲？

  B：「雨が降ってるから、うちの中で漫画を読もう。」
  ／外頭在下雨，我們待在家裡看漫畫吧。

- [ ] 不要老是只看漫畫喔。 ➡ 漫画ばかり読んでいてはダメだよ。

9／4 報紙

CD127

- [ ] 我每天早上都會先看完報紙再去公司。 ➡ ▲毎朝、新聞を読んでから会社へ行きます。

  A：「新聞はどこ？」
  ／報紙在哪？

  B：「自分で探しなさい。」
  ／自己去找啦。

- [ ] 時間根本不夠，連報紙也沒辦法看。 ➡ ▲時間がなくて新聞も読めない。

  A：「お宅は何新聞を取っていますか。」
  ／你家訂的是什麼報呢？

  B：「うちは日本経済新聞を取っています。」
  ／我家是訂日本經濟新聞。

- [ ] 我在報上看天氣預報。 ➡ 天気予報を新聞で読みます。

- [ ] 報上有登昨天的那起火警。 ➡ 昨日の火事が新聞に載っている。

☐	我在報紙上看到日本的足球隊戰勝了義大利隊。	➡	日本がサッカーでイタリアに勝ったことを新聞で読んだ。
☐	閱讀報紙對於學習日語是很有幫助的。	➡	新聞を読むのは日本語の勉強のためにとてもいいです。
☐	我還沒看過這份報紙，你先別丟喔。	➡	この新聞はまだ読んでないから捨てないでね。
☐	雖然報紙每天都會由送報生送來，不過在車站裡的販賣亭也大多有販售。	➡	新聞は毎日、配達してくれますが、駅のキオスクでもたいてい売っています。

9／5 電腦、網路

CD127

☐	你想買筆記型電腦，還是桌上型電腦呢？	➡	ノートパソコンとデスクトップ、どっちですか。
☐	你用的是Windows系統，還是Mac系統呢？	➡	ウィンドウズですか。マックですか。
☐	我的電腦太舊了，動不動就會當機。	➡	私のパソコン、古くてすぐフリーズしちゃうんです。
☐	你可以幫我把這份資料燒錄到光碟片上嗎？	➡	このデータ、ＣＤに焼いてくれませんか。
☐	你希望我把電子郵件送到你的電腦還是手機裡呢？	➡	▲メールはパソコンと携帯、どっちに送ったらいい？ A：「このコンピューターの使い方を知っていますか。」 ／你知道這種電腦的操作方式嗎？ B：「ええ、教えてあげましょう。」 ／知道呀，我來教你吧。

□ 我打不開這個檔案。	➡	ファイルが開(ひら)けないんです。
□ 網路有連線嗎？	➡	ネットはつながってますか。
□ 假如不以正確的方式操作電腦，就無法啟動運轉。	➡	▲パソコンは正(ただ)しく使(つか)わないと動(うご)かない。 A：「コンピューターの中(なか)はどうなっているのだろう。」 ／不曉得電腦主機裡面的構造如何？ B：「難(むずか)しくて分(わ)かりません。」 ／太複雜了，我不懂。
□ 今天不曉得怎麼了，眼睛好酸。	➡	今日(きょう)はなぜか目(め)が疲(つか)れる。
□ 誰叫你一直打電腦啊。	➡	ずっとパソコンをやっているからですよ。
□ 你有在寫部落格嗎？	➡	ブログってやってますか。
□ 來玩電玩吧！	➡	テレビゲームをやりましょう。
□ 你家裡有那個叫做印表機的東西嗎？	➡	自宅(じたく)にプリンターってあります？
□ 比起用手寫，以電腦輸入比較快。	➡	手(て)で書(か)くよりパソコンを打(う)つほうが速(はや)い。
□ 現在已經鮮少有公司不用電腦工作了。	➡	仕事(しごと)にコンピューターを使(つか)わない会社(かいしゃ)は少(すく)ないです。
□ 不好意思，這台電腦最近怪怪的。	➡	すみません。このコンピューター、最近(さいきん)調子(ちょうし)が悪(わる)くて。
□ 那麼請先留在這邊，我們幫您檢查看看吧。	➡	じゃあ、お預(あず)かりして検査(けんさ)しましょうか。

- □ 請問大約需要多久時間呢？ ➡ 時間(じかん)はどれぐらいかかりますか。
- □ 假如需要修理的話，我想大約要兩個星期左右。 ➡ 修理(しゅうり)が必要(ひつよう)な場合(ばあい)は２週間(しゅうかん)ほどかかると思(おも)います。
- □ 可是買新的又得花上一筆錢耶。 ➡ 新(あたら)しいのを買(か)うのはお金(かね)かかります。
- □ 丟掉舊的又可惜。 ➡ 捨(す)てるにももったいないです。
- □ 如果要買電腦，可以去秋葉原看看。那裡既便宜，又有很多可以挑選。 ➡ パソコンなら秋葉原(あきはばら)に行(い)くと安(やす)いし、いろいろありますよ。

9／6 樂器

CD127

- □ 我在學生時代曾經學過吉他。 ➡ ▲学生(がくせい)のときにギターを習(なら)ったことがあります。

  A：「バイオリンが弾(ひ)けますか。」
  ／請問您會拉小提琴嗎？

  B：「ええ、少(すこ)し弾(ひ)けます。」
  ／嗯，會一點點。

- □ 我每天都花一個小時練彈吉他。 ➡ 毎日(まいにち)１時間(じかん)、ギターを練習(れんしゅう)します。
- □ 我從七歲開始學小提琴至今。 ➡ 七(なな)つのときからバイオリンを習(なら)っています。
- □ 麻煩您彈吉他。 ➡ ギターを弾(ひ)いてください。

- [ ] 請您彈吉他給我聽。 → ▲ギターを聞(き)かせてください。

  A：「あなたたちの中(なか)で誰(だれ)かピアノを弾(ひ)ける人(ひと)はいませんか。」
  ／你們這群人裡面，有沒有誰會彈鋼琴的？

  B：「中島(なかしま)さんが上手(じょうず)です。」
  ／中島小姐很會彈喔。

- [ ] 假如我會彈鋼琴的話，不知該有多好呀。 → ピアノが弾(ひ)けたならどんなにいいだろう。

- [ ] 我正在找會拉大提琴的人。 → チェロを弾(ひ)く人(ひと)を探(さが)しています。

9／7 音樂

CD128

- [ ] 她是音樂老師。 → ▲彼女(かのじょ)は音楽(おんがく)の先生(せんせい)です。

  A：「どんな音楽(おんがく)が好(す)きですか。」
  ／您喜歡聽什麼樣的音樂呢？

  B：「ジャズが好(す)きです。」
  ／我喜歡聽爵士樂。

- [ ] 請問您有沒有好聽的音樂唱片呢？ → いいレコードを持(も)っていませんか。

- [ ] 我每次聽到那首歌，總會不自覺地想流淚。 → その歌(うた)を聞(き)くとなぜか泣(な)きたくなります。

- [ ] 咖啡廳裡播放著柔柔的音樂。 → 喫茶店(きっさてん)には静(しず)かな音楽(おんがく)が流(なが)れていた。

- [ ] 聽輕快的音樂時，心情也會跟著快樂起來。 → 明(あか)るい音楽(おんがく)を聴(き)くと気持(きも)ちも明(あか)るくなる。

□ 配合著音樂節奏跳了舞。	音楽にあわせて踊った。
□ 原本放在桌上的吉他，在掉到地上以後就壞掉了。	机の上においてあったギターを落として、壊してしまいました。
□ 在咖啡廳裡播放著鋼琴演奏音樂。	喫茶店にピアノの音楽が流れていました。
□ 我喜歡在咖啡廳裡聆聽古典樂的唱片。	喫茶店でクラシックのレコードを聞くのが好きです。
□ 在日記裡寫下了對音樂的熱愛。	音楽への熱い思いを日記に書いた。
□ 我們去聽鋼琴演奏會吧。	ピアノコンサートに行きましょう。
□ 我正在蒐集爵士樂的老唱片。	古いジャズのレコードを集めています。
□ 現在幾乎都很少人聽唱片，都改聽ＣＤ了。	今はレコードはほとんど使われなくなってＣＤにかわってしまいました。
□ 我星期天都去教會彈奏風琴。	日曜日には教会でオルガンを弾きます。
□ 我們一起大聲唱歌吧。	口を大きく開けて歌いましょう。

9／8 電視

CD128

□ 今天晚上有沒有什麼好看的節目呢？	今晩は何か面白い番組があるかな。
□ 那個節目會在後天播放。	その番組はあさって、放送されます。

☐	那齣眾所矚目的連續劇已經開始播映了。	➡	話題(わだい)になっていたドラマが始(はじ)まりました。
☐	故事內容也精采絕倫。	➡	ストーリーが最高(さいこう)です。
☐	比原本想像的還要來得有趣。	➡	思(おも)ったより面白(おもしろ)かった。
☐	劇情也相當有趣。	➡	内容(ないよう)も面白(おもしろ)いです。
☐	主角的演技實在是太棒了！	➡	主役(しゅやく)の演技(えんぎ)、もう最高(さいこう)でした！
☐	那個飾演小孩角色的童星，真是太可愛了。	➡	あの子役(こやく)がかわいかったです。
☐	那個情婦角色真是個令人厭惡的女人呀。	➡	あの愛人役(あいじんやく)は嫌(いや)な女(おんな)ですよね。
☐	這部連續劇有不少發人深省之處。	➡	いろいろ考(かんが)えさせられるドラマでした。
☐	告訴了我種種道理。	➡	いろいろなことを教(おし)えてくれた。
☐	謝謝讓我欣賞到這麼了不起的作品！	➡	素晴(すば)らしい作品(さくひん)をありがとう！
☐	你不覺得那部連續劇的情節，越到後面越乏味了嗎？	➡	あのドラマ、だんだんつまらなくなってきたと思(おも)いません？

9／9 電影

CD128

☐	要不要一起去看電影呢？	➡	映画(えいが)を見(み)に行(い)きませんか。

☐ 好呀，我也想看日本的電影耶。

➡ ▲そうですね。日本の映画が見たいですね。

A：「お時間があるなら映画など見ませんか。」

／既然還有空檔時間，要不要去看場電影呢？

B：「ええ、いいですね。」

／嗯，好呀。

☐ 從七號開始會有新電影上映。

➡ 七日から新しい映画が始まります。

☐ 請問下一場電影是從幾點開始放映呢？

➡ 次の映画は何時から始まりますか。

☐ 從七點半開始。

➡ 7時半からです。

☐ 您昨天看了什麼電影呢？

➡ ▲昨日は何の映画を見ましたか。

A：「どんな映画だった？」

／那部電影怎麼樣？

B：「とても面白かったよ。」

／我覺得很好看喔。

☐ 請問有哪些演員參與那部電影的演出呢？

➡ その映画に誰が出ていますか。

☐ 有成龍喔。

➡ ジャッキー・チェンですよ。

☐ 昨天看的那部電影真是太好看囉。

➡ 昨日見た映画、すごく面白かったですよ。

☐ 許久沒有看到這種溫暖人心的電影了。

➡ 久しぶりに温かい映画を見ました。

☐ 從中學習到家人的重要。

➡ 家族の大切さを学びました。

□ 打從心底受到了感動。	➡ 心の底から感動しました。
□ 真是齣絕佳的戲劇。	➡ 本当にすてきな映画でした。
□ 我已經成為這部戲的忠實影迷了！	➡ もう大ファンになってしまった！
□ 我也想要讀一讀原著小說。	➡ 原作本も読んでみようと思います。
□ 許多年輕人把電影院擠得水洩不通。	➡ 映画館は若い人でいっぱいだ。
□ 由於沒上映什麼好電影，所以我沒看就直接回家了。	➡ あまりいい映画をやってなかったので、すぐ帰ってきました。
□ 電影好像散場了，有大批人潮從電影院裡湧出。	➡ 映画が終わったらしくて映画館から人が大勢出てくる。
□ 無論是哪一部電影都不好看。	➡ 映画はどれも面白くなかった。
□ 電影院裡禁止吸菸。	➡ 映画館でタバコを吸ってはいけません。
□ 無論哪個城鎮都會有電影院。	➡ どこの町にも映画館はあります。

9／10 唱歌

CD129

□ 山田小姐的歌聲真美妙。	➡ 山田さんは歌がうまい。
□ 你知道披頭四的〈Yesterday〉這首歌嗎？	➡ ビートルズの「イエスタデイ」を知ってる？

□	當然知道。	➡	もちろん。
□	這首曲子真好聽哪。	➡	この曲すごくいいね。
□	配樂很好聽喔。	➡	音楽がいいですね。
□	這首歌的歌詞意境很深遠。	➡	この歌は歌詞がいいです。
□	一首淒美的失戀歌曲。	➡	切ない失恋の歌です。
□	他的歌聲真是太嘹亮了。	➡	彼の声は、ホントにいいです。
□	很開心地歡唱著呢。	➡	気持ちよく歌っていますね。
□	這首歌最適合用來作為晨喚了。	➡	朝の目覚めにぴったりですね。
□	其中包含非常了不起的作品。	➡	中には素晴らしいものがあります。
□	真的獲得了勇氣。	➡	ほんとに勇気をもらいました。
□	足以洗滌心靈喔。	➡	心が洗われますね。
□	讓人心靈平靜的歌曲哪。	➡	心落ち着く歌ですね。
□	請您唱您國家的歌給我們聽。	➡	あなたの国の歌を聞かせてください。
□	我唱了日本歌給外國朋友聽。	➡	外国人の友達に日本の歌を歌ってあげました。

□	我教附近的孩子們唱老歌。	➡	近所の子供たちに昔の歌を教えています。
□	每逢耶誕節的腳步接近，大街小巷都可以聽到〈Jingle Bell〉這首歌曲。	➡	クリスマスが近づくと、ジングルベルの歌が町に流れる。
□	我只要一聽到〈布拉姆斯搖籃曲〉，就會想起自己的母親。	➡	「ブラームスの子守唄」を聞くと母を思い出す。
□	我曾在小時候學過那首歌，所以會唱。	➡	その歌は子供のときに習ったから知っています。
□	那位女高音唱的高音真是太優美了。	➡	ソプラノの高い声がとてもきれいでしたね。
□	是呀，你說的一點也沒錯。	➡	ええ、ほんとうに。
□	演唱者沒把這首曲子的高音部分唱得很好。	➡	この歌手はこの歌の高いところがうまく歌っていない。
□	我五音不全，真是難為情。	➡	歌が下手なので、恥ずかしいです。

9／11 畫圖

CD129

□	我從今年四月開始學畫。	➡	今年の4月から絵を習い始めました。
□	真希望我會畫圖。	➡	絵をかけるようになりたいです。
□	我畫了以花朵為主題的圖。	➡	花の絵を描いた。
□	您真會畫圖呀。	➡	絵が上手ですね。

□	上田小姐是位畫漫畫的高手。	➡	上田さんは漫画を描くのが上手だ。
□	在牆壁上掛幅畫作為裝飾吧。	➡	壁に絵を飾ろう。
□	我的興趣是繪畫鑑賞。	➡	趣味は絵を見ることです。
□	我去了美術館看畫展。	➡	美術館へ絵を見に行った。
□	百貨公司正在舉辦畫展。	➡	デパートで絵の展覧会をやっています。
□	我看不大懂畢卡索的畫。	➡	ピカソの絵はよく分からない。
□	我很喜歡塞尚的畫。	➡	セザンヌの絵が好きです。
□	這幅畫裡用了黃色、褐色、綠色等各種色彩。	➡	この絵は黄色や茶色や緑などたくさんの色で描かれています。
□	這裡的圖每一幅都是精品。	➡	どれもすばらしい絵ばかりですね。
□	請問那幅畫的主題是什麼呢？	➡	その絵は何が描いてあるのですか。
□	看起來真像人臉呀。	➡	人の顔みたいですね。
□	這幅畫是以細鋼筆勾勒的。	➡	この絵は細いペンでかかれています。
□	這位畫家多半以白鳥為作畫主題。	➡	この画家の絵は白い鳥を描いたものが多い。

9／12 拍照

CD129

□ 請給我三盒每卷三十六張的底片。 ➡ ３６枚どりのフィルムを３本ください。

□ 今天陽光普照，我們多帶點底片出門吧。 ➡ ▲天気がいいからフィルムをたくさん持っていこう。

A：「きれいなところだねえ。写真撮らない？」
／這裡的景色真優美呀。要不要拍張照留念？

B：「ほんとうですねえ。１枚撮っておきましょう。」
／真的好美喔。我們來拍一張吧。

□ 這景致真優美呀，來拍個照吧。 ➡ すばらしい景色だなあ。写真を撮っておこう。

□ 有沒有人可以來幫我拍張照呢？ ➡ 誰か私を撮ってくれる人がいないかしら。

□ 來，要拍囉！大家看這邊！ ➡ さあ、撮りますよ。こっちを向いて。

□ 要拍照囉，請大家站近一點。 ➡ 写真を撮りますから、皆さん、並んでください。

□ 人家今天穿的是新洋裝，要幫我拍漂亮一點喔。 ➡ 新しいドレスを着たんだから上手にとってよ。

□ 麻煩稍微站到我的側面，這樣拍出來比較漂亮。 ➡ ▲少し横から撮って。そのほうがきれいに見えるから。

A：「カメラにフィルムが入っていますか。」
／相機裡有裝底片了嗎？

B：「あ、忘れていました。」
／啊！我忘了。

□ 今天用了十卷底片。 ➡ 今日はフィルムを１０本使いました。

□ 我以黑白底片拍了照。 ➡ 白黒フィルムで写真を撮りました。

□	佐藤小姐的這張照片拍得好美喔。	➡	佐藤さんの写真、きれいに写っていますね。
□	我請在公園裡散步的人幫我拍了照。	➡	公園を歩いている人に写真を撮ってもらいました。

9／13 有關攝影及照片

CD130

□	我的興趣是拍電車的照片。	➡	電車の写真を撮るのが趣味です。
□	角川先生的興趣是拍照。	➡	角川さんはカメラが趣味です。
□	我在散步的時候總是會隨身帶著相機。	➡	散歩するときはいつもカメラを持って行きます。
□	從相機裡取出了拍完的膠卷。	➡	撮ったフィルムをカメラから出した。
□	以前只有黑白照片，但是現在幾乎都是彩色的。	➡	昔は白黒写真だったが、今はほとんどカラーだ。
□	我只看過照片上的祖父。	➡	おじいさんを写真でしか見たことがありません。
□	這是先父的照片。	➡	これは亡くなった父の写真です。
□	原來如此，這張照片拍得很好喔。	➡	そうですか。とてもよく撮れていますね。
□	我不喜歡被拍照。	➡	写真を撮られるのは好きじゃない。
□	日本製的相機有許多便宜又精良的機型。	➡	日本のカメラは安くていいものが多い。

□ 現在比較多人是用數位相機拍照，很少人還在用底片相機了。	➡	フィルムを使(つか)うカメラよりデジタルカメラの方(ほう)が多(おお)くなった。
□ 要辦護照必須檢附兩張照片。	➡	パスポートを作(つく)るには写真(しゃしん)が２枚必要(まいひつよう)です。

9／14 收集

CD130

□ 我從小就開始蒐集郵票至今。	➡	▲子供(こども)のときから切手(きって)を集(あつ)めています。 A：「いろいろなものを集(あつ)めていますねえ。」 ／您蒐集了好多不同的東西喔。 B：「ええ、マッチ箱(ばこ)とか古(ふる)いお金(かね)とか絵(え)はがきとかたくさんあります。」 ／是呀，我有很多火柴盒、古幣、風景明信片等蒐集品。
□ 我正在蒐集舊郵票。	➡	古(ふる)い切手(きって)を集(あつ)めています。
□ 我的嗜好是蒐集外國的精美郵票。	➡	外国(がいこく)のきれいな切手(きって)を集(あつ)めるのが趣味(しゅみ)です。
□ 年代越久、數量越稀少的郵票，越能賣得高價。	➡	古(ふる)い、珍(めずら)しい切手(きって)は高(たか)く売(う)れる。

9／15 星座

CD130

□ 我是水瓶座。	➡	私(わたし)は水瓶座(みずがめざ)です。
□ 雙子座是什麼樣的個性？	➡	双子座(ふたござ)はどんな性格(せいかく)ですか。

□ 獅子座(的人)很活潑。	➡	獅子座(の人)は明るいです。
□ 天秤座多出女演員。	➡	天秤座は女優が多いです。
□ 雙魚座很有藝術天份。	➡	魚座は芸術的才能があります。
□ 魔羯座不缺錢。	➡	山羊座はお金に困らないです。
□ 從星座來看兩個人很適合。	➡	星座から見ると二人は合いますよ。
□ 魔羯座跟處女座很合。	➡	山羊座と乙女座は相性がいいです。
□ 水瓶座很冷靜。	➡	水瓶座はクールです。
□ 天秤座協調性很好。	➡	天秤座はバランスに優れています。
□ 巨蟹座感情很豐富。	➡	蟹座は感情が豊かです。
□ 射手座個性很活潑。	➡	射手座は明るい性格です。
□ 天蠍座意志力很強。	➡	蠍座は意志が強いです。
□ 處女座很溫柔。	➡	乙女座は優しいです。
□ 牡羊座是什麼個性呢？	➡	牡羊座はどんな性格ですか。

Chapter 10
看連續劇

CD131

「人生如戲，戲如人生」，透過電影、戲劇、歌舞伎等，會告訴您很多事情，無形中會變成一股很大的力量，藏在您的生命中。

10／1 開始

1
那齣眾所矚目的連續劇終於開始播映了。
ついに話題(わだい)のドラマが始(はじ)まりました。

2
木村拓哉先生所主演的《CHANGE》終於開始播映了。
やっと始(はじ)まりました、木村(きむら)さんの『CHANGE』。

3
演出陣容令人咋舌哩。
ものすごいメンバーですねぇ。

4
想必花了相當龐大的製作費吧。
お金(かね)も相当(そうとう)かかっているでしょう。

5
看來投入了不少金錢與時間喔。
お金(かね)と時間(じかん)をかけたみたいだなぁ。

10／2 劇情發展

CD131

□	劇情不但節奏明快，也非常有趣。	テンポがよくて面白(おもしろ)かった。
□	劇情頗具節奏感，讓人還想繼續收看。	テンポがあって続(つづ)きが見(み)たくなる。
□	絲毫沒有多餘的場景鏡頭，對吧？	全(まった)くムダなシーンがないよね。
□	節奏冗長緩慢，對不對？	スローテンポですよね。
□	觀眾深受平素罕見場景的吸引。	普段(ふだん)、見(み)ないようなシーンは興味深(きょうみぶか)かったです。
□	非常有趣！真不愧是出色的演出陣容。	面白(おもしろ)い！ さすがだ！
□	演技超群。	演技力(えんぎりょく)抜群(ばつぐん)です。
□	不僅貼近現今的年代，劇情也很有趣。	今(いま)の時代(じだい)にあって内容(ないよう)も面白(おもしろ)い。
□	故事內容也精采絕倫。	ストーリーも最高(さいこう)です。
□	這齣戲讓人感覺簡直就像是《風林火山》的續集耶。	まさに『風林火山(ふうりんかざん)』続編(ぞくへん)という感(かん)じですね。
□	這是部令人討厭的連續劇。	嫌(いや)なドラマでした。
□	這是齣劇情很爛的連續劇。	ひどいドラマでした。
□	這是部陳腔爛調的連續劇。	古臭(ふるくさ)いドラマでした。
□	這是齣讓人作嘔的連續劇。	気持(きも)ち悪(わる)いドラマでした。

□	這也是一齣有點低級的連續劇。	➡	これもなんか下品なドラマです。
□	最近播映的這些連續劇，真是無聊得一場糊塗。	➡	最近のドラマめちゃめちゃつまらない。
□	日本現在的連續劇沒什麼內容可言哪。	➡	今の日本のドラマは物足りないですね。
□	很遺憾的，我不認為內容有趣。	➡	残念ながら面白いと思えませんでした。
□	很令人遺憾的，雖然不差，卻也好不到哪裡去耶。	➡	悪くはないんだけど、良くもないのが残念ですね。
□	這部連續劇簡直是爛透啦。	➡	もうこのドラマ崩壊していますよね。
□	實在是受夠了這種老調重談的劇情。	➡	さすがに飽きてきました。
□	原本對這齣劇抱以極高的期望，沒想到非常失望。	➡	大きく期待を裏切られました。
□	看這部戲真是浪費了時間。	➡	時間の無駄遣いだったわ。
□	真是令人寄予同情。	➡	気の毒になってしまった。
□	劇情也很無聊。	➡	話も面白くない。
□	總而言之，只令人覺得很煩膩啦！	➡	とにかくウザイですよね！
□	真希望能在那個環節上做更深入的描繪。	➡	そこんとこをもっと丁寧に描いてほしかった。
□	劇情內容不上不下的。	➡	ストーリー中途半端です。

□ 不具喜怒哀樂的乏味連續劇。	➡ 喜怒哀楽(きどあいらく)のない扁平(へんぺい)なドラマだ。
□ 結局也無法讓人接受。	➡ ラストもあんまり気(き)に入(い)りませんでした。
□ 找不到優點。	➡ いい所(ところ)が見(み)つかりませんでした。
□ 風評極差。	➡ 評価(ひょうか)は最悪(さいあく)です。

10／3 收看

CD131

□ 自從朋友推薦後，我就開始觀賞。	➡ 友達(ともだち)に薦(すす)められてから見(み)ました。
□ 從第一週開始播放後，我就滿懷期待地收看了每一集。	➡ 第1週(だいしゅう)から毎回楽(まいかいたの)しみに見(み)ていました。
□ 我是在它已經播了幾集後才開始看的。	➡ 途中(とちゅう)から見(み)ました。
□ 原本對這齣劇沒抱太大期望。	➡ あんまり期待(きたい)してなかったけど。
□ 比原本想像的還要來得有趣。	➡ 思(おも)ったより面白(おもしろ)かった。
□ 已經愛上了那齣劇了。	➡ すっかりお気(き)に入(い)りです。
□ 我也想要收看那齣連續劇。	➡ 私(わたし)も楽(たの)しみたいと思(おも)います。
□ 我每天都期待著晚上八點準時收看。	➡ 毎晩(まいばん)8時(じ)になるのが楽(たの)しみだった。

☐	我極度推薦這齣戲！	➡	これは絶対オススメ！
☐	觀眾看得都目不轉睛。	➡	目が離せません。
☐	沒想到還挺有可看性的。	➡	意外と面白かったです。
☐	連續兩星期的收視率都沒有到５％呀！	➡	２週連続５％届かずか。
☐	收視率會一路滑落吧。	➡	視聴率が更に下がって行くでしょうね？
☐	想必周邊商品的銷售其差無比吧。	➡	関連商品は売れないでしょう。
☐	看到一半就沒再繼續往下看了。	➡	途中で見るのをやめました。
☐	真希望他們能深切反省呀。	➡	反省してほしいね。
☐	真想要他們別再播下去了哪。	➡	もうやめてほしいですね。
☐	簡直想要他們賠償我們所繳的收視費。	➡	受信料を返してほしくなります。
☐	既然是幸福大結局，那就別再苛責他們了吧！	➡	ハッピーエンドだから、まっ、いいか！

10／4 人物

CD132

☐	出演小孩角色的小深，實在是太可愛啦。	➡	子役の深っちゃん、超かわいい。

□	阿部寬的演技非常搶眼哪。	➡	阿部寛の存在感はすごいね。
□	《東大特訓班》裡的阿部寬，也參與了這部戲的演出。	➡	『ドラゴン桜』の阿部寛も出てます。
□	配角比主角看起來更具吸引力哪。	➡	主役より脇役が魅力的に映りましたね。
□	扮演傻大姊角色的小羅莎實在好可愛喔。	➡	のほほん役のローサちゃんがかわいいね。
□	完全被她的笑容給迷住了。	➡	その笑顔にすっかり魅了されました。
□	由羅真是個令人厭惡的女人呀。	➡	お由羅は嫌な女ですよね。
□	那個飾演小孩角色的童星，真是太可愛了。	➡	あの子役がかわいかったです。
□	真是頭了不起的忠犬呀。	➡	立派な犬ですよね。

10／5 演技

CD132

□	小深所扮演的秘書一角，實在是太精采囉！	➡	深っちゃんの秘書役最高ですね！
□	木村扮演的裝傻的啟太一角，實在是太好笑了。	➡	木村君のとぼけた啓太に笑った。
□	宮崎小姐的演技實在是太棒了！	➡	宮崎さんの演技、もう最高でした！
□	很傳神地演活了這個難演的角色哪。	➡	難しい役柄を違和感なく演じたよね。

□	實在是精湛的演技。	➡	素晴らしい演技でした。
□	津嘉山正種先生正是以其演技而技冠群雄。	➡	演技で群を抜いていたのは津嘉山正種さんでした。
□	對白也僅算差強人意而已。	➡	セリフもいまいち。

10／6 場景

CD132

□	深津小姐還是維持一貫的豪爽飲酒架勢喔！	➡	深津さん相変わらず、飲みっぷりがいいね！
□	韮澤ｖｓ理香的對話場面，絕對不容錯過！	➡	韮澤ｖｓ理香の喋りも、見逃せない！
□	那兩個人的拌嘴場面是最好笑的，對不對呀？	➡	二人の言い合いが、一番面白いんだよねぇ。
□	我有很期待觀賞小玉的耍笨片段喔。	➡	玉ちゃんのボケシーンも楽しみですね。
□	松坂慶子小姐飾演幾島的演技真的非常突出呀！	➡	松坂慶子さん演じる幾島に尽きますね！
□	一點也沒錯，簡直讓人忍不住想為她組成一個「幾島影迷俱樂部」。	➡	ホント、「幾島クラブ」を作りたいくらいです。
□	堺先生的演技真是無以倫比呀。	➡	堺さんの演技って最高ですね。
□	演技太過精湛了。	➡	うますぎです。
□	篤姬和尚五郎下圍棋的那一幕，令我大受感動。	➡	篤姫と尚五郎の囲碁シーンに感動してしまいました。

- ☐ 心境的表現實在是非常非常精采哪。 ➡ 心情表現(しんじょうひょうげん)がとてもとても素晴(すば)らしいね。
- ☐ 家定將軍的那聲「嘎～！！！」大受歡迎。 ➡ 家定(いえさだ)の「えーっ！！！」が大(おお)ウケでした。
- ☐ 觀眾們也非常喜歡本壽院昏倒時的表情動作。 ➡ 本寿院(ほんじゅいん)の卒倒(そっとう)も大(おお)ウケでした。
- ☐ 這一集出現志賀折紙鶴的鏡頭時，我不禁起了滿身雞皮疙瘩哩。 ➡ 今回(こんかい)は志賀(しが)の折(お)り鶴(づる)に鳥肌(とりはだ)が立(た)ちましたね。
- ☐ 這股濃濃的母女之情，讓我不由自主地流下了眼淚。 ➡ この親子愛(おやこあい)には涙(なみだ)でした。
- ☐ 婆婆與媳婦之間的勾心鬥角，也是觀賞的精采重點喔。 ➡ 嫁姑(よめしゅうとめ)の戦(たたか)いも楽(たの)しみですね。

10／7 角色

CD132

- ☐ 這個演出陣容實在是太棒了！！ ➡ この演出(えんしゅつ)にはやられました！！
- ☐ 話說回來，菊本真是今年的風雲人物哪。 ➡ それにしても菊本(きくもと)が今年(ことし)のツボでしたね。
- ☐ 和宮這個角色的妝容，能不能改善一下呢？ ➡ 和宮(かずのみや)のメイクはどうにかならないかな。
- ☐ 勝地先生也很帥呀。 ➡ 勝地(かつち)くんもかっこいい。
- ☐ 我超級喜歡演出春夫一角的塚本高史先生！！ ➡ 春夫役(はるおやく)の塚本高史(つかもとたかし)くん、すっごく大好(だいす)きです！！
- ☐ 這個角色的安排，變得似乎不如預期。 ➡ 役作(やくづく)りが中途半端(ちゅうとはんぱ)になったね。

- ☐ 角色的塑造會不會變得太沒特色了呢？ ➡ 役のイメージが薄くなったのではないか。
- ☐ 主角絲毫不起勁賣力。 ➡ 主役にパワーなし。
- ☐ 她沒有辦法引起觀眾的共鳴。 ➡ 彼女に共感できないんです。
- ☐ 外貌也讓人感到不太協調。 ➡ 外見にも違和感があります。
- ☐ 她不適合扮演富家千金。 ➡ 大金持ちのお嬢様役は似合わないんです。
- ☐ 主角的演技也沒有進步。 ➡ 主役の演技も変わっていません。
- ☐ 無論是男主角或是女主角都不具魅力。 ➡ 主人公にもヒロインにも魅力を感じません。
- ☐ 我也不覺得小朋友們可愛。 ➡ 子供たちもかわいいと思えませんでした。
- ☐ 主角只讓人覺得是個蠢蛋。 ➡ 主役はアホにしか見えないです。

10／8 中場（好的）

CD133

- ☐ 令人期待後續的劇情。 ➡ これからの展開に期待です。
- ☐ 這一集的劇情節奏好得沒話說，讓我看得拍案叫絕。 ➡ 今回はテンポよく楽しませてもらいました。
- ☐ 演到這裡時，大家都一起哭了唷。 ➡ ここは一緒に涙でしたね。

□	中文	➡	日文
□	劇情內容總算變得比較有趣了。	➡	ようやく話が面白くなってきたねえ。
□	使我大受感動。	➡	感心してしまいました。
□	劇情進展的步調真緩慢呀。	➡	ゆる～い進み具合でしたね。
□	不過，劇情從下一集開始步入高潮，值得令人期待。	➡	でも次回から楽しみです。
□	還有，篤姬的情敵也現身囉。	➡	それと、篤姫には恋のライバルが出現ですね。
□	這兩個人真的很濃情蜜意。	➡	二人は本当にラブラブでした。
□	害我今天晚上也變得有點吃醋呢。	➡	私は今夜もちょっと嫉妬モードでした。
□	沒有想到她竟然同時失去了丈夫和（義）父…。	➡	夫と父親（がわり）を同時に失くすなんて……。
□	想必下週播映時，日本全國觀眾都會淚如雨下吧。	➡	来週は日本全国 涙 雨でしょうか。
□	尤其從後半段開始，我每回都噙著淚水收看。	➡	特に後半にかけては毎回涙ぐんでしまった。

10／9 中場（不好的）

CD133

□	中文	➡	日文
□	這一集算是差強人意。	➡	今回は、イマイチでした。
□	劇情的發展好像會變得怪怪的。	➡	何だか怪しい展開になりそうです。

□	有必要安排女兒在這一集登場嗎？	➡	今回娘の登場って、必要だったんでしょうか？
□	這一段確實是畫蛇添足耶。	➡	たしかにこれは余計ですね。
□	實在是太差勁了啦。	➡	あれはないですよね。
□	那一幕給了我很大的震撼！！	➡	あれはかなりの衝撃でした！！
□	與其說是「艷麗」，不如說讓人覺得有點噁心哩。	➡	「色っぽい」というよりもなんか気持ち悪いんですよね。
□	其最嚴重的問題，就是「無法引起觀眾的興趣」吧？	➡	一番の問題は「面白くない」ということですよね？
□	以「患難之交」而言，未免過於輕率了吧。	➡	「生涯の友」にしては簡単過ぎますよね。
□	劇情一點都沒有進展。	➡	話は全然進展しなかったけど。
□	讓人完全看不懂劇情。	➡	話はぜんぜん見えないけど。
□	未免過於輕浮草率了吧。	➡	ずいぶんと軽いノリになっちゃいましたね。
□	感覺上似乎因收視率不佳而試圖力挽狂瀾。	➡	視聴率に追い詰められているような感じがする。

10／10 劇終

CD133

□	最後那集太棒了，對吧？	➡	最終回最高でしたよね？

	中文		日文
☐	最後一集讓人感動得哭了。	➡	最終回は泣けました。
☐	最後是幸福快樂大結局，實在是太棒囉！	➡	ハッピーエンドでよかった！
☐	最後畫下完美的句點，真是太好了。	➡	本当にすてきな終わり方で良かったです。
☐	我好後悔，早知道打從一開始收看就好了。	➡	最初から見とけばよかったなぁ、と後悔です。
☐	雖然有許多不滿意之處，就當作尚可吧。	➡	不満はいっぱいだけど、良しとしましょう。
☐	已經播完了耶。	➡	終わりましたね。
☐	播完結局了耶。	➡	終わってしまいましたね。
☐	已經播完了，真想再繼續看下去耶。	➡	終わってしまって残念です。
☐	連重播也將於今天晚上畫下句點了哪。	➡	今夜で再放送も終わっちゃいましたね。
☐	一想到播完了，就覺得好空虛喔。	➡	そう思うと寂しいです。
☐	以後再也看不到這齣劇，好難過喔。	➡	これから寂しくなります。
☐	開始讓人擔起心了。	➡	心配になってきましたよ。
☐	不曉得接下來的收視率會是多少呢？	➡	この先視聴率はどうなるのか。
☐	令人最在意的收視率不知道是多少呢？	➡	気になる視聴率はどうなってる？

沒有想到竟然高達２３．８％。	➡	なんと23.8%でした。
２３．８％的收視率，並未超越《極道鮮師》。	➡	『ごくせん』に及(およ)ばず23.8%でしたね。
這個結果算是挺不錯的呀。	➡	いい結果(けっか)ではないでしょうか。
台灣也是和日本同步上映的唷。	➡	台湾(たいわん)でも日本(にほん)と同(おな)じ時間(じかん)に放映(ほうえい)しているよ。
不知道下星期起，到底該期待收看什麼節目才好呢？	➡	来週(らいしゅう)から何(なに)を楽(たの)しみにすればいいか分(わ)からない。

10／11 感想

CD134

這部連續劇有不少發人深省之處。	➡	いろいろ考(かんが)えさせられるドラマでした。
一句句台詞都引發了人們的共鳴。	➡	台詞(せりふ)の一(ひと)つ一(ひと)つにも共感(きょうかん)しました。
從中學習到家人的重要。	➡	家族(かぞく)の大切(たいせつ)さを学(まな)びました。
讓我體會到友誼的可貴。	➡	友情(ゆうじょう)の大事(だいじ)さを感(かん)じさせてくれた。
告訴了我種種道理。	➡	いろいろなことを教(おし)えてくれた。
我認為這齣劇傳遞了某種訊息。	➡	何(なに)か伝(つた)わるものがあると思(おも)った。
讓我學習到活著是多麼美好的事。	➡	生(い)きることのすばらしさを学(まな)びました。

中文		日文
許久沒有看到這種溫暖人心的連續劇了。	➡	久々に心温まるドラマを見た。
小圭的可愛笑容給了我極大的撫慰。	➡	ケイちゃんの愛らしい笑顔にとっても癒されました。
最後是幸福美滿的結果，讓人感到心窩暖呼呼的。	➡	最後はハッピーエンドで心が温かくなりました。
我非常喜歡那種不刻意造作的幸福氛圍。	➡	なんかわざとらしくない幸せって感じがとっても好きです。
收到了非常多留言。	➡	たくさんのメッセージをいただきました。
讓我也想要享受人生。	➡	私も人生楽しもうと思った。
首先我要努力準備升學考試！	➡	まずは受験がんばるぞ。
讓我們一起努力，不能向那樣的逆境低頭喔。	➡	これに負けないようにがんばりましょう。

10／12 感動

CD134

中文		日文
實在是太棒了。	➡	最高でした。
打從心底受到了感動。	➡	心の底から感動しました。
實在是太有趣啦！！	➡	もう最高におもしろいです！！
總而言之，這是我非常喜歡的一部電影！	➡	とにかく大好きな映画でした！

中文	日文
□ 是流著淚觀賞的。	涙して見てました。
□ 臉上還掛著笑容時，就哭了出來。	笑顔のまま泣いてしまった。
□ 收看每一集時都是淚水直流。	毎回、涙ボロボロで見ていました。
□ 這是一齣能令人又笑又哭的戲劇。	とっても楽しく泣けるドラマでした。
□ 因深受吸引，終於忍不住看到最後一幕了。	ついつい最後まで見てしまいました。
□ 還想要繼續沉浸在那股餘韻之中。	もっと余韻に浸りたかった。
□ 這部也在韓國上映喔。	韓国でも放映していましたよ。
□ 我已經成為這部戲的忠實影迷了！	もう大ファンになってしまった！
□ 我也想要讀一讀原著小說。	原作本も読んでみようと思います。

10／13 感謝

CD134

中文	日文
□ 太令我感動了。	感激しました。
□ 感謝讓我觀賞到這麼精采的電影。	いい映画をありがとう。
□ 非常感謝能讓我深受感動！	感動をありがとうございました！

	中文		日文
□	能夠看到這齣連續劇，實在是太好了。	➡	このドラマに出会えて本当に良かったです。
□	非常感謝製作群能夠做出這麼精采的連續劇。	➡	ステキなドラマを作ってもらえて感謝しています。
□	各位演員們，真是辛苦您們了。	➡	出演者の皆様、お疲れ様でした。
□	七個星期一眨眼就結束了，真的萬分感激。	➡	あっという間の７週間、本当にありがとうございました。

10／14 要求

CD134

	中文		日文
□	非常期待再度播映同樣令人感動的連續劇。	➡	また感動のドラマ期待しています。
□	很希望能再度觀賞。	➡	もう一度見たいと思いました。
□	請不要只播完這次就不再重播了。	➡	この放送だけで終わらせないでください。
□	漏看了一開始那兩星期的部分。	➡	はじめの２週間分を見逃してしまった。
□	希望務必讓我從第一集開始觀賞。	➡	ぜひ初めから見たいものです。
□	請務必發售ＤＶＤ版！	➡	ぜひＤＶＤ化を！
□	假如能改拍成連續劇，那就太好了。	➡	ドラマ化されると嬉しいですね。
□	求求您們！請一定、一定要重播。	➡	ぜひぜひ！再放送してください。

- [ ] 請重播或是發行ＤＶＤ版。 ➡ 再放送（さいほうそう）かＤＶＤ（ディーブイディー）を発売（はつばい）してください。
- [ ] ＮＨＫ電視台！拜託拜託！ ➡ お願（ねが）いします！ＮＨＫ様（エヌエイチケーさま）！
- [ ] 請問沒有續集嗎？ ➡ 続編（ぞくへん）はないのですか？
- [ ] 非常期待。 ➡ 期待（きたい）しています。

補充單字

ドラマ 連續劇	ストーリー 故事	話（はなし） 說話，講話
楽（たの）しみ 期待，快樂	途中（とちゅう） 半路上，半途	下手（へた） 不高明，不擅長
上手（じょうず） 擅長，厲害	映画（えいが） 電影	スター 明星
番組（ばんぐみ） 節目	放送（ほうそう）（する） 播映，播放	マスコミ 大眾傳播

Chapter 11 歌曲

CD135

到日本，除了追星聽演唱會之外，也可以參加由日本國內音樂家參加的音樂大會、各種不同風格的搖滾音樂家，通宵達旦的音樂會、伊豆的舞蹈音樂大會。還有寶塚、歌舞伎，都很值得看的。

11／1 介紹好歌

1. 真是一首好歌。
   ホントにいい歌（うた）です。

2. 應該會成為一首好歌喔。
   いい歌（うた）になりそうですね。

3. 好美的歌喔。
   きれいな歌（うた）ですよね。

4. 令人感動的歌。
   感動的（かんどうてき）な歌（うた）です。

5

一首既甜蜜又淒美的失戀歌曲。

甘(あま)く切(せつ)ない失恋(しつれん)の歌(うた)です。

6

這是《我的妹妹》連續劇的主題曲。

ドラマ『ぼくの妹(いもうと)』の主題歌(しゅだいか)です。

7

日本歌唱團體決明子所演唱的《相遇的殘存記憶》，是首非常棒的歌曲喔。

ケツメイシの『出会(であ)いのかけら』とてもいい歌(うた)ですね。

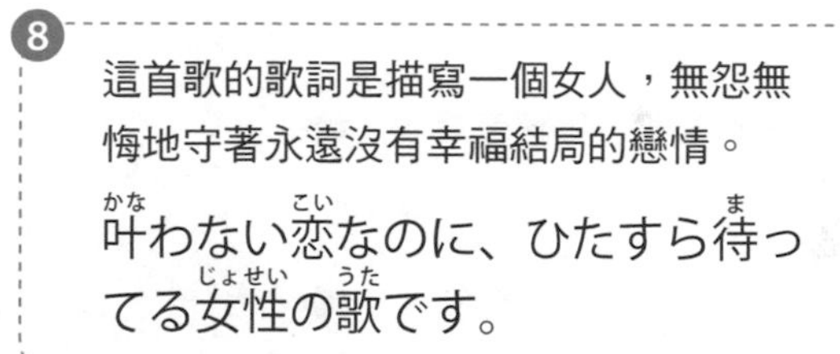

8

這首歌的歌詞是描寫一個女人，無怨無悔地守著永遠沒有幸福結局的戀情。

叶(かな)わない恋(こい)なのに、ひたすら待(ま)ってる女性(じょせい)の歌(うた)です。

9

這首歌講的是失戀啦～，是首非常棒的歌曲。

失恋(しつれん)の歌(うた)とかさ～。非常(ひじょう)にいい歌(うた)だよね。

11／2 音樂整體

CD135

中文	日文
□ 曲調優美。	➡ 曲がいい。
□ 配樂很好聽喔。	➡ 音楽はいいですね。
□ 正傳來一陣悠揚的旋律。	➡ いいメロディが流れている。
□ 帶著浪漫的芬芳。	➡ ロマンチックな香りがします。
□ 這首歌的歌詞意境很深遠。	➡ この歌は歌詞がいいです。
□ 它的歌詞也很優雅，實在是首好歌。	➡ 歌詞も良くてホントにいい歌だよ。
□ 節奏也很棒！	➡ リズムとかいいです！
□ 配樂的演奏也無懈可擊。	➡ バックのバンドのプレイも最高にいい。
□ 封套的設計也挺不錯的。	➡ ジャケットも結構いい感じです。
□ 無論是歌聲、旋律、或是歌詞等等…，全部都十全十美。	➡ 声もメロディも歌詞も……。全部いい。

11／3 歌聲

CD135

中文	日文
□ 他的歌聲真是太嘹亮了。	➡ 彼の声は、ホントにいいです。
□ 他的歌喉也很棒，我最喜歡了！	➡ 歌声もすてきで大好きです！

他的聲音也很洪亮，使人聽起來通體舒暢。	声量もあって伸びやかさもあって、聴いてて心地いい。
她那既洪亮又具有爆發力的聲音雖然也很棒，不過…。	彼女の伸びやかでパワフルな声も素晴らしいけど。
話說回來，他的歌唱得真好呀。	しかし歌がうまいですね。

11／4 歌手

CD135

Yunna小姐也好酷！	ユンナさんもカッコいい！
櫻小姐好可愛喔。	桜さんかわいいですね。
如同天使一般。	天使のようです。
看到那張笑靨，簡直都快把人給融化了哪。	あの笑顔が本当にすてきだったんですよね。
很開心地歡唱著喔。	気持ちよく歌っていますね。
我很希望再次見到那位歌手。	もう一度あの歌手に会いたいです。

11／5 感動

CD135

真是首能夠療癒人心的歌曲呀。	癒しのある歌ですね。

- [ ] 真是首可以讓人心平氣和下來的歌曲哪。 ➡ 心(こころ)落(お)ち着(つ)く歌(うた)ですね。
- [ ] 足以洗滌心靈喔。 ➡ 心(こころ)が洗(あら)われますね。
- [ ] 我也想在自己感到沮喪的時候，從這首歌獲得勇氣。 ➡ 僕(ぼく)も落(お)ち込(こ)んだときにはこの歌(うた)で勇気(ゆうき)もらおうと思(おも)います。
- [ ] 即使是孤零零的一個人，只要聽到這首歌，就能夠繼續堅持下去。 ➡ 一人(ひとり)でもこの歌(うた)があるから大丈夫(だいじょうぶ)です。
- [ ] 真的獲得了勇氣。 ➡ ほんとに勇気(ゆうき)をもらいました。
- [ ] 我從這首歌中得到了數不盡的鼓勵。 ➡ この歌(うた)にどんだけ励(はげ)まされたことか。
- [ ] 這首歌也深深地敲進我的心坎裡。 ➡ 私(わたし)の心(こころ)にもズシ～ッと響(ひび)きました。
- [ ] 意思是指必須要付出努力，才能完成夢想。 ➡ 夢(ゆめ)を叶(かな)えるには努力(どりょく)も必要(ひつよう)っていう意味(いみ)です。
- [ ] 真的獲得許許多多值得感激的話語。 ➡ ホントありがたい言葉(ことば)ばかりもらっている。

11／6 強力推薦

CD135

- [ ] 很想快點聽到。 ➡ 早(はや)く聴(き)きたい。
- [ ] 很想去看。 ➡ 見(み)に行(い)きたいです。
- [ ] 我非常想要《花》的ＣＤ。 ➡ 『花(はな)』のＣＤ(シーディー)がほしい。

□	我全部都會唱喔。	➡	私全部歌えるよ。
□	不由自主地隨著他們一同唱和了。	➡	思わず一緒に歌っちゃいました。
□	我很想重溫那首歌曲。	➡	もう一度あの歌を聴きたいと思います。
□	我很期望再次聽到那首歌曲的現場演唱。	➡	もう一度あの歌をライブで聴きたいと思うのです。
□	下回去唱卡拉ＯＫ時，我一定要唱那首歌。	➡	次のカラオケでは必ず歌ってみたいです。
□	你唱唱看嘛。	➡	歌ってみろよ。
□	可以炒熱氣氛喔。	➡	盛り上がれるよ。
□	是真的很棒，才會推薦給您的唷。	➡	ほんとにいいのでお薦めですよ。
□	你唱唱看嘛。	➡	歌ってみろよ。
□	可以炒熱氣氛喔。	➡	盛り上がれるよ。
□	請您一定要聽聽看！	➡	ぜひ聴いてください！

Chapter 12 運動

CD136

日本人一説到棒球，就熱血沸騰了。如果以排行榜而言，日本人最喜歡的運動項目，應該是棒球第一，足球第二，籃球第三了。此外，棒球也是相撲之後的日本體育第二大國技。

12／1 運動

1

請問您擅長什麼樣的運動？

▲どんなスポーツが得意（とくい）ですか。

A：「どんなスポーツが好（す）きですか。」
／您喜歡什麼樣的運動項目呢？

B：「そうですね…。スキーやスケートなどの冬（ふゆ）のスポーツが好（す）きです。」
／讓我想一想喔…。我喜歡滑雪、溜冰之類的冬季體育項目。

2

我最喜歡籃球。

バスケットボールが一番（いちばん）好（す）きです。

3

請問您是否從以前就有做運動的習慣呢？

昔（むかし）からスポーツをやっているのですか。

4

我不擅長運動。

私（わたし）はスポーツが苦手（にがて）です。

5

我喜歡打球。

僕は球技が好きです。

6

我最近對水上運動產生興趣。

▲最近、マリンスポーツに興味があります。

A：「いい体をしてるけど、何かスポーツをやってるの？」

／你的體格真好，是不是有在做什麼運動呢？

B：「学生のときはいろいろしましたが、今は何もしていません。」

／我在念書時曾參與各式各樣的運動，但是現在完全沒做運動了。

7

自從我出社會後，就完全沒做過運動了。

社会人になってから、全然運動しなくなりました。

8

為了身體健康，持續每星期慢跑一次。

健康のために、週に一度はジョギングをしています。

9

我有上健身房的習慣，也順便減重。

ダイエットも兼(か)ねて、ジムに通(かよ)っています。

10

從年輕時候就是田徑隊的選手。

若(わか)い時(とき)は陸上(りくじょう)の選手(せんしゅ)でした。

11

在大學時曾經參加過全國籃球大賽。

大学時代(だいがくじだい)、バスケットで全国大会(ぜんこくたいかい)に出場(しゅつじょう)したことがあります。

12

我很喜歡觀看電視轉播的體育競賽。

テレビでスポーツを見(み)るのが好(す)きです。

13

我們高中的運動風氣很旺盛。

うちの高校(こうこう)はスポーツがとても盛(さか)んです。

♥ 小知識

「高中甲子園」高中棒球大賽。是野球少年的夢想聖殿，每到比賽，總讓日本列島為之沸騰。

12／2 休閒運動

CD136

□	一星期做兩次運動。	➡	週（しゅう）2回（かい）スポーツをします。
□	請問您有沒有擅長的運動項目呢？	➡	何（なに）か得意（とくい）なスポーツはありますか。
□	常去公園散步。	➡	よく公園（こうえん）を散歩（さんぽ）します。
□	去游泳池游泳。	➡	プールへ泳（およ）ぎに行（い）きます。
□	每天慢跑。	➡	毎日（まいにち）ジョギングをします。
□	我想去爬山。	➡	山登（やまのぼ）りに行（い）きたいです。
□	下回我們一起去爬山吧！	➡	今度（こんど）一緒（いっしょ）に山登（やまのぼ）りに行（い）きましょう。
□	好啊！去啊！	➡	いいですね。行（い）きましょう。
□	每星期一、三都會上健身中心。	➡	毎週（まいしゅう）月水（げつすい）はジムに通（かよ）ってるんです。
□	最近開始練空手道。	➡	最近（さいきん）、空手（からて）を始（はじ）めたんです。
□	因為我很喜歡戶外活動，有時會去釣魚或是爬山。	➡	アウトドアが好（す）きで、釣（つ）りと登山（とざん）に行（い）ったりします。
□	雖然想開始做做運動，可是卻忙得難以抽出時間。	➡	何（なに）か運動（うんどう）をしたいけど、忙（いそが）しくてなかなかできないんです。

12／3 看比賽

CD136

□	實在是一場可圈可點的比賽呀。	➡	いい試合(しあい)でした。
□	真是一場精采的比賽呀。	➡	素晴(すば)らしい試合(しあい)でした。
□	今天這場比賽真是太棒了呀。	➡	今日(きょう)の試合(しあい)すごかったね。
□	這場比賽簡直就跟高中棒球賽一樣啊。	➡	本当(ほんとう)に高校野球(こうこうやきゅう)みたいな試合(しあい)でしたね。
□	無論哪一方獲勝都不足為奇哪。	➡	どっちが勝(か)ってもおかしくなかったですね。
□	第一場比賽就大獲全勝囉。	➡	初戦(しょせん)勝(か)ったんですね。
□	太棒啦！！	➡	やりましたね！！
□	湘南高中隊棒透啦！	➡	湘南高校(しょうなんこうこう)やりましたね！

12／4 比賽開始

CD136

□	比賽開始後不久，實在讓人捏了把冷汗哩。	➡	序盤(じょばん)はどうなることかと思(おも)いました。
□	話說回來，多虧一年級的大石同學的表現太出色啦！！	➡	しかし、１年生(ねんせい)の大石(おおいし)くんがやってくれました！！
□	他的精采表現，激起學長們的強烈鬥志。	➡	あのプレイで、先輩(せんぱい)たちに火(ひ)がつきましたねえ。
□	之後完全由湘南隊掌控主導權。	➡	その後(ご)は湘南(しょうなん)ペースでした。

□	不過，要是湘南隊更早一點讓王牌出場的話，那麼比賽的勝負可就難說囉。	でも、湘南のエースがもう少し早い段階で出てきたら分からなかったですね。

12／5 中場

CD136

□	多虧在比賽一半時累積不少分數，才能取得優勝呀。	中盤で点を稼げたのが良かったですね。
□	能夠晉升到這個階段的隊伍，無論哪隊都是實力強勁的隊伍哪。	ここまで勝ち上がってきたチームはどこも強いですからね。
□	不可以大意呀。	油断はできませんね。
□	光是聽到湘南隊的名號，就讓人聞風喪膽哩。	湘南と聞いただけで負けそうですからね。
□	無論是哪一方獲勝或敗北，只要沒有任何人受傷，並且使出全力奮鬥，就是一場最完美的比賽唷！	どちらが勝っても、負けても、怪我もなく、全力で戦えればそれが一番ですよね！
□	此外，教練的指揮調度也精準無比呀。	また監督の采配もいいんでしょうね。
□	湘南隊！加油！！	ガンバレ！湘南！！
□	湘南隊！必勝！！	湘南！目指せ優勝！！

12／6 賽程緊張

CD137

□	展現了堅韌的毅力喔。	粘りましたよね。

在第二回合中，彼此的比數非常接近！	第2セットでの大接戦！
比賽到一半時，真讓人提心吊膽、心驚膽顫哪。	途中ハラハラドキドキしましたね。
九局下半時的比賽過程實在讓人心驚膽跳、激動萬分。	9回裏はドキドキ、わくわくしました。
當賽程被迫中斷時，我覺得正是老天爺賜予的絕佳機會。	試合が中断した時には神様がくれたチャンスと思った。
讓人緊張得手心直冒汗。	手に汗握りました。
跨過那一關以後，似乎又更加成長茁壯了。	あれを凌いで、それからまた一回り大きくなったようですね。
可以感受到年輕的韓國隊非常著急。	若い韓国チームの焦りが伝わってきた。
佐藤先生似乎狀況不佳。	佐藤さんはなんだか調子が悪いような感じがしました。
日本隊漸入佳境，相對的韓國隊則陷入苦戰。	日本が乗れば乗るほど韓国は苦しそうでした。
不過，比賽過了一半以後，韓國隊就再也沒有退路囉。	しかし中盤になって韓国も後がないですからね。
幾乎是拚死奮戰。	死に物狂いで向かってきました。
日本隊的調度配置看起來比較適切。	日本の方がバランスが良く見えました。
韓國隊展開反攻後，這一回合從原本的平手，到最後以八比十落敗。	同点から韓国の反撃にあい、8-10でこのセット落としてしまいました。
接下來，擁有強烈「必勝！」意志的隊伍將取得勝利吧。	後は、「勝ちたい！」と強く思ってるチームが勝つでしょう。

12／7 終場

CD137

□	但是，日本隊最後憑著「團隊合作」而戰勝了。	しかし最後は日本の「チーム力」で勝った。
□	最後日本因扣球失誤而落敗了。	最後は日本のスパイクミスで落としました。
□	日本隊依然展現其一貫的攻防作風，而得以奮戰到最後一刻。	最後まで日本らしく守って攻めて戦うことができました。
□	獲得十八比十的壓倒性大獲全勝！！	18-10と圧勝！！
□	終於光榮奪下前進北京奧運的入場券！！	見事北京への切符を手にしました！！

12／8 球員表現

CD137

□	其中尤以小池投手的表現最為出色。	中でも小池投手がすごかった。
□	對方完全無法防守從高空直落內角的球路。	高めから内角へ落ちてくる球に全然手が出なかった。
□	以既精采又完美的姿勢投出這球哪。	素晴らしく美しいフォームで投げていたね。
□	投手將打者三振出局那一剎那，實在太令人感動啦！	あの三振にとった瞬間に感動しましたね。
□	第二順位的投手也投得相當不錯喔！	二番手ピッチャーもなかなかいいですね！
□	兒玉捕手的主導也相當讓人眼睛一亮喔。	児玉捕手のリードも冴えました。
□	一年級的山田同學，其表現隨著比賽次數的累積而日漸亮眼。	1年生の山田君、一試合ごとにどんどん成長していってるような気がします。

- □ 真不愧是從一年級就被選為正式球員的選手，非常進入狀況呀！ ➡ さすが、１年からレギュラーの選手は勘がイイですね！
- □ 土屋同學也開始玩真的囉！ ➡ 土屋くんも本気モードになって来ましたね！
- □ 他在回答詢問時，也露出了可愛的笑容。 ➡ 質問にもかわいらしい笑顔で答えてくれた。

12／9 總評

CD137

- □ 大家默契絕佳的團隊精神，讓我深受感動。 ➡ 皆さんのチームワークのすばらしさに感動しました。
- □ 比賽的解說也十分鏗鏘有力，讓人欣賞了一場好賽事。 ➡ 解説もばしばし当たるし、楽しませていただきました。
- □ 能夠在如此近距離看到鈴木一朗，實在太興奮了。 ➡ イチローを間近で見て興奮した。
- □ 他實在太適合穿白色的制服了。 ➡ 白いユニフォームもめちゃめちゃ似合ってました。
- □ 教練的眼眶裡盈滿了淚光哪。 ➡ 監督の目がうるうるしてましたね。
- □ 我也忍不住哭了喔。 ➡ ワタシも泣いてしまいましたよ。
- □ 他在各個重要環節，精準靈活地調換隊員喔。 ➡ 要所要所でメンバーチェンジさせてね。

12／10 感動

CD137

□ 真想為他們獻上祝福哪。	➡	本当(ほんとう)に祝福(しゅくふく)を贈(おく)りたいですよね。
□ 實在讓人感動呀。	➡	感動(かんどう)しましたね。
□ 讓人激動得哭了！	➡	泣(な)けました！
□ 恭喜！	➡	おめでとう！
□ 真是恭喜！！	➡	本当(ほんとう)におめでとう！！
□ 總而言之萬分恭喜！	➡	とにかくおめでとう！
□ 也非常期待週三的賽事！	➡	水曜(すいよう)の試合(しあい)も楽(たの)しみにしています！
□ 請小心別受傷，努力加油。	➡	怪我(けが)に気(き)を付(つ)けてがんばってください。

12／11 球類運動

CD137

□ 打網球嗎？	➡	テニスをしますか。
□ 我在學生時代曾經打過網球。	➡	学生時代(がくせいじだい)、テニスをやってたんです。
□ 有時打保齡球。	➡	時々(ときどき)ボウリングをします。
□ 我常打網球。	➡	よくテニスをします。

□	我不常打高爾夫球。	➡	ゴルフはあまりしません。
□	我們一起打棒球吧！	➡	みんなで野球（やきゅう）をしましょうか。
□	如果是棒球和足球這兩項，您比較喜歡哪一項呢？	➡	野球（やきゅう）とサッカーだったら、どっちが好（す）きですか。
□	請問您是哪支球隊的球迷呢？	➡	どこのチームのファンですか。
□	請問您有沒有看過昨天的比賽呢？	➡	昨日（きのう）の試合（しあい）、見（み）ましたか。

12／12 足球

CD138

□	請問您會踢足球嗎？	➡	サッカーができますか。
□	請問您踢什麼位置呢？	➡	ポジションはどこですか。
□	我是守門員。	➡	ゴールキーパーです。
□	請問是不是有人得分了呢？	➡	誰（だれ）が得点（とくてん）を入（い）れたのですか。
□	八號選手射門得分了。	➡	8番（ばん）の選手（せんしゅ）がゴールを決（き）めました。
□	那可是個難得的大好機會，竟然沒能射進。	➡	せっかくのチャンスだったのに、シュートが外（はず）れた。
□	有更換過球員了嗎？	➡	メンバーチェンジはありましたか。

□ 日本隊會出賽世界盃嗎？	➡ 日本チームはワールドカップに出場しますか。
□ 第一回合就打輸被淘汰了。	➡ 1回戦で敗退してしまった。
□ 進入了延長賽。	➡ 延長戦に突入しました。

12／13 網球

CD138

□ 可以使用公園裡的網球場嗎？	➡ 公園のテニスコートを使うことができますか。
□ 那一球很不容易接。	➡ あのボールをレシーブするのは難しい。
□ 球拍線斷了。	➡ ラケットが破れてしまった。
□ 她不只比單打，連雙打也有出賽。	➡ 彼女はシングルだけじゃなく、ダブルスにも出場します。
□ 球掛網了。	➡ ボールがネットに引っ掛かりました。
□ 無法順利打出高球。	➡ トスがうまく上がりません。
□ 這個得分，導致雙方就此展開了拉鋸戰。	➡ このポイントは長い打ち合いになりました。
□ 他發的球速度相當快。	➡ 彼のサーブはスピードがあります。
□ 沒有想到世界排名第一的選手竟然輸了。	➡ なんと世界ランキング1位の選手が負けました。
□ 請問曾經出賽過溫布頓網球公開賽嗎？	➡ ウインブルドンに出場したことがありますか。

12／14 棒球

CD138

□	今天比賽的對手是鄰村的高中。	➡	今日の試合の相手は隣の町の高校だ。
□	在同分的狀況下進行到九局下半。	➡	同点のまま9回裏まできました。
□	比數非常接近，遲遲無法分出勝負。	➡	接戦でなかなか勝負がつかない。
□	第二回合以平手收場。	➡	第二戦は引き分けに終わりました。
□	在兩隊都沒有得分的情況下進入了延長賽。	➡	両チーム無得点のまま、延長戦に入りました。
□	巨人隊以三分領先。	➡	巨人が３点リードしています。
□	在對手暫時領先兩分的情況下進入下半場。	➡	２点のリードを許して、後半戦に入りました。
□	很遺憾地遭到對方反敗為勝。	➡	残念ながら逆転負けしました。
□	以０比３的比數獲勝／落敗了。	➡	０対３で勝ちました／負けました。
□	以10比0獲得了壓倒性的勝利。	➡	10対ゼロで圧勝しました。
□	很可惜地以１比０的些微差距而落敗了。	➡	１対ゼロで惜敗しました。
□	既然對手是小孩，那就沒辦法和他一較高下了。	➡	相手が子供では競争にならない。

12／15 游泳

CD138

□	我們學校的游泳池已經蓋好了。	➡	私たちの学校にプールができました。
□	游泳池從七月一號開始開放。	➡	7月１日からプールが始まります。
□	要游過這條河，實在輕而易舉。	➡	この川を泳ぐなんて簡単だ。
□	暑假時，我每天都去了泳池游泳。	➡	夏休みは毎日プールで泳ぎました。

我們去海邊游泳吧。	海で泳ごう。
我只會游蛙式。	私は平泳ぎしか泳げません。
他似乎很擅長游自由式。	彼はクロールが得意だそうです。
我的狗可以用狗爬式游五十公尺喔。	僕の犬は犬掻きで50メートル泳げるよ。
請問您最多可以游幾公尺呢？	最高何メートル泳げますか。
我可以在一分鐘之內游完一百公尺。	100メートルを1分で泳げる。
即使游泳的時間不多，只要每天持之以恆就會進步。	少しずつでも毎日泳げば上手になる。
比起在游泳池，我更喜歡去海邊游泳。	プールよりも海で泳ぐ方が好きだ。
我不敢潛到水底下。	水に潜るのが怖いです。
雖然很想游泳，可是水溫太低了，沒有辦法游。	泳ぎたいけど水が冷たすぎて泳げない。
在游泳池跳水很危險。	プールに飛び込むのは危ない。
如果下週日天氣晴朗的話，要不要去海水浴場呢？	来週の日曜日、晴れたら海水浴に行きませんか。
您會衝浪嗎？	サーフィンできる？
因為不會游泳，只在沙灘上玩。	泳げないので、砂浜で遊びます。
去沖繩玩深潛。	沖縄へスキューバダイビングに行きます。
今天忘了帶泳衣。	今日は水着を忘れてきました。
我們先沖個澡，再進入泳池吧。	プールに入る前にシャワーを浴びよう。
從泳池上來後，要沖洗眼睛。	プールから上がったら目を洗います。

Chapter 13 假日

CD139

「盂蘭盆節」（お盆）是日本傳統的節日。原本是追祭祖先、祈禱冥福的節日，現在已經是家庭團圓、合村歡樂的節日了。每年七八月各地都有「お盆」祭典，甚至在住宅區的小公園裡，一群街坊鄰居就跳起「盆踊り」（盆舞）了！

13／1 文化活動

1

請問您平常放假時做些什麼呢？

休日(きゅうじつ)はいつも何(なに)をしているんですか。

2

通常多半待在家裡。

家(いえ)にいることが多(おお)いです。

3

只要一放假，就會和家人到處玩。

休(やす)みになると家族(かぞく)であちこち出(で)かけます。

4

今年打算穿和式浴衣去參加夏季祭典。

今年(ことし)は浴衣(ゆかた)を着(き)て夏祭(なつまつ)りに行(い)くつもりです。

5
下星期會在隅田川舉行煙火大會喔。
来週(らいしゅう)、隅田川(すみだがわ)で花火大会(はなびたいかい)がありますよ。

6
週末多半在家裡看電影影片。
週末(しゅうまつ)はだいたい家(いえ)で映画(えいが)を鑑賞(かんしょう)します。

7
最近開始學茶道。
最近(さいきん)、茶道(さどう)を習(なら)い始(はじ)めました。

8
和朋友一起去泡溫泉舒展筋骨。
友達(ともだち)と温泉(おんせん)に行(い)ってのんびりします。

9
我去上烹飪課程。
私(わたし)は料理(りょうり)教室(きょうしつ)に通(かよ)っています。

10
昨天帶了小孩去遊樂園玩。
昨日(きのう)は子供(こども)を遊園地(ゆうえんち)に連(つ)れていきました。

13／2 休閒

CD139

□	你假日做什麼？	➡	休(やす)みの日(ひ)は何(なに)をしますか。
□	看電視。	➡	テレビを見(み)ます。
□	我最近很迷日本的電視連續劇。	➡	最近(さいきん)、日本(にほん)のテレビドラマにはまっています。
□	請問您在休假日會不會去哪裡玩呢？	➡	休(やす)みの日(ひ)はどこかに出(で)かけたりしますか。
□	和男朋友約會。	➡	彼氏(かれし)とデートします。
□	我時常會去澀谷或是原宿。	➡	渋谷(しぶや)とか原宿(はらじゅく)とかよく行(い)ってます。
□	跟朋友去買東西。	➡	友(とも)だちと買(か)い物(もの)をします。
□	有時候會去喜歡的店鋪逛一逛。	➡	お気(き)に入(い)りの店(みせ)をのぞいたりします。
□	去看電影。	➡	映画(えいが)を見(み)ます。
□	跟媽媽去看電影。	➡	母(はは)と映画(えいが)に行(い)きます。
□	現在正在上映的電影，您有沒有推薦的呢？	➡	今(いま)、何(なに)かおすすめの映画(えいが)ってありますか。
□	跟大家去喝酒。	➡	みんなで飲(の)みに行(い)きます。
□	和朋友去吃一吃美食。	➡	友達(ともだち)とおいしいものを食(た)べに行(い)きます。
□	有時候會和朋友見面，在咖啡廳談天說地，度過愉快的時光。	➡	友達(ともだち)と会(あ)って、カフェでおしゃべりしたりして過(す)ごします。

□ 和朋友說說笑笑。	友達とワイワイやります。
□ 在卡拉OK唱歌。	カラオケで歌を歌います。
□ 在房間看書。	部屋で本を読みます。
□ 最近有看了什麼有趣的書呢？	最近何かおもしろい本を読みましたか。
□ 最近閱讀的書籍中，最有趣的是「革職論」。	最近読んでおもしろかったのは『クビ論』ですね。
□ 這本書很有趣喔。	この本おもしろいですよ。
□ 獨自一個人聽音樂。	一人で音楽を聞きます。
□ 請問您通常聽哪種類型的音樂呢？	どんな音楽を聴くんですか。
□ 我希望能有機會去欣賞道地的歌劇。	いつか本場のオペラを見てみたいと思ってます。
□ 下回我們一起去聽古典樂的現場表演嘛。	今度、一緒にクラシックのライブに行きましょう。
□ 跟大家一起打棒球。	みんなで野球をします。
□ 跟小孩們玩。	子どもたちと遊びます。
□ 在公園散步。	公園で散歩をします。
□ 用數位相機拍攝各式各樣的照片。	デジカメでいろんなものを撮ってます。

□	我通常在家裡無所事事閒混。	➡	だいたい家でごろごろしてます。
□	由於平常上班日很忙，所以通常都在週末洗衣服和打掃家裡。	➡	平日は忙しいので、週末にまとめて洗濯と掃除をしています。
□	您的興趣是什麼？	➡	ご趣味は何ですか。
□	我的興趣是做菜。	➡	料理を作ることです。
□	很會唱歌。	➡	歌が上手ですね。

13／3 參觀畫展

CD140

□	好棒的畫啊！	➡	すてきな絵ですね。
□	入場費多少？	➡	入場料はいくらですか。
□	有館內導遊服務嗎？	➡	館内ガイドはいますか。
□	幾點休館？	➡	何時に閉館ですか。
□	小孩多少錢？	➡	子どもはいくらですか。
□	有中文說明嗎？	➡	中国語の説明はありますか。
□	我要風景明信片。	➡	絵はがきがほしいです。

13／4 買票

CD140

售票處在哪裡？	チケット売り場はどこですか。
一張多少錢？	1枚いくらですか。
請給我三張。	3枚ください。
給我兩張成人。	大人2枚お願いします。
坐哪個位子看得比較清楚呢？	どの席が見やすいですか。
我要一樓的位子。	1階の席がいいです。
學生有折扣嗎？	学生割引はありますか。
有沒有更便宜的座位？	もっと安い席はありますか。

13／5 唱卡拉 OK

CD140

去唱卡拉OK吧！	カラオケに行きましょう。
一小時多少？	1時間いくらですか。
基本消費多少？	基本料金はいくらですか。
可以延長嗎？	延長はできますか。

- [ ] 遙控器如何使用？ ➡ リモコンはどうやって使（つか）いますか。
- [ ] 有什麼歌曲？ ➡ どんな曲（きょく）がありますか。
- [ ] 我唱鄧麗君的歌。 ➡ 私（わたし）は、テレサ・テンを歌（うた）います。
- [ ] 我想唱SMAP的歌。 ➡ SMAP（スマップ）の歌（うた）を歌（うた）いたいです。
- [ ] 一起唱吧！ ➡ 一緒（いっしょ）に歌（うた）いましょう。
- [ ] 接下來唱什麼歌？ ➡ 次（つぎ）は何（なに）にしますか。

13／6 算命占卜

CD140

- [ ] 我出生於1972年9月18日。 ➡ 1972年（ねん）9月（がつ）18日（にち）生（う）まれです。
- [ ] 我是雞年生的。 ➡ 私（わたし）は酉年（とりどし）です。
- [ ] 今年的運勢如何？ ➡ 今年（ことし）の運勢（うんせい）はどうですか。
- [ ] 幾歲犯太歲？ ➡ 厄年（やくどし）は何歳（なんさい）ですか。
- [ ] 請幫我看看和男朋友合不合。 ➡ 恋人（こいびと）との相性（あいしょう）を見（み）てください。
- [ ] 什麼時候會遇到白馬王子（白雪公主）？ ➡ いつ相手（あいて）が現（あらわ）れますか。

- [ ] 可能結婚嗎？ ➡ 結婚(けっこん)できるでしょうか。
- [ ] 問題能解決嗎？ ➡ 問題(もんだい)は解決(かいけつ)しますか。
- [ ] 可以買護身符嗎？ ➡ お守(まも)りを買(か)えますか。

13／7 啤酒屋

CD140

- [ ] 喝杯啤酒吧！ ➡ ビールを飲(の)みましょう。
- [ ] 喝葡萄酒吧！ ➡ ワインを飲(の)みましょうか。
- [ ] 附近有酒吧嗎？ ➡ 近(ちか)くにバーはありますか。
- [ ] 來吧！乾杯！ ➡ 乾杯(かんぱい)しましょう。
- [ ] 要什麼下酒菜？ ➡ おつまみは何(なに)がいいですか。
- [ ] 女性要2000日圓。 ➡ 女性(じょせい)は2,000円(えん)です。
- [ ] 有演奏什麼曲子？ ➡ どんな曲(きょく)をやっていますか。
- [ ] 音樂不錯呢。 ➡ 音楽(おんがく)がいいですね。
- [ ] 喜歡聽爵士樂。 ➡ ジャズを聴(き)くのが好(す)きです。

□	點菜可以點到幾點？	➡	ラストオーダーは何時ですか。
□	真期待明天吃吃喝喝的聚會呀。	➡	明日の飲み会、楽しみですね。
□	期待下次再相會。	➡	またお会いできるのを楽しみにしています。

13／8 看球類比賽

CD140

□	今天有巨人隊的比賽嗎？	➡	今日は巨人の試合がありますか。
□	哪兩隊的比賽？	➡	どこ対どこの試合ですか。
□	請給我兩張一壘附近的座位。	➡	一塁側の席を２枚ください。
□	可以坐這裡嗎？	➡	ここに座ってもいいですか。
□	請簽名。	➡	サインをください。
□	你知道那位選手嗎？	➡	あの選手を知っていますか。
□	他很有人氣嘛！	➡	彼は、人気がありますね。
□	啊！全壘打！	➡	あ、ホームランになりました。

13／9 表演欣賞

CD140

□ 我想看電影。	映画（えいが）を見（み）たいです。
□ 目前受歡迎的電影是哪一部？	今（いま）、人気（にんき）のある映画（えいが）は何（なん）ですか。
□ 會上映到什麼時候？	いつまで上映（じょうえい）していますか。
□ 下一場幾點放映？	次（つぎ）の上映（じょうえい）は何時（なんじ）ですか。
□ 幾分前可以進場？	何分前（なんぷんまえ）に入（はい）りますか。
□ 芭蕾舞幾點開演？	バレエの上演（じょうえん）は何時（なんじ）ですか。
□ 中間有休息嗎？	休 憩（きゅうけい）はありますか。
□ 裡面可以喝果汁嗎？	中（なか）でジュースを飲（の）んでもいいですか。

13／10 演唱會

CD141

□ 據說將在東京巨蛋開演唱會。	東京（とうきょう）ドームでコンサートを開（ひら）くそうです。
□ 我曾去聽過一場安室奈美惠的演唱會。	一度（いちど）、安室奈美恵（あむろなみえ）のコンサートに行（い）ったことがあります。
□ 現在還買得到票嗎？	今（いま）からでもチケットは手（て）に入（はい）りますか。
□ 很幸運地買到了貴賓席。	ラッキーなことに、ＶＩＰ席（ブイアイピーせき）がとれました。

☐	只要能夠進入會場，就算是站票區也沒關係。	➡	会場(かいじょう)に入(はい)れるなら、立見席(たちみせき)でもいいです。
☐	請問最便宜的票大約多少錢？	➡	一番安(いちばんやす)いチケットはいくらですか。
☐	歌迷們陸續聚集到會場了。	➡	ファンが続々(ぞくぞく)と会場(かいじょう)に集(あつ)まってきています。
☐	請問從幾點開始可以入場？	➡	何時(なんじ)から会場(かいじょう)に入(はい)れますか。
☐	請問演唱會從幾點開始呢？	➡	コンサートは何時(なんじ)から始(はじ)まりますか。
☐	會場周邊有很多黃牛。	➡	会場(かいじょう)の周(まわ)りにはたくさんダフ屋(や)がいます。

13／11 戲劇

CD141

☐	今天要去看戲劇表演。	➡	今日(きょう)はお芝居(しばい)を見(み)に行(い)きます。
☐	請問誰是主角呢？	➡	誰(だれ)が主役(しゅやく)ですか。
☐	是在哪一間劇場呢？	➡	どこの劇場(げきじょう)ですか。
☐	七點半開演。	➡	7時半(じはん)に開幕(かいまく)します。
☐	不只是在東京表演，也會去其他縣市演出喔。	➡	東京(とうきょう)だけじゃなく、地方公演(ちほうこうえん)もありますよ。
☐	請問您看過歌舞伎表演嗎？	➡	歌舞伎(かぶき)を見(み)たことがありますか。

□	我和媽媽都非常迷寶塚歌劇團。	➡	私も母も宝塚に夢中です。
□	明天終於要舉行首演。	➡	明日はいよいよ舞台の初日です。
□	請問最後一場演出是幾月幾號呢？	➡	千秋楽は何日ですか。
□	比起話劇表演，我比較喜歡看歌舞劇。	➡	舞台よりミュージカルの方が好きです。

13／12 公園（一）

CD141

□	請問公園裡有哪些遊樂設施呢？	➡	公園にはどんな遊具がありますか。
□	從小最喜歡的就是溜滑梯。	➡	小さいころ、滑り台が大好きでした。
□	正在盪鞦韆的就是我女兒。	➡	ブランコに乗っているのが娘です。
□	一起來玩沙吧？	➡	一緒に砂遊びしようか。
□	我們去那邊的有遮蔭的地方稍微休息一下吧。	➡	あそこの日陰でちょっと休みましょう。
□	公園裡有小型的長條椅喔。	➡	公園には小さなベンチがありますよ。
□	先噴防蟲液以免被蚊蟲叮咬喔。	➡	虫に刺されないように、虫よけスプレーしようね。
□	天氣太熱了，要戴了帽子才可以去玩。	➡	暑いから帽子をかぶって行きなさい。

□	兒子渾身是泥地回來了。	➡	息子が泥だらけになって帰ってきた。
□	孩子們正在玩抓鬼遊戲。	➡	子供たちが鬼ごっこをして遊んでいます。

13／13 公園（二）

CD141

□	我每天都會去家門前的公園運動。	➡	毎朝、家の前の公園で運動をします。
□	有非常多人在公園從事休閒活動。	➡	大勢の人が公園を利用します。
□	我帶小狗去公園散步回來了。	➡	犬と公園を散歩してきました。
□	真希望有座能讓孩子自由自在玩耍的寬廣公園。	➡	子供を自由に遊ばせられる広い公園がほしいです。
□	聽說山田太太每天都會主動去打掃公園喔。	➡	山田さんは毎日、公園の掃除をしているそうですよ。
□	位於水戶的偕樂園是以賞梅而著名的公園。	➡	水戸の偕楽園は梅で有名な公園です。
□	我家附近有座庭院造景極為優美的山田公園。	➡	私の家の近くに山田公園という、庭がとてもきれいな公園があります。
□	公園裡的每一種花卉都盛開綻放著。	➡	公園の花はどれも美しく咲いていました。
□	這座公園裡有很多樹木，感覺好舒服唷。	➡	この公園は木が多くて気持ちがいいですねえ。
□	假如你想賞櫻的話，聽說那座公園裡的櫻花開得最美唷。	➡	桜を見るならあの公園がきれいだそうです。

□	不可以擅自摘取或帶走公園裡的動植物。	公園（こうえん）の動物（どうぶつ）や植物（しょくぶつ）をとってはいけません。
□	我們別把公園弄髒了。	公園（こうえん）を汚（よご）さないようにしましょう。

13／14 動物園

CD142

□	爸爸，帶我去動物園嘛。	お父（とう）さん、動物園（どうぶつえん）に連（つ）れて行（い）ってよ。
□	上野動物園裡有貓熊嗎？	上野（うえの）動物園（どうぶつえん）に、パンダはいますか。
□	聽說有珍禽異獸喔。	珍（めずら）しい動物（どうぶつ）がいるそうですよ。
□	請問可以餵兔子吃飼料嗎？	ウサギにえさをあげてもいいですか。
□	請不要餵食動物。	動物（どうぶつ）に食（た）べ物（もの）を与（あた）えないでください。
□	春天是動物生產的季節。	春（はる）は動物（どうぶつ）の出産（しゅっさん）シーズンです。
□	那邊有很多頭小綿羊喔。	向（む）こうに子（こ）ヒツジがたくさんいますよ。
□	請問可以摸一下嗎？	ちょっと触（さわ）ってもいいですか。
□	這隻長頸鹿會咬人嗎？	このキリンは人（ひと）をかみますか。
□	可以拍照，但請不要使用閃光燈。	写真（しゃしん）を撮（と）ってもいいですが、フラッシュはたかないでください。

□ 這座動物園裡有珍禽異獸。 ➡ この動物園には珍しい動物がいます。

□ 不可以捕捉公園裡的動物。 ➡ 公園の動物を捕まえてはいけません。

13／15 動物

CD142

□ 請問您喜歡什麼樣的動物呢？ ➡ どんな動物が好きですか。

□ 我很喜歡可愛的小鳥。 ➡ かわいい小鳥がいいですね。

□ 兔子的眼睛是紅色的。 ➡ ウサギの目は赤い。

□ 長頸鹿的脖子跟腳很長。 ➡ キリンの首と足は長い。

□ 小狗嗚嗚咽咽地，吵死人了。 ➡ ▲犬が鳴いてうるさい。

A：「ライオンはどう鳴く？」
／獅子是怎麼樣吼叫的呢？

B：「ウォーッって鳴くのかな。」
／會不會是大吼一聲呢？

□ 大象正以鼻子汲水後噴在身上。 ➡ 象が鼻で水を体にかけている。

□ 牛的力氣很大，而且工作也很勤奮。 ➡ 牛は力が強くてとてもよく働いてくれる。

□ 再也沒有動物的鼻子像狗那麼靈的。 ➡ 犬ぐらい鼻のいい動物はいない。

□ 兔子的耳朵很長。	➡	ウサギの耳(みみ)は長(なが)い。
□ 大象有條長長的鼻子，還有巨大的軀幹。	➡	象(ぞう)は鼻(はな)が長(なが)くて体(からだ)が大(おお)きい。
□ 變色龍可以改變身體表面的顏色。	➡	▲カメレオンは体(からだ)の色(いろ)を変(か)えられる。 A：「パンダは目(め)の周(まわ)りと尾(お)が黒(くろ)くて、ほかは白(しろ)いですか。」 ／貓熊的眼周、耳朵、鼻子、還有四肢是黑色的，其他部位是白色的嗎？ B：「いいえ、違(ちが)います。この絵(え)を見(み)てください。」 ／不，不是，你看這個畫。
□ 人類也屬於動物。	➡	人間(にんげん)も動物(どうぶつ)です。
□ 象是陸地上最大的動物。	➡	ゾウは陸(りく)に住(す)む一番大(いちばんおお)きな動物(どうぶつ)です。
□ 這個鳥叫聲真好聽哪。牠叫作什麼鳥呢？	➡	きれいな声(こえ)で鳴(な)きますねえ。なんという鳥(とり)ですか。
□ 是金絲雀。	➡	カナリアです。
□ 從森林裡傳出小鳥的叫聲。	➡	森(もり)の中(なか)から鳥(とり)の鳴(な)き声(ごえ)が聞(き)こえます。
□ 小鳥在院子裡的樹上歇著。	➡	庭(にわ)の木(き)に鳥(とり)がとまっている。
□ 各種鳥類飛入公園裡嬉戲。	➡	公園(こうえん)にいろいろな鳥(とり)が遊(あそ)びに来(き)ます。
□ 蝙蝠雖然會在天空飛，但並不是鳥類。	➡	こうもりは空(そら)を飛(と)べるが鳥(とり)ではない。

☐	說什麼要去抓蟲，實在太噁心了，我才不去。	➡	虫を捕まえるなど気持ち悪くてダメです。
☐	你比較喜歡狗還是貓？	➡	犬と猫とどっちが好きですか。
☐	當然是小狗比較可愛呀。	➡	それは犬の方がいいですよ。
☐	如果你真的那麼喜歡那隻小狗的話，那就送給你吧。	➡	その犬がそんなにかわいければ、あげますよ。
☐	我現在養了三隻狗和兩隻貓。	➡	犬を３匹と猫を２匹飼っています。
☐	我曾在中學時養過小鳥。	➡	中学生のころ鳥を飼っていました。
☐	飼養動物很不容易。	➡	動物を育てるのは難しい。
☐	我小時候家裡養了小狗和小貓之類的動物。	➡	子供のころ家には犬や猫などの動物がいました。
☐	我每天早上都會帶小狗在家附近散步。	➡	毎朝、犬を連れて家の周りを散歩します。
☐	那隻狗一副急著討狗食吃的模樣呢。	➡	犬がえさをほしがっている。
☐	好討厭喔，門口有一頭看起來好凶惡的狗。	➡	嫌だな。門の前に怖そうな犬がいる。
☐	我向來疼愛的小狗死掉了，害我好想哭喔。	➡	かわいがっていた犬が死んでしまったので、泣きたい気持ちです。

13／16 植物園

CD103

	中文	日本語
□	請問門票多少錢？	入場料(にゅうじょうりょう)はいくらですか。
□	請問從幾點起可以入園參觀呢？	何時(なんじ)から入園(にゅうえん)できますか。
□	雖然還沒開花，但有很多花苞。	まだ花(はな)は咲(さ)いていませんが、つぼみがたくさんあります。
□	請問丹桂什麼時候會開花呢？	キンモクセイはいつごろ開花(かいか)しますか。
□	請問向日葵是什麼科的植物呢？	ひまわりは何科(なにか)の植物(しょくぶつ)ですか。
□	這棵樹從樹根開始枯死了。	この木(き)は根元(ねもと)から枯(か)れてしまいました。
□	蟲正在啃咬樹葉。	葉(は)っぱが虫(むし)に食(く)われています。
□	這種植物只能在溫帶地區才看得到。	この植物(しょくぶつ)は温帯地方(おんたいちほう)でしか見(み)られません。
□	請問這種樹會長到幾公尺高呢？	この木(き)は何(なん)メートルぐらいまで成長(せいちょう)しますか。
□	這是經過品種改良後的新品種。	これは品種改良(ひんしゅかいりょう)してできた新種(しんしゅ)です。
□	雖然蘋果現在還是青綠色的，但是到了九月以後就會變紅。	リンゴはまだ青(あお)いが、9月(がつ)になれば赤(あか)くなる。
□	雖然我記得動物的名稱，但是植物的名稱怎麼樣都背不起來。	動物(どうぶつ)の名前(なまえ)は覚(おぼ)えられるのですが、植物(しょくぶつ)の名前(なまえ)はなかなか覚(おぼ)えられません。

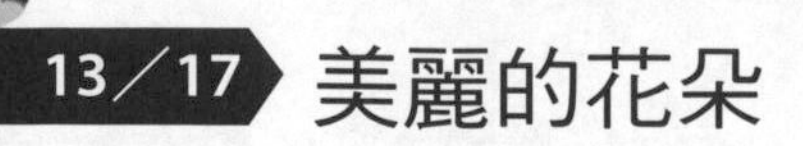

13／17 美麗的花朵

CD143

□	蒔花弄草是我的興趣。	花を育てるのが趣味です。
□	院子裡的花已經開始綻放。	庭の花が咲き始めました。
□	白色的花兒已經開了。	白い花が開いた。
□	小蟲停在花瓣上。	花に虫が止まっている。
□	早晨和傍晚都一定要幫花澆水。	朝と夕方、花に水をやらなくてはなりません。
□	鬱金香開了紅色的花。	チューリップが赤い花をつけた。
□	不可以摘花！	花を折ってはいけません。
□	五顏六色的花朵正盛開著。	いろいろな色の花が咲いています。
□	到了秋天，樹葉就會變色。	秋に葉の色が変わる。
□	櫻花已經開了。	桜の花が咲いた。
□	會在冬天開的花卉種類並不多。	冬咲く花は多くないです。
□	抬頭一瞧，豔紅的花朵正在枝頭綻放。	見上げると枝に赤い花が咲いていた。
□	剛冒出來的菜葉長得十分青翠直挺。	新しい野菜の葉はしっかりしている。
□	我剪下了陽台上的花，插在玄關作為裝飾。	ベランダの花を切って玄関に飾りました。

□ 馬場小姐是個如花一般嬌媚的美麗女子哪。	馬場(ばば)さんは花(はな)のように美(うつく)しい女性(じょせい)ですね。
□ 沒有人不喜歡花。	▲花(はな)が嫌(きら)いな人(ひと)はいない。

A：「友達(ともだち)の家(いえ)に呼(よ)ばれているんですが、何(なに)を持(も)って行(い)ったらいいかしら。」
／朋友邀我去他家作客，我到底該帶什麼伴手禮去才好呢？

B：「花(はな)がいいんじゃない。」
／帶束鮮花不是挺好的嗎。

□ 都已經是春天了，怎麼還不開花呢？該不會是枯萎了吧？	春(はる)なのに咲(さ)かないなあ。枯(か)れたのかしら。
□ 庭院裡的玫瑰已經開了三個星期。	庭(にわ)のバラが3週間(しゅうかん)も咲(さ)いています。

補充單字

花火(はなび) 煙火	祭(まつ)り 祭典	休(やす)み 休息，假日，停止營業
コンサート 音樂會	歌舞伎(かぶき) 歌舞伎	歌劇(かげき)／オペラ 歌劇

Chapter 14 假日

CD144

到日本觀光，有手冊就很方便了，除了可以安排行程，還有一些優惠活動，好康報你知的。因此，一到觀光地，就可以在景點、車站、遊客服務中心、觀光協會、旅館、售票處等免費索取喔！

14／1 訂票

1

我想要訂飛往東京的機票，請問什麼時候有班機呢？

東京行きの飛行機を予約したいんですが、いつ飛んでいますか。

2

您好。每星期有三班，分別是在週一、三、五傍晚六點起飛。

はい。週３回、月水金の夕方６時でございます。

3

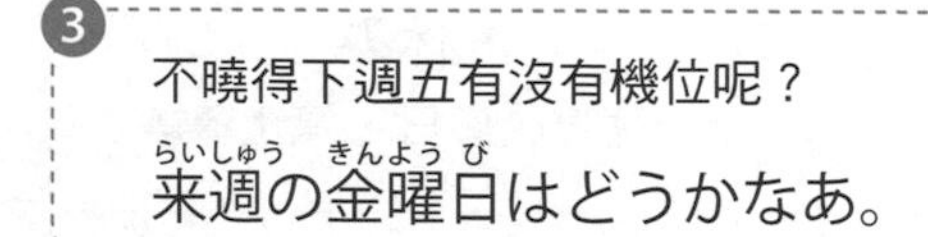

不曉得下週五有沒有機位呢？

来週の金曜日はどうかなあ。

4

您是說下星期嗎？嗯，因為十號是假日，所以已經都訂滿了。

来週ですか。ええ、十日は祝日ですので、もう満席なんですが。

5
這可傷腦筋了。那麼，下一班還有沒有空位呢？
困(こま)ったなあ。じゃあ、次(つぎ)の便(びん)はどうですか。

6
下一班的話還有空位。
次(つぎ)の便(びん)でしたら、大丈夫(だいじょうぶ)です。

7
那麼，請幫我訂。
じゃ、それで。

8
好的。
かしこまりました。

9
請問該到哪裡買到大阪的來回票呢？
大阪行(おおさかゆ)き往復(おうふく)の切符(きっぷ)はどこで買(か)えますか。

10
這裡就有販售唷。
ここで買(か)えますよ。

11
乘車票券要一直保留到下車為止才行。
切符(きっぷ)は降(お)りるときまで持(も)っていなければなりません。

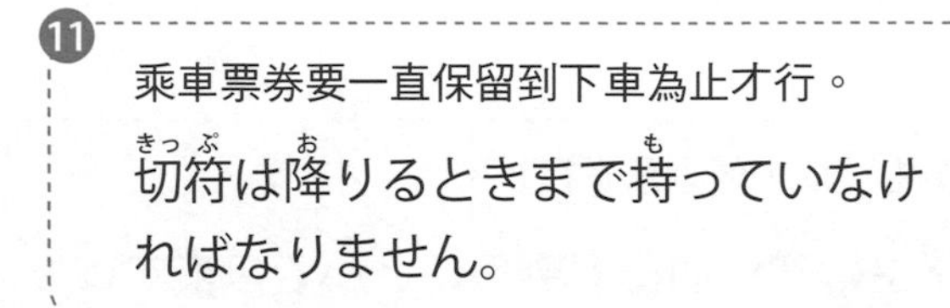

⑫

我買到了演唱會的票。

▲コンサートの切符が手に入った。

A：「ポケットに切符を入れておいたがどこかで落としたらしい。」

／我記得已經把票放進口袋裡了，可是不曉得　掉到哪裡去了。

B：「もう一度よく探してごらん。」

／請再仔細找一次看看。

⑬

這種車票不能搭乘特急列車。

この切符では特急に乗れません。

⑭

下巴士時只要付現就好，所以不需要先買車票。

バスでは降りるときにお金を払うので、切符はいりません。

⑮

我有兩張電影票，要不要和我一起去呢？

映画の切符が2枚あるけど、いっしょに行きませんか。

♥ 小知識

日本電車遍佈日本列島，交通十分發達。從只有兩節車廂的地方電車，到最高運行時時速 300KM 的新幹線，應有盡有。不僅如此，有些電車，午夜還設有女性專用車廂。夏天還專為怕冷的乘客，設有弱冷氣車廂。

⑯

學生可以買便宜票卷搭乘。

学生は安い切符で乗ることができます。

14／2 規劃旅行

CD144

☐	我的朋友下回要去東京玩。	➡	今度、友達が東京に遊びに来ます。
☐	我的家人下次要來東京…。	➡	今度、家族が日本に来るんですけど。
☐	我下次要去夏威夷囉。	➡	今度、ハワイに行くんですよ。
☐	我好想去瑞士喔。	➡	スイスへ行きたいな。
☐	我想要去肯亞與坦尚尼亞等非洲國家。	➡	ケニヤやタンザニアなどアフリカの国へ行ってみたいです。
☐	我會外出旅行一星期左右，所以不在家。	➡	1週間ほど旅行しますので家を留守にします。
☐	我最喜歡搭火車旅行。	➡	汽車旅行が一番好きです。
☐	行李已經打包好了。	➡	旅行の支度は終わった。
☐	接下來就好好睡一覺，明天一大早起床吧。	➡	後はゆっくり寝て明日の朝早く起きよう。
☐	我很享受規劃旅程的過程。	➡	旅行の計画を立てるのが楽しい。
☐	我想要環遊世界各國。	➡	▲世界中の国を回りたいです。 A：「ラオスを旅行したことがありますか。」 ／你有沒有去過寮國旅行呢？ B：「いえ、まだなんです。ぜひ行ってみたいです。」 ／沒有，我還沒去過。我很想去看一看。
☐	我打算在暑假時去沖繩旅行。	➡	夏休みは沖縄を旅行するつもりです。

□	我想要騎機車到日本各地旅行。	➡	バイクで日本のいろいろなところを旅行したい。

14／3 推薦行程

CD144

□	你知道哪裡有便宜又舒適的旅館嗎？	➡	どこか安くていいホテルはありませんか。
□	這附近有沒有可以當天來回的溫泉呢？	➡	ここから日帰りで行ける温泉って、どこかありますか。
□	如果要去北海道的話，哪裡比較好玩呢？	➡	北海道に行くなら、どこがいいですか。
□	假如想去九州的話，搭乘什麼交通工具最方便呢？	➡	九州だったら、どうやって行くのが一番便利ですか。
□	如果要到大阪的話，是搭新幹線比較便宜，還是搭飛機呢？	➡	大阪まで行くなら、新幹線と飛行機、どっちが安いですか。
□	如果您有推薦的地點，麻煩告訴我。	➡	どこかお薦めの場所があれば教えてください。
□	請問什麼季節去京都比較好呢？	➡	京都はいつごろ行くのがいいですか。
□	假如你要去大阪的話，要不要再多走一小段，順便去神戶玩一玩呢？	➡	大阪へ行くのなら神戸まで足を伸ばしたらどうですか。
□	如果是那裡的話，可以看見明媚的風光喔。	➡	あそこならすばらしい景色が見えますよ。
□	在海的遠方可以看到有個島嶼，那個就是大島。	➡	海の向こうに島が見えますが、あちらは大島です。
□	如果想去旅行的話，建議要慢慢存錢比較好喔。	➡	旅行に行きたいなら少しずつお金をためておいたほうがいいですよ。

□	每年有許許多多的外國人前去造訪京都。	毎年多くの外国人が京都を訪ねます。
□	請問您想要到什麼樣的國家旅遊呢？	どんな国を旅行したいのですか。
□	您知不知道箱根有什麼不錯的當地特產呢？	箱根のお土産で、何かいいものを知りませんか。
□	如果要在廣島住宿的話，您覺得住在這家飯店如何？	広島に泊まるならこのホテルなどはどうでしょう。

14／4 旅遊情報

CD145

□	無論是日本或是越南，都是南北縱長的國家。	日本もベトナムも南北に長い国だ。
□	請問這附近有沒有銀行的自動提款機呢？	この近くに銀行のＡＴＭはありませんか。
□	請問有英文的地圖嗎？	英語の地図はありませんか。
□	想必希臘的海很美吧。	ギリシャの海はきれいでしょうね。
□	大阪和首爾之間，每天都有航班飛行。	大阪とソウルの間を毎日、飛行機が飛んでいます。
□	日本和美國中間隔著太平洋。	日本とアメリカの間に太平洋がある。
□	北京在三年之間有了巨大的轉變。	3年の間に北京は大きくかわった。
□	這裡不是神社，而是寺院。	ここは神社ではなく、お寺です。

□ 那個村莊裡的每一戶房屋，全都是用石頭砌成的。 ➡ その町の家はどれも石でできていました。

□ 夏威夷的湛藍海水，真的好美喔。 ➡ ▲ハワイの海は青くてきれいです。

A：「夏休みに旅行したときの写真を見せてあげましょうか。」
／要不要看我在暑假旅行時拍的照片？

B：「ええ、見せて。」
／好呀，給我看。

□ 那棟是什麼建築物呢？ ➡ あの建物は何ですか。

□ 是寺院。 ➡ お寺です。

□ 沿著道路的兩旁是一棟棟雄偉的建築。 ➡ ▲道の両側に立派な建物が並んでいます。

A：「古い建物ですねえ。」
／這是古老的建築物哪。

B：「ええ、100年前に建てられたものです。」
／是啊，是在一百年前建造的。

□ 拆掉車站周邊的建築物後，即將蓋起大型百貨公司。 ➡ 駅の周りの建物を壊して大きなデパートができます。

□ 歐洲有許多以石材建造的建築物。 ➡ ヨーロッパには石で造られた建物が多い。

□ 日本的建築物非常耐震。 ➡ 日本の建物は地震に強い。

在飛機內

CD145

□	我的座位在哪裡？	➡	私(わたし)の席(せき)はどこですか。
□	行李放不進去。	➡	荷物(にもつ)が入(はい)りません。
□	請借我過。	➡	通(とお)してください。
□	我想換座位。	➡	席(せき)を替(か)えてほしいです。
□	可以將椅背倒下嗎？	➡	席(せき)を倒(たお)してもいいですか。
□	有中文報嗎？	➡	中国語(ちゅうごくご)の新聞(しんぶん)はありますか。
□	麻煩幫我掛外套。	➡	コートをお願(ねが)いします。
□	請給我牛肉。	➡	ビーフをください。
□	可以給我果汁嗎？	➡	ジュースをもらえますか。
□	請再給我一杯。	➡	もう１杯(ぱい)ください。
□	想看錄影帶。	➡	ビデオが見(み)たいです。
□	是免費的嗎？	➡	無料(むりょう)ですか。
□	我身體不舒服。	➡	気分(きぶん)が悪(わる)いです。
□	請給我飲料。	➡	飲(の)み物(もの)をください。

我肚子痛。 ➡ おなかが痛いです。

感到寒冷。 ➡ 寒いです。

幾點到達？ ➡ 到着は何時ですか。

什麼時候到達？ ➡ いつ着きますか。

再20分鐘。 ➡ あと20分です。

現在我們在哪裡？ ➡ 今、どのへんですか。

14／6 入境

CD145

旅行目的為何？ ➡ 旅行の目的は何ですか。

是觀光。 ➡ 観光です。

有入境卡嗎？ ➡ 入国カードはありますか。

你的職業是？ ➡ 職業は何ですか。

學生。 ➡ 学生です。

上班族。 ➡ サラリーマンです。

□ 粉領族。	➡	OL（オーエル）です。
□ 我是主婦。	➡	主婦（しゅふ）です。
□ 我是公司職員。	➡	会社員（かいしゃいん）です。
□ 我是醫生。	➡	医者（いしゃ）です。
□ 我是公司負責人。	➡	経営者（けいえいしゃ）です。
□ 要住在哪裡？	➡	どこに滞在（たいざい）しますか。
□ ABC飯店。	➡	A BC（エービーシー）ホテルです。
□ 要待幾天？	➡	何日滞在（なんにちたいざい）しますか。
□ 五天。	➡	五日間（いつかかん）です。
□ 請打開。	➡	開（あ）けてください。
□ 這是什麼？	➡	これは何（なん）ですか。
□ 是日常用品。	➡	日常品（にちじょうひん）です。

14／7 國外機場

CD145

□	日本航空的櫃檯在哪裡？	➡	日本(にほん)航空(こうくう)のカウンターはどこですか。
□	麻煩我到台北。	➡	台北(タイペイ)までお願(ねが)いします。
□	我要辦登機手續。	➡	チェックインします。
□	是商務艙。	➡	ビジネスクラスです。
□	是經濟艙。	➡	エコノミークラスです。
□	請讓我看一下護照。	➡	パスポートを見(み)せてください。
□	麻煩您在這裡簽名。	➡	ここにサインをお願(ねが)いします。
□	有靠窗的座位嗎？	➡	窓側(まどがわ)の席(せき)はありますか。
□	我要靠走道的。	➡	通路側(つうろがわ)がいいです。
□	是全面禁煙嗎？	➡	全部禁煙(ぜんぶきんえん)ですか。
□	請換外幣。	➡	両替(りょうがえ)してください。
□	換成日圓。	➡	日本円(にほんえん)に。
□	請換成五萬日圓。	➡	5万円(まんえん)両替(りょうがえ)してください。
□	也請給我一些零錢。	➡	小銭(こぜに)も混(ま)ぜてください。

☐	這樣可以嗎？	➡	これでいいですか。

14／8 在機場打電話

CD146

☐	請給我一張電話卡。	➡	テレホンカード１枚（まい）ください。
☐	喂，我是台灣的小李。	➡	もしもし、台湾（たいわん）の李（リー）です。
☐	陽子小姐在嗎？	➡	陽子（ようこ）さんはいらっしゃいますか。
☐	我剛到日本。	➡	ただいま、日本（にほん）に着（つ）きました。
☐	知道南口在哪裡嗎？	➡	南口（みなみぐち）はわかりますか。
☐	在哪裡碰面好呢？	➡	どこで会（あ）いましょうか。
☐	那麼約就在新宿車站見面吧！	➡	では、新宿駅（しんじゅくえき）で会（あ）いましょう。
☐	搭成田Express去。	➡	成田（なりた）エクスプレスで行（い）きます。
☐	在JR的剪票口等你。	➡	ＪＲ（ジェーアール）の改札口（かいさつぐち）で待（ま）っています。
☐	待會兒見。	➡	では、また後（あと）で。

14／9 在機場寄包裹

CD146

□	麻煩我寄空運。	➡	航空便でお願いします。
□	麻煩寄航空信。	➡	エアメールでお願いします。
□	麻煩寄到台灣。	➡	台湾までお願いします。
□	請給我70日圓的郵票。	➡	70円切手をください。
□	請給我明信片10張。	➡	はがきを10枚ください。
□	請給我一個郵便袋。	➡	ゆうパックの袋を１枚ください。
□	費用多少？	➡	料金はいくらですか。
□	哪一個便宜？	➡	どちらが安いですか。
□	有寄包裹的箱子嗎？	➡	小包の箱はありますか。
□	大概什麼時候寄到？	➡	どのぐらいで着きますか。

14／10 機場服務台

CD146

□	我想預約。	➡	予約したいです。
□	一晚多少錢？	➡	1泊いくらですか。

- [ ] 有附早餐嗎？ ➡ 朝食(ちょうしょく)はつきますか。
- [ ] 三個人可以住同一間房間嗎？ ➡ 3人一部屋(にんひとへや)でいいですか。
- [ ] 有餐廳嗎？ ➡ レストランはありますか。
- [ ] 有沒有更便宜的房間？ ➡ もっと安(やす)い部屋(へや)はありませんか。
- [ ] 那樣就可以了。 ➡ それでお願(ねが)いします。
- [ ] 幾點開始住宿登記？ ➡ チェックインは何時(なんじ)からですか。
- [ ] 有到〇〇飯店嗎？ ➡ 〇〇ホテルへ行(い)きますか。
- [ ] 下一班巴士幾點？ ➡ 次(つぎ)のバスは何時(なんじ)ですか。
- [ ] 到東京車站要幾分鐘？ ➡ 東京駅(とうきょうえき)まで何分(なんぷん)ですか。
- [ ] 請給我一張到新宿的票。 ➡ 新宿(しんじゅく)まで1枚(まい)ください。
- [ ] 這有到新宿嗎？ ➡ これは、新宿行(しんじゅくゆ)きですか。
- [ ] 我想去澀谷。 ➡ 渋谷(しぶや)へ行(い)きたいです。
- [ ] 幾號乘車處？ ➡ 乗(の)り場(ば)は何番(なんばん)ですか。
- [ ] 請往右側出口出去。 ➡ 右側(みぎがわ)の出口(でぐち)に出(で)てください。

請在3號乘車處上車。 ➡ 3番乗り場で乗車してください。

14／11 預約飯店

CD146

有便宜又好的飯店嗎？ ➡ ▲安くていいホテルがありますか。

A：「香港ではどこのホテルに泊まりますか。」
／您到香港時，會住在哪家旅館呢？

B：「パシフィックホテルです。」
／太平洋酒店。

請問貴旅館還有空房嗎？ ➡ こちらのホテルに空いている部屋はありませんか。

有，如果是三位要住宿的話，本旅館還有空房。 ➡ ▲はい、3名様でしたらお泊まりになれます。

A：「一日から三日までそちらのホテルを予約したいのですが。」
／我想要預約貴旅館從一號到三號的住宿。

B：「申し訳ありませんが、その日はいっぱいです。」
／非常不好意思，那段時間本旅館已經客滿了。

我去博多時，總是住在那家旅館。 ➡ 博多に来たときはいつもこのホテルを使います。

旅館的入住時間是三點，退房時間則是隔天中午的12點。 ➡ ホテルを3時にチェックインして、次の日の昼12時にチェックアウトします。

我們再找更便宜點的旅館吧。 ➡ もう少し安いホテルを探そう。

14／12 住宿登記

CD146

□ 麻煩我要住宿登記。	チェックインをお願いします。
□ 有預約。	予約してあります。
□ 沒預約。	予約していません。
□ 我叫李明寶。	李明宝といいます。
□ 幾點退房？	チェックアウトは何時ですか。
□ 麻煩刷卡。	カードでお願いします。
□ 在哪裡吃早餐？	朝食はどこで食べますか。
□ 請幫我搬行李。	荷物を運んでください。
□ 有保險箱嗎？	セーフティーボックスはありますか。
□ 有街道的地圖嗎？	街の地図はありますか。

14／13 客房服務（一）

CD147

□ 請幫我更換房間。	部屋を換えてください。
□ 請打掃房間。	部屋を掃除してください。

☐ 請再給我一條毛巾。 ➡ タオルをもう1枚（まい）ください。

☐ 鑰匙不見了。 ➡ 鍵（かぎ）をなくしました。

☐ 沒有開瓶器。 ➡ 栓抜（せんぬ）きがありません。

☐ 可以給我冰塊嗎？ ➡ 氷（こおり）はもらえますか。

☐ 電視故障了。 ➡ テレビが壊（こわ）れています。

☐ 房間好冷。 ➡ 部屋（へや）が寒（さむ）いです。

☐ 我要英文報。 ➡ 英語（えいご）の新聞（しんぶん）がほしいです。

☐ 衣架不夠。 ➡ ハンガーが足（た）りません。

14／14 客房服務（二）

CD147

☐ 100號客房。 ➡ 100号室（ごうしつ）です。

☐ 我要客房服務。 ➡ ルームサービスをお願（ねが）いします。

☐ 給我一客比薩。 ➡ ピザを一（ひと）つください。

☐ 我要送洗。 ➡ 洗濯物（せんたくもの）をお願（ねが）いします。

□ 早上6點請叫醒我。	➡ 朝6時にモーニングコールをお願いします。
□ 麻煩幫我按摩。	➡ マッサージをお願いします。
□ 想預約餐廳。	➡ レストランの予約をしたいです。
□ 想打國際電話。	➡ 国際電話をかけたいです。
□ 有游泳池嗎？	➡ プールはありますか。

14／15 退房

CD147

□ 我要退房。	➡ チェックアウトします。
□ 這是什麼？（手指明細）	➡ これは何ですか。
□ 沒有使用迷你吧。	➡ ミニバーは利用していません。
□ 請給我收據。	➡ 領収書をください。
□ 麻煩我要刷卡。	➡ カードでお願いします。
□ 請簽名。	➡ サインしてください。
□ 麻煩確認一下。	➡ 確認をお願いします。

□	多謝關照。	➡	お世話になりました。

14／16 旅行實錄

CD147

□	他經常一個人單獨旅行。	➡	よく一人で旅行に出かけます。
□	我明天要出發去美國。	➡	明日アメリカに出発します。
□	哇，我一直很想住在這麼漂亮的飯店耶。	➡	ああ、こんなきれいなホテルに泊まりたかったんです。
□	我改訂為車站附近的旅社。	➡	駅に近いホテルに変えた。
□	明天七點從飯店出發。	➡	明日は７時にホテルを出発します。
□	我們走出飯店，到了鎮上散步。	➡	ホテルを出て町を散歩しました。
□	海洋真美呀。	➡	海がきれいだな。
□	我們池塘裡划小船吧。	➡	池でボートに乗りましょう。
□	當被工作壓得喘不過氣時，就會想要去遠方旅行。	➡	仕事に疲れるとどこか遠くへ旅行に行きたくなる。
□	從橫濱到大阪的路上，我一直在睡覺。	➡	横浜から大阪に着くまでの間ずっと寝ていました。
□	如果不稍稍加快腳程的話，就無法在傍晚前抵達旅館。	➡	少し急がないと夕方までに旅館に着けません。

☐ 假如我再年輕一點，說不定就能搭火車旅行：先從中國借道俄羅斯，最後再到歐洲。	➡	もっと若かったなら、中国からロシアを通ってヨーロッパまで汽車で旅行できたかもしれない。
☐ 那座山看似很近，但必須走整整兩個小時，才能到達那裡。	➡	近くに見えるけれど、あちらの山まで歩いて2時間かかります。
☐ 我在七號抵達莫斯科，接著去了華沙。	➡	モスクワに七日いて、それからワルシャワに行きました。
☐ 我也很希望能到這種地方走一走。	➡	▲僕もああいうところに行ってみたいですね。

A：「ミャンマーへ何回行きましたか。」
／你去過幾次緬甸呢？

B：「まだ行ったことがありません。」
／我還沒去過。

☐ 那個人是哪一國人呢？	➡	あの人は何人ですか。
☐ 他是德國人。	➡	ドイツ人です。
☐ 地圖的上面，通常是指北方。	➡	地図は普通、上が北です。

14／17 參觀景點

CD147

☐ 哪個有趣呢？	➡	どれが面白いですか。
☐ 有沒有什麼好玩的地方呢？	➡	なにか面白いところはありますか。
☐ 有壯麗的寺廟嗎？	➡	きれいなお寺はありますか。

☐ 想看煙火。	➡ 花火(はなび)を見(み)たいです。
☐ 請推薦一下飯店。	➡ ホテルを紹介(しょうかい)してください。
☐ 請給我地圖。	➡ 地図(ちず)をください。
☐ 要到什麼地方呢？	➡ どんなところに行(い)きますか。
☐ 幾點出發？	➡ 出発(しゅっぱつ)は何時(なんじ)ですか。
☐ 幾點回來？	➡ 何時(なんじ)に戻(もど)りますか。
☐ 在哪裡集合呢？	➡ どこに集(あつ)まればいいですか。
☐ 有附餐嗎？	➡ 食事(しょくじ)は付(つ)きますか。
☐ 有中文導遊嗎？	➡ 中国語(ちゅうごくご)のガイドはいますか。
☐ 有英文導遊嗎？	➡ 英語(えいご)のガイドはいますか。
☐ 我要美術館巡遊之旅。	➡ 美術館(びじゅつかん)めぐりがいいです。
☐ 博物館現在有開嗎？	➡ 博物館(はくぶつかん)は今(いま)開(あ)いていますか。
☐ 近代美術館在哪裡？	➡ 近代美術館(きんだいびじゅつかん)はどこですか。
☐ 這裡可以買票嗎？	➡ ここでチケットは買(か)えますか。

- [ ] 名產店在哪裡？ ➡ みやげ物店(ものてん)はどこにありますか。

14／18 拍照

CD148

- [ ] 可以拍照嗎？ ➡ 写真(しゃしん)を撮(と)ってもいいですか。
- [ ] 可以幫我拍照嗎？ ➡ 写真(しゃしん)を撮(と)っていただけますか。
- [ ] 只要按這裡就行了。 ➡ ここを押(お)すだけです。
- [ ] 可以一起照張相嗎？ ➡ 一緒(いっしょ)に写真(しゃしん)を撮(と)ってもいいですか。
- [ ] 麻煩再拍一張。 ➡ もう１枚(まい)お願(ねが)いします。
- [ ] 請把那個一起拍進去。 ➡ あれと一緒(いっしょ)に撮(と)ってください。

14／19 國家

CD148

- [ ] 日本和台灣的夏天差不多一樣熱。 ➡ 日本(にほん)の夏(なつ)は台湾(たいわん)と同(おな)じくらい暑(あつ)いです。
- [ ] 你的國家有地震嗎？ ➡ あなたの国(くに)には地震(じしん)がありますか。
- [ ] 日本沒有高於四千公尺以上的高山。 ➡ 日本(にほん)に4,000メートル以上(いじょう)の山(やま)はない。

☐	加拿大不是歐洲國家。	➡	カナダはヨーロッパの国ではない。
☐	日本沒有美國那麼大。	➡	日本はアメリカほど広くない。
☐	密西西比河是美國最長的河流。	➡	ミシシッピー川はアメリカで一番長い川です。
☐	越南明年的經濟景氣看好。	➡	来年のベトナム経済は明るい。
☐	在日本僑居的外國人中，以中國人的人數最多。	➡	日本にいる外国人で一番多いのは中国人です。
☐	北海道位於日本的最北方。	➡	北海道は日本で一番北にある。
☐	美國北鄰加拿大，南接墨西哥。	➡	アメリカの北はカナダで、南はメキシコです。
☐	全世界有超過150個國家。	➡	世界には150以上の国がある。
☐	俄羅斯是全世界領土面積最大的國家。	➡	ロシアは世界で一番広い国だ。
☐	無論是越南或是日本，都屬於亞洲國家。	➡	ベトナムも日本もアジアの国だ。
☐	日本附近的鄰國有韓國、中國、俄羅斯等國家。	➡	日本の近くには韓国、中国、ロシアなどの国があります。
☐	在非洲境內誕生了許多新國家。	➡	アフリカに多くの新しい国が誕生した。
☐	瑞士不臨海。	➡	スイスには海がない。
☐	無論是日本或是越南，都是南北縱長的國家。	➡	日本もベトナムも南北に長い国だ。

☐ 尼羅河是全世界最長的河流。 ➡ ナイル川は世界で一番長い川です。

☐ 馬來西亞不只有馬來人，也有中國人和印度人。 ➡ マレーシアにはマレー人だけでなく、中国人やインド人もいます。

14／20 大自然 - 山

CD148

☐ 我在山裡迷路了。 ➡ ▲山の中で道が分からなくなった。

A：「向こうの山まで何キロぐらいでしょう。」
／請問從這裡到對面那座山，大概有幾公里呢？

B：「5キロぐらいあるんじゃないですか。」
／我猜大概有五公里左右吧。

☐ 鳥叫聲從森林裡傳出來。 ➡ 森の中から鳥の鳴き声が聞こえる。

☐ 我沒有爬過位於四國的任何一座山。 ➡ ▲四国の山はどれも登ったことがありません。

A：「あの山の名前を知っていますか。」
／你知道那座山峰的名字嗎？

B：「あれは大山です。」
／那座叫做大山。

☐ 小河流從池塘裡流了出去。 ➡ 池から小さな川が流れています。

☐ 聖母峰是世界第一高峰。 ➡ エベレストは世界一高い山です。

☐ 我在山裡迷路了。 ➡ 山の中で道が分からなくなった。

從山上可以眺望到大海。	山の上から海が見える。

14／21 大自然 - 海、河川

CD149

日本四面環海。	日本の回りは全部海です。
湛藍的海洋無邊無際。	青い海が広がっている。
我在暑假時要去海邊游泳。	夏休みには海へ泳ぎに行きます。
從海上吹來暖風。	海から暖かい風が吹いてきます。
架設了一座跨海大橋。	海を越えて橋がかけられた。
長野縣離海很遠。	長野県は海から遠い。
美國在大海的那一邊。	海の向こうはアメリカだ。
我覺得鹹水魚比淡水魚好吃。	川の魚より海の魚の方がおいしいと思います。
不可以把垃圾丟進海裡製造污染。	ごみで海を汚してはいけない。
我家門前有小河。	家の前を川が流れています。
我在孩提時候，常在附近的河裡玩耍。	子供のころ、近くの川で遊びました。

□	不可以在這條河裡游泳，太危險了！	➡	危ないからこの川で泳いではいけません。
□	大雨造成了河水暴漲。	➡	雨が降って川の水が増えた。
□	這條河的水能喝嗎？	➡	この川の水は飲めますか。
□	可以呀，是既乾淨又甘甜的水喔。	➡	ええ、きれいでおいしい水ですよ。
□	我過去曾在河裡洗衣服，但是現在河水已經遭到污染了。	➡	昔は川で洗濯しましたが、今は水が汚れてしまいました。
□	我在河川釣魚。	➡	川で魚を釣りました。
□	由於水位很低，所以直接步行涉水過了河。	➡	水が少なかったので歩いて川を渡りました。
□	在河面上架起一座大橋。	➡	川に大きな橋が架かっています。
□	在河裡搭了船逆流而上。	➡	船で川を上りました。

14／22 大自然 - 天空

CD149

□	我想要像小鳥一樣，在天空飛翔。	➡	鳥のように空を飛びたい。
□	今日的天空萬里無雲。	➡	今日の空は雲一つありません。
□	飛機在遠方的天際消失了。	➡	飛行機は遠くの空へ消えていった。

□	夏季大約在早上四點，天空就會泛起魚肚白。	夏は、朝４時ごろには空が明るくなります。
□	天空裡的星星正閃爍著。	空の星が光っています。
□	冬季的天空很晦暗。	冬の空は暗い。
□	東京的天空就算在夜裡，也被映得通明。	東京の空は夜も明るい。
□	北海道的天空很寬廣。	北海道の空は広い。
□	月亮從雲間探了出來。	雲の間から月が出てきた。
□	今晚的月亮又大又圓，實在太美了。	今夜の月は丸く大きくてきれいだ。
□	古時候的人以為有兔子住在月亮上。	昔の人は月にウサギがすんでいると思っていた。
□	月球大約一個月繞地球轉一圈。	月は約１ヶ月で地球の周りを回る。
□	或許再過二十年，我們就可以去月球了。	あと20年たったら月に行けるようになるかもしれない。
□	抬起頭仰望天際吧。	顔を上げて空を見よう。
□	北方天空有七顆星星靠在一起。	北の空に星が七つ並んでいる。

Chapter 15 日常生活

CD150

去日本玩，一定要體驗一下泡湯文化「錢湯」！男、女湯屋內，大家都大方袒裎相見，等待洗淨身體泡進大浴池中。除了靜靜享受泡湯，舒緩疲憊身心，也可以和認識的鄰居、朋友聊天。日本將每年 11 月 20 至 26 日訂為「舒適泡澡周」，並舉辦各式活動，讓全世界都能認識「泡湯」這樣獨特的文化。

15／1 職業

1. 我是家庭主婦。
   主婦(しゅふ)です。

2. 您從事哪種行業？
   お仕事(しごと)は何(なん)ですか。

3. 我是日語老師。
   日本語(にほんご)教師(きょうし)です。

4. 我在貿易公司工作。
   貿易会社(ぼうえきがいしゃ)で働(はたら)いています。

5. 大學老師。
   大学(だいがく)の教師(きょうし)です。

6. 連續劇的製作人。
   ドラマのプロデューサーです。

7. 在汽車公司上班。
   車(くるま)の会社(かいしゃ)に勤(つと)めています。

8. 開花店。
   花屋(はなや)をやっています。

15／2 住的地方

CD150

□ 請問您現在住在什麼地方呢？	今、どこに住んでるんですか。
□ 在世谷區的駒澤大學。	世田谷区の駒澤大学です。
□ 過了澀谷地鐵站後再搭三站的地方。	渋谷から地下鉄で三つ目のところです。
□ 從車站大約走二十分鐘就可抵達。如果是騎腳踏車的話，只要十分鐘左右吧。	駅から歩いて20分ぐらいです。自転車だと10分ぐらいですね。
□ 請問最近的車站是哪一站呢？	一番近い駅はどこですか。
□ 請問您從什麼時候開始住在那裡的呢？	いつからそこに住んでいるんですか。
□ 我已經在那裡住了一年左右。	もう１年ぐらい住んでいます。
□ 那附近有家大型超市，非常方便。	近くに大きいスーパーがあって、便利なんです。
□ 請問您從家裡到公司，大約需要花多少時間呢？	自宅から会社まで、どのくらいかかりますか。
□ 要花一個小時。	１時間はかかります。
□ 請問您現在還住在老家／娘家嗎？	今はご実家に住んでるんですか。

15／3 工作

CD150

□ 請問您從事什麼工作呢？	お仕事は何をなさってるんですか。

□	我在貿易公司工作。	➡	貿易会社に勤めています。
□	請問您從事什麼行業呢？	➡	どんな仕事をされているんですか。
□	我是電腦業務員。	➡	コンピューターの営業をやっています。
□	我已經從事這份工作已經二年了。	➡	今の仕事を始めてから、もう2年になります。
□	請問您的通勤時間大約需要多久呢？	➡	通勤にはどのくらいかかりますか。
□	請問您通常工作到幾點鐘呢？	➡	いつも何時ごろまで仕事をしているんですか。
□	請問您都能在固定的時間下班嗎？	➡	定時で帰れるんですか。
□	請問您週六、日有休假嗎?	➡	土日は休みですか。
□	週六、日很想好好休息。	➡	土日はしっかり休みたいです。
□	假日偶爾需要去公司加班。	➡	ときどき休日出勤があるんです。
□	雖然這份工作非常繁忙，但卻令人充滿幹勁。	➡	忙しくて大変ですけど、やりがいのある仕事です。
□	雖然工作非常繁忙，但卻令人感到快活。	➡	仕事は本当に大変ですけど、すごく楽しいです。
□	請問您有沒有從事什麼兼差工作呢？	➡	何かアルバイトとかしてるんですか。
□	現在在便利商店打工。	➡	今コンビニでアルバイトをしています。

□	請問您每週工作幾天呢？	➡	週に何日働いてるんですか。
□	一天五個小時，一週三天工作。	➡	1日5時間 週 三日働いてるんです。
□	時薪800日圓。	➡	時給800円です。

15／4 初次見面，您好

CD150

□	您是哪國人？	➡	お国はどちらですか。
□	幸會，我姓林。	➡	はじめまして、林です。
□	幸會，敝姓田中。請多指教。	➡	はじめまして、田中と申します。よろしくお願いします。
□	我是剛搬來的，敝姓楊。	➡	今度、引っ越してきました。楊です。
□	「楊」是楊貴妃的「楊」。住在208 室。	➡	「楊」は、楊貴妃の「楊」。２０８号室に住んでいます。
□	這位是我妹妹美鈴。	➡	これは妹の美鈴です。
□	這是不成敬意的禮物，請您收下。	➡	これ、つまらないものですが、どうぞ。
□	今後也請多多指教。	➡	これからもよろしくお願いします。
□	我才要請您多指教。	➡	こちらこそ、よろしく。

- □ 那麼，我告辭了。 ➡ では、失礼(しつれい)します。
- □ 我是田中。請多指教。 ➡ 田中(たなか)です。どうぞよろしく。
- □ 我姓金。請多指教。 ➡ 金(キム)です。よろしくお願(ねが)いします。
- □ 李小姐，這位是早稻田大學的田中先生。 ➡ 李(りー)さん、こちらは早稲田大学(わせだだいがく)の田中(たなか)さんです。
- □ 這位是李小姐。（手指李） ➡ 李(りー)さんです。
- □ 我是早稻田大學的高橋。 ➡ 早稲田大学(わせだだいがく)の高橋(たかはし)です。
- □ 我姓李。請多指教。 ➡ 李(りー)です。どうぞよろしく。
- □ 我姓李。請多指教。 ➡ 私(わたし)は李(りー)です。どうぞよろしく。
- □ 台灣。 ➡ 台湾(たいわん)です。

15／5 跟鄰居閒聊

CD151

- □ 今天真是熱啊！ ➡ 今日(きょう)は暑(あつ)いですね。
- □ 今天風真大呢！ ➡ 今日(きょう)は風(かぜ)が強(つよ)かったですね。
- □ 你從事什麼工作？ ➡ お仕事(しごと)は？

☐ 我在銷售車子。 ➡ 自動車のセールスをしています。

☐ 我在超商打工。 ➡ スーパーでパートをしています。

☐ 我在車站賣報紙。 ➡ 駅で新聞を売っています。

☐ 我在NKK工作。 ➡ ＮＫＫに勤めています。

☐ 做中文翻譯。 ➡ 中国語の翻訳をやっています。

☐ 您要出門啊！ ➡ お出かけですか。

☐ 是啊！出去一下。 ➡ ええ、ちょっとそこまで。

☐ 路上小心啊！ ➡ お気をつけて、行ってらっしゃい。

☐ 我回來了。 ➡ ただいま。

☐ 回來啦！ ➡ お帰りなさい。

☐ 林先生住208室對吧！ ➡ 林さんは２０８号室ですよね。

☐ 你國籍哪裡啊？ ➡ お国はどちらですか。

☐ 台灣。 ➡ 台湾です。

☐ 台灣真是好地方呢！ ➡ 台湾はいいところですね。

□	我去過台灣旅行。	➡	私は台湾へ旅行したことがあります。
□	東西又好吃，人們又很親切。	➡	食べ物はおいしいし、人々が親切でした。
□	香蕉很有名吧！	➡	バナナが有名ですよね。

15／6 賣場

CD151

□	歡迎光臨。	➡	いらっしゃいませ。
□	給我看那雙鞋。	➡	あの靴を見せてください。
□	讓我看一下。	➡	ちょっと見せてください。
□	您請看。	➡	はい、どうぞ。
□	有不同顏色的嗎？	➡	ちがう色はありますか。
□	有大一點的嗎？	➡	もっと大きいのがありますか。
□	多少錢？	➡	いくらですか。
□	那隻錶多少錢？	➡	その時計はいくらですか。
□	一萬五千日圓。	➡	15,000円です。

□ 給我那個。	➡ それをください。

15／7 在蔬果店

CD151

□ 您要買什麼？	➡ 何(なに)にしましょうか。
□ 白菜很新鮮喔！	➡ 白菜(はくさい)は新鮮(しんせん)ですよ。
□ 給我蕃茄。	➡ トマトをください。
□ 給我一個蕃茄。	➡ トマトを一(ひと)つ、ください。
□ 有白蘿蔔嗎？	➡ 大根(だいこん)はありませんか。
□ 還需要什麼？	➡ ほかに何(なに)か。
□ 茄子賣完了。	➡ なすは売(う)り切(き)れなんです。
□ 有點貴呢。	➡ ちょっと高(たか)いですね。
□ 算便宜一點。	➡ 安(やす)くしてください。
□ 好啦！就便宜你三十日圓吧！	➡ まあ、30円(えん)おまけしましょう。
□ 五百日圓。	➡ 500円(えん)になります。

- [ ] 謝謝您的惠顧。 → 毎度(まいど)ありがとうございます。

15／8 超市

CD151

- [ ] 請問，香皂在哪裡？ → すみません、せっけんはどこですか。
- [ ] 蔬菜的前面。 → 野菜(やさい)の前(まえ)です。
- [ ] 收銀機的前面。 → レジの前(まえ)です。
- [ ] 肥皂在那裡。 → せっけんはあそこです。
- [ ] 砂糖在哪裡？ → お砂糖(さとう)はどこにありますか。
- [ ] 在放醬油的那邊。 → あそこの醤油(しょうゆ)のところです。
- [ ] 醬油在酒的前面。 → 醤油(しょうゆ)はお酒(さけ)の前(まえ)です。
- [ ] 沒有賣筆記本。 → ノートはありません。
- [ ] 這裡有籃子。請多利用。 → ここにかごがあります。ご利用(りよう)ください。
- [ ] 收您1萬日圓。 → 10,000円(えん)お預(あず)かりします。
- [ ] 找您八百日圓。 → 800円(えん)のお返(かえ)しです。

15／9 找公寓

CD151

□	下個月七號要搬家。	➡	来月七日に引越します。
□	決定了明年要搬家。	➡	来年、引越しすることになりました。
□	請問已經找到公寓了嗎？	➡	アパートは見つかりましたか。
□	正在找位於車站附近的住宅大廈。	➡	駅に近いマンションを探しています。
□	那棟公寓是木造的，還是鋼筋水泥的呢？	➡	そのアパートは木造ですか、鉄筋ですか。
□	如果可以的話，比較想要屋齡十年以內的房子。	➡	できれば、築10年以内の物件がいいです。
□	房屋的座落地點與其在車站前的鬧區，不如在住宅區裡比較好。	➡	駅前より住宅街の方がいいです。
□	請問您要搬去幾層樓的大廈呢？	➡	引越し先は何階建てのマンションですか。
□	房子的保全設施做得很好，即使單獨一人居住也可以放心。	➡	セキュリティーが万全なので、一人暮らしでも安心です。
□	光只有一房一廚太小了，麻煩找一房一廚一廳的房子。	➡	１Ｋでは狭すぎるので、１ＤＫでお願いします。
□	正在找房租七萬日圓以下的房子。	➡	▲家賃７万円以下の家を探しています。 A：「今アパートに空いてる部屋がありますか。」 ／請問現在這棟公寓裡，還有空房間嗎？ B：「ええ、四つあります。」 ／有，還有四間。
□	請問是位在幾樓呢？	➡	何階ですか。

□ 二樓和三樓。	2階と3階です。
□ 我比較喜歡三樓耶。	▲ 3階がいいですね。 A：「二つあるんですがどちらがいいですか。」 ／一共有兩間，請問你想要哪一間呢？ B：「通りから遠い方がいいです。」 ／離馬路較遠那側的比較好。
□ 你覺得什麼樣的住宅比較好？	どの家がいいと思う？
□ 盡可能不必樓上樓下跑的住宅比較好吧。	できるだけ上り下りのない家の方がよくないかなあ。

15／10 看房子

CD152

□ 這一戶的一樓與二樓都各自有獨立的玄關和廚房，所以可以住兩戶家庭，而且生活上互不受干擾。	これは玄関も台所も1階と2階に別々にあるから、二つの家族が独立して住めるんだよ。
□ 這樣挺不錯的唷。	それいいじゃないか。
□ 和隔壁房屋之間距離兩公尺。	隣の家との間は2メートルです。
□ 我的公寓以每個月七萬圓的租金出租。	アパートを一月7万円で貸しています。
□ 把沒在使用的房間出租吧。	使わない部屋を貸そう。
□ 以每天五千圓的租金將車子出租。	1日5,000円で車を貸した。

□ 你有沒有認識願意把房間出租給留學生的人家呢？ ➡ 留学生に部屋を貸してくれる人を知りませんか。

□ 日本的住宅空間比美國狹小。 ➡ 日本の家はアメリカより狭い。

□ 這間公寓在我一個人住的時候，感覺非常大。 ➡ このアパートは一人で住んでいたときは広かったのです。

□ 雖然是個小小的庭院，但種有各式各樣的花草樹木。 ➡ 狭い庭ですが、いろいろな木や花が植えてあります。

□ 由於房間太小了，所以只能放得下一張床。 ➡ 部屋が狭いのでベッドは一つしか置けません。

□ 這個廚房真小呀，我想要再稍微大一點的耶。 ➡ 狭い台所ねえ。もう少し広いのがほしいわ。

□ 我希望能住在稍微大一點的房間。 ➡ もう少し大きい部屋がほしい。

□ 我住在一個大房子裡。 ➡ 大きい家に住んでいる。

□ 我的房間向南，所以採光非常好。 ➡ 私の部屋は南を向いていてとても明るいです。

□ 屋子裡收拾得乾乾淨淨的，簡直看不出有人住在這裡呢。 ➡ 生活感が感じられないぐらい、すっきり片付いていますね。

15／11 找好房子

CD152

□ 我在找木造公寓。 ➡ アパートを探しているのですが。

□ 有房間嗎？ ➡ 部屋がありますか。

□	您預算多少？	ご予算はいくらですか。
□	五萬日圓左右。	5万円くらいです。
□	十疊附有廁所跟廚房。	10畳にトイレと台所が付いています。
□	我要更便宜的。	もっと安いのがいいんですが。
□	六疊大小一房。	6畳一間です。
□	不錯的房間喔！	いい部屋ですよ。
□	房租要多少？	家賃はいくらですか。
□	「二LDK」是什麼意思？	「2LDK」って？
□	電費另付。	電気代は別に払います。
□	也有附浴室的房子喔！	風呂付きの部屋もありますよ。
□	附近有超市。	近くにスーパーがあります。
□	因為靠近車站，很方便喔！	駅に近いから、便利ですよ。
□	又新又寬喔！	新しくて広いですよ。
□	房東人很好喔！	大家さんはいい人ですよ。

□ 這是房東的電話。 ➡ これが大家さんの電話番号です。

15／12 簽約、禮金跟押金

CD152

□ 租約是一年。 ➡ 契約期間は１年です。

□ 請在這裡填上住址。 ➡ ここにご住所を書いてください。

□ 這樣寫可以嗎？ ➡ これはいかがですか。

□ 需要禮金跟押金嗎？ ➡ 礼金と敷金はいりますか。

□ 不需要禮金。 ➡ 礼金はいりません。

□ 押金要多少？ ➡ 敷金はどれぐらいですか。

□ 「禮二」是指禮金為二個月的房租。 ➡ 「礼２」は礼金は２ヶ月分の家賃という意味です。

□ 押金以後會退回來。 ➡ 敷金はあとで返ってきます。

□ 那麼，請讓我看一下房子。 ➡ では、部屋を見せてください。

□ 這是那間公寓的地圖。 ➡ これがそのアパートの地図です。

□ 我決定要這間。 ➡ これに決めます。

請簽契約。	契約書をどうぞ。
請在下面蓋章。	下に印鑑をお願いします。

15／13 佈置新家

CD153

兩個星期就把住宅蓋好了。	2週間で家を作り上げた。
我們來掛顏色明亮的窗簾吧。	明るい色のカーテンをかけましょう。
由於牆壁的顏色很深，因此掛了色彩明亮的繪畫作為裝飾。	壁が暗いので明るい絵を飾った。
在牆壁上打洞，把電話線從洞裡穿了過去。	壁に穴を開けて電話線を通した。
把電視機從一樓搬到了二樓。	テレビを1階から2階へ上げた。
我幫老奶奶把行李搬到了架子上。	おばあさんの荷物を棚に上げてあげました。
東西太重了，搬不起來。	重くて持ち上げられない。
把畫和月曆等物掛上去後，整個房間倏然為之一亮。	絵やカレンダーなどをかけると部屋が明るくなります。
把桌子放在窗邊的亮處，這樣蠻不錯的唷。	机は窓のそばの明るいところがいいですね。
我們也來把床鋪放在房間最裡面的位置吧。	ベッドもずっと奥のところに置きましょう。

□	把書架靠這面牆放置吧。	➡	本棚はこっち側の壁のところに置こう。
□	這個房間看起來有點乏味耶，要不要擺些什麼裝飾品呀？	➡	ちょっとさびしい部屋ですねえ。何か飾ったらどうですか。
□	請問家具都齊備了嗎？	➡	家具はそろっていますか。
□	除了空調設備以外，其他都得由自己添購。	➡	エアコン以外は、自分で買わないといけません。
□	打算在客廳裡放沙發。	➡	リビングにソファーを置くつもりです。
□	沒有空間放床鋪。	➡	ベッドを置くスペースはありません。
□	經常擺放鮮花裝飾玄關。	➡	玄関にはいつも花を飾っています。
□	她很講究裝潢佈置。	➡	彼女はインテリアに凝っています。
□	那個擺飾跟靠墊是媽媽喜歡的風格。	➡	その置物とクッションは母の趣味です。
□	我想要換窗簾。	➡	カーテンを変えるつもりです。
□	我想把房間佈置成具有懷舊風情。	➡	レトロな雰囲気の部屋にしたいです。

15／14 作客必備寒暄

CD153

□	打擾了。	➡	お邪魔します。

□	（進入朋友家時）打擾了。	➡	（友達の家に入る時）お邪魔します。
□	（迎接客人時）歡迎光臨。	➡	（お客さんを迎える時）いらっしゃい。
□	這是不成敬意的伴手禮。	➡	つまらないものですが、これ手土産です。
□	一點薄禮，不成敬意。（把伴手禮送給主人）	➡	これ、よかったらどうぞ。（お土産を渡す）
□	您太客氣了。	➡	どうぞお気遣いなさらずに。
□	您請別忙。	➡	どうぞおかまいなく。
□	不好意思，可以盤腿坐／側坐嗎？	➡	すみません、足を崩してもいいですか。
□	您請隨意坐。	➡	どうぞくつろいでください。
□	請將皮包放在這裡。	➡	かばんはこっちにおいてください。
□	我幫您把大衣掛起來。	➡	コートをお預かりします。
□	可以向您借用一下洗手間嗎？	➡	お手洗いをお借りできますか。
□	可以借用一下廁所嗎？	➡	トイレ借りてもいい？
□	那麼，我差不多該告辭了。	➡	では、そろそろ失礼します。
□	今天承蒙您的佳餚款待。	➡	今日はごちそう様でした。

☐ 下回請務必也到我家坐一坐。	➡ 今度(こんど)ぜひ、私(わたし)の家(いえ)にもいらしてください。
☐ 下次再來玩喔。	➡ また遊(あそ)びに来(く)るね。
☐ 今天打擾了。	➡ お邪魔(じゃま)しました。

15／15 到朋友家 - 聊天

CD153

☐ 好棒的房子喔。	➡ すてきなお宅(たく)ですね。
☐ 好摩登的起居室喔。	➡ モダンなリビングですね。
☐ 美智子小姐的房間好大喔。	➡ みちこさんの部屋(へや)、広(ひろ)いですね。
☐ 那個時鐘真不錯耶。	➡ あの時計(とけい)、いいですねえ。
☐ 那是我妹妹買給我的。	➡ あれは、妹(いもうと)が買(か)ってくれたんです。
☐ 那是媽媽送我的生日禮物。	➡ 母(はは)が誕生日(たんじょうび)にくれたんです。
☐ 那幅小鳥的圖，畫得活靈活現的耶。	➡ あの鳥(とり)の絵(え)、上手(じょうず)ですねえ。
☐ 這個人偶也好精緻呀。	➡ この人形(にんぎょう)もすてきですねえ。
☐ 這是我去年旅行時買的。很可愛，對吧？	➡ 去年(きょねん)、旅行(りょこう)に行(い)ったとき買(か)いました。かわいいでしょう。

- [ ] 啊，那個月曆，你是在哪裡買到的呢？ ➡ あ、あのカレンダー、どこで買いましたか。
- [ ] 我也好想要那種樣式的耶。 ➡ 私もあんなのが欲しかったんです。
- [ ] 您家裡有好多漂亮的東西喔。 ➡ ▲きれいなものがたくさんありますねえ。

  A：「あれはこの前のパーティーの写真ですか。」
  ／那是上回開派對時拍的照片吧？

  B：「そう。きれいに撮れたでしょう。」
  ／沒錯，拍得很好看吧。

15／16 派對邀請和送客

CD154

- [ ] 要在飯店開派對。 ➡ ホテルでパーティーを開きます。
- [ ] 派對是從晚上七點半開始。 ➡ パーティーは夜7時半からです。
- [ ] 星期六的派對，一定要來參加喔。 ➡ 土曜日のパーティーに来てくださいね。
- [ ] 山田小姐邀了我參加派對。 ➡ 山田さんからパーティーに招待されました。
- [ ] 我到底該穿哪件洋裝去出席派對呢？ ➡ パーティーにどの洋服を着ていこうかしら。
- [ ] 有許多人出席了這場派對。 ➡ パーティーに大勢集まった。
- [ ] 請別像罰站似地站著，坐到椅子上嘛。 ➡ 立っていないで椅子に座りましょう。

□	我穿著新洋裝出席了派對。	➡	新(あたら)しい洋服(ようふく)を着(き)てパーティーに出(で)た。
□	把客人送到了門口。	➡	お客様(きゃくさま)を門(もん)まで送(おく)っていった。
□	我載您到車站吧。	➡	駅(えき)まで乗(の)せていってあげましょう。
□	今天過得非常開心。	➡	今日(きょう)は楽(たの)しかったです。

15／17 準備派對

CD154

□	請問大約會有幾個人來參加派對？	➡	パーティーには何人(なんにん)ぐらい来(き)ますか。
□	我也邀請了向井小姐參加。	➡	向井(むかい)さんにも声(こえ)をかけました。
□	要不要帶什麼東西過去呢？	➡	何(なに)か持(も)って行(い)くものはありますか。
□	請儘管空手來就好，沒關係的。	➡	手(て)ぶらで来(き)てくださって、構(かま)いませんよ。
□	唯獨飲料部分，煩請自備。	➡	ドリンクだけ、各自(かくじ)で準備(じゅんび)して来(き)てください。
□	請問出席派對的服裝規定是什麼呢？	➡	パーティーのドレスコードは何(なん)ですか。
□	請問杯子數量夠嗎？	➡	コップの数(かず)は足(た)りていますか。
□	請每人提供一道餐點帶來。	➡	一人一品(ひとりひとしな)作(つく)って持(も)って来(き)てください。

□ 我會晚一點到，可以嗎？	ちょっと遅(おく)れて行(い)っても大丈夫(だいじょうぶ)ですか。
□ 正在準備賓果遊戲。	ビンゴゲームの準備(じゅんび)をしています。

15／18 派對的擺設

CD154

□ 親愛的，客人快來了，請幫我一下。	▲あなた、お客様(きゃくさま)が来(く)るから手伝(てつだ)ってください。 A：「パンのお皿(さら)を持(も)っていって、そのテーブルの真(ま)ん中(なか)においてね。」 ／麻煩把麵包盤端過去，放在那張桌子的正中央喔。 B：「お皿(さら)も置(お)いておくね。」 ／我也把盤子擺一擺吧。
□ 請把四方形的盤子放在右手邊喔。	四角(しかく)い皿(さら)は右(みぎ)においてくださいね。
□ 這場派對要讓大家開開心心的。	楽(たの)しいパーティーにしようね。
□ 等派對式的小型演奏會結束後，要把椅子歸回原處，對吧？	パーティーコンサートが終(お)わったら、椅子(いす)を戻(もど)すんですよね。
□ 休息完以後，請立刻清洗杯子。	休憩(きゅうけい)の後(あと)すぐコップを洗(あら)ってください。
□ 請問只要兩張椅子就夠了嗎？	椅子(いす)は二(ふた)つで足(た)りたんですか。
□ 麻煩幫忙弄那邊。	そちらお願(ねが)いします。

□	每張桌子坐兩個人，對吧？	➡	▲一つの机には二人ずつ座るんだよね。 A：「じゃあ、あと一つ持ってくればぴったりだね。」 ／那麼，再搬一張過來就剛剛好囉。 B：「いいえ、後からまた一人増えたもんで。」 ／還不夠，因為之後還會多來一個人呢。
□	客人已經來了，端茶請他們喝吧。	➡	お客様がいらっしゃいました。お茶を差し上げましょう。

15／19 派對中用餐

CD155

□	您要不要來一塊呢？	➡	お一ついかがですか。
□	哎，我最喜歡吃甜食囉。那麼，我就不客氣了。	➡	▲いや、甘い物には弱いんですよ。じゃ、遠慮なく。 A：「お酒もいかがですか。」 ／您要不要也來點酒呢？ B：「あっ、あ、いいえ。お酒の方はちょっと。」 ／啊！呃…，不用了。我酒量不大好。
□	您要不要在咖啡裡加糖呢？	➡	コーヒーに砂糖を入れますか。
□	謝謝，加一點就好。	➡	ええ、少しだけ。
□	鈴木小姐已經先到了，就在那邊呀。	➡	あちらに鈴木さんがいらっしゃいましたよ。

☐ 如果太硬了吞不下去，請別強迫自己吃下去。	▲硬(かた)くて食(た)べられなかったら残(のこ)してください。 A：「あちらはどなたですか。」 ／請問那一位是誰呢？ B：「あちらは新井(あらい)さんです。」 ／那位是新井小姐。
☐ 不好意思，麻煩向您借用一下洗手間。	すみませんが、ちょっとお手洗(てあら)いを貸(か)してください。
☐ 好的，請往那邊走。	ええ、こちらへどうぞ。

15／20 派對中聊天

CD155

☐ 好久不見了耶。	ずいぶん久(ひさ)しぶりですね。
☐ 好漂亮的禮服喔。	すてきなドレスですね。
☐ 賓客越來越多了。	だんだん人(ひと)が増(ふ)えてきましたね。
☐ 令郎已經長這麼大了呀。	息子(むすこ)さん、ずいぶん大(おお)きくなりましたね。
☐ 那邊好熱鬧喔。	あっちは盛(も)り上(あ)がってるね。
☐ 您別再繼續喝了比較好吧？	もうこれ以上(いじょう)飲(の)まない方(ほう)がいいんじゃない？
☐ 我的酒量不大好。	私(わたし)はあまりお酒(さけ)が飲(の)めません。

□	已經有不少醉意了。	➡	かなり酔っぱらってしまいました。
□	差不多該進入尾聲了吧？	➡	そろそろお開きにしましょうか。

15／21 告辭

CD155

□	時間已經不早，差不多該告辭了。	➡	遅くなったので、そろそろ失礼します。
□	怕趕不上電車，容我先行告退。	➡	電車がなくなるといけないので、私はこの辺で。
□	今天非常感謝您的邀約招待。	➡	今日はお招きありがとうございました。
□	請代我向您夫人問候。	➡	奥様にもよろしくお伝えください。
□	今天承蒙招待佳餚。	➡	今日はごちそう様でした。
□	沒有忘了東西吧？	➡	忘れ物はありませんか。
□	回家路上請小心慢走喔。	➡	気をつけて帰ってくださいね。
□	請小心慢走。	➡	どうぞお気をつけて。
□	不好意思，沒能好好招待。	➡	何のおかまいもしませんで。
□	歡迎再度光臨。	➡	またいらしてくださいね。

補充單字

本屋（ほんや） 書店	コンビニ（エンスストア） 便利商店	スーパー（マーケット） 超市
銀行（ぎんこう） 銀行	ショッピング 購物	市場（いちば） 市場
薬局（やっきょく） 藥局	デパート 百貨公司	公園（こうえん） 公園
寺（てら） 寺廟	神社（じんじゃ） 神社	店（みせ） 店，商店
ビル 高樓，大廈	建物（たてもの） 建築物，房屋	アパート 公寓
引っ越す（ひっこす） 搬家	住む（すむ） 住，居住	部屋（へや） 房間
生活（せいかつ）（する） 生活	住所（じゅうしょ） 地址	

Chapter 16 交通

🔊 CD156

搭捷運或公車時，最怕遇到背後背包或大背包的乘客，尤其是上下班尖峰時間，總是會被大背包擋住或打到。在日本可別這樣失禮，因為不論你背什麼包，日本人一定會盡量將包包往身體靠攏，盡可能讓出最大的空間；如果是後背包，一定會在進車門後就改用手提或放在腳邊，避免擋住別人。

16／1 問路 - 指示的說法

1. 綠燈時可以穿越馬路。
信号が青いときは道路を渡れます。

2. 好，我知道了。
はい、分かりました。

3. 有很多條路都可以通往車站。
駅へ行く道はいくつもある。

4. 要到鄰村，非得要走過一條長長的橋才行。
隣の村へ行くには長い橋を渡らなくてはならない。

5. 以你的腳程來說，只要十分鐘就可以到達。
あなたの足なら10分で行けます。

6

轉進那個轉角後，有一座公園。

あの角を曲がると公園があります。

7

轉進下一個轉角後，第三間房子就是我家。

次の角を入って３軒目が私の家です。

8

請繼續直走，不要轉彎。

曲がらないでまっすぐ行ってください。

9

在派出所前面往右轉，就可以看到餐廳。

交番の前を右に曲がるとレストランがあります。

10

萬一迷路的話，請到派出所詢問。

もし道が分からなかったら交番で聞いてください。

11

每一個鄉鎮或村莊，都設有派出所。

どの町や村にも交番があります。

16／2 問路 - 對話

CD156

□	不好意思請問東旅館在哪裡呢？	すみません、東(ひがし)ホテルはどこですか。
□	再往前走到第二個交叉路口，接著向左轉後，第三棟就是了。	この先(さき)の2本目(ほんめ)の角(かど)を左(ひだり)に入(はい)って3軒目(げんめ)ですよ。
□	請問是在那條大馬路那邊嗎？	あの大(おお)きい通(とお)りですか。
□	不是，那算是第三條路了。中間還夾了一條巷子。	いいえ、あれは3本目(ほんめ)。間(あいだ)に狭(せま)い道(みち)があるんです。
□	原來如此，謝謝您。	そうですか。どうも。
□	不好意思，請問八丁目27是在哪一帶呢？	すみません。八丁目(はっちょうめ)27ってどの辺(あた)りになりますか。
□	八丁目喔。八丁目是在…，我想一下。	八丁目(はっちょうめ)ねえ。八丁目(はっちょうめ)は、ええと。
□	你看到那邊那條大馬路了嗎？	あそこに大(おお)きな道(みち)が見(み)えるでしょう。
□	就在那條路的另一側…。	あの道(みち)のあっち側(がわ)なんですけどね。
□	請從那個轉角處右轉進去。	あそこの角(かど)を右(みぎ)に曲(ま)がってください。
□	在第一個紅綠燈再往前走的那附近，就是八丁目了。	一(ひと)つ目(め)の信号(しんごう)の先(さき)の辺(あた)りが八丁目(はっちょうめ)なんですけどね。
□	之後的詳細地點，請你走到那附近後，再找人問看看。	後(あと)は、その近(ちか)くでもう一度(いちど)聞(き)いてみてください。
□	請問這附近有郵局嗎？	郵便局(ゆうびんきょく)、近(ちか)くにありますか。
□	有。往前直走，就在一個很大的三叉路口那裡喔。	ええ。このまま行(い)くと、大(おお)きな三叉路(さんさろ)がありますね。

☐	喔，就是岔成三條路那邊吧。	➡	ああ、三つに分かれるところですね。
☐	對，從最先遇到的那條巷子左轉直走，快要走到大馬路之前的右邊。就在那裡。	➡	ええ。その手前の路地を左に入って大通りに出る手前の右です。

16／3 公車

CD156

☐	公車站在哪裡？	➡	バス停はどこですか。
☐	這台公車有去東京車站嗎？	➡	このバスは東京駅へ行きますか。
☐	有到澀谷嗎？	➡	渋谷へは行きますか。
☐	幾號公車能到？	➡	何番のバスが行きますか。
☐	多少錢？	➡	いくらですか。
☐	小孩多少錢？	➡	子どもはいくらですか。
☐	可以收一千塊日幣嗎？	➡	1,000円札でいいですか。
☐	東京車站在第幾站？	➡	東京駅はいくつ目ですか。
☐	在哪裡下車呢？	➡	どこで降りたらいいですか。
☐	到了請告訴我。	➡	着いたら教えてください。

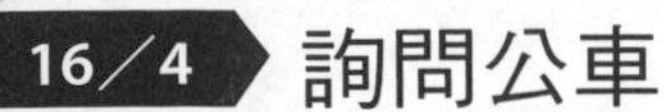

16／4 詢問公車

CD157

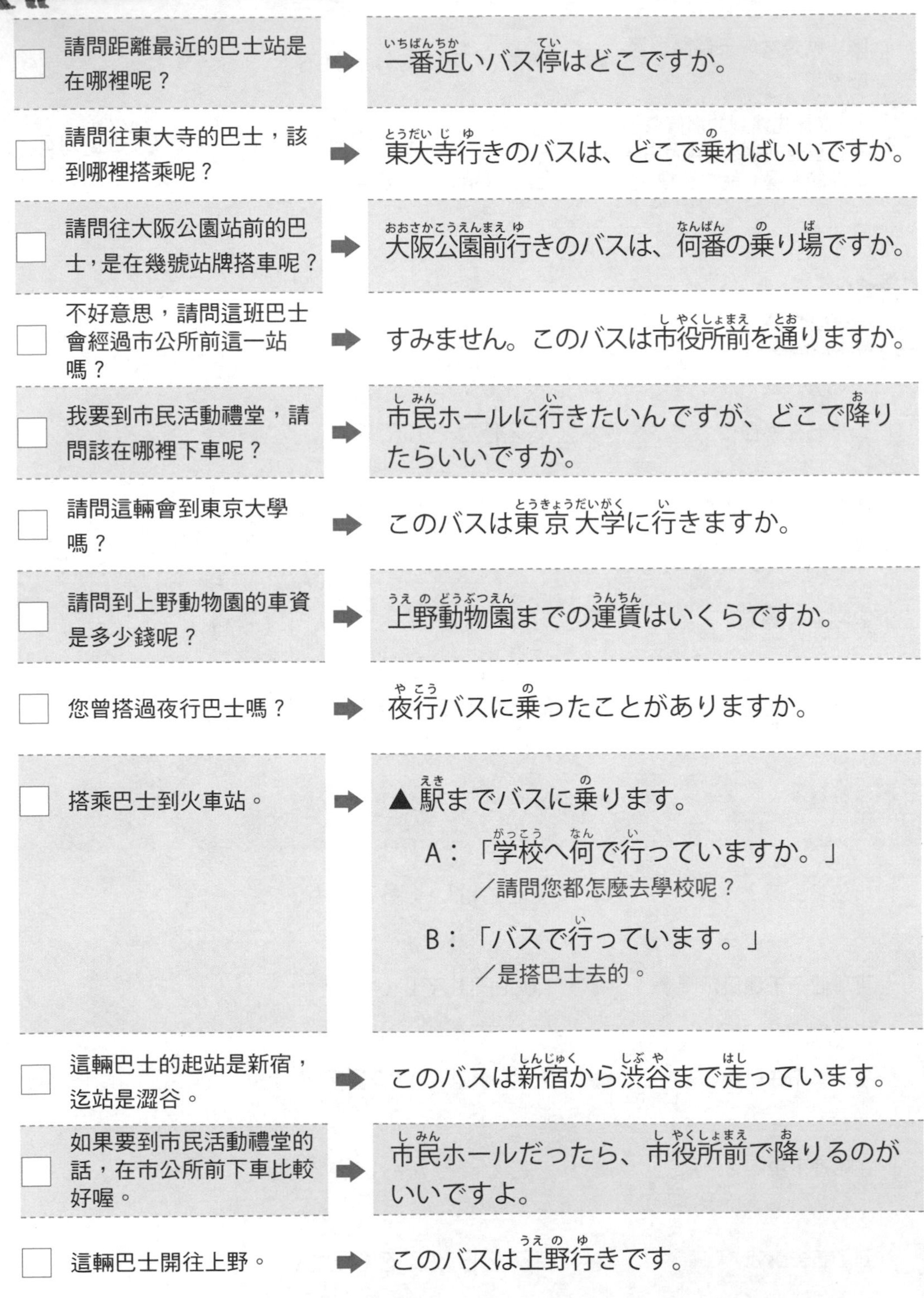

□ 請問距離最近的巴士站是在哪裡呢？	一番近いバス停はどこですか。
□ 請問往東大寺的巴士，該到哪裡搭乘呢？	東大寺行きのバスは、どこで乗ればいいですか。
□ 請問往大阪公園站前的巴士，是在幾號站牌搭車呢？	大阪公園前行きのバスは、何番の乗り場ですか。
□ 不好意思，請問這班巴士會經過市公所前這一站嗎？	すみません。このバスは市役所前を通りますか。
□ 我要到市民活動禮堂，請問該在哪裡下車呢？	市民ホールに行きたいんですが、どこで降りたらいいですか。
□ 請問這輛會到東京大學嗎？	このバスは東京大学に行きますか。
□ 請問到上野動物園的車資是多少錢呢？	上野動物園までの運賃はいくらですか。
□ 您曾搭過夜行巴士嗎？	夜行バスに乗ったことがありますか。
□ 搭乘巴士到火車站。	▲駅までバスに乗ります。 A：「学校へ何で行っていますか。」 ／請問您都怎麼去學校呢？ B：「バスで行っています。」 ／是搭巴士去的。
□ 這輛巴士的起站是新宿，迄站是澀谷。	このバスは新宿から渋谷まで走っています。
□ 如果要到市民活動禮堂的話，在市公所前下車比較好喔。	市民ホールだったら、市役所前で降りるのがいいですよ。
□ 這輛巴士開往上野。	このバスは上野行きです。

- ☐ 這輛車會行經溫泉區，然後到車站喔。 ➡ 温泉街（おんせんがい）を経由（けいゆ）して、駅（えき）に行（い）きますよ。
- ☐ 前往醫院的乘車處在對面。 ➡ 病院（びょういん）行（ゆ）きの乗（の）り場（ば）は反対側（はんたいがわ）です。

16／5 搭公車

CD157

- ☐ 不好意思，可否給我一份巴士的營運路線圖呢？ ➡ すみません、バスの路線図（ろせんず）をいただけますか。
- ☐ 我買了巴士的回數票。 ➡ バスの回数券（かいすうけん）を買（か）いました。
- ☐ 即使不招手攔車，巴士也會停下來載客喔。 ➡ 手（て）を上（あ）げなくてもバスは止（と）まってくれますよ。
- ☐ 請一個緊接著一個排隊，中間不要有空隙。 ➡ 間（あいだ）をあけないで並（なら）んでください。
- ☐ 巴士突然一陣搖晃，害我踩到了別人的腳。 ➡ 急（きゅう）にバスが揺（ゆ）れて人（ひと）の足（あし）を踏（ふ）んでしまった。
- ☐ 頭和手不准伸出巴士的車窗之外！ ➡ バスの窓（まど）から手（て）や顔（かお）を出（だ）すな。
- ☐ 有空位了，咱們坐吧！ ➡ 席（せき）が空（あ）いたよ。座（すわ）りな。
- ☐ 這輛巴士開得真慢哪，怎麼不開快一點呢？ ➡ 遅（おそ）いバスだな。速（はや）く走（はし）らないかな。
- ☐ 下雨天，巴士車廂裡分外擁擠。 ➡ 雨（あめ）の日（ひ）はバスが混（こ）みます。
- ☐ 沒什麼人搭巴士，車廂空空的，真是太好了呀！ ➡ バスがすいていてよかったですね。

- [ ] 東京的巴士由於交通壅塞，所以無法快速行駛。 ➡ 東京のバスは道が混んでいて早く走れない。
- [ ] 巴士左轉後停了下來。 ➡ バスは左に曲がって止まった。
- [ ] 如果來不及搭上巴士的話，就只好搭計程車前往囉。 ➡ バスに遅れたらタクシーで行かなくてはなりません。
- [ ] 摩托車跟在公車後面行駛。 ➡ バスの後をオートバイが走っていく。
- [ ] 在醫院門口下了巴士。 ➡ 病 院の前でバスを降りました。
- [ ] 我之前都是搭乘巴士上學。 ➡ バスで学校に通っていました。
- [ ] 在加快腳步之下，總算趕上巴士了。 ➡ 急いで歩いたのでバスに間に合った。
- [ ] 巴士被塞在車陣中動彈不得。 ➡ バスが渋滞に巻き込まれた。
- [ ] 等我長大以後，想當巴士司機。 ➡ 大きくなったらバスの運転手になりたい。
- [ ] 我在日本東北地區是搭巴士旅行的。 ➡ 東北地方をバスで旅行しました。

16／6 電車

CD157

- [ ] 請問一下。 ➡ あのう、ちょっと、伺いますが。
- [ ] 我想到新宿。 ➡ 新宿まで行きたいです。

□ 想去赤坂。	赤坂（あかさか）まで行（い）きたいです。
□ 請給我到名古屋的車票。	名古屋（なごや）までの乗車券（じょうしゃけん）をください。
□ 下一站是哪裡？	次（つぎ）の駅（えき）はどこですか。
□ 下一班電車幾點？	次（つぎ）の電車（でんしゃ）は何時（なんじ）ですか。
□ 秋葉原車站會停嗎？	秋葉原駅（あきはばらえき）にとまりますか。
□ 在品川車站換車嗎？	品川駅（しながわえき）で乗（の）り換（か）えますか。
□ 請在品川換車。	品川（しながわ）で乗（の）り換（か）えください。
□ 在哪裡換車？	どこで乗（の）り換（か）えますか。
□ 這輛電車往東京嗎？	この電車（でんしゃ）は、東京（とうきょう）に行（い）きますか。
□ 在哪裡下車好呢？	どこで降（お）りればいいですか。
□ 請問，往台場的是這個月台嗎？	すみません、お台場（だいば）はこのホームですか。
□ 往橫濱的電車是哪一輛？	横浜行（よこはまゆ）きの電車（でんしゃ）はどれですか。
□ 嗯…往橫濱的在一號月台。	ええと、横浜行（よこはまゆ）きは、１番（ばん）ホームです。
□ 請坐山手線到品川，然後轉搭東海道線。	山手線（やまのてせん）で、品川（しながわ）まで行（い）って、東海道線（とうかいどうせん）に乗（の）り換（か）えてください。

□ 到哪裡要花多少時間？ ➡ そこまでどのくらいかかりますか。

□ 我明白了，謝謝您！ ➡ わかりました。ありがとうございました。

16／7 電車真方便

CD201

□ 請問您手邊有沒有電車的時刻表呢？ ➡ 電車（でんしゃ）の時刻表（じこくひょう）を持（も）っていますか。

□ 麻煩您，我要買一張到東京的車票。 ➡ 東京駅（とうきょうえき）までの切符（きっぷ）をお願（ねが）いします。

□ 明天要搭首班電車到大阪。 ➡ 明日（あした）は始発（しはつ）で大阪（おおさか）まで行（い）きます。

□ 請問在哪一站下車比較方便呢？ ➡ どこで降（お）りたら便利（べんり）ですか。

□ 我在離開家門前，已先查過了電車的時刻表。 ➡ 家（いえ）を出（で）る前（まえ）に電車（でんしゃ）の時間（じかん）を調（しら）べておいた。

□ 從我家走到車站，需花十五分鐘。 ➡ うちから駅（えき）まで歩（ある）いて15分（ふん）かかる。

□ 從橫濱站搭新幹線到新瀉站下了車。 ➡ 横浜駅（よこはまえき）で新幹線（しんかんせん）に乗（の）って新潟駅（にいがたえき）で降（お）りました。

□ 我們要在哪裡會合呢？ ➡ どこに集（あつ）まりましょうか。

□ 在櫻木町站碰面吧。 ➡ 桜木町（さくらぎちょう）にしましょう。

□ 我是搭電車上學的。 ➡ 電車（でんしゃ）で学校（がっこう）へ通（かよ）っています。

☐	我們等車廂較空的電車來吧。	➡	すいた電車が来るまで待ちましょう。
☐	在東京車站裡，也有飯店和百貨公司。	➡	東京駅にはホテルやデパートもあります。
☐	新幹線比特急列車快，但比飛機慢。	➡	新幹線は特急より速いが飛行機より遅い。
☐	打掉舊站建築後，蓋了新的車站。	➡	古い駅を壊して新しい駅ができました。

16／8 搭電車的常識

CD201

☐	請問是不是一定要先預約車票，才能搭乘新幹線呢？	➡	新幹線は予約しないといけませんか。
☐	最好是買定期票比較便宜喔。	➡	定期券を買った方が安いですよ。
☐	這個時間的電車總是客滿的。	➡	この時間の電車はいつも満員です。
☐	停靠在第一月台，往福島的急行列車即將發車。	➡	1番線から福島行きの急行が出ます。
☐	往東京的最後一班電車即將到達第一月台。	➡	1番線に東京行きの最終電車が到着します。
☐	那個車站只有每站停靠的電車才會停。	➡	あの駅は各駅停車の電車しか止まりません。
☐	往岡山的列車，即將由第一月台發車。	➡	岡山行きの列車は1番ホームから出ます。
☐	停靠於這個車站的列車，每一班都會行駛到盛岡。	➡	この駅に止まる電車はどれも盛岡まで行きます。

急行列車不會停靠本站。	急行はこの駅に止まりません。
請問急行電車與特急電車，哪一種比較快呢？	急行と特急ではどっちが速いの？
我想要去銀座，請問該怎麼前往才好呢？	銀座へ行きたいのですが、どう行ったらいいですか。
最快的方式是從品川搭乘電車，然後在新橋換搭地下鐵。	品川から電車に乗って新橋で地下鉄に乗り換えるのが一番早いです。
與其搭巴士，不如搭電車比較快到目的地。	バスより電車で行った方が早くつきます。
在早上八點到九點的時段，電車車廂最為擁擠。	朝８時から９時まで電車が一番混んでいる。
新幹線在東京與大阪之間的車行時間是三小時。	新幹線は東京と大阪を３時間で走る。
一八七二年，日本才首度有火車行駛。	日本ではじめて汽車が走ったのは1872年のことです。

16／9 搭電車常見的規則及意外

CD201

一號車廂是禁菸車廂。	１号車は禁煙です。
不可將頭、手伸出電車的窗外。	電車の窓から手や顔を出してはいけません。
坐電車時，不可以雙腿大張。	電車の中で足を広げてはいけません。
一位男人正在電車裡，張大嘴巴地呼呼大睡。	電車の中で男の人が大きな口をあけて寝ています。

□	很多人都會把傘忘在電車上。	➡	電車の中に傘を忘れる人が多い。
□	電車已遲了十五分鐘。	➡	電車が15分遅れています。
□	由於大雪的緣故，電車晚了三十分鐘才抵達。	➡	雪のため電車は30分遅くついた。
□	您遇上了電車的事故，想必飽受驚嚇吧。	➡	電車の事故で大変だったでしょ。
□	由於交通壅塞而遲到了，真是非常抱歉。	➡	道が混んでいたので遅くなってすみません。
□	明明在大阪站就該下車，卻搭過站而坐到新大阪站去了。	➡	大阪で電車を降りなくてはいけないのに新大阪まで行ってしまいました。

16／10 地下鐵

CD202

□	我都搭地下鐵上班。	➡	▲会社まで地下鉄で通っています。 A:「タクシーは高いから地下鉄で行かない？」 ／搭計程車太貴了，要不要搭地下鐵去呢？ B:「ええ、そうしましょう。」 ／好啊，搭地下鐵吧。
□	搭乘地下鐵既快捷又安全。	➡	地下鉄は速くて安全です。
□	在三田站轉搭了地下鐵。	➡	三田駅で地下鉄に乗り換えた。
□	搭巴士太慢了，我們搭地下鐵去吧。	➡	バスは遅いから地下鉄で行きましょう。

□	搭地下鐵時無法看到窗外的風景，所以相當枯燥乏味。	➡	地下鉄は外が見えないから面白くない。
□	從澀谷搭地下鐵到新橋，大約是二十分鐘。	➡	渋谷から新橋まで地下鉄で20分ぐらいです。
□	今天早晨的地下鐵車廂極為擁擠。	➡	今朝の地下鉄はとても混んでいました。
□	如果要去那裡的話，從新宿搭地下鐵前往比較快。	➡	あそこなら新宿から地下鉄で行ったら速いです。
□	東京地下鐵的總長超過兩百公里。	➡	東京の地下鉄は200キロ以上あります。
□	千葉縣還沒有地下鐵。	➡	千葉にはまだ地下鉄がない。
□	新的地下鐵路線開通後，交通變得便利多了。	➡	新しい地下鉄ができて便利になりました。
□	請問這條地下鐵路線會通往梅田嗎？	➡	この地下鉄は梅田を通りますか。
□	沒有，不會開到那裡。	➡	いいえ、通りません。
□	如果要去梅田的話，請在本町轉搭御堂筋線。	➡	梅田へ行くなら本町で御堂筋線に乗り換えてください。

16／11 計程車

CD202

□	我們打電話叫計程車吧。	➡	電話でタクシーを呼びましょう。
□	我們一共有八個人，所以得叫兩輛計程車吧。	➡	８人だからタクシーは２台ね。

□ 大家都要去車站吧？	みんな駅まででしょう？
□ 請幫我叫一輛計程車。	タクシーを１台呼んでください。
□ 那麼，再多叫一輛吧。	じゃあ、もう１台呼びましょうか。
□ 立刻就招到了計程車。	すぐタクシーが見つかった。
□ 怎麼等了那麼久，還沒等到計程車呢？	タクシーがなかなか来ませんね。
□ 要不要走去車站那邊，試看看能不能招到計程車呢？	駅の方に行ってタクシーを探しましょうか。
□ 不好意思，我要到車站。	すみません。東京駅までお願いします。
□ 麻煩在下一個紅綠燈前停車。	次の信号の手前で止めてください。
□ 請在這裡停車。	ここで止めてください。
□ 請右轉。	右に曲がってください。
□ 請到王子飯店。	プリンスホテルまでお願いします。
□ 到那裡要花多少時間？	そこまでどれくらいかかりますか。
□ 路上塞車嗎？	道は混んでいますか。
□ 請向右轉。	右に曲がってください。

□	前面右轉。	➡	その先(さき)を右(みぎ)へ。
□	請在第三個轉角左轉。	➡	三(みっ)つ目(め)の角(かど)を左(ひだり)へ曲(ま)がってください。
□	請直走。	➡	まっすぐ行(い)ってください。
□	請在那裡停車。	➡	そこで止(と)めてください。
□	假如就在附近的話，那就走路過去；可是距離有點遠，所以搭計程車去吧。	➡	近(ちか)くなら歩(ある)いていくんだけど、ちょっと遠(とお)いからタクシーに乗(の)りましょう。
□	如果只是多一個人的話，那就還擠得下。	➡	あと一人(ひとり)だけなら入(はい)れる。
□	您看到有很多輛計程車在排班的地方吧？那裡就是車站。	➡	タクシーがたくさん並(なら)んでいるでしょう？あそこが駅(えき)です。
□	計程車以飛快的速度疾奔而去。	➡	タクシーがすごい速(はや)さで走(はし)っていった。
□	由於有不少重物，所以搭乘了計程車運送。	➡	重(おも)い荷物(にもつ)があったのでタクシーに乗(の)りました。
□	我們不要搭計程車，改搭電車前往吧。	➡	タクシーは使(つか)わないで電車(でんしゃ)で行(い)きましょう。
□	下計程車時，把手提包忘在車上。	➡	タクシーを降(お)りるときにかばんを忘(わす)れてしまいました。
□	從下個月起，計程車的車資要漲價。	➡	来月(らいげつ)からタクシー代(だい)が上(あ)がります。

16／12 機場內

CD203

□ 我已經預約了前往巴黎的機票。	パリ行きのチケットを予約しました。
□ 我已經確認過機位了。	チケットはもうコンファームしました。
□ 終於買到了特別優惠的機票。	格安チケットを手に入れることができた。
□ 我買了票期一年的機票。	1年オープンのチケットを買いました。
□ 必須在起飛前兩小時辦理報到手續才行。	出発の2時間前までにチェックインしないといけません。
□ 機艙手提行李限重七公斤。	機内持ち込みの荷物は7キロまでです。
□ 這件行李很重，想要託運。	この荷物は重たいので預けます。
□ JAL777號班機，現在開始登機。	ＪＡＬ７７７便は、ただ今より搭乗を開始いたします。
□ 在香港轉機。	香港で飛行機を乗り換えます。
□ 由於機場濃霧導致航班延誤。	濃霧のせいで出発が遅れました。
□ 我還沒有搭過飛機，想要搭一次看看。	飛行機にまだ乗ったことがないので一度乗ってみたいです。
□ 從休士頓到紐約，搭飛機要花兩個小時。	ヒューストンからニューヨークまで飛行機で2時間かかります。

16／13 搭飛機、船

🔊 CD203

□ 在飛機裡很難熟睡。	飛行機の中ではよく眠れない。
□ 從大阪到上海有直航的班機。	大阪から上海まで直行便がある。
□ 即使是在夜裡或是雨中，飛機都能安全飛行。	飛行機は夜でも雨の中でも安全に飛べます。
□ 飛機左搖右晃地，恐怖極了。	飛行機がゆれて怖かった。
□ 我把提袋忘在飛機上了。	飛行機の中にバッグを忘れた。
□ 飛機從上空呼嘯而過後，才傳來了巨大的噪音聲響。	飛行機が通り過ぎたあとに大きな音が聞こえた。
□ 駛離碼頭的船隻漸行漸遠。	港を出た船が小さくなっていった。
□ 快要趕不上飛機啦！走快點！	飛行機に遅れそうだ。急ごう。
□ 搭船去澳洲必須航行七天。	オーストラリアまで船で七日かかる。
□ 假如要去遙遠的地方，與其開車不如搭飛機，費用比較便宜。	遠くへ行くのなら自動車より飛行機の方が安い。
□ 汽艇飛快地劃過湖面。	湖をモーターボートが飛ぶように走っていく。

16／14 騎腳踏車

🔊 CD203

□ 我推著壞掉的腳踏車前進。	壊れた自転車を押していった。

□ 只要多加練習，任何人都會騎自行車。	練習すれば誰でも自転車に乗れます。
□ 我把自行車停放在超市門口，卻被人偷走了。	自転車をスーパーの前に止めておいたら、誰かに盗まれてしまった。
□ 您有把腳踏車上鎖嗎？	自転車に鍵をかけましたか。
□ 這裡可是人行道耶，快點跳下腳踏車用牽的！	ここは人が歩く道だよ。自転車から降りなさい。
□ 由於很疲憊，所以牽自行車步行。	疲れたので自転車を押していきました。
□ 因為路上沒什麼人車通行，所以能夠開／騎／跑得很快。	道がすいていたので速く走れた。
□ 有自行車要超車喔，往右轉！	自転車が通るよ。右に曲がれ！
□ 我騎自行車去買了東西。	自転車で買い物に行きました。
□ 我騎腳踏車去上學。	学校まで自転車で通っています。

16／15 租車子

CD204

□ 我想租車。	車を借りたいです。
□ 我要小型車。	小型の車がいいです。
□ 我想租那一部車。	あちらの車を借りたいです。

- □ 押金多少？ ➡ 保証金（ほしょうきん）はいくらですか。
- □ 有保險嗎？ ➡ 保険（ほけん）はついていますか。
- □ 一天租金多少？ ➡ 1日（にち）いくらですか。
- □ 傍晚還車。 ➡ 夕方（ゆうがた）に返（かえ）します。
- □ 車子故障了。 ➡ 車（くるま）が故障（こしょう）しました。
- □ 這台車還你。 ➡ この車（くるま）を返（かえ）します。
- □ 我要還車。 ➡ 車（くるま）を返却（へんきゃく）します。

16／16 開車與行車守則

CD204

- □ 汽車開上了馬路。 ➡ 自動車（じどうしゃ）が道路（どうろ）に出（で）た。
- □ 我想要開車前往遙遠的地方。 ➡ ▲自動車（じどうしゃ）に乗（の）ってどこか遠（とお）いところへ行（い）きたい。

  A：「駅（えき）まで乗（の）せていってくれない？」
  ／請載我到車站好嗎？

  B：「ええ、いいですよ。」
  ／嗯，可以啊。
- □ 車輛發出的聲音一點也不吵雜刺耳。 ➡ 車（くるま）の音（おと）など少（すこ）しもうるさくないです。

□ 假如要選汽車的話，挑日本廠牌的比較好。	自動車なら日本のものがいい。
□ 家兄教我開汽車。	兄から自動車の運転を習っています。
□ 駕駛卡車不是件容易的事。	トラックを運転するのは簡単ではない。
□ 日本的汽車不僅設計精良，而且經久耐用。	日本の自動車はデザインがいいし、壊れない。
□ 我的哥哥在一場車禍中過世了。	兄は自動車事故で死にました。
□ 您真有錢哪！又買了一輛新車喔？	お金持ちですねえ！また新しい自動車を買ったんですか。
□ 我擁有三輛汽車。	自動車を３台持っている。
□ 如果開太快的話，很危險喔！	急いで走ると危ないですよ。
□ 像那樣突然轉彎，真是太危險了耶！	危ないなあ。あんなに急に曲がって。
□ 不可以在狹窄的巷弄裡高速行駛。	せまい道でスピードを上げてはいけない。
□ 絕不可酒後開車。	酒を飲んで自動車を運転してはいけない。
□ 下一個轉彎處不能往左轉。	次の角は左に曲がれない。
□ 汽車不得停在醫院門前。	病 院の前では自動車を止められません。
□ 我們開慢一點，以免發生交通意外。	事故を起こさないようにゆっくり走りましょう。

迷路了

CD204

□	我迷路了。	道(みち)に迷(まよ)いました。
□	請告訴我車站怎麼走？	駅(えき)への道(みち)を教(おし)えてください。
□	車站遠嗎？	駅(えき)は遠(とお)いですか。
□	對不起，可以請教一下嗎？	すみませんが、ちょっと教(おし)えてください。
□	上野車站在哪裡？	上野駅(うえのえき)はどこですか。
□	新宿要怎麼走呢？	新宿(しんじゅく)は、どう行(い)けばいいですか。
□	南邊是哪一邊？	南(みなみ)はどちらですか。
□	請沿這條路直走。	この道(みち)をまっすぐ行(い)ってください。
□	請在下一個紅綠燈右轉。	次(つぎ)の信号(しんごう)を右(みぎ)に曲(ま)がってください。
□	上野車站在左邊。	上野駅(うえのえき)は左側(ひだりがわ)にあります。

補充單字

車（くるま） 車子，汽車	自動車（じどうしゃ） 車，汽車	電車（でんしゃ） 電車
地下鉄（ちかてつ） 地下鐵	タクシー 計程車	オートバイ 摩托車
自転車（じてんしゃ） 腳踏車	バス 巴士	トラック 貨車
消防車（しょうぼうしゃ） 消防車	救急車（きゅうきゅうしゃ） 救護車	飛行機（ひこうき） 飛機
ヘリコプター 直昇機	ロケット 火箭	船（ふね） 船
東（ひがし） 東邊，東方	西（にし） 西邊，西方	南（みなみ） 南邊，南方
北（きた） 北邊，北方	道（みち） 道路	道路（どうろ） 道路
信号（機）（しんごうき） 紅綠燈		

Chapter 17

打電話、到郵局、銀行、圖書館

CD205

講電話的時候，由於看不到對方的表情、動作，所以記得説話要清楚、緩慢。中途停頓一下，讓對方反應或記錄。還有切忌説「わかりましたか？」（你懂嗎？）這類直接但讓人感到不親切的話喔！

17／1 電話

1. 喂，我這裡是東京銀行，請問是朝日新聞社嗎？
   もしもし、こちらは東京銀行（とうきょうぎんこう）ですが、朝日新聞社（あさひしんぶんしゃ）ですか。

2. 是的，您好。
   はい、そうです。

3. 電話響了啦！誰去接一下吧！
   電話（でんわ）だ！誰（だれ）か出（で）て！

4. 老公，山田先生打電話找你喔。
   あなた、山田（やまだ）さんから電話（でんわ）ですよ。

♥ 小知識

對方在說話的時候，要隨時附和回應，如果您一昧保持沈默，對方會以為您不感興趣喔。

5 我現在正忙著，等一下再回電話。

今忙しいのであとで電話します。

6 這通電話講得真久哪，已經講了一個小時。

長い電話だなあ、もう１時間も話してる。

7 假如能接到您的回電，真是不勝感激。

お電話などをいただけるとうれしいです。

8 如果你要打電話過來，麻煩請在晚上來電。

電話をくれるなら夜にお願いします。

9 有沒有人打過電話來找我呢？

私に誰かから電話がなかった？

10 經理打過電話找你唷，最好立刻回電喔。

部長からありましたよ。すぐ電話した方がいいですよ。

11
等我到達橫濱以後，再打電話給你。
横浜についたら電話をします。

12
請在今晚九點左右撥電話給我。
今晚９時ごろ電話をください。

13
無論我打過多少次，對方的電話依然是通話中。
何回電話をかけても話し中だ。

14
我現在正在洗澡，沒辦法接聽電話。
今お風呂に入っているので電話に出られません。

15
電話話筒傳出的聲音很小，請稍微提高聲量說話。
電話が遠いのでもう少し大きな声で話してください。

16
什麼嘛！電話說到一半竟然斷線了。
変だな。途中で電話が切れちゃった。

17
由於發生了意外事故，電話變得很難打通。
事故のため電話がかかりにくくなっています。

♥ 小知識

通話結束時，日本人一般說「失礼します」來代替「さようなら」（再見）。如果是在晚上，習慣說「お休みなさい」（晚安）。還有一點很重要喔！講完之後，切忌馬上放下話機，停一下確認對方也準備放下話機，再輕輕掛上電話！

17／2 打電話

CD205

□ 您好！是田中老師的家嗎？	もしもし、田中先生(たなかせんせい)のお宅(たく)ですか。
□ 敝姓李。	李(りー)と申(もう)しますが。
□ 高橋小姐在嗎？	高橋(たかはし)さん、いらっしゃいますか。
□ 麻煩接高橋小姐。	高橋(たかはし)さん、お願(ねが)いします。
□ 啊！是高橋小姐嗎？我是小李。	あ、高橋(たかはし)さんですか。李(りー)です。
□ 好久不見。	ご無沙汰(ぶさた)しております。
□ 他人什麼時候回來呢？	いつごろお戻(もど)りでしょうか。
□ 那麼，我再打電話。	じゃ、またお電話(でんわ)します。
□ 那麼，麻煩幫我留言。	では、伝言(でんごん)をお願(ねが)いします。
□ 請轉達我有打電話給他。	電話(でんわ)があったとお伝(つた)えください。
□ 那麼，再見。	では、失礼(しつれい)します。

17／3 接電話

CD205

□ 您好！我姓王。	もしもし、王(おう)でございます。

□ 您是哪位？ ➡ どちら様でしょうか。

□ 是的，請稍等一下。 ➡ はい、少々お待ちください。

□ 石田小姐，現在不在喔。 ➡ 石田さんは、今いませんが。

□ 石田外出了。 ➡ 石田は、外出しているんですが。

□ 我想他兩小時左右就回來。 ➡ あと２時間ぐらいで戻ると思いますが。

□ 讓他回您電話好嗎？ ➡ こちらからお電話いたしましょうか。

□ 請問您的電話號碼？ ➡ お電話番号をお願いします。

□ 那麼，再見。 ➡ では、失礼します。

17／4 郵局、銀行

CD205

□ 郵局的營業時間是從九點到五點。 ➡ 郵便局は９時から５時まで開いています。

□ 郵寄費寫在這裡。 ➡ 郵便料金はここに書いてあります。

□ 全日本到處都有郵局。 ➡ 郵便局は日本中どこでもあります。

□ 郵寄費會隨著重量跟尺寸不同而有差異。 ➡ 重量やサイズによって郵便料金が異なります。

□ 郵局於星期六、日均不營業。 ➡ 土曜日と日曜日は郵便局は休みです。

□ 家兄曾在郵局工作。 ➡ 兄は郵便局に勤めていました。

□ 我在郵局裡有八萬圓的存款。 ➡ 郵便局に８万円預けています。

□ 我想寄到台灣。以航空方式寄送，三天就會到；以水陸方式寄送，則需耗時一個月左右。 ➡ 台湾まで送るのに飛行機だと三日でつくが、船だと１ヶ月ぐらいかかる。

□ 我每個月都寄十萬圓給正在岡山念大學的女兒。 ➡ 岡山の大学に行っている娘に毎月10万円送っています。

□ 銀行的營業時間是從早上九點到下午三點。 ➡ 銀行は朝９時から午後３時まで開いています。

□ 為了買房子，我向銀行貸款了兩千萬圓。 ➡ 家を買うために銀行から2,000万円借りた。

□ 我去銀行領了三萬圓。 ➡ 銀行で３万円下ろしました。

□ 公司發的薪水都存入銀行帳戶裡。 ➡ 会社からもらった給料は銀行に預けます。

□ 就兌換匯率而言，日圓較美元便宜。 ➡ ドルに比べて円が安い。

□ 麻煩您把這些錢換成美金。 ➡ この金をドルに替えてください。

17／5 銀行開戶

CD206

□ 我想開戶。 ➡ 口座を開きたいんですが。

□	請您抽號碼牌。	➡	番号(ばんごう)カードを引(ひ)いてください。
□	請在那裡稍候。	➡	あちらで少(すこ)しお待(ま)ちください。
□	八號的客人，讓您久等了。	➡	8番(ばん)の方(かた)、お待(ま)たせしました。
□	請填寫這張申請表。	➡	この用紙(ようし)にお書(か)きください。
□	您要存多少錢？	➡	ご入金(にゅうきん)はおいくらでしょうか。
□	您要使用金融卡嗎？	➡	カードはお使(つか)いになりますか。
□	請在這裡填上4位數的密碼。	➡	こちらに暗証番号(あんしょうばんごう)4桁(けた)を書(か)いてください。
□	這樣可以嗎？	➡	これでいいですか。
□	請借我印章。	➡	印鑑(いんかん)をお貸(か)しください。
□	金融卡會在一星期左右，郵寄給您。	➡	カードは1週間(しゅうかん)ぐらいで、郵送(ゆうそう)します。
□	對不起，可以教我一下嗎？	➡	すみません。ちょっと教(おし)えてください。
□	我想把美金換成日幣。	➡	ドルを円(えん)に換(か)えたいんですが。
□	我想換錢。	➡	お金(かね)を換(か)えたいんですが。
□	我想匯錢。	➡	お金(かね)を送(おく)りたいんですが。

□	我想匯錢到帳戶裡。	➡	口座に振込みたいんです。
□	要匯多少錢？	➡	いくら送りますか。
□	那麼，請填寫這份匯款單。	➡	では、この依頼書にお書きください。

17／6 信件與明信片（一）

CD206

□	可以幫我把這封信拿去郵局投遞嗎？	➡	この手紙を郵便局に出してきてくれない？
□	嗯，沒問題呀。	➡	ええ、いいですよ。
□	我時常寫信告知家母這邊的狀況。	➡	時々母に手紙を書いてこちらの様子を知らせています。
□	都已經寄信給他了，卻不曉得為什麼沒有收到回音。	➡	彼に手紙を送ったのになぜか返事がない。
□	小學時曾教過我的老師寄了信來。	➡	小学校で習った先生から手紙が来た。
□	我想要寄出這封信，請幫我跑一趟郵局，好嗎？	➡	この手紙を送りたいんだけど郵便局まで行ってくれない？
□	我寄送電子郵件代替實體郵件。	➡	手紙の代わりにメールを送ります。
□	山田先生寄了信來。	➡	山田さんから手紙が来ました。
□	由於寫錯地址，因而導致信件無法送達。	➡	住所が間違っていて手紙が届かなかった。

□ 麻煩把這封信投遞到郵筒裡，好嗎？	➡	ポストにこの手紙を出してきてくれない？
□ 在收到這封信後，敬請立刻回覆。	➡	この手紙を受け取ったらすぐに返事をください。
□ 我想要把這封信寄到台灣，請問郵資是多少錢呢？	➡	この手紙、台湾へ送りたいんですがいくらですか。
□ 一百三十日圓。	➡	130円です。
□ 絕對不可擅自拆閱他人的信件。	➡	絶対に人の手紙を開けてはいけません。
□ 以信件寄送了出席的回覆。	➡	出 席を手紙で知らせた。
□ 忘了在信封上黏貼郵票就寄出去了。	➡	手紙に切手を貼るのを忘れて出しちゃった。
□ 這年頭與其寄信，不如寄電子郵件來得方便。	➡	今は手紙よりメールの方が便利です。
□ 最近已經很少提筆寫信了。	➡	最近手紙を書くことが少なくなりました。
□ 假如是要親筆致謝，與其寄明信片，不如寄信函來得有禮貌。	➡	お礼を書くならはがきよりも手紙にした方が丁寧です。

17／7 信件與明信片（二）

CD206

□ 妹妹寄了明信片給我，上面寫著媽媽一切安好。	➡	母が元気だというはがきが妹から届いた。
□ 我每星期會寄一張明信片給家人。	➡	1週間に一度は家族にはがきを出します。

□ 我在明信片上寫錯地址，結果被退回來了。	住所(じゅうしょ)を間違(まちが)って書(か)いたはがきが戻(もど)ってきた。
□ 麻煩給我十張明信片以及五張八十圓的郵票。	はがき10枚(まい)と80円切手(えんきって)を5枚(まい)ください。
□ 寄送到世界各地的明信片郵資一律是七十圓。	はがきは世界中(せかいじゅう)どこへでも70円(えん)で送(おく)れる。
□ 寄了明信片告知已經安抵東京。	東京(とうきょう)に着(つ)いたことをはがきで知(し)らせた。
□ 把信紙裝入信封裡。	封筒(ふうとう)に手紙(てがみ)を入(い)れた。
□ 一定要在信封上書寫姓名與地址，並且貼妥郵票。	封筒(ふうとう)に住所(じゅうしょ)と名前(なまえ)を書(か)いて切手(きって)を貼(は)らなくてはなりません。
□ 請秤一下這封信的重量。	封筒(ふうとう)の重(おも)さを量(はか)ってください。
□ 我要去把信投入郵筒。	封筒(ふうとう)をポストへ入(い)れてきます。
□ 信件根據其重量以及寄送的國家，而有不同的郵資。	封筒(ふうとう)は重(おも)さや国(くに)によって料金(りょうきん)が変(か)わります。
□ 絕不可擅自拆開別人的郵件。	人(ひと)の封筒(ふうとう)を絶対(ぜったい)に開(あ)けてはいけません。
□ 拿剪刀剪開了信封。	はさみで封筒(ふうとう)を開(あ)けた。

17／8 寄信

CD207

□ 我要郵票。	切手(きって)をください。

- □ 麻煩80日圓郵票3張。 ➡ 80円切手3枚お願いします。
- □ 沒有130日圓郵票。 ➡ 130円の切手はありません。
- □ 我要寄航空。 ➡ 航空便でお願いします。
- □ 到台灣航空要多少錢？ ➡ 台湾まで航空便でいくらですか。
- □ 您要寄限時掛號是吧！ ➡ 書留速達ですね。
- □ 我量一下。 ➡ ちょっと量ります。
- □ 請填上郵遞區號。 ➡ 郵便番号を書いてください。
- □ 這封信請放進外面的郵筒。 ➡ この手紙は外のポストに入れてください。
- □ 全部480日圓。 ➡ 全部で480円です。
- □ 找您150日圓。 ➡ 150円のおつりです。

17／9 寄包裹、付水電費

CD207

- □ 這裡請寫上物品的名稱。 ➡ ここに品物の名前を書いてください。
- □ 裡面是什麼？ ➡ 中身は何ですか。

	中文	日文
□	裡面是書。	中身(なかみ)は本(ほん)です。
□	裡面有沒有信？	手紙(てがみ)は入(はい)っていませんか。
□	挺重的嘛！	重(おも)いですね。
□	請分成兩個包裹。	二(ふた)つに分(わ)けてください。
□	小包重量最多到10公斤。	小包(こづつみ)は10キロまでです。
□	找您150日圓。	150円(えん)のおつりです。
□	這是收據。	こちらは控(ひか)えです。
□	這是收據。	こちらは領収書(りょうしゅうしょ)です。
□	我要付電費。	電気料金(でんきりょうきん)を支払(しはら)いたいのですが。

17／10 外國人登記

CD207

	中文	日文
□	請問，辦理外國人登記手續在哪裡？	あのう、外国人登録(がいこくじんとうろく)はどこですか。
□	我想辦理外國人登記手續。	外国人登録(がいこくじんとうろく)をしたいのですが。
□	麻煩，我要申報遷出的表格。	すみません、転出届(てんしゅつとど)けの用紙(ようし)をください。

□	您哪國人？	➡	どちらの方(かた)ですか。
□	需要三張照片。	➡	写真(しゃしん)が３枚(まい)必要(ひつよう)です。
□	手續費要多少？	➡	代金(だいきん)はおいくらですか。
□	請在5號支付。	➡	５番(ばん)で払(はら)ってください。
□	證明書也在5號領取。	➡	証明書(しょうめいしょ)も５番(ばん)で渡(わた)します。
□	這是您要的證明書。	➡	じゃ、これ証明書(しょうめいしょ)です。
□	那麼，做好後會寄給你。	➡	では、あとで郵送(ゆうそう)します。

17／11 辦理健保卡

CD207

□	我想加入國民健康保險。	➡	国民保険(こくみんほけん)に入(はい)りたいのですが。
□	請在區公所辦理手續。	➡	区役所(くやくしょ)で手続(てつづ)きをしてください。
□	請在區公所辦理。	➡	区役所(くやくしょ)で申請(しんせい)してください。
□	請填寫這個表格。	➡	この用紙(ようし)に記入(きにゅう)してください。
□	保險費會因收入多寡而不同。	➡	保険料(ほけんりょう)は収入(しゅうにゅう)によって違(ちが)います。

- □ 那你生活費怎麼來的？ ➡ 生活費（せいかつひ）はどうしていますか。
- □ 我沒有收入。 ➡ 収入（しゅうにゅう）はありません。
- □ 我父母寄來的。 ➡ 親（おや）からの仕送（しおく）りです。
- □ 保險證也可以代替其他身份證件。 ➡ 保険証（ほけんしょう）は身分証明書（みぶんしょうめいしょ）としても使（つか）えます。

17／12 圖書館

CD207

- □ 叫什麼書呢？ ➡ なんという本（ほん）ですか。
- □ 叫「向日葵」。 ➡ 『ひまわり』といいます。
- □ 有叫「美味日本語」的書嗎？ ➡ 『おいしい日本語（にほんご）』という本（ほん）、ありますか。
- □ 我想要做圖書借閱卡。 ➡ 貸（か）し出（だ）しカードを作（つく）りたいんですが。
- □ 好的。請給我您的身份證。 ➡ はい。身分証明書（みぶんしょうめいしょ）を見（み）せてください。
- □ 請這裡填寫您的姓名等。 ➡ ここに名前（なまえ）などを書（か）いてください。
- □ 好的，這是圖書借閱卡。 ➡ はい。これが貸（か）し出（だ）しカードです。
- □ 想借閱的圖書請在那個電腦查詢。 ➡ 借（か）りたい本（ほん）はそちらのコンピューターで探（さが）してください。

□ 也可以借CD跟錄影帶。 ➡ ＣＤやビデオを借りることもできます。

□ 那本書被別人借走了。 ➡ その本は、今ほかの人が借りています。

□ 還回來了，請通知我。 ➡ 戻ってきたら、知らせてください。

17／13 便利的圖書館

CD207

□ 由於考試已近，每天都窩在圖書館裡用功。 ➡ ▲試験が近いので毎日図書館で勉強します。

A：「図書館で勉強しない？」
／要不要一起去圖書館裡讀書呀？

B：「図書館は静かでいいですね。」
／圖書館裡非常安靜，挺適合讀書的唷。

□ 我去圖書館查閱了日本的歷史。 ➡ 図書館で日本の歴史を調べました。

□ 圖書館從早上九點一直開到晚上八點。 ➡ 図書館は朝９時から夜８時まで開いています。

□ 星期一是圖書館的休館日。 ➡ 月曜日は図書館は休みだ。

□ 我們社區的圖書館，每次最多可以借閱五本書。 ➡ 私の町の図書館では１回５冊まで貸してくれる。

□ 向圖書館借閱的書，非得在兩週內歸還不可。 ➡ 図書館から借りた本は２週間以内に返さなくてはなりません。

□ 這間圖書館有十五萬冊藏書。 ➡ この図書館には15万冊の本があります。

中文	日文
□ 我家附近沒有圖書館，非常不方便。	家(いえ)の近(ちか)くに図書館(としょかん)がないのでとても不便(ふべん)です。

17／14 圖書館借還書須知

CD208

中文	日文
□ 不好意思，我想要借書…。	あのう、本(ほん)を借(か)りたいんですが……。
□ 不好意思，我想要申請圖書館的借書證…。	あのう、図書館(としょかん)のカード作(つく)りたいんですが……。
□ 請問您是第一次來這裡嗎？	こちらのご利用(りよう)は初(はじ)めてですか。
□ 請問可以用外國人登錄證作為身分證明文件嗎？	身分証明書(みぶんしょうめいしょ)は、外国人登録証(がいこくじんとうろくしょう)でも大丈夫(だいじょうぶ)ですか。
□ 請問每一次至多可以借閱多少本書呢？	1回(かい)に何冊(なんさつ)まで借(か)りることができますか。
□ 請問大約可以借閱多久呢？	どのくらいの期間(きかん)借(か)りられますか。
□ 請在二月二十號之前歸還。	2月20日(がつはつか)までにご返却(へんきゃく)ください。
□ 不好意思，請問是不是在這裡還書呢？	すみません。返却(へんきゃく)はこちらですか。
□ 請問可以預約借書嗎？	本(ほん)の予約(よやく)ってできますか。

☐ 您借閱的圖書請在七號之前歸還。 ➡ ▲借(か)りた本(ほん)は七日(なのか)までに返(かえ)してください。

A：「この本(ほん)、いつ返(かえ)せばいいですか。」

／請問我該什麼時候還這本書呢？

B：「来週(らいしゅう)までなら待(ま)てます。」

／我最多可以借你到下星期。

☐ 請在後天之前還我。 ➡ あさってまでに返(かえ)してください。

☐ 書店早上九點開門，晚上八點關門。 ➡ 本屋(ほんや)を朝(あさ)9時(じ)にあけて夜(よる)8時(じ)に閉(し)める。

17／15 公共澡堂

CD208

☐ 淋浴跟泡澡，你喜歡哪種？ ➡ シャワーとお風呂(ふろ)とどちらが好(す)きですか。

☐ 比較喜歡泡澡。 ➡ お風呂(ふろ)のほうが好(す)きです。

☐ 家裡沒有浴室。 ➡ 家(いえ)に風呂(ふろ)がありません。

☐ 家裡只有淋浴。 ➡ 家(いえ)にシャワーしかありません。

☐ 每天去公共澡堂。 ➡ 毎日(まいにち)銭湯(せんとう)へ行(い)きます。

☐ 你有去過公共澡堂嗎？ ➡ 銭湯(せんとう)へ行(い)ったことがありますか。

☐ 不，沒有。 ➡ いいえ、ありません。

□ 去公共澡堂時，會帶毛巾。	➡ 銭湯（せんとう）へ行（い）くとき、タオルを持（も）っていきます。
□ 一起去公共澡堂如何？	➡ いっしょに銭湯（せんとう）へ行（い）きませんか。
□ 日本人真喜歡泡澡呢。	➡ 日本人（にほんじん）はお風呂（ふろ）が好（す）きですね。
□ 公共澡堂有大浴場。	➡ 銭湯（せんとう）には大浴場（だいよくじょう）があります。
□ 那裡也有投幣式洗衣店。	➡ あそこにコインランドリーもありますよ。
□ 鞋子放進這裡。	➡ 靴（くつ）はここに入（い）れてください。
□ 在櫃臺付洗澡費。	➡ 番台（ばんだい）で入浴料（にゅうよくりょう）を払（はら）います。
□ 費用是390日圓。	➡ 料金（りょうきん）は390円（えん）です。
□ 脫下的衣服放進寄物櫃。	➡ 脱（ぬ）いだ物（もの）をロッカーに入（い）れます。
□ 真是又明亮又寬敞的公共澡堂。	➡ 明（あか）るくて広（ひろ）い銭湯（せんとう）ですね。
□ 好像洗溫泉。	➡ 温泉（おんせん）みたいです。
□ 啊！好棒的湯喔！	➡ あ、いいお湯（ゆ）ですね。
□ 真舒服！	➡ 気持（きも）ちいい！

17／16 節約

CD208

☐	請別忘了隨手關緊水龍頭。	➡	水を出しっぱなしにしないでください。
☐	離開前請務必關燈。	➡	必ず電気を消してから出かけます。
☐	如果沒在看電視的話請關掉。	➡	見ていないなら、テレビを消しなさい。
☐	盡可能自己開伙。	➡	できるだけ自炊するようにしています。
☐	最近外食的次數減少了。	➡	最近、外食の回数が減りました。
☐	如果氣溫沒有超過三十度，就不開冷氣。	➡	30度以上にならないと、クーラーはつけません。
☐	將每個月的飲食支出，控制在三萬日圓以下。	➡	食費は一月3万円以下に抑えています。
☐	和方向相同的朋友共乘一輛計程車回家了。	➡	同じ方向の友人と、タクシーを相乗りして帰りました。
☐	這件連身洋裝是我姊姊淘汰不要的。	➡	このワンピースはお姉ちゃんのお下がりです。
☐	東京的生活費好高。	➡	東京は生活費が高いです。

17／17 志工活動

CD208

☐	您曾經捐過血嗎？	➡	献血をしたことがありますか。
☐	為了交通事故而失去雙親的孤兒募款。	➡	交通事故遺児のために募金しました。

□ 有沒有讓我也能提供一份心力的志工活動呢？	➡	私（わたし）にもできるボランティア活動（かつどう）がありますか。
□ 我曾經在運動大賽裡擔任過口譯志工。	➡	スポーツ大会（たいかい）で、通訳（つうやく）ボランティアをしたことがあります。
□ 大批志工趕到了地震的災區。	➡	地震（じしん）の被災地（ひさいち）に大勢（おおぜい）のボランティアが駆（か）けつけた。
□ 去海邊揀拾了垃圾。	➡	海岸（かいがん）のゴミ拾（ひろ）いをしました。
□ 明天，地方上的義工會趕來一起打掃河川。	➡	明日（あした）、地区（ちく）の有志（ゆうし）が集（あつ）まって川掃除（かわそうじ）をします。
□ 父親是教導外國人日語的義工。	➡	父（ちち）はボランティアで外国人（がいこくじん）に日本語（にほんご）を教（おし）えています。
□ 那位爺爺常自動自發地清掃整理公園。	➡	あのおじいさんは自主的（じしゅてき）に公園（こうえん）の掃除（そうじ）をしている。
□ 隔壁的阿姨常積極主動打掃寺院。	➡	隣（となり）のおばさんは自分（じぶん）から進（すす）んでお寺（てら）の掃除（そうじ）をしています。

補充單字

- 郵便局（ゆうびんきょく）　郵局
- 手紙（てがみ）　信・書信
- はがき　明信片
- 図書館（としょかん）　圖書館

Chapter 18 生活問題

🔊 CD209

遇到犯罪、被盜、交通事故馬上打「110」報警專線。順序是：1.被盜還是交通事故，有沒有人受傷，首先簡單説明狀況；2.説明自己的姓名、地址；3.説明附近明顯的標的物，方便巡邏車立即找到地方。最重要的就是要冷靜！

18／1 出差錯（一）

1. 沒趕上電車。

電車（でんしゃ）に乗（の）り遅（おく）れました。

2. 好像把錢包掉在什麼地方了。

どこかで財布（さいふ）を落（お）としてしまったようです。

3. 將傘忘在巴士上沒帶下來。

傘（かさ）をバスに置（お）き忘（わす）れました。

4. 匆匆忙忙地連錢包也沒帶，就離開家門了。

慌（あわ）てていて、財布（さいふ）を持（も）たずに、家（いえ）を出（で）てしまいました。

5
似乎漏看了伊藤先生寄來的電子郵件。
伊藤(いとう)さんからのメールを見落(みお)としていたようです。

6
忘了買沐浴乳。
ボディーソープを買(か)い忘(わす)れた。

7
蛋糕烤壞了。
ケーキを焼(や)き損(そこ)ねました。

8
手被菜刀切到了。
包丁(ほうちょう)で手(て)を切(き)ってしまった。

9
完全忘了要聯絡鈴木小姐。
鈴木(すずき)さんに連絡(れんらく)するのをすっかり忘(わす)れていました。

10
坐電車時粗心大意而錯過站了。
うっかり電車(でんしゃ)を乗(の)り過(す)ごしてしまった。

18/2 出差錯（二）

CD209

- □ 這是我的過錯。 ➡ 私の間違いでした。
- □ 對不起，我打錯電話了。 ➡ すみません、電話番号をかけ間違いました。
- □ 您誤會了。 ➡ 誤解していました。
- □ 對不起，是我誤解了。 ➡ すみません、私の勘違いでした。
- □ 我一直以為是星期二。 ➡ すっかり火曜日だと思い込んでいました。
- □ 這不是你的錯。 ➡ あなたのせいじゃありません。
- □ 那件事全是因我的失誤而造成的。 ➡ あれはすべて私のミスです。
- □ 我該負起過失的責任。 ➡ ミスの責任は私にあります。
- □ 方才提送的報告裡面有一個錯誤。 ➡ 先ほど提出したレポートに１箇所誤りがあります。
- □ 作者的姓名被誤繕了。 ➡ 作者の名前を打ち間違えました。

18/3 事故

CD209

- □ 曾經差點在海裡溺水。 ➡ 海でおぼれそうになったことがある。
- □ 只要天氣變熱，就會發生更多溺水事件。 ➡ 暑くなると、水難事故の発生が増える。

□ 接到了工廠發生爆炸事故的通知。	→	工場で爆発事故が起きたという連絡がきた。
□ 差點遇到了山難。	→	山で遭難しかけました。
□ 不可以突然衝到路上，太危險了！	→	危ないから、飛び出してはいけません。
□ 竟對紅燈視而不見，逕行開車衝了過來。	→	赤信号を無視して、車が突っ込んできました。
□ 兩輛轎車正面對撞了。	→	乗用車同士が正面衝突した。
□ 轎車撞上了電線桿。	→	電信柱に乗用車がぶつかりました。
□ 高速公路上發生了連環追撞事故。	→	高速道路で、玉突き事故が発生しました。
□ 現在仍舊深受交通事故造成的後遺症所苦。	→	今でも交通事故の後遺症に苦しんでいます。

18／4 花錢開銷

CD209

□ 請問這要多少錢呢？	→	いくらですか。
□ 五百六十圓。	→	560円です。
□ 這本書之前的標價是一千五百圓。	→	この本は1,500円でした。
□ 每個月的生活費需花二十萬圓。	→	毎月の生活に20万円かかります。

□	每個月從公司領到三十五萬圓。	➡	毎月会社から35万円もらっている。
□	掏出千圓紙鈔後，找回二十八圓。	➡	1,000円札を出したらおつりが82円あった。
□	每年的學費要花兩百萬日圓。	➡	1年の学費は200万円かかります。
□	真希望能有錢去吃喝玩樂呀。	➡	遊ぶ金がほしい。
□	高橋先生在愛車上花了不少錢。	➡	高橋さんは自動車にお金をかけています。
□	假如有錢的話，就可以既買新車又買新屋。	➡	金があれば車でも家でも買える。
□	我雖然有錢，時間卻不夠用。	➡	金はあるが時間がない。
□	這世上沒有人不愛錢的。	➡	金がいらないという人はいない。
□	要是我中了一億日圓，想要買房子以及去旅行。	➡	1億円当たったら、家と旅行に使いたいです。
□	某些事物無論有多少錢都無法買的。	➡	いくら金があっても買えないものがある。
□	要讓小孩上大學，必須花很多錢。	➡	子供を大学に上げるには金がかかります。
□	我們來存錢買新的電腦吧！	➡	金をためて新しいパソコンを買おう。
□	錢再多也不愁。	➡	お金はいくらあっても困らない。
□	家父的想法是不留金錢財產給小孩。	➡	父は子供に金は残さないという考えでした。

□ 你家真有錢哪。 → 君のうちはお金があるねえ。

18／5 金錢問題

CD210

□ 雖然想買有庭院的房子，可是錢不夠。 → 庭のある家がほしいけど、お金が足りない。

□ 在發薪日之前，就已經把錢先花光了。 → 給料日前でお金がなくなってきました。

□ 之前花了不少錢買衣服哪。 → 洋服にずいぶん金を使ったなあ。

□ 這個月缺錢。 → 今月は金欠です。

□ 銀行拒絕了貸款給我。 → 銀行が金を貸さなくなった。

□ 請借我三萬圓，一星期後就會還你。 → 1週間後に返すから3万円貸してくれない？

□ 如果是一萬圓，可以借給你，但三萬圓實在沒辦法。 → 1万円なら貸せるが、3万円は無理だ。

□ 和朋友有金錢往來的話，最後將會失去朋友。 → 金を貸したり借りたりすると友達をなくす。

□ 我這間公寓以每個月五萬圓出租。 → アパートを一月5万円で貸しています。

□ 你身上有多少錢呢？ → お金いくら持っている？

□ 只有一千圓。 → 1,000円しかない。

□ 我現在沒辦法付錢，麻煩您讓我寬限到下星期。	➡ 今お金を払えないので来週まで待ってください。
□ 不可以向朋友借錢。	➡ 友達からお金を借りてはいけません。
□ 你之前向我借的錢還給我吧！	➡ この間貸したお金返してよ。
□ 請在明天之前付款。	➡ 明日までにお金を払ってください。
□ 到底要到什麼時候，才會有不受金錢污染的乾淨政治生態呢？	➡ いつになったら金のかからない明るい政治ができるのだろう。

18／6 超商打工

CD210

□ 我在報上看到您在找工讀生。	➡ 新聞でアルバイトの募集を見たのですが。
□ 我來面試打工的。	➡ アルバイトの面接に来たのですが。
□ 下週二的下午2點面試。	➡ 面接は来週の火曜日午後２時です。
□ 有帶履歷表嗎？	➡ 履歴書お持ちですか。
□ 我有在超商工作過。	➡ コンビニで働いたことがあります。
□ 我會一點日語。	➡ 日本語は少しできます。
□ 我都坐電車上班的。	➡ いつも電車で通勤しています。

□ 時薪是800日圓。	時給(じきゅう)は800円(えん)です。
□ 週休二日。	週休二日(しゅうきゅうふつか)です。
□ 那麼，請下個月一號來上班看看。	では、来月(らいげつ)の一日(ついたち)から働(はたら)いてみてください。
□ 請您多加指導。	よろしくお願(ねが)いします。

18／7 垃圾分類

CD210

□ 垃圾不要丟在這裡。	ここにごみを捨(す)てないでください。
□ 不可以丟垃圾。	ごみを捨(す)ててはいけません。
□ 請教我怎麼丟垃圾。	ごみの出(だ)し方(かた)を教(おし)えてください。
□ 可燃垃圾在週一、週三、週五丟。	燃(も)えるごみは月(げつ)、水(すい)、金(きん)です。
□ 垃圾場在停車場前面。	ごみ置(お)き場(ば)は駐車場(ちゅうしゃじょう)の前(まえ)です。
□ 什麼時候拿出去呢？	いつごろ出(だ)せばいいですか。
□ 我想八點左右就可以了。	8時ごろでいいと思(おも)います。
□ 請盡量在早上拿出去。	なるべく朝出(あさだ)してください。

什麼是不可燃垃圾？	燃えないごみって何ですか。
瓶或罐、塑膠等是不可燃垃圾。	缶や瓶、ビニールなどが燃えないごみです。
其他是可燃垃圾。	あとは燃える方です。

18／8 遭小偷、東西不見了

CD210

要是讓小偷潛入的話，那就糟糕囉。	泥棒に入られたら大変です。
請問高橋小姐家是不是遭小偷了呢？	高橋さんのうちに泥棒が入ったんですか。
請問那個小偷長什麼樣子呢？	泥棒はどんな顔をしていましたか。
聽你這麼一提，我之前經過山田小姐家門前時，看到一個行跡可疑的人在她家門口徘徊。	そういえば、山田さんのうちの前を通ったとき、怪しい人がうろうろしていた。
小偷被帶去了派出所。	泥棒が交番に連れて行かれた。
錢被小偷偷走了。	泥棒に金を取られた。
錢包裡面根本沒有半毛錢。	財布の中にお金がぜんぜん入ってなかった。
由於我撿到錢，所以送到了派出所。	お金を拾ったので交番に届けました。
不准悶不吭聲地拿走別人的物品。	人のものを黙って持っていくな。

□ 雖然找過了被櫥裡面，還是沒能找到。	押入れの中を探したが見つからなかった。
□ 我怎麼可能會拿走屬於別人的東西！	▲人のものを取るなどできません。 A：「あそこに落ちてるの、なんだろう。」 ／掉在那邊的是什麼東西啊？ B：「あっ、私の財布だ。」 ／啊！是我的錢包！
□ 請問您在找什麼呢？	何か探しているんですか。
□ 嗯，我好像把眼鏡忘在這一帶。	ええ、どこかこの辺に眼鏡を置き忘れたんです。

18／9 東西不見了

CD211

□ 東西弄丟了。	落とし物をしました。
□ 把行李忘在電車上了。	電車に荷物を忘れました。
□ 信用卡不見了。	クレジットカードをなくしました。
□ 錢包被偷了。	財布を盗まれました。
□ 護照不見了。	パスポートがありません。
□ 怎麼辦好？	どうしたらいいでしょう。

□	是黑色包包。	➡	黒(くろ)いかばんです。
□	裡面有錢包和信用卡。	➡	財布(さいふ)とカードが入(はい)っています。
□	大概有十萬日圓在裡面。	➡	10万円(まんえん)ぐらい入(はい)っていました。
□	犯人是年輕男性。	➡	犯人(はんにん)は若(わか)い男(おとこ)です。
□	錢全部被拿去了。	➡	お金(かね)を全部(ぜんぶ)取(と)られました。
□	請填寫遺失表格。	➡	紛失届(ふんしつとど)けを書(か)いてください。
□	希望能幫我打電話給發卡公司。	➡	カード会社(がいしゃ)に電話(でんわ)してほしいです。
□	有了，找到了。	➡	あった、あった。

18／10 天災人禍

CD211

□	許多家戶房屋在地震中倒塌傾圮。	➡	地震(じしん)で多(おお)くの家(いえ)が壊(こわ)れた。
□	這場地震奪走了三十條生命。	➡	地震(じしん)で30人(にん)が死(し)んだ。
□	昨天的那場豪雪，導致電車與巴士都動彈不得。	➡	昨日(きのう)はたいへんな雪(ゆき)で、電車(でんしゃ)もバスも動(うご)かなかった。
□	隔壁鄰居家發生了火災。	➡	隣(となり)のうちが火事(かじ)になった。

□	隔壁鄰居家發生了火災。	➡	となりのうちが火事に遭いました。
□	不好啦！失火啦！	➡	たいへんだ！火事だ！
□	隔壁失火，連我們家也被燒了。	➡	隣から火が出て、うちも燃えてしまった。
□	所有的家當都被那把火燒成灰燼了。	➡	火事で何もかも焼けてしまった。
□	火爐裡的火苗竄上窗簾，因而引發了火災。	➡	カーテンにストーブの火がついて火事になった。
□	我從今天早上的晨間新聞聽到了事故的消息。	➡	事故のニュースを今朝の新聞で知った。
□	由於汽車數量增多，交通事故也隨之與日俱增。	➡	自動車が増えて交通事故が多くなりました。
□	交通事故每年會奪走超過一萬條性命。	➡	交通事故で毎年１万人以上の人が死んでいます。
□	一聽到空難的新聞報導，立刻被嚇得臉色發青。	➡	飛行機事故のニュースに青くなった。
□	多達五萬人死於這場戰爭之中。	➡	戦争で５万人も死にました。
□	從戰火中劫後餘生的人已日漸凋零。	➡	戦争を知っている人が少なくなった。

18／11 防範各種災害

□	不要在這條河裡游泳，太危險了！	➡	危ないからこの川で泳ぐな。
□	別走左邊，那邊很危險喔！	➡	危ないよ。左側を歩かないで。
□	我們開慢一點，以免發生交通意外。	➡	事故を起こさないようにゆっくり走りましょう。
□	房門從裡面上了鎖。	➡	部屋の中から鍵がかかっていた。
□	我在晚上會挑燈光明亮的道路行走。	➡	夜は明るい道を通ります。
□	最近鮮少有令人開心的新聞報導。	➡	最近は明るいニュースが少ない。
□	既然玄關大門是開著的，想必有人在裡面吧。	➡	玄関が開いているから中に誰かいるのでしょう。
□	慘囉，火燒屁股啦！	➡	足元に火がついてきた。
□	電視正在播報颱風動態的新聞。	➡	テレビが台風のニュースを伝えている。
□	冬天的空氣乾燥，所以很容易引發火災。	➡	冬は空気が乾いていて火がつきやすい。
□	沒有任何國家希望發生戰爭。	➡	戦争をしたい国はない。
□	假如發生了交通事故，一定要立刻聯絡派出所才行。	➡	交通事故に遭ったら、すぐ交番に連絡しなくてはならない。

補充單字

こうばん 交番 派出所	あんぜん 安全 安全	きけん 危険 危險
こうつうじこ 交通事故 車禍	うんてんしゅ 運転手 司機	うんてん 運転（する） 開車
お 降りる （從車，船等）下來	の 乗る 騎乘，坐	しんごうむし 信号無視 闖越紅燈
いんしゅうんてん 飲酒運転 酒後開車	いはん スピード違反 超速	じゅうたい 渋滞 塞車
ごみ 垃圾	かぎ 鍵 鑰匙	どろぼう 泥棒 偷竊，小偷，竊賊
ごうとう 強盗 強盜	ちかん 痴漢 色情狂，暴露狂	ほうか 放火 縱火，放火
さつじん 殺人 殺人	ひゃくとおばん １１０番する 報警	

Chapter 19 家事

CD212

很多人都希望能有個機器人當自己的小幫手。2011 年，本田技術研究所的「ASIMO」家務型機器人有重大突破，它不但動作更精細，並能同時與多人對話；行進時可避免與周遭物品相撞，而且平衡感提升，步行、奔跑、後退都沒問題；手還可以轉開水瓶、握住紙杯和倒水，實在非常神奇。

19／1 居家現狀

1. 請問您住在什麼地方呢？
   どちらに住(す)んでいらっしゃいますか。

2. 在川崎市。
   川崎市(かわさきし)です。

3. 我和父母住在一起。
   親(おや)と一緒(いっしょ)に住(す)んでいます。

4. 須藤先生自己一個人住。
   須藤(すどう)さんは一人暮(ひとりぐ)らしです。

5. 我曾經在橫濱住過三年。
   横浜(よこはま)に 3 年間(ねんかん)住(す)んだことがある。

6. 我家以前沒有電視。
   私(わたし)の家(いえ)にはテレビがなかった。

7. 沒有電話真是不方便極了。
   電話(でんわ)がなくて不便(ふべん)だ。

8
冰箱裡連一瓶啤酒也沒有。
冷蔵庫(れいぞうこ)の中(なか)にビールが1本(ぽん)もない。

9
您住的房子真好呀。
いいうちに住(す)んでますね。

10
哪兒的話，這房子已經很舊了。
いいえ、古(ふる)い家(いえ)ですよ。

11
家父和家母發生口角，家裡的氣氛很陰沉。
父(ちち)と母(はは)がけんかしてうちの中(なか)が暗(くら)い。

12
在東京很難擁有附大庭院的房屋。
東京(とうきょう)で広(ひろ)い庭(にわ)のある家(いえ)を持(も)つことは難(むずか)しい。

13
我不想住在這種車水馬龍的地方。
こんなに自動車(じどうしゃ)の多(おお)いところは住(す)みたくない。

14
由於孩子們都大了，家裡變得很擁擠侷促。
子供(こども)たちが大(おお)きくなったので家(いえ)が狭(せま)くなりました。

15
由於我家前方蓋了一棟高大的建築物，所以家裡變得很暗。
うちの前(まえ)に大(おお)きな建物(たてもの)が建(た)ったので家(いえ)の中(なか)が暗(くら)くなった。

19／2 房間

CD212

□	這個房間的採光非常充足。	この部屋にはよく日が当たる。
□	房間裡面變暗了。	部屋の中が暗くなっていった。
□	拉開窗簾使房間變亮了。	カーテンを開けて部屋を明るくしました。
□	希望能有再大一點的房間。	もう少し広い部屋がほしい。
□	如果房裡很冷的話，那就點暖爐吧。	部屋が寒ければストーブをつけましょう。
□	這房間還真是髒亂哪。好歹整理一下嘛！	ずいぶん汚い部屋だねえ。少し片付けなさい。
□	由於有客人要來造訪，所以打掃了房間，還插了花裝飾。	お客様が来るので部屋を掃除して花を飾りました。
□	二樓的房間出租給學生。	2階の部屋を学生に貸しています。
□	要離開房間的時候，請將房門上鎖。	▲部屋を出るときは鍵をかけてください。 A：「箱の中に何が入っていますか。」 ／請問箱子裡到底裝了些什麼東西呢？ B：「人形が入っています。」 ／裡面裝了人偶。

19／3 理想的居家環境

CD212

□	好想要一間大房子。	広いうちがほしい。

□	我想要住大房子。	➡	広(ひろ)いうちに住(す)みたい。
□	我們住這棟公寓吧！	➡	このアパートに住(す)もう。
□	我買了新房子搬過去了。	➡	新(あたら)しいうちを買(か)って引越(ひっこ)しました。
□	一樓與二樓都有廁所。	➡	1階(かい)と2階(かい)にお手洗(てあら)いがある。
□	無論生活再怎麼不便，還是住在鄉下比較好。	➡	いくら不便(ふべん)でも田舎(いなか)の方(ほう)がいい。
□	我想要一個大庭院，大到可以挖個池塘。	➡	池(いけ)を作(つく)れるほど大(おお)きな庭(にわ)がほしい。
□	庭院裡種著櫻花樹。	➡	▲庭(にわ)に桜(さくら)の木(き)が植(う)えてある。 A：「どんな家(いえ)に住(す)みたいですか。」 ／請問您想要住什麼樣的房子呢？ B：「広(ひろ)い庭(にわ)のある家(いえ)に住(す)んでみたいです。」 ／我想要住看看有個大院子的房屋。
□	無論是哪一處的家，都有游泳池。	➡	どのうちにもプールがあります。
□	我覺得如果能住在環境寧靜、空氣清新的地方，不知該有多好。	➡	静(しず)かで空気(くうき)のきれいなところに住(す)めたらいいと思(おも)います。
□	真希望能有機會住在外國。	➡	一度(いちど)外国(がいこく)に住(す)んでみたいです。
□	您請到院子裡瞧瞧，花朵已經開始綻放了唷。	➡	庭(にわ)に出(で)てきてごらん。花(はな)が咲(さ)き出(だ)したよ。
□	即使小一點也無所謂，真希望能住在有院子的房屋。	➡	狭(せま)くてもいいから庭(にわ)のある家(いえ)に住(す)みたい。

□ 由於天氣晴朗，所以讓小孩在院子裡玩。	➡ 天気がよかったので子供を庭で遊ばせた。

19／4 家庭主婦的日課

CD213

□ 早上又是打掃又是洗衣的，非常忙碌。	➡ 朝は掃除や洗濯などで忙しい。
□ 有沒有要洗的衣服呀？	➡ 洗濯する物はない？
□ 幫我洗這件襯衫還有這條內褲。	➡ このシャツとパンツを洗って。
□ 之前洗的衣物已經乾了。	➡ 洗濯物が乾いた。
□ 我的衣物我自己洗就好。	➡ 自分の物は自分で洗濯します。
□ 天氣這麼好，我們來洗衣服吧。	➡ 天気がいいから洗濯をしましょう。
□ 由於天氣很好，所以洗了衣服。	➡ 天気がいいので洗濯をしていました。
□ 雨一直下個不停，已經連續三天都沒辦法洗衣服了。	➡ 雨が降っていて三日間も洗濯ができなかった。
□ 有了孩子以後，要洗的衣服變得好多。	➡ 子供がいると洗濯がたいへんです。
□ 襯衫的領口是黑的唷！	➡ ワイシャツの襟が黒いですよ。
□ 床單都變黑了，換條新的吧。	➡ シーツが汚くなったから取り替えましょう。

□ 如果你要洗衣服的話，可以順便幫我洗這條手帕嗎？	▲洗濯するならこのハンカチも洗ってくれませんか。 A：「洗濯機、何で動かないんだ。」 ／為什麼洗衣機不會動呢？ B：「電気が入ってないんじゃない。」 ／你根本沒插插頭啊！
□ 有沒有什麼要洗的？	何か洗濯するものはある？
□ 啊！幫我洗我的襯衫。	あ、僕のシャツ洗って。
□ 鉛筆掉到書架和牆壁之間了。	壁と本棚の間に鉛筆を落とした。
□ 趁小孩不在家時收拾打掃家裡吧。	子供がいない間に部屋を片付けよう。
□ 把垃圾集中起來吧。	ごみを集めよう。
□ 再怎麼講，這麼髒的房間實在太說不過去了。	いくらなんでもこんなに汚れた部屋はひどい。
□ 去沖個澡把身體洗乾淨。	シャワーを浴びて体をきれいにしていらっしゃい。
□ 上完廁所後一定要洗手。	トイレのあとは必ず手を洗います。

19／5 打掃

CD213

□ 奶奶每天早上都會灑掃庭院。	おばあちゃんは毎朝庭掃除をします。

□ 每天都用吸塵器清掃嗎？	➡ 毎日掃除機をかけますか。
□ 每星期掃一次浴室，把它刷洗得乾乾淨淨的。	➡ 週に１度はお風呂をきれいに磨きます。
□ 我討厭掃廁所。	➡ トイレ掃除が嫌いです。
□ 廚房的流理台一下子就會變髒了。	➡ 台所の流し台はすぐに汚れてしまいます。
□ 用抹布擦拭教室和走廊的地板。	➡ 教室と廊下の床は雑巾で拭きます。
□ 天氣很好，我們來擦窗戶吧！	➡ 天気がいいので窓拭きをしましょう。
□ 拿掃把打掃了玄關。	➡ 玄関をほうきで掃きました。
□ 請用洗潔劑仔細刷洗水槽。	➡ シンクは洗剤をつけてしっかり洗ってください。
□ 全家動員做年底大掃除。	➡ 年末には家族で大掃除をします。

19／6 洗滌

CD213

□ 還有沒有其他要洗的東西？	➡ 他に洗うものはありますか。
□ 已經洗完衣服了。	➡ もう洗濯し終わりました。
□ 我會用手洗襪子和內衣褲。	➡ 靴下や下着は手洗いします。

我想這塊污漬應該洗不掉了吧。 ➡ この染みはもう落ちないと思うよ。

我會把白色衣物和有顏色的衣物分開來洗。 ➡ 白い服と色物の服は分けて洗濯します。

請把連身洋裝放進洗衣袋裡面洗。 ➡ ワンピースはネットに入れて洗ってください。

請以清水仔細洗乾淨喔。 ➡ よくすすいでくださいね。

如果不把水脫乾淨的話，就不容易乾喔！ ➡ ちゃんと脱水しないと、乾きが悪いですよ。

那件毛線衣要送乾洗。 ➡ そのセーターはドライクリーニングに出します。

也順便洗一下運動鞋吧。 ➡ ついでに運動靴も洗っておきましょう。

19／7 廚房工作

CD214

家母多半都待在廚房裡。 ➡ 母はたいてい台所にいる。

家姊正在廚房裡準備早餐。 ➡ 姉が台所で朝ご飯の用意をしています。

好香的氣味從廚房裡傳了過來。 ➡ 台所からいいにおいがしてきますね。

請再加入十公克砂糖。 ➡ 砂糖をあと10グラム足してください。

這個餅乾裡的糖是不是放太多了？ ➡ このクッキー、砂糖が多すぎるんじゃない？

☐ 太甜了，一點也不好吃。	➡	甘(あま)すぎておいしくないわ。
☐ 請問要放幾杯糖呢？	➡	砂糖(さとう)を何杯(なんばい)入(い)れましょうか。
☐ 請放兩杯。	➡	2杯(はい)入(い)れてください。
☐ 加入了三匙鹽。	➡	塩(しお)をスプーン3杯(ばい)たした。
☐ 請先燙過之後，再切成小丁。	➡	ゆでてから、細(こま)かく刻(きざ)んでください。
☐ 越是仔細篩灑，就會越美味喔。	➡	細(こま)かければ細(こま)かいほど、おいしくなるわよ。
☐ 請像拿菜刀敲剁似地將它切成細丁。	➡	包丁(ほうちょう)で叩(たた)くようによく刻(きざ)んでください。
☐ 刀子切到手了。	➡	ナイフで指(ゆび)を切(き)った。
☐ 他們兩人一起拿刀子切了蛋糕。	➡	二人(ふたり)はケーキにナイフを入(い)れた。
☐ 這把刀已經既舊又鈍，根本切不了菜呀。	➡	これ、もう古(ふる)くて切(き)れないよ。
☐ 將之移置於碗盤裡，淋上醬油，接著以筷子仔細拌勻，就完成囉！	➡	食器(しょっき)に移(うつ)して、醤油(しょうゆ)をかけたら、お箸(はし)でよく掻(か)き混(ま)ぜて、でき上(あ)がり！
☐ 明明得放鹽才行，結果卻錯放成糖了。	➡	塩(しお)を入(い)れなくてはいけないのに、間違(まちが)えて砂糖(さとう)を入(い)れてしまいました。
☐ 根本沒有時間做便當。	➡	弁当(べんとう)など作(つく)っている時間(じかん)はなかった。

19／8 烹煮下廚

CD214

□ 首先請把水煮開。	➡ まずお湯を沸かしてください。
□ 把菠菜放到滾水裡燙熟。	➡ ほうれん草は、沸騰したお湯に入れて茹でます。
□ 以筷子把蛋均勻打散。	➡ 卵をお箸でしっかり溶いてください。
□ 從比較硬的食材先開始炒比較好喔。	➡ 硬いものから先に炒めた方がいいですよ。
□ 這道燉肉已經整整燉了三個小時。	➡ このシチューは３時間も煮込みました。
□ 請將洋蔥切成小丁。	➡ 玉ねぎをみじん切りにしてください。
□ 請問雞塊大約要油炸幾分鐘呢？	➡ 鶏の唐揚げは何分ぐらい揚げるんですか。
□ 這道沙拉只有拌入市面上販賣的調味醬汁而已。	➡ このサラダは市販のドレッシングで和えただけです。
□ 肉燒焦了。	➡ お肉が焦げてしまった。
□ 只要用微波爐微波三分鐘，就立刻可以食用。	➡ レンジで３分チンすれば、すぐ食べられます。
□ 去把瓦斯爐關掉。	➡ ガスを消していきなさい。

19／9 餐具的擺飾及收拾

CD214

□ 看起來好好吃喔！	➡ おいしそうですね。

☐	用刀子把牛排切成小塊。	➡	ステーキをナイフで小さく切りました。
☐	用筷子不大方便吃，請給我刀叉。	➡	箸は難しいのでナイフとフォークがほしいです。
☐	桌上擺放了刀叉以及湯匙。	➡	テーブルの上にナイフとフォークとスプーンを並べました。
☐	把食物盛在盤子上端給他吧。	➡	食べ物をお皿に取ってあげましょう。
☐	桌上擺放了盤子和叉子。	➡	テーブルにお皿とフォークを並べました。
☐	玄關處放置了繪有花卉圖案的盤子作為裝飾。	➡	玄関に花の絵が描いてあるお皿を飾りました。
☐	從廚房裡端出菜餚放到了餐桌上。	➡	台所から料理を運んでテーブルに並べました。
☐	廚房的旁邊是餐廳。	➡	台所の隣が食堂です。
☐	真希望有稍微大一點的廚房。	➡	もう少し広い台所がほしい。
☐	吃完飯後請將碗盤拿到廚房。	➡	食事が終わったらお皿を台所に持っていってください。
☐	大型盤子由我先生負責洗。	➡	大きなお皿は主人が洗います。
☐	吃完以後，記得把碗盤拿去廚房。	➡	食べ終わったらお皿を台所にもって行きなさい。
☐	我不小心把盤子摔破了。	➡	お皿を落として割ってしまいました。

19／10 整理花園

CD215

□ 在下梅雨時，除草是件苦差事。	梅雨時は草取りが大変です。
□ 媽媽早晚都一定會幫種在陽台上的花澆水。	母は朝晩必ずベランダの花に水をやります。
□ 爸爸很喜歡修剪植栽。	父は植木の剪定をするのが好きです。
□ 請問盆栽不容易種嗎？	盆栽の手入れは難しいですか。
□ 冬天的腳步接近後，打掃落葉就很辛苦。	冬が近づくと、落ち葉の掃除が大変です。
□ 灑埋了花的種子，等待春天開花。	春に向けて、花の種をまきました。
□ 終於冒出了新芽囉！	やっと双葉が出たよ。
□ 花苞變得又圓又大了。	つぼみがずいぶん膨らんできました。
□ 我想明天應該會開花。	明日には花が咲くと思います。
□ 就因為忘了澆水，結果花枯萎了。	水やりを忘れたら、花が枯れてしまった。

19／11 裝潢家

CD215

□ 父親很喜歡在假日做木工。	お父さんは日曜大工が大好きです。
□ 他在我的房間裡幫我做了一個置物架。	私の部屋に棚を作ってくれました。

我想要把牆壁改粉刷成明亮的顏色。 → 壁を明るい色に塗り替えたいです。

這種塗料可以刷在室內嗎？ → このペンキは室内に塗っても大丈夫ですか。

更換了新地毯。 → カーペットを張り替えました。

我想要在牆壁上掛喜歡的圖畫。 → 壁にお気に入りの絵画を掛けようと思っています。

請問您放在玄關作為裝飾的，是什麼藝術品呢？ → 玄関に飾ってあったオブジェは何ですか。

我想要改裝浴室。 → お風呂場をリフォームしたいです。

這個玩具箱是爸爸親手做的。 → このおもちゃ箱は父のお手製です。

到了冬天，就會想要改變房間的佈置。 → 冬になると、部屋の模様替えをしたくなります。

19／12 修理

CD215

冰箱壞掉了。 → 冷蔵庫が壊れてしまいました。

腳踏車在上學途中爆胎了。 → 通学途中で自転車がパンクした。

這個能夠修得好嗎？ → これ、修理できますか。

這台收音機沒有壞喔，只是電池沒電了而已。 → このラジオは壊れていませんよ。電池がなくなっただけです。

電視機和ＤＶＤ錄放影機的接線似乎接觸不良。 → テレビとＤＶＤデッキの接触が悪いようです。

這個行李箱只要修好輪子，就能夠繼續使用。 → このトランクは、車輪を直したらまだまだ使えます。

□	門把掉了。	➡	ドアの取っ手が取れてしまった。
□	只要用黏膠黏好，應該就沒問題了吧。	➡	接着剤でくっ付けたら、大丈夫だと思いますが。
□	只要用繩子重新捆紮好，就沒問題了。	➡	紐で縛り直せば、問題ありません。
□	螺絲鬆脫了，請重新鎖緊。	➡	ネジが外れたので、締め直しておいてちょうだい。

19／13 其它的家事

CD215

□	熨燙襯衫是件麻煩的事。	➡	ワイシャツのアイロンがけは面倒です。
□	我們一起去百貨公司採購中元節的禮品吧。	➡	デパートへお中元を買いに行きましょう。
□	差不多該把家裡的衣物換季囉。	➡	そろそろ衣替えした方がいいね。
□	我去超市買晚餐的食材。	➡	スーパーへ夕食の買い出しに行ってきます。
□	我先生負責倒垃圾。	➡	ゴミ出しは主人の担当です。
□	把報紙和寶特品拿出去資源回收。	➡	新聞やペットボトルは廃品回収に出します。
□	你可以替我跑一趟，去蔬果店那裡買個東西嗎？	➡	ちょっと八百屋さんまでお使いに行ってくれない？
□	我會定期擦皮鞋。	➡	革靴は定期的に磨いています。
□	到了兩點就非得去幼稚園接小孩不可。	➡	２時になったら幼稚園へお迎えに行かないといけません。
□	請更換客廳的燈泡。	➡	応接間の電球を取り換えてください。

Chapter 20 飲食生活

CD216

還在迷戀日本的越光米嗎？現在你有更新的選擇！來自北海道最高峰旭岳的「東川米」，經日本專家評選，認為比越光米還好吃。「東川米」產區在東川町，是全北海道唯一不使用自來水的區域，「東川米」直接用融化的雪水灌溉，加上四季分明的氣候，讓米粒又香又黏又有彈性。

20／1 飲食習慣

1. 吃麵包。
   パンを食(た)べます。

2. 早餐在家吃。
   朝(あさ)ご飯(はん)は家(いえ)で食(た)べます。

3. 吃了麵包和沙拉。
   パンとサラダを食(た)べました。

4. 偶爾吃粥。
   時々(ときどき)おかゆを食(た)べます。

5. 只喝咖啡。
   コーヒーだけ飲(の)みます。

6
不吃早餐。
朝(あさ)ご飯(はん)は食(た)べません。

7
喝牛奶。
牛乳(ぎゅうにゅう)を飲(の)みます。

8
你喜歡喝紅茶嗎？
紅茶(こうちゃ)は好(す)きですか。

9
加牛奶嗎？
ミルクを入(い)れますか。

10
喝咖啡不加牛奶跟糖。
コーヒーをブラックで飲(の)みます。

11
喝豆漿。
豆乳(とうにゅう)を飲(の)みます。

12
喜歡喝酒。
お酒(さけ)が好(す)きです。

13
常喝葡萄酒。
よくワインを飲(の)みます。

14
和朋友一起喝啤酒。
友達(ともだち)と一緒(いっしょ)にビールを飲(の)みます。

20／2 三餐

CD216

□	您早餐通常吃什麼呢？	➡	朝はいつも何を食べますか。
□	早餐多半吃麵包配咖啡耶。	➡	朝はパンとコーヒーが多いですね。
□	我很少吃早餐。	➡	朝はあまり食べないんです。
□	午餐通常買便當吃。	➡	お昼はいつもお弁当を買って食べます。
□	請問您晚餐通常都怎麼打發呢？	➡	夕食って、いつもどうしてるんですか。
□	晚餐通常吃超市買來現成的配菜。	➡	夕食はいつも、スーパーの惣菜と決まっています。
□	平常的上班日多半外食，不過偶爾也會自己煮飯。	➡	平日は外食が多いですが、ときどき自炊もします。
□	假日的晚餐通常是我做的。	➡	休日の夕食はいつも私が作ります。
□	我家通常是邊吃晚餐邊看電視的。	➡	我が家の夕食は、いつもテレビと一緒です。
□	如果是簡單的料理，偶爾也會自己烹調。	➡	簡単なものなら、ときどき自分で作ります。

20／3 生鮮食品

CD216

□	我在庭院裡種菜。	➡	庭で野菜を作っています。
□	我的爸爸在陽台裡種水果。	➡	父はベランダで果物を作っています。

□	日本從中國及韓國進口蔬菜。	➡	日本は中国や韓国から野菜を輸入しています。
□	蔬菜富含各式各樣的維他命。	➡	野菜にはいろいろなビタミンがたくさんあります。
□	先把蔬菜切好，以便一回到家後就能立即烹飪。	➡	家に帰ったらすぐ料理ができるように野菜を切っておいた。
□	我比較喜歡吃肉，不喜歡吃菜。	➡	野菜より肉のほうが好きです。
□	不要只吃青菜，也要吃肉和魚。	➡	野菜だけじゃなく、肉や魚も食べなさい。
□	別光顧著吃肉，也得吃蔬菜才行。	➡	肉ばかり食べないで野菜も食べなくてはダメです。
□	我早餐都吃麵包、咖啡、以及水果。	➡	朝はパンとコーヒーと果物です。
□	盒子裡裝了七顆蘋果。	➡	箱にリンゴが七つ入っていました。
□	鮮紅的番茄看起來好好吃喔。	➡	赤いトマトがおいしそうです。
□	秋天可以採收許多美味的水果。	➡	秋はおいしい果物がたくさん取れます。
□	水果中富含維他命Ｃ。	➡	果物にはビタミンCがたくさんあります。
□	像橘子或香蕉等等的水果，是從國外進口的。	➡	オレンジやバナナなどは外国から輸入した果物です。
□	聽說他正在住院哪，我們帶些水果去探病吧。	➡	彼が入院しているそうだよ。果物でも持ってお見舞いに行こう。
□	比起很甜的水果，我更喜歡吃像葡萄柚那樣帶點酸味的水果。	➡	甘い果物より、グレープフルーツのような少しすっぱい果物のほうが好きです。

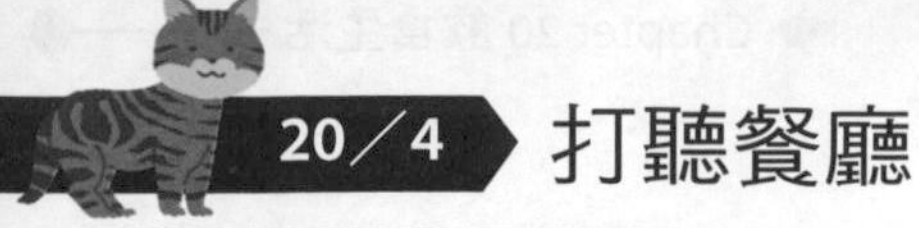

20／4 打聽餐廳

CD217

□ 車站前開了一家新的餐廳。	▲駅前に新しいレストランができた。 A：「どこかいいレストラン知らない？」 ／你知不知道哪裡有不錯的餐廳呢？ B：「駅前の安くておいしいレストランを教えてあげましょう。」 ／我告訴你一家開在車站前、便宜又好吃的餐廳。
□ 這家店的感覺真不錯耶。	この店、結構いい感じですね。
□ 昨天上的那家館子，菜餚真是難吃極了哪。	昨日のレストランはまずかったね。
□ 那邊那家餐廳既貴又難吃。	あそこのレストランは高くておいしくない。
□ 那家餐廳雖然餐點很好吃，不過價格有點貴耶。	あそこのレストランは味がいいけど値段がちょっと高いね。
□ 這家餐廳在大阪和神戶，共開了七家分店。	このレストランは大阪と神戸に店を七つ持っている。
□ 我吃過的義大利餐廳裡面，以這家店的餐點最好吃。	私が知っているイタリアレストランの中でこの店が一番おいしい。
□ 這家麵包店的麵包糕點很好吃，因此總是擠滿了上門的顧客。	このパン屋さんはおいしいからいつも混んでいます。
□ 這家店的餐點雖然味道不錯，但是服務態度很差。	この店は味はおいしいが、サービスが悪い。
□ 百貨公司裡有各種風味的餐廳。	▲デパートにはいろいろなレストランがあります。 A：「どこかおいしい料理の店を知りませんか。」 ／你知不知道哪裡有餐點美味的餐廳呢？ B：「あのレストランはいい料理を出しますよ。一度行ってみたらどうですか。」 ／那家餐廳的菜色很棒，要不要去試看看呢？

20／5 速食餐廳

CD217

□	請給我漢堡。	➡	ハンバーガーください。
□	可樂中杯。	➡	コーラはM(エム)です。
□	在這裡吃。	➡	ここで食(た)べます。
□	外帶。	➡	テイクアウトします。
□	請給我大的。	➡	大(おお)きいのをください。
□	我要附咖啡。	➡	コーヒーを付(つ)けてください。
□	也給我砂糖跟牛奶。	➡	砂糖(さとう)とミルクもください。
□	有餐巾嗎？	➡	ナプキンはありますか。
□	全部多少錢？	➡	全部(ぜんぶ)でいくらですか。

20／6 便利商店

CD217

□	果汁在哪裡？	➡	ジュースはどこですか。
□	便當要加熱嗎？	➡	お弁当(べんとう)を温(あたた)めますか。
□	幫我加熱。	➡	温(あたた)めてください。

- ☐ 需要筷子嗎？ ➡ お箸(はし)はいりますか。
- ☐ 需要湯匙嗎？ ➡ スプーンはいりますか。
- ☐ 麻煩您。 ➡ お願(ねが)いします。
- ☐ 收您一千日圓。 ➡ 1,000円(えん)お預(あず)かりします。
- ☐ 找您兩百日圓。 ➡ 200円(えん)のおつりです。

20／7 日本餐飲店

CD217

- ☐ 附近有拉麵店嗎？ ➡ 近(ちか)くにラーメン屋(や)はありますか。
- ☐ 有炸天婦羅店嗎？ ➡ てんぷら屋(や)はありますか。
- ☐ 地方在哪裡？ ➡ 場所(ばしょ)はどこですか。
- ☐ 價錢多少？ ➡ 値段(ねだん)はどれくらいですか。
- ☐ 想吃壽司。 ➡ すしが食(た)べたいです。
- ☐ 好吃嗎？ ➡ おいしいですか。
- ☐ 什麼好吃呢？ ➡ 何(なに)がおいしいですか。

□	你推薦什麼？	➡	お薦めはなんですか。

20／8 邀約與預約餐廳

CD217

□	下星期找一天下班後一起去吃個飯吧！	➡	来週、仕事の後で食事に行きませんか。
□	聽起來不錯耶，要約哪一天呢？	➡	いいですね。いつがいいですか。
□	讓我看看喔，除了星期一跟四以外，我都可以。	➡	そうですね、私は月曜と木曜以外は大丈夫です。
□	那就約星期二吧！	➡	じゃ、火曜にしましょう。
□	要不要先吃個漢堡，以防半路肚子餓呢？	➡	途中でおなかがすかないように、ハンバーガーを食べていきませんか。
□	我在銀座的餐廳訂了五個人的位置。	➡	銀座のレストランに５人の席を予約しました。
□	全家人都很期待每個月一次上餐廳聚餐。	➡	月に一度、家族みんなでレストランで食事をするのが楽しみです。

20／9 餐廳預約

CD217

□	在今晚7點兩個人。	➡	今晩７時で二人です。
□	我姓李。	➡	李と申します。

- □ 套餐多少錢？ ➡ コースはいくらですか。
- □ 請給我靠窗的座位。 ➡ 窓側の席をお願いします。
- □ 請傳真地圖給我。 ➡ 地図をファックスしてください。
- □ 也有壽喜燒嗎？ ➡ すき焼きもありますか。
- □ 也能喝酒嗎？ ➡ お酒も飲めますか。
- □ 從車站很近嗎？ ➡ 駅から近いですか。
- □ 那就麻煩您了。 ➡ よろしくお願いします。

20／10 到餐廳

CD218

- □ 歡迎光臨。 ➡ ▲いらっしゃいませ。

  A：「何が食べたいですか。」
  ／你想要吃什麼呢？

  B：「日本料理がいいですね。」
  ／我想吃日本料理耶。

- □ 我已經記下您點的餐了。 ➡ かしこまりました。
- □ 請問您有吸菸嗎？ ➡ おタバコはお吸いになりますか。

☐	請問您要坐在吸菸區還是非吸菸區呢？	➡	お席は喫煙席と禁煙席、どちらになさいますか。
☐	請問您要內用還是外帶？	➡	店内でお召し上がりですか。お持ち帰りですか。
☐	先請問飲料要點什麼呢？	➡	お先にお飲み物をお伺いします。
☐	請問您的咖啡要等用餐完畢後再上嗎？	➡	コーヒーは食後になさいますか。
☐	這是今日的推薦菜單。	➡	こちらが本日のお薦めのメニューでございます。
☐	這裡沒有任何一道料理是我想吃的。	➡	どれも食べたい料理ではない。
☐	請把湯再弄熱一點。	➡	スープをもう少し温かくしてください。
☐	洗手間請往那邊直走到底就可以找到。	➡	お手洗いはそちらをまっすぐ進んだ突き当たりにございます。

20／11 進入餐廳

CD218

☐	我姓李，預約7點。	➡	李です。7時に予約してあります。
☐	四人。	➡	4人です。
☐	沒有預約。	➡	予約していません。
☐	要等多久？	➡	どれくらい待ちますか。

□ 有很多人嗎？	混んでいますか。
□ 那麼，我下次再來。	では、またにします。
□ 那麼，我等。	では、待ちます。
□ 有非吸煙區嗎？	禁煙席はありますか。
□ 有靠窗的位子嗎？	窓際は空いていますか。

20／12 點菜

CD218

□ 請給我菜單。	メニューを見せてください。
□ 我要點菜。	注文をお願いします。
□ 推薦菜是什麼？	お薦め料理は何ですか。
□ 這是什麼樣的菜？	これは、どんな料理ですか。
□ 是魚還是肉？	魚ですか。肉ですか。
□ 有什麼點心？	デザートは、何がありますか。
□ 那麼我要這個。	では、これにします。

□ 麻煩兩個B套餐。	➡	B(ビー)コースを二(ふた)つ、お願(ねが)いします。
□ 我要壽司。	➡	すしにします。
□ 我要比薩。	➡	ピザにします。

20／13 點飲料

🔊 CD218

□ 飲料呢？	➡	お飲(の)み物(もの)は？
□ 給我烏龍茶。	➡	ウーロン茶(ちゃ)をください。
□ 您要甜點嗎？	➡	デザートはいかがですか。
□ 請給我布丁。	➡	プリンをください。
□ 飲料跟餐點一起上，還是飯後送？	➡	お飲(の)み物(もの)は食事(しょくじ)と一緒(いっしょ)ですか。食後(しょくご)ですか。
□ 請飯後再上。	➡	食後(しょくご)にお願(ねが)いします。
□ 麻煩一起送來。	➡	一緒(いっしょ)にお願(ねが)いします。
□ 要附牛奶跟砂糖嗎？	➡	ミルクと砂糖(さとう)はつけますか。
□ 麻煩只要砂糖就好。	➡	砂糖(さとう)だけ、お願(ねが)いします。

□ 要幾個杯子？ ➡ グラスはいくつですか。

20／14 用餐結帳

CD218

□ 這回輪到我付錢囉。 ➡ 今回は払わせてね。

□ 不用啦、不用啦！ ➡ いいよ、いいよ。

□ 那怎麼好意思呢。不然，多少讓我出一點吧！ ➡ それじゃ悪いわよ。じゃ、少しは出させて。

□ 不用了啦，不必在意嘛。 ➡ いいから、気にしないで。

□ 竟然在餐廳花掉了高達八千圓，真是心疼極了。 ➡ レストランで8,000円も取られたのが痛かった。

□ 先收您一萬圓。 ➡ 1万円お預かりします。

□ 找您九百圓，麻煩您清點確認一下。 ➡ 900円のお返しでございます。お確かめください。

□ 感謝您的光臨，歡迎再度光臨。 ➡ ありがとうございました。またお越しくださいませ。

20／15 結帳

CD218

麻煩結帳。	お勘定をお願いします。
我們各付各的。	別々でお願いします。
請一起結帳。	一緒でお願いします。
這張信用卡能用嗎？	このカードは使えますか。
我要刷卡。	カードでお願いします。
給您一萬日圓。	1万円でお願いします。
謝謝您的招待。	ごちそう様でした。
真是好吃。	おいしかったです。

20／16 用餐習慣

CD219

這個住家有客廳、臥房、以及餐廳。	この家は居間と寝室と食堂がある。
全家人一起去大眾食堂吃晚餐。	夕飯は家族みんなで食堂で食べます。
日本的住家空間都很狹小，餐廳與廚房多半擠在同一處。	日本の家は狭くて食堂と台所が一緒のことが多い。
我通常吃麵包和沙拉作為早餐。	朝はたいていパンとサラダを食べます。

□ 壽司是用手直接拿取送進嘴裡的。	すしは手で食べます。
□ 拿筷子的姿勢不正確有的人不多。	箸の持ち方の下手な人が少ない。
□ 右手持筷、左手端碗地進食。	箸は右手に、茶碗は左手に持って食べます。
□ 右手拿著筷子，左手拿著飯碗用餐。	右手に箸を持ち、左の手に茶碗を持って食べます。
□ 吃飯的時候，要以左手端碗，右手持筷。	ご飯を食べるときは茶碗を左手に、箸を右手に持ちます。
□ 吃西餐會使用湯匙、刀子還有叉子。	洋食はスプーンやフォーク、ナイフを使う。
□ 在麵包上塗抹一層厚厚的奶油後，再送入嘴裡。	パンにバターを厚く塗って食べます。
□ 小寶寶已經會用湯匙自己吃東西了。	赤ちゃんがスプーンを使って食べられるようになった。
□ 在餐桌上擺放著各種不同尺寸的湯匙。	▲テーブルの上にいろいろな大きさのスプーンが並べてあります。 A：「ナイフが何本ありますか。」 ／您有幾把刀子呢？ B：「３本あります。」 ／我有三把。
□ 用餐的時候，日本人與中國人會使用筷子，美國人和歐洲人則使用刀叉。	食事のとき日本人や中国人は箸を使うが、アメリカ人やヨーロッパ人はナイフやフォークを使います。

20／17 在家吃飯、飯後甜點

CD219

□ 我們去吃飯吧。	お昼ですよ。
□ 已經中午囉。	ご飯を食べましょう。
□ 飯已經準備好囉。	食事の用意ができましたよ。
□ 請大家都到用餐處集合吧！	皆さん、食堂に集まってください。
□ 你已經餓了吧？來，快點吃吧！	お腹がすいただろう。さあ食べな。
□ 熱騰騰的飯好好吃喔。	温かいご飯がおいしい。
□ 不管再吃多少東西，肚子還是立刻就餓了。	いくら食べてもすぐおなかがすく。
□ 我特意留下來準備大快朵頤的蛋糕，被妹妹吃掉了。	取っておいたケーキを妹に食べられてしまった。
□ 湯匙就放在那裡，請自行拿取，盛裝沙拉享用。	▲そこにスプーンがありますから、ご自分でサラダを取ってください。 A：「なんで食べないの。」 ／為什麼不吃呢？ B：「さっき食べたばかりなんだ。」 ／我剛剛才吃過東西。
□ 如果不想吃的話，剩下來不吃也沒關係。	食べたくないなら残してもいいですよ。
□ 我吃飽了。哎，真是太好吃了。	ごちそう様。ああ、おいしかった。

□ 好想吃冰淇淋。 ➡ ▲アイスクリームが食べたい。

A：「ケーキ食べない？」
／要不要吃蛋糕？

B：「ええ、おいしそうですね。いただきます。」
／嗯，看起來好好吃喔。我不客氣了。

□ 最厚的那塊蛋糕給了弟弟。 ➡ いちばん厚いケーキを弟にあげた。

□ 在吃完巧克力或蛋糕這類甜食以後，一定要把牙齒刷乾淨喔。 ➡ チョコレートやケーキなど甘いものを食べた後は歯をよく磨きましょう。

20／18 外送到家

CD219

□ 午餐請餐廳外送蕎麥麵。 ➡ お昼はそばの出前を頼みます。

□ 今天晚上叫外送比薩來吃吧？ ➡ 今夜はピザのデリバリーにしようか。

□ 由於是父親的生日，訂了外送壽司。 ➡ 父の誕生日なので、おすしをとりました。

□ 請告訴我們配送地點的地址。 ➡ お届け先のご住所をお願いします。

□ 麻煩送到東京都品川區1－1－1。 ➡ 東京都品川区1－1－1までお願いします。

□ 我們接到訂單以後，在三十分鐘以內就會送到。 ➡ ご注文をいただいてから、30分以内にお届けします。

□ 請以現金支付餐費給外送員。 ➡ 代金はスタッフに現金でお支払いください。

□ 不好意思，請問貴店有做宅配服務嗎？ ➡ すみません、宅配サービスはありますか。

□ 開始承接送便當到府的業務了。 ➡ お弁当の宅配サービスを始めました。

□ 請把吃完的碗放在玄關門前，我們等一下會來回收。 ➡ お椀は後で回収に来ますので、玄関に置いておいてください。

20／19 酒類

CD220

□ 您喝得真多呀，不要緊嗎？ ➡ ▲よく飲むな。大丈夫？

A：「お飲み物は何にいたしましょうか。」
／請問您想喝點什麼飲料呢？

B：「そうですね。お酒をください。」
／讓我想一想…，請給我酒。

□ 您要不要喝啤酒呢？ ➡ ▲ビールなどいかがですか。

A：「ワインなんかどう。」
／要不要喝紅酒呢？

B：「いいねえ。」
／好呀。

□ 一喝了酒，就會馬上有睏意。 ➡ 酒を飲むとすぐ眠たくなる。

□ 只要一喝酒，臉就會發紅。 ➡ お酒を飲むと顔が赤くなります。

□ 如果要喝酒的話，酒後絕對不能開車。 ➡ 酒を飲んだら、絶対に車を運転してはいけない。

☐	家父幾乎每天都會喝酒。	父はほとんど毎日酒を飲みます。
☐	我和丈夫常為了喝酒的事情而吵架。	酒が原因でよく夫とけんかをしました。
☐	如果只是小酌倒還好，倘若飲酒過量則有礙健康。	少しの酒ならいいが、飲みすぎると体によくない。
☐	請問那種酒的味道如何呢？	そのお酒はどんな味がしますか。
☐	這種酒呀，對你來說恐怕稍烈了點吧。	そうですねえ。あなたにはちょっと強すぎるかもしれませんねえ。
☐	溫溫的啤酒一點也不好喝。	冷えてないビールを飲んでもおいしくない。
☐	忙完一整天的工作後喝點啤酒，那滋味真是棒極了！	1日の仕事が終わってから飲むビールはうまい。
☐	在完成艱難的工作後喝的酒，感覺特別好喝。	難しい仕事を終えた後に飲む酒はうまい。
☐	有人打開箱子，把紅酒喝掉了。	誰かが箱をあけてワインを飲んでしまった。
☐	請問酒的原料是什麼呢？	お酒は何で作られていますか。
☐	威士忌和啤酒是以大麥釀造而成的，至於日本酒的原料則是稻米。	ウィスキーやビールは麦から作られた酒ですが、日本酒は米から作られます。

20／20 飲料

CD220

□ 我好渴，有什麼什麼可以喝的？

▲のどが渇いた。何か飲み物ない？

A：「何か飲む物ない？」
／有沒有什麼喝的東西？

B：「ジュースならあるわよ。」
／我這裡有果汁喔。

□ 你開冰箱看看，裡面不是有果汁嗎？

冷蔵庫をあけてごらん。ジュースがあるでしょう？

□ 您真忙呀，連喝口茶的時間都沒有嗎？

忙しそうだね。お茶を飲む時間もないの？

□ 剛才那杯熱咖啡真是太好喝了。

熱いコーヒーがおいしかった。

□ 冷掉的熱咖啡太難喝了，根本無法入喉。

ぬるいコーヒーはまずくて飲めない。

□ 以湯匙舀起砂糖摻入咖啡裡面。

▲コーヒーにスプーンで砂糖を入れました。

A：「飲み物は何になさいますか。」
／請問您要喝什麼飲料呢？

B：「オレンジジュースをお願いします。」
／麻煩給我柳橙汁。

□ 我想喝咖啡之類的熱飲。

▲コーヒーなどの温かい飲み物がほしいです。

A：「冷たい飲み物でもいかがですか。」
／您要不要喝點冷飲？

B：「そうですね。コーラをください。」
／這樣喔，那請給我可樂。

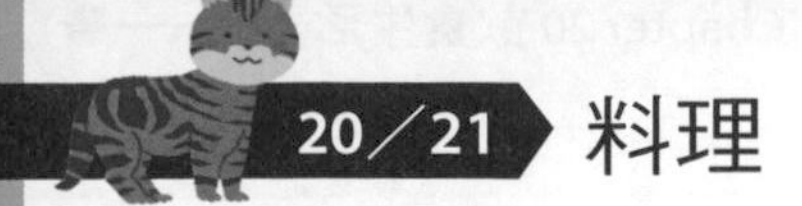

料理

CD220

□	我幫忙媽媽做菜。	➡	母の料理を手伝いました。
□	我媽媽煮的菜，每一道都好好吃。	➡	母の料理はみんなおいしいです。
□	星期天由我先生做菜。	➡	日曜日は夫が料理を作ります。
□	林先生的太太的廚藝真高明。	➡	林さんの奥さんは料理が上手です。
□	我正在學習泰式料理。	➡	タイ料理を習っています。
□	祖母教了我美味佳餚的烹飪方法。	➡	おいしい料理の作り方をおばあさんが教えてくれました。
□	我正在煮晚餐要吃的肉。	➡	夕食に肉を料理しています。
□	我把已經變涼了的菜餚加熱後吃了。	➡	冷えた料理を温めて食べました。
□	請您料理我今天早上釣到的這條魚。	➡	今朝釣ったこの魚を料理してください。
□	只要肚子餓了，吃什麼都覺得好吃。	➡	おなかがすいていればなんでもおいしい。
□	壽喜燒以及天婦羅是日式料理。	➡	すき焼きやてんぷらは日本の料理です。
□	冬天想吃熱騰騰的料理。	➡	冬は温かい料理が食べたい。

喜歡的料理

CD221

□ 請問您的拿手菜是什麼呢？	得意料理は何ですか。
□ 因為在日本沒有辦法買到那些食材，所以沒有辦法烹調我們國家的菜餚。	日本では材料が手に入らないから、国の料理が作れないんです。
□ 我很喜歡吃日本料理。	日本料理は好きです。
□ 請問您最喜歡日本的哪一種食物呢？	日本の食べ物の中で何が一番好きですか。
□ 我喜歡吃的料理是壽司。	好きな料理はすしです。
□ 我最喜歡茶泡飯。	一番好きなのはお茶漬けです。
□ 我最喜歡的食物是大阪燒。	私の一番好きな食べ物はお好み焼きなんです。
□ 我喜歡吃烏龍麵和天婦羅。	うどんとてんぷらが好きです。
□ 壽喜燒是什麼樣的食物呢？	すき焼きってどんな食べ物ですか。
□ 這道料理真是太好吃了呀。	この料理、すごくおいしいですね。
□ 請問您敢吃辣嗎？	辛いものは大丈夫ですか。
□ 請問您有沒有不敢吃的食物呢？	苦手な食べ物ってありますか。
□ 唯獨納豆難以下嚥。	納豆だけは苦手です。

味道的好壞

CD221

□	熬出鮮美的滋味。	➡	いい味が出てる。
□	烹調完成了風味絕佳的肉類料理。	➡	いい味の肉料理ができた。
□	你可以幫我嚐一下味噌湯的味道嗎？	➡	みそ汁の味を見てくれない？
□	嗯，很好喝呀。	➡	うん、おいしいよ。
□	你的三明治看起來好好吃喔。	➡	君のサンドイッチ、おいしそうだね。
□	味道如何？	➡	味はどう？
□	不會過濃、也不會太淡，味道剛剛好。	➡	濃くも、薄くもなくてちょうどいい。
□	沒什麼味道。	➡	あまり味がしない。
□	這種蔬菜嚐起來沒味道耶。	➡	この野菜、味がないなあ。
□	你不覺得這道湯嚐起來有股怪味嗎？	➡	このスープ、変な味がしない？
□	是啊，我想還是不要喝比較好喔。	➡	そうねえ。やめておいた方がいいね。
□	鹽放得不夠，不好吃。	➡	塩が足りなくてまずい。
□	冷掉了的比薩好難吃。	➡	冷たくなったピザはまずい。
□	如果難吃的話，不吃也沒關係喔。	➡	まずければ食べなくていいよ。
□	要是放到明天的話，恐怕會走味囉。	➡	明日までとっておくと味が変わってしまう。
□	感冒時吃飯宛如嚼蠟。	➡	風邪をひいていてご飯がまずい。
□	由於感冒了，完全吃不出食物的味道。	➡	風邪をひいているので食べ物の味が全然分からない。

味道與佐料

CD221

	中文	日文
□	太辣了，整張嘴簡直快要噴火。	▲とても辛くて口の中が燃えるようです。 A：「辛い物が好きですか。」 ／請問您喜歡吃辣的食物嗎？ B：「ええ、大好きです。」 ／是啊，我最愛吃辣的。
□	我想吃辣的東西。	▲辛いものが食べたい。 A：「辛いものは食べられません。」 ／我不敢吃辣的。 B：「そんなに辛くないですよ。食べられますよ。」 ／這個沒有那麼辣呀，你應該敢吃喔。
□	我媽媽煮的咖哩不太辣。	母が作ったカレーライスはあまり辛くない。
□	稍稍有點辣度，較能促進食慾。	ちょっと辛いほうがたくさん食べられる。
□	因為味道太淡了，所以加了鹽調味。	味が薄かったので塩を足しました。
□	假如加一點醬油的話，味道就會變得很棒。	しょうゆを少し足すといい味になります。
□	吃東西時沾太多醬油，對身體健康不太好。	しょうゆをかけすぎると体によくないです。
□	味道似乎有點淡耶，請再加點醬油。	ちょっと味が薄いですね。もう少ししょうゆを足してください。
□	醬油在日本料理中是不可或缺的。	日本料理にはしょうゆがいる。
□	我在蔬菜上淋了醬油後夾入嘴裡。	野菜にしょうゆをかけて食べた。
□	只要有味噌和醬油，即使在國外也能活得下去。	味噌としょうゆさえあれば、外国でも生活できます。
□	雖然美國人或是歐洲人在烹飪時，也會使用醬油；不過當他們在烹調肉類時，還是比較喜歡用調味醬汁吧。	アメリカやヨーロッパでも料理にしょうゆを使いますが、肉にはソースのほうがいいでしょう。

Chapter 21 逛街購物

CD222

日本有很多專賣店，販售的商品內容，就如商店的名稱，如：麵包、鮮花、鐘錶、服裝、文具、書籍、肉類、蔬果等。在日本百貨公司很難殺價，但專賣店就比較容易殺價，幅度大約在 20％ 以內。既然到了日本，不如用日文跟店家殺殺價，如果成功了，一定很有趣的。

21／1 幫忙跑腿

1. 家母交代我去買東西。

母(はは)から買(か)い物(もの)を頼(たの)まれた。

2. 小宏，幫我去蔬果店買高麗菜。

ひろしちゃん、八百屋(やおや)でキャベツを買(か)ってきて。

3. 也麻煩你順道先去肉鋪買雞肉喔。

その前(まえ)に肉屋(にくや)でとり肉(にく)もお願(ねが)いね。

4. 我可以在去的路上，先到蛋糕店買冰淇淋嗎？

行(い)く途中(とちゅう)、ケーキ屋(や)でアイスクリーム買(か)っていい？

5

我和姊姊去買東西了。

▲姉と買い物に行きました。

A：「帰りに八百屋でキャベツとにんじんを買ってきて。」

／你回家時幫忙順便到蔬果店買高麗菜和紅蘿蔔。

B：「うん、分かった。」

／嗯，知道了。

6

我們下班後一起去買東西吧。

会社の帰りに買い物に行こう。

7

我會先繞去買東西再回去，所以會晚點到家。

買い物して帰るから少し遅くなります。

8

買太多東西，結果把錢都花光了。

買い物をしすぎてお金がなくなってしまいました。

9

買東西真愉快。

買い物は楽しい。

21／2 商店街（一）

CD222

	中文	日文
□	車站前有條長長的熱鬧街道。	駅前ににぎやかな通りが続く。
□	販賣當地名產的店家，櫛比鱗次地開在車站前。	駅の前にお土産を売る店が並んでいた。
□	看你是要買魚或是肉或是青菜，快點挑一種！	魚か肉か野菜か、どれかに決めて！
□	蔬果店就在魚鋪的隔壁。	八百屋は魚屋の隣にある。
□	那家蔬果店賣的東西，價格貴又不新鮮。	あそこの八百屋は高いし品物も古い。
□	蔬果店的老闆算我便宜。	八百屋のおじさんが安くしてくれた。
□	你去蔬果店買些蔬菜回來。	八百屋さんへ行って野菜を買ってきて。
□	黃昏時分的蔬果店，被買菜的顧客擠得水洩不通。	夕方の八百屋は買い物をする人でいっぱいだった。
□	打個電話去肉鋪，請老闆送些雞肉來吧。	肉屋さんへ電話して鶏肉を頼みましょう。
□	如果買到的是新鮮的魚，魚的眼珠應該是藍色的才對。	買った魚がもし新しければ、目が青いはずだ。
□	到了傍晚時分，蔬果店和魚鋪就會有很多顧客上門。	八百屋や魚屋は夕方になるとにぎやかだ。
□	那邊那家花店賣的花，總是很鮮嫩嬌豔，讓人賞心悅目。	あそこの花屋さんの花はいつも新しくてとてもいいわ。

21／3 商店街（二）

CD222

- □ 歡迎光臨。 ➡ いらっしゃいませ。
- □ 這好吃嗎？ ➡ これは、おいしいですか。
- □ 可以試吃嗎？ ➡ 試食（ししょく）してもいいですか。
- □ 兩個豆沙糯米飯糰多少錢？ ➡ おはぎ二（ふた）ついくらですか。
- □ 這個請給我一盒。 ➡ これをワンパックください。
- □ 算我便宜一點嘛。 ➡ まけてくださいよ。
- □ 再買一個。 ➡ もう一（ひと）つ買（か）います。
- □ 全部多少錢？ ➡ 全部（ぜんぶ）でいくらですか。
- □ 有沒有更便宜的？ ➡ もっと安（やす）いのはありますか。

21／4 便利商店、超市、百貨公司

CD222

- □ 要不要幫您把東西裝袋呢？ ➡ 袋（ふくろ）にお入（い）れしますか。
- □ 啊，不用了。 ➡ あ、いいです。

□ 您需要附湯匙嗎？	➡	▲スプーンはお付けいたしますか。 A：「お箸はお付けいたしますか。」 ／您需要附筷子嗎？ B：「はい、1膳お願いします。」 ／麻煩給我一雙。
□ 您這個要加熱嗎？	➡	こちら温めますか。
□ 不用。	➡	いいえ。
□ 不用加熱。	➡	温めなくていいです。
□ 麻煩加熱。	➡	お願いします。
□ 好的，您請等一下	➡	わかりました。少々お待ちくださいませ。
□ 那麼，要不要幫您製作一張集點卡呢？	➡	では、カードをおつくりしましょうか。
□ 本店對自備購物袋的客人，每次結帳時會致贈一點。	➡	ご自分で袋を持ってきていただいたお客様に毎回１点をさしあげます。
□ 集滿十點後，可兌換一張百圓抵用券。	➡	10点溜まりましたら、お買い物にお使いいただける100円券を差し上げます。
□ 醬油擺在一號售物架上販售。	➡	しょうゆは一番の売り場で売っています。
□ 這附近開了新的百貨公司，買東西變得很方便。	➡	近くに新しいデパートができて便利になりました。
□ 我們去百貨公司買東西吧。	➡	デパートで買い物をしよう。

☐ 我的姊姊去百貨公司買東西了。	➡	▲姉はデパートへ買い物に行きました。 A：「今日はデパートがずいぶん混んでいますね。」 ／今天百貨公司裡的人潮還挺多的哪。 B：「ええ、もうすぐクリスマスとお正月ですからね。」 ／是呀，因為再過不久，耶誕節還有元旦就快到了。

21／5 服飾店

CD223

☐ 婦女服飾賣場在哪裡？	➡	婦人服売り場はどこですか。
☐ 在找連身裙。	➡	ワンピースを探しています。
☐ 這個如何？	➡	こちらはいかがですか。
☐ 這條褲子如何？	➡	このズボンはどうですか。
☐ 有大號的嗎？	➡	大きいサイズはありますか。
☐ 想要棉製品的。	➡	綿のがほしいです。
☐ 這是麻嗎？	➡	これは麻ですか。
☐ 可以用洗衣機洗嗎？	➡	洗濯機で洗えますか。
☐ 需要乾洗嗎？	➡	洗濯はドライですか。

- [ ] 有點長。 ➡ ちょっと長(なが)いです。
- [ ] 長度可以改短一點嗎？ ➡ 丈(たけ)をつめられますか。
- [ ] 請幫我改一下袖子的長度。 ➡ 袖(そで)の長(なが)さを直(なお)してほしいです。
- [ ] 蠻耐穿的樣子嘛！ ➡ 丈夫(じょうぶ)そうですね。
- [ ] 有沒有白色的？ ➡ 白(しろ)いのはありませんか。
- [ ] 顏色不錯嘛！ ➡ いい色(いろ)ですね。
- [ ] 這是現在流行的款式。 ➡ これが今(いま)はやりです。
- [ ] 可以試穿嗎？ ➡ 試着(しちゃく)してもいいですか。
- [ ] 那個讓我看一下。 ➡ それを見(み)せてください。

21／6 挑鞋子

CD223

- [ ] 我想要休閒鞋。 ➡ スニーカーがほしいです。
- [ ] 哪一款最受歡迎？ ➡ 一番人気(いちばんにんき)なのはどれですか。
- [ ] 那個也讓我看看。 ➡ そちらも見(み)せてください。

□ 請給我紅色的。	➡ 赤い方をください。
□ 有點小呢。	➡ ちょっと小さいですね。
□ 太花俏了。	➡ ちょっと派手ですね。
□ 太大了。	➡ 大きすぎます。
□ 我要小的。	➡ 小さいのがいいです。
□ 有點緊。	➡ ちょっときついです。
□ 我要紅的。	➡ 赤いのがほしいです。
□ 有沒有再柔軟一些的？	➡ もう少し柔らかいのはないですか。
□ 鞋跟太高了。	➡ ヒールが高すぎます。
□ 蠻好走路的。	➡ 歩きやすいですね。
□ 鞋帶也可以調整。	➡ ひもを調整できます。

21／7 決定購買

CD223

□ 顏色不錯呢。	➡ 色がいいですね。

☐ 啊呀！這個不錯嘛！ ➡ ああ、これはいいですね。

☐ 我喜歡。 ➡ 気(き)に入(い)りました。

☐ 非常喜歡。 ➡ とても気(き)に入(い)りました。

☐ 我決定了。 ➡ 決(き)めました。

☐ 請給我這一個。 ➡ これをください。

☐ 我要這個。 ➡ これにします。

☐ 我買這個。 ➡ これをいただきます。

☐ 我決定買這一個。 ➡ これに決(き)めました。

21／8 買名產

CD223

☐ 有沒有適合送人的名產？ ➡ お土産(みやげ)にいいのはありますか。

☐ 哪一個比較受歡迎？ ➡ どれが人気(にんき)がありますか。

☐ 你認為哪個好呢？ ➡ どれがいいと思(おも)いますか。

☐ 我想買1萬日圓以內的東西。 ➡ 1万円(まんえん)以内(いない)の物(もの)がいいです。

□	這點心看起來很好吃。	➡	このお菓子(かし)はおいしそうです。
□	請給我這豆沙包。	➡	この饅頭(まんじゅう)をください。
□	給我一個。	➡	一(ひと)つください。
□	請給我8個同樣的東西。	➡	同(おな)じものを八(やっ)つください。
□	太貴了。	➡	高(たか)すぎます。
□	貴了一些。	➡	ちょっと高(たか)いですね。
□	請算便宜一點。	➡	安(やす)くしてください。
□	可以打一些折扣嗎？	➡	少(すこ)しまけてもらえませんか。
□	預算不足。	➡	予算(よさん)が足(た)りません。
□	兩千日圓的話就買。	➡	2,000円(えん)なら買(か)います。
□	那就不要了。	➡	それでは、いりません。
□	我會再來。	➡	また来(き)ます。
□	請分開包裝。	➡	別々(べつべつ)に包(つつ)んでください。
□	請包漂亮一點。	➡	きれいに包(つつ)んでください。

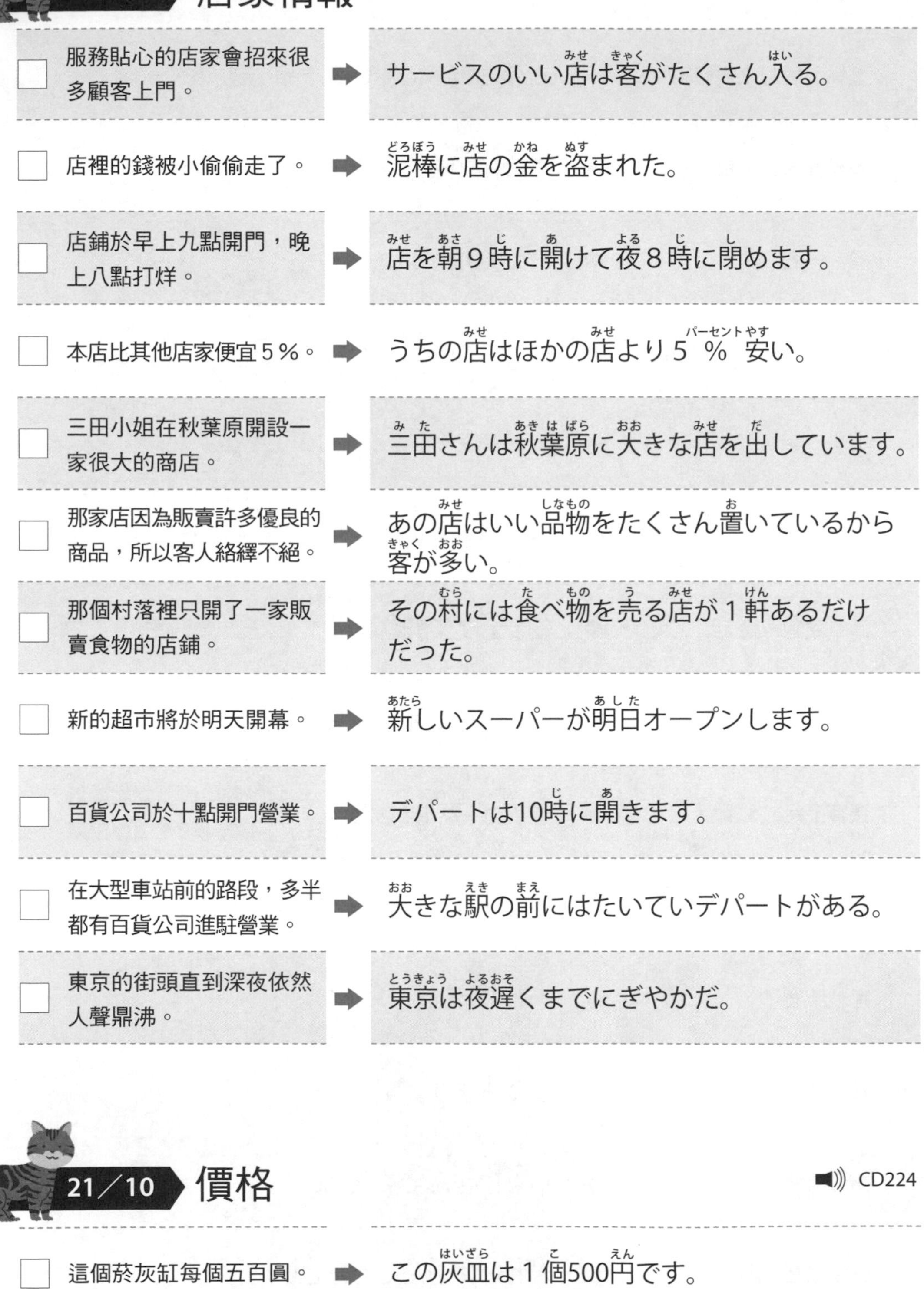

21／9 店家情報

CD224

□	服務貼心的店家會招來很多顧客上門。	➡	サービスのいい店は客がたくさん入る。
□	店裡的錢被小偷偷走了。	➡	泥棒に店の金を盗まれた。
□	店鋪於早上九點開門，晚上八點打烊。	➡	店を朝９時に開けて夜８時に閉めます。
□	本店比其他店家便宜５％。	➡	うちの店はほかの店より５％安い。
□	三田小姐在秋葉原開設一家很大的商店。	➡	三田さんは秋葉原に大きな店を出しています。
□	那家店因為販賣許多優良的商品，所以客人絡繹不絕。	➡	あの店はいい品物をたくさん置いているから客が多い。
□	那個村落裡只開了一家販賣食物的店鋪。	➡	その村には食べ物を売る店が１軒あるだけだった。
□	新的超市將於明天開幕。	➡	新しいスーパーが明日オープンします。
□	百貨公司於十點開門營業。	➡	デパートは10時に開きます。
□	在大型車站前的路段，多半都有百貨公司進駐營業。	➡	大きな駅の前にはたいていデパートがある。
□	東京的街頭直到深夜依然人聲鼎沸。	➡	東京は夜遅くまでにぎやかだ。

21／10 價格

CD224

□	這個菸灰缸每個五百圓。	➡	この灰皿は１個500円です。

□ 我想要好幾樣東西，可是沒錢買。	➡	ほしいものはいくつもあるが金がない。
□ 如果把米的價格從六百圓漲價到七百圓，就買不出去了。	➡	米の値段を1キロ600円から700円に上げたら売れなくなった。
□ 請問一千圓可以買幾個這種三明治呢？	➡	1,000円でこのサンドイッチがいくつ買えますか。
□ 可以買五個唷。	➡	五つ買えますよ。
□ 這家店的服飾很貴。	➡	▲この店の服は高い。 A：「この牛肉は１キロいくらですか。」 ／請問這種牛肉每公斤多少錢？ B：「1,200円です。」 ／一千兩百圓。
□ 買房子是一筆鉅額支出。	➡	▲家を買うのは大きな買い物だ。 A：「このお酒、１万円もしました。」 ／這種酒，每瓶要一萬圓。 B：「そうですか。それは高かったですね。」 ／這樣喔，那還真是貴耶。
□ 即使是貴一點也沒關係，我想要住豪華的飯店。	➡	高くてもいいからきれいなホテルに泊まりたい。
□ 我想要買條領帶送給男朋友，可是太貴了買不起。	➡	彼にネクタイを買ってあげたいけれども高くて無理です。

21／11 我要刷卡

CD224

□ 在哪裡結帳？	➡ レジはどこですか。
□ 要如何付款？	➡ お支払（しはら）いはどうなさいますか。
□ 麻煩我刷卡。	➡ カードでお願（ねが）いします。
□ 能用這張信用卡嗎？	➡ このカードは使（つか）えますか。
□ 要分幾次付款？	➡ お支払（しはら）い回数（かいすう）は？
□ 一次。	➡ 1回（かい）です。
□ 請簽在這裡。	➡ ここにサインをお願（ねが）いします。
□ 筆在哪裡？	➡ ペンはどこですか。
□ 在這裡簽名嗎？	➡ サインは、ここですか。
□ 這樣可以嗎？	➡ これでいいですか。

21／12 購物高手

CD224

□ 我的媽媽很會買到價廉物美的東西。	➡ 母（はは）は買（か）い物（もの）が上手（じょうず）です。

□ 好貴喔，實在買不下手。

▲高いですね。とても買えません。

A：「こちらのオーバーは10万円です。」
／這邊的大衣是十萬圓。

B：「高いですねえ。もっと安いのはありませんか。」
／好貴喔！有沒有便宜一點的？

□ 如果那家店太貴的話，那就到別家去買。

▲もしその店が高ければ、ほかの店で買います。

A：「そのテレビはいくらですか。」
／請問那台電視要多少錢呢？

B：「そんなに高くないですよ。15,000円です。」
／不會很貴喔，只要一萬五千圓。

□ 假如不貴的話我就會買，可是價格要兩萬圓，實在買不起。

▲高くなければ買えますが、２万円では無理です。

A：「このテーブル、３万円だったんですよ。」
／這張桌子的訂價是三萬圓喔！

B：「そうですか。いい買い物でしたね。」
／真的喔，你買得真便宜。

□ 日本的飲食費用和房屋的價格太高了，居住生活所費不貲。

日本では食べ物や家の値段が高くて、生活が大変です。

□ 上週的蔬菜價格很昂貴，本週已經跌得相當便宜了。

▲先週は野菜が高かったが、今週はずいぶん安くなりました。

A：「すてきなハンドバッグですね。」
／您的手提包真漂亮呀！

B：「ええ、銀座のデパートで見つけたんです。」
／嗯，我是在銀座的百貨公司買的。

Chapter 22 流行

CD225

在台灣可以看到琳瑯滿目的日本流行服裝雜誌，日本女裝以其時尚款式，吸引著眾多女性。而在日本買日系品牌的服裝、飾品都要比台灣來的便宜。到日本當然讓您買到失心瘋了。

22／1 流行

1. 請問最近年輕人流行做些什麼呢？
   最近、若い人の間ではやっているものってなんですか。

2. 最近時興把浴衣當作流行來穿。
   最近、ファッションとして浴衣を着るのがはやっている。

3. 最近農業在年輕人間人氣很高。
   最近、若者たちの間で農業の人気が高まっている。

4. 最近女高中生常剪的髮型是？
   最近、女子高生がよくしている髪型は？

5. 請問大學生通常會做哪些兼差工作呢？
   大学生は普通どんなアルバイトをするんですか。

6. 請告訴我最近的流行語。
   最近の流行語を教えてください。

7
現在最有趣的連續劇是哪一齣呢？
今(いま)、一番面白(いちばんおもしろ)いドラマって何(なん)ですか。

8
現在最暢銷的CD是哪一片呢？
今(いま)、一番(いちばん)売(う)れてるCD(シーディー)って何(なん)ですか。

9
現在最有人氣的麵包店位在哪裡？
今(いま)、一番人気(いちばんにんき)のパン屋(や)って、どこですか。

10
現在最帥氣的男星是誰？
今(いま)、一番(いちばん)かっこいいと思(おも)う俳優(はいゆう)は?

11
現在最有趣的藝人是誰？
今(いま)、一番(いちばん)おもしろい芸人(げいにん)って誰(だれ)なんですか。

12
現在最受歡迎的歌手是誰呢？
今(いま)、一番人気(いちばんにんき)がある歌手(かしゅ)って誰(だれ)ですか。

13
現在當紅的歌手是誰？
今(いま)、一番旬(いちばんしゅん)な歌手(かしゅ)は誰(だれ)ですか。

22／2 外型

CD225

好可愛。	かわいいです。
好漂亮。	おしゃれです。
非常漂亮。	凄(すご)くきれいです。
穿起來很好走。	履(は)きやすいです。
穿著走起來挺輕鬆的。	結構(けっこう)歩(ある)きやすい。
穿著顯得很帥氣。	かっこよく着(き)られます。
有點遜。	ちょっと格好悪(かっこうわる)かった。
極具今年流行的風格。	すごく今年風(ことしふう)です。
樣式好可愛。	形(かたち)がかわいかった。
帶有質樸的風貌。	地味(じみ)な風情(ふぜい)があって。
有點酷的感覺。	ちょっとクールな感(かん)じ。
這是限量的托特包。	限定(げんてい)のトートーバックです。
很容易跟各類服飾搭配。	いろんな服(ふく)に合(あ)わせやすいです。
設計的款式蠻有小女孩的味道，很可愛。	デザインが女(おんな)の子(こ)っぽくてかわいいです。

一點也不搶眼，非常可愛。	目立(めだ)たないし、カワイイです。
不受流行影響的基本鞋款。	流行(りゅうこう)に左右(さゆう)されずに履(は)ける。
穿上身時的剪裁線條非常優美。	着(き)たときのラインがきれいです。
這個品牌最吸引人的地方就是有賣ＳＳ的超小尺碼。	SS(エスエス)サイズが買(か)えるのが魅力(みりょく)です。
設計也很簡單大方。	デザインもシンプルです。
修飾腿部線條的效果超群絕倫。	美脚(びきゃく)効果(こうか)バツグンです。
也非常實搭。	実用性(じつようせい)も抜群(ばつぐん)です。
我認為這是一雙適合女性穿著的運動鞋。	女性(じょせい)向(む)きなスニーカーだと思(おも)う。

22／3 打扮

CD225

媽媽不太在意穿著。	母(はは)はあまり服装(ふくそう)に気(き)を使(つか)いません。
我不適合穿亮色系的衣服。	私(わたし)は明(あか)るい色(いろ)の服(ふく)が似合(にあ)いません。
她總是穿著像男孩般的帥氣衣服。	彼女(かのじょ)はいつもボーイッシュな服装(ふくそう)をしています。
他對服裝的品味真不錯哪。	彼(かれ)は服(ふく)のセンスがいいね。

□ 不要強做年輕打扮，以適合年齡的裝扮比較好喔。 ➡ 若づくりしないで、年相応の格好をした方がいいですよ。

□ 他自己的衣服非常土氣。 ➡ 彼の私服はとてもダサい。

□ 這種圖案的衣服看起來很像歐巴桑。 ➡ こういう模様の服はおばさんっぽく見えます。

□ 她總是穿得漂漂亮亮的。 ➡ 彼女はいつもおしゃれです。

□ 我喜歡穿休閒樣式的服裝。 ➡ 私はカジュアルな洋服が好きです。

□ 穿西裝看起來就很帥氣。 ➡ スーツを着ると格好よく見えます。

22／4 衣服

CD226

□ 你不適合穿紅色的衣服。 ➡ 赤い服はあなたに似合わない。

□ 這件衣服的尺寸對我來說太大了。 ➡ この服は私には大きすぎます。

□ 你的衣服真多哪。 ➡ たくさん服を持っていますね。

□ 雨水把衣服打濕了。 ➡ 雨で服が濡れました。

□ 穿著新衣服，感覺很開心。 ➡ 新しい服を着たので気持ちがいいです。

□ 妻子幫我把衣服掛到了衣架上。 ➡ 妻がハンガーに服をかけてくれました。

- □ 從公司下班後一回到家，就脫衣服洗澡。 ➡ 会社から帰ると服を脱いで風呂に入ります。
- □ 我幫了孩子換穿衣服。 ➡ 子供が服を着替えるのを手伝ってやりました。
- □ 在我上大學念書時，爸爸買了新衣服給我。 ➡ 大学へ入ったときに父が新しい服を買ってくれた。
- □ 家姊幫我挑了套裝。 ➡ ▲姉に洋服を選んでもらった。

  A：「パーティーにどの洋服を着ていこうか。」
  ／該穿什麼套裝去參加派對才好呢？

  B：「この明るいのはどう。」
  ／挑選這件亮色系的衣服如何？

- □ 這件套裝才剛剛量身訂製完成，可是穿起來卻不合身。 ➡ 作ったばかりの洋服なのに体に合わない。
- □ 把套裝脫掉，換上了睡衣。 ➡ 洋服を脱いでパジャマに着替えた。
- □ 雖然外出時會穿套裝，但在家裡都穿和服。 ➡ 外へ出るときは洋服を着ますが、家の中では着物です。
- □ 已經穿不下這件衣服了。 ➡ 服が小さくなってしまいました。
- □ 小孩一下子就長大了，很快就穿不進以前的衣服。 ➡ 子供は大きくなるのが早くて洋服がすぐ小さくなってしまいます。

22／5 服飾—材質

CD226

- □ 材質很棒。 ➡ 質がいいです。

□ 我喜歡它的涼爽材質。	➡	涼しさが好きです。
□ 亮晶晶的。	➡	キラキラしてます。
□ 適合秋冬的圖案。	➡	秋冬に合った柄です。
□ 我喜歡玻璃的質感。	➡	ガラスの質感が好きです。
□ 材質摸起來很舒服，非常好。	➡	素材が気持ちよくて、いいです。
□ 即使流汗也無所謂。	➡	汗をかいても大丈夫です。
□ 因為輕飄飄、軟綿綿的，感覺好舒服。	➡	ふわふわだから気持ちいいです。
□ 明明就是泳裝，布料卻非常透明。	➡	水着なんだけど、めちゃめちゃ透ける。
□ 蓬蓬的束髮圈最棒了。	➡	モコモコなヘアゴムは最高だ。

22／6 人氣服飾

CD226

□ 太適合我了！	➡	私にはピッタリです！
□ 非常滿意。	➡	満足しました。
□ 我非常喜愛。	➡	すごく気に入ってます。

□ 我很喜歡它的整體設計。	➡	全体(ぜんたい)のスタイルが気(き)に入(い)ってます。
□ 我很喜歡它那帶有春天氣息的顏色。	➡	色(いろ)が春(はる)らしくて気(き)に入(い)った。
□ 應該可以一直穿到初夏。	➡	初夏(しょか)まで着(き)られそうです。
□ 即使單穿也很亮麗。	➡	1枚(まい)でもおしゃれに着(き)られる。
□ 上學時也帶著去。	➡	通学(つうがく)にも使(つか)ってます。
□ 我很喜歡它的搶眼。	➡	注目度(ちゅうもくど)サイコーです。
□ 看來往後應該可以用很久。	➡	これから長(なが)く使(つか)えそう。
□ 我很喜歡它的用途廣泛。	➡	使(つか)い回(まわ)しがきくので気(き)に入(い)ってます。
□ 是目前廣受雜誌報導的熱門商品。	➡	今(いま)雑誌(ざっし)で人気(にんき)を集(あつ)めています。
□ 好想要一件可愛的線衫洋裝喔。	➡	ニットのかわいいワンピースが欲(ほ)しいなあ。
□ 有很多名牌商品也在網購或郵購通路上販售。	➡	ブランド品(ひん)は通販(つうはん)でもたくさん販売(はんばい)されています。

22／7 服飾—價錢

CD226

□ 太貴了。	➡	高(たか)すぎます。

□	太貴了，買不下手。	➡	高すぎて手がでません。
□	價格高不可攀哪～。	➡	手が届きませ～ん。
□	價格要加倍。	➡	お値段が倍です。
□	我想應該一輩子也買不到。	➡	一生手に入らないと思う。
□	這麼便宜，真令人開心。	➡	安くて嬉しいです。
□	價格也超級便宜。	➡	値段も激安です。
□	價格並不貴。	➡	お手軽価格です。
□	價格居然只有三千九百日圓，實在太便宜了。	➡	なんと3,900円とお手頃なんです。
□	能夠只用一萬日圓就買得到，實在太高興了。	➡	1万円で買えるのが嬉しいです。

22／8 襯衫

CD227

□	我正在找黃色的襯衫。	➡	黄色いシャツを探しています。
□	在超市買了兩件襯衫。	➡	スーパーでシャツを２枚買った。
□	新的襯衫穿起來很舒服。	➡	新しいシャツは気持ちがいいです。

	中文	日文
□	我正在找有口袋的襯衫。	ポケットのあるシャツを探(さが)しています。
□	這件襯衫有兩個口袋。	このシャツにはポケットが二(ふた)つついている。
□	熨燙襯衫。	シャツにアイロンをかけます。
□	每天都會換穿乾淨的襯衫。	毎日(まいにち)シャツを取(と)り替(か)えます。
□	那件襯衫已經髒了耶。脫下來，我幫你洗吧。	そのシャツ、汚(よご)れたねえ。洗(あら)うから脱(ぬ)いで。
□	你的襯衫下擺沒有塞進褲頭裡喔。	ズボンからシャツが出(で)ていますよ。
□	襯衫的釦子掉了。	ワイシャツのボタンが取(と)れた。
□	時常將襯衫送洗。	時々(ときどき)ワイシャツを洗濯屋(せんたくや)に出(だ)します。
□	請問這件襯衫該配什麼樣的領帶呢？	このシャツにはどんなネクタイが合(あ)いますか。
□	藍色和粉紅色的襯衫銷路很好。	青(あお)やピンクのワイシャツが売(う)れています。
□	回到家後就脫掉襯衫，換上Ｔ恤。	家(いえ)に帰(かえ)るとワイシャツをぬいでＴ(ティー)シャツに着替(きが)えます。
□	假如會熱的話就脫掉毛衣，換上薄襯衫比較好吧？	暑(あつ)ければセーターを脱(ぬ)いで、薄(うす)いシャツに着替(きが)えたらどうですか。
□	去公司時通常會穿白襯衫、打領帶。	会社(かいしゃ)へ行(い)くときは白(しろ)いワイシャツを着(き)てネクタイをします。

22／9 大衣、外套、毛衣、西裝外套

🔊 CD227

- □ 春天來囉！再也不用穿外套了。 ➡ 春だ。もう上着はいらない。
- □ 天氣很冷，穿上外套再出門吧。 ➡ 寒いから上着を着ていきなさい。
- □ 時序進入十一月，路上穿外套的人變多了。 ➡ 11月になって上着を着る人が増えました。
- □ 外套太重了，穿得我肩膀酸痛。 ➡ 上着が重くて肩が疲れる。
- □ 這件外套看起來好暖和喔。 ➡ 暖かそうなコートですね。
- □ 是啊，穿起來很暖和唷。 ➡ ええ、とても暖かいですよ。
- □ 那件大衣對你來說，恐怕稍嫌大了點吧。 ➡ ▲そのコート、君にはちょっと大きすぎるんじゃない？

  A：「どちらのコートにしますか。」
  ／請問您要買哪一件外套呢？

  B：「あちらをください。」
  ／請給我那邊那件。
- □ 這件毛衣是在仙台買的。 ➡ このセーターは仙台で買ってきたものです。
- □ 把毛衣浸在熱水裡用手搓洗。 ➡ セーターはお湯につけて手で洗います。
- □ 由於天氣變冷，所以穿上了毛衣。 ➡ 寒くなったのでセーターを着ました。
- □ 由於氣溫很冷，所以在襯衫上面又套了件毛衣。 ➡ 寒かったのでシャツの上にセーターを着た。
- □ 恐怕快下雨了，還是把風衣帶著比較保險喔。 ➡ 雨が降りそうだから、コートを持っていった方がいいですよ。

- □ 在東京，到了四月就不用再穿大衣了；可是在北海道，甚至到五月都還需要穿大衣。 ➡ 東京では４月になればコートはいらないが、北海道では５月までコートほしい。
- □ 穿上西裝去公司上班。 ➡ 背広を着て会社へ行きます。
- □ 身材變胖後，西裝穿不下了。 ➡ 太って背広が小さくなった。
- □ 即使是在炎熱的夏天，要和客戶見面時，還是要穿西裝。 ➡ 夏は暑くてもお客さんと会うときは背広を着ます。
- □ 父親買了西裝送我，以祝賀我獲得公司錄取。 ➡ 会社に入ったお祝いに、父が背広を買ってくれました。
- □ 在西裝外套的口袋裡裝了錢包、鋼筆、還有行事曆手冊等等各式各樣的東西。 ➡ 背広のポケットには財布や万年筆や手帳など、いろいろなものが入っています。

22／10 褲子、裙子

CD227

- □ 穿了新的長褲。 ➡ 新しいズボンを穿いた。
- □ 今天好熱，穿半筒褲吧。 ➡ 今日は暑いから半ズボンを穿こう。
- □ 去年買的裙子已經塞不進去了。 ➡ 去年買ったスカートが穿けなくなった。
- □ 如果不瘦下來點，就塞不進這條裙子裡囉。 ➡ もう少しやせないと、このスカート、穿けないわよ。
- □ 如果妳能穿上這件裙子，就送給妳吧。 ➡ このスカート、穿ければあなたにあげるわよ。
- □ 年輕女孩常會穿短裙。 ➡ 若い女性は短いスカートを穿くことが多い。

□ 在冬天穿裙子會冷吧。 ➡ 冬はスカートでは寒いでしょう。

□ 白色的女用襯衫搭配粉紅色的裙子，穿起來真漂亮哪。 ➡ 白いブラウスにピンクのスカートがきれいだ。

□ 店家展示著一件可愛的裙子吸引了我的目光，令我不禁在店門口停下了腳步。 ➡ かわいいスカートが飾ってあったので店の前で足を止めた。

□ 我的女兒很討厭穿裙子，總是穿褲子出門。 ➡ うちの娘はスカートが嫌いでいつもパンツを穿いて出かけます。

□ 小腹凸出，褲頭變緊了。 ➡ おなかが出てズボンがきつくなった。

□ 脫下裙子，穿上了褲子。 ➡ スカートを脱いでズボンを穿きました。

□ 脫去西裝上衣和長褲，換上睡衣。 ➡ 上着とズボンを脱いでパジャマに着替えます。

□ 妻子為我熨燙長褲。 ➡ 妻がズボンにアイロンをかけてくれます。

□ 從外面回到家的時候，都會拿毛刷刷去西裝長褲和外套上的灰塵。 ➡ 外から帰ったときは上着とズボンにブラシをかけます。

□ 現在要幫您照Ｘ光了，除了內褲以外，請脫掉身上的其他衣物，然後站到台子上。 ➡ レントゲンをとりますから、パンツの他は何も着けないで台にあがってください。

22／11 修改衣服

CD228

□ 褲腳的縫線綻開了。 ➡ ズボンの裾が解けちゃった。

□ 這個地方，可以幫我縫補一下嗎？ ➡ ここ、縫っておいてくれない？

□	以熨斗把圖騰燙印在口袋上。	➡	ポケットにアイロンでワッペンを貼(は)りました。
□	我的鈕扣掉了，請幫我縫補上去。	➡	ボタンをなくしたので、付(つ)け直(なお)してください。
□	你會自己縫鈕扣嗎？	➡	自分(じぶん)でボタンを付(つ)けられますか。
□	長度變短了，請放長一點。	➡	丈(たけ)が短(みじか)くなったので、伸(の)ばしてください。
□	我不太擅長縫紉。	➡	裁縫(さいほう)はあまり得意(とくい)じゃありません。
□	麻煩把褲腳改短一點。	➡	ズボンの裾上(すそあ)げをお願(ねが)いします。
□	請問要改短幾公分呢？	➡	何(なん)センチぐらい裾上(すそあ)げしますか。
□	如果是用縫紉機車縫的話，就連改短牛仔褲的褲腳，也一下子就能完成了。	➡	ジーンズの裾上(すそあ)げもミシンを使(つか)えばすぐできます。

22／12 鞋子、襪子

CD228

□	鞋子太新了，穿起來會打腳。	➡	靴(くつ)が新(あたら)しくて足(あし)に合(あ)わない。
□	這雙襪子太小了，沒辦法穿。	➡	この靴下(くつした)は小(ちい)さくて穿(は)けない。
□	這雙襪子太小了，腳穿不進去。	➡	この靴下(くつした)は小(ちい)さくて足(あし)が入(はい)らない。
□	穿雙合腳的鞋吧。	➡	足(あし)にあった靴(くつ)を履(は)きましょう。

	中文		日文
□	那個小孩把鞋子的左右腳穿反了。	➡	あの子は靴を反対に履いている。
□	下雨天會穿長靴。	➡	雨の日は長靴を履きます。
□	我怕您的腳會弄髒，請穿拖鞋。	➡	足が汚れますからスリッパを履いてください。
□	穿鞋子的時候沒有穿襪子，結果腳被磨得痛死了。	➡	靴をはくときに靴下を履かなかったら、足が痛くなった。
□	我聞到了臭襪子的味道。	➡	靴下の変なにおいがした。
□	快把襪子脫下來吧，我要洗衣服了。	➡	靴下を脱いで、洗濯するから。
□	襪子沒有彈性而變鬆垮了。	➡	靴下がのびてしまいました。
□	寒冷的時候就會想穿厚厚的襪子。	➡	寒いときは厚い靴下がほしい。
□	因為年紀很小，所以還不太會自己穿襪子。	➡	まだ小さいから靴下が上手に履けない。
□	把散在玄關處的拖鞋排整齊了。	➡	玄関のスリッパを片付けた。
□	如果不穿拖鞋的話，腳底會覺得冷。	➡	スリッパを履かないと足が冷たい。
□	在進入鋪設榻榻米的房間前，必須先脫掉拖鞋。	➡	畳の部屋に入るときはスリッパを脱ぎます。
□	您請穿上拖鞋，不然會弄髒您的腳。	➡	足が汚れますから、どうぞスリッパを履いてください。
□	請讓我看一下那邊那雙涼鞋。	➡	あちらのサンダルを見せてください。

22／13 領帶、手帕

CD228

□ 每天都會換不同的領帶。

▲毎日ネクタイを取り替えます。

A：「どのネクタイがいいですか。」
／你喜歡哪一條領帶呢？

B：「あれが気に入りました。」
／我很喜歡那一條。

□ 深色的西裝外套適合搭配較為亮色系的領帶。

暗い色の上着には少し明るいネクタイが合います。

□ 我穿白襯衫、打領帶，去公司上班。

白いワイシャツにネクタイをして会社へ出かけます。

□ 讓我想想，今天要打哪條領帶呢？

今日はどのネクタイにしようか。

□ 天氣很熱，請儘管解開領帶，不用客氣。

▲暑いですから、どうぞネクタイを取ってください。

A：「このネクタイ、僕にどうかな？」
／我適合打這條領帶嗎？

B：「とてもいいですよ。」
／非常適合你呀！

□ 最近寬版的領帶非常暢銷。

▲最近は太いネクタイがよく売れている。

A：「ネルソンさん、ネクタイが曲がっていますよ。」
／納爾遜先生，您的領帶歪了唷。

B：「あっ、どうも。」
／啊！謝謝你的提醒。

□ 洗了弄髒的手帕。

▲汚れたハンカチを洗った。

A：「ハンカチを忘れてない？」
／沒忘了帶手帕吧？

B：「うん、2枚持ったよ。」
／嗯，我帶了兩條嘍。

□ 用手帕擦了汗。	➡	▲ハンカチで汗を拭いた。 A：「これ、あなたのハンカチじゃない？」 ／咦？這不是你的手帕嗎？ B：「あっ、そうです。ありがとうございました。」 ／啊！是我的。非常謝謝你。
□ 把口袋裡的東西掏出來讓人看了。	➡	ポケットの中のものを出して見せた。

22／14 帽子、眼鏡、鈕釦

CD228

□ 小寶寶的帽子好像快掉下去囉。	➡	▲赤ちゃんの帽子が脱げそうですよ。 A：「この帽子、私に似合いますか。」 ／我適合戴這頂帽子嗎？ B：「ええ、とってもいいですよ。」 ／嗯，戴起來很好看喔。
□ 太陽很大，請戴上帽子後再出門。	➡	日が強いから帽子をかぶって行きなさい。
□ 這裡的眼鏡全都不是我的度數。	➡	ここのメガネはどれも私の目に合わない。
□ 由於眼睛的度數已經變了，所以配了一副新眼鏡。	➡	メガネが合わなくなったので、新しいのを作った。
□ 我在眼鏡行的櫥窗裡看到一副很棒的太陽眼鏡，忍不住在店門口駐足端詳。	➡	いいサングラスがあったので眼鏡屋の前で足を止めた。
□ 把大衣的鈕子鈕起來。	➡	オーバーのボタンをとめなさい。

- □ 你可以幫我縫上鈕釦嗎？ ➡ ボタンをつけてくれませんか。
- □ 西裝的鈕釦掉了。 ➡ 背広(せびろ)のボタンが落(お)ちていました。

22／15 流行配件

CD229

- □ 你有打耳洞嗎？ ➡ ピアスホールを開(あ)けていますか。
- □ 近來戴耳環的男人變多了。 ➡ ピアスをつけた男(おとこ)の人(ひと)が多(おお)くなりました。
- □ 這不是針式耳環而是夾式耳環。 ➡ これはピアスじゃなくてイヤリングです。
- □ 這條項鍊的樣式會不會太豪華了呢？ ➡ このネックレス、派手(はで)すぎるかな？
- □ 她喜歡戴手鐲。 ➡ 彼女(かのじょ)はブレスレットをつけるのが好(す)きです。
- □ 這個鍊墜好可愛喔。 ➡ そのペンダントかわいいね。
- □ 到了夏天，就想要戴腳戒。 ➡ 夏(なつ)になると、トウリングをつけたくなります。
- □ 我在收集胸花。 ➡ 私(わたし)は花(はな)のコサージュをコレクションしています。
- □ 這只手錶是什麼牌子的呢？ ➡ その腕時計(うでどけい)はどこのブランドですか。
- □ 頭上戴著髮箍的是我的女兒。 ➡ カチューシャをつけているのが私(わたし)の娘(むすめ)です。

□ 他送我訂婚戒指。	彼(かれ)に婚約指輪(こんやくゆびわ)をもらいました。
□ 我買不起鑽石或紅寶石之類的昂貴物品。	ダイヤモンドやルビーなど高(たか)いものは買(か)えません。

22／16 時尚流行

CD229

□ 這種款式的外套已經不流行了。	このタイプのジャケットはもうはやらない。
□ 他總是穿著過時的衣服。	彼(かれ)はいつも時代遅(じだいおく)れの服(ふく)を着(き)ています。
□ 她對流行很敏銳。	彼女(かのじょ)は流行(りゅうこう)に敏感(びんかん)です。
□ 我不買流行款式的衣服。	私(わたし)ははやりの服(ふく)は買(か)いません。
□ 請問今年冬天流行什麼顏色呢？	今年(ことし)の冬(ふゆ)は何色(なにいろ)がはやりますか。
□ 那本雜誌介紹了早春的時尚流行。	あの雑誌(ざっし)は春(はる)を先取(さきど)りしたファッションを紹介(しょうかい)しています。
□ 您是不是有參考時尚雜誌裡的資訊呢？	ファッション雑誌(ざっし)を参考(さんこう)にしてるの？
□ 我喜歡永不退流行款式的服裝。	流行(りゅうこう)に左右(さゆう)されない洋服(ようふく)が好(す)きです。
□ 去年流行過的款式，今年再也不能穿了耶。	去年(きょねん)はやった服(ふく)は、今年(ことし)はもう着(き)られないね。
□ 我現在要去買春天穿的開襟羊毛衫。	今(いま)から春物(はるもの)のカーディガンを買(か)いに行(い)きます。

22／17 美容院

CD229

啊，好帥喔。	あ、すてきですね。
請幫我把頭髮弄成像這張照片的髮型一樣。	この写真(しゃしん)みたいにしてください。
您很喜歡這位男演員嗎？	この俳優(はいゆう)がお好(す)きなんですか。
因為我很喜歡照片上的這位男演員。	写真(しゃしん)の俳優(はいゆう)が好(す)きだからです。
因為我想要換個造型。	印象(いんしょう)を変(か)えたいからです。
因為夏天快到了。	夏(なつ)になるからです。
因為今年正在流行。	今年(ことし)はやっているからです。
也不是特別喜歡他，只是覺得想換個造型罷了。	そうじゃないんですけど、イメージを変(か)えようと思(おも)って。
原來如此。夏天快到了，今年很多人喜歡梳剪這種髮型呢。	そうですか、もうすぐ夏(なつ)ですし、このスタイル、今年人気(ことしにんき)があるんですよ。

22／18 我要燙髮

CD229

要等多久呢？	どのくらい待(ま)ちますか。
請在這裡等。	こちらでお待(ま)ちください。
讓您久等了。下一位請。	お待(ま)たせしました。次(つぎ)の方(かた)どうぞ。

□	請您把東西放這裡吧！	➡	お荷物をお預かりしましょうか。
□	這邊請。	➡	こちらへどうぞ。
□	您要怎麼整理？	➡	どうなさいますか。
□	您今天要怎麼整理？	➡	今日はどうなさいますか。
□	要剪像什麼樣子的？	➡	カットはどんな感じにしますか。
□	我要燙髮。	➡	パーマをお願いします。
□	費用裡有包括洗髮嗎？	➡	シャンプーは料金に入っていますか。
□	洗髮費用另算。	➡	シャンプーは別料金です。
□	洗髮就不用了。	➡	シャンプーは結構です。
□	我要剪像這張照片。	➡	この写真のようにしてください。
□	只要燙前面。	➡	前だけパーマしてください。
□	請剪短一點。	➡	少し短くしてください。
□	請不要剪得太短。	➡	あまり短くしないでください。
□	後面要剪嗎？	➡	後ろは切りますか。

□	瀏海不會太長了嗎？	➡	前髪（まえがみ）は少（すこ）し長（なが）すぎませんか。
□	剪短一點比較好喔！	➡	少（すこ）し短（みじか）くした方（ほう）がいいですよ。
□	要在哪裡分邊？	➡	分（わ）け目（め）はどこですか。
□	您覺得如何？	➡	いかがですか。
□	很好，謝了。	➡	はい、結構（けっこう）です。どうも。

22／19 逛街去

CD229

□	請問這附近有家賣便宜數位相機的店鋪，位在哪裡呢？	➡	この辺（へん）でデジカメが安（やす）い店（みせ）って、どこですか。
□	這附近有可以讓人好整以暇看書的咖啡廳嗎？	➡	この辺（へん）に、本（ほん）がゆっくり読（よ）めるカフェってありませんか。
□	請問可以在便利商店買到那張入場券嗎？	➡	そのチケットって、コンビニで買（か）えますか。
□	請問您是在哪裡買到那雙鞋的呢？	➡	その靴（くつ）、どこで買（か）ったんですか。
□	您知不知道哪裡有既便宜又好吃的餐廳呢？	➡	安（やす）くておいしいレストラン、知（し）りませんか。
□	惠比壽有沒有哪裡是約會的好地點呢？	➡	恵比寿（えびす）でデートにいい場所（ばしょ）って、どこですかね。

Chapter 23 減重

🔊 CD230

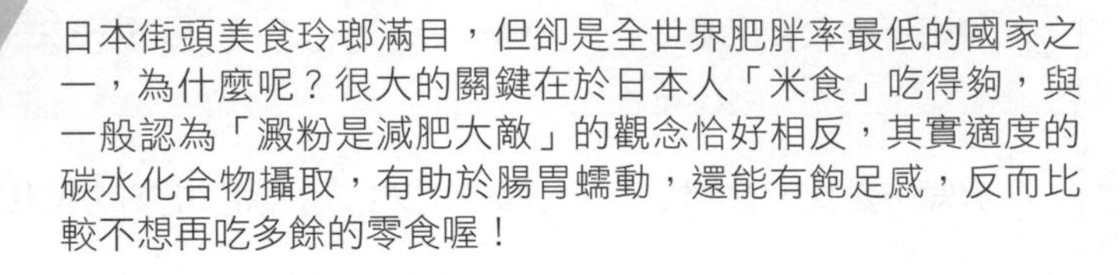

日本街頭美食玲瑯滿目，但卻是全世界肥胖率最低的國家之一，為什麼呢？很大的關鍵在於日本人「米食」吃得夠，與一般認為「澱粉是減肥大敵」的觀念恰好相反，其實適度的碳水化合物攝取，有助於腸胃蠕動，還能有飽足感，反而比較不想再吃多餘的零食喔！

23／1 三圍現況

❶ 我是個粉領族，身高158.5cm，體重37.4kg。

身長(しんちょう)158.5センチ、体重(たいじゅう)37.　4キロのOLです。

❷ 我今年36歲，身高173cm、體重74kg、體脂肪率30%，有三個小孩。

36歳(さい)、身長(しんちょう)173センチ、体重(たいじゅう)74キロ、体脂肪(たいしぼう)30パーセント、子供(こども)3人(にん)です。

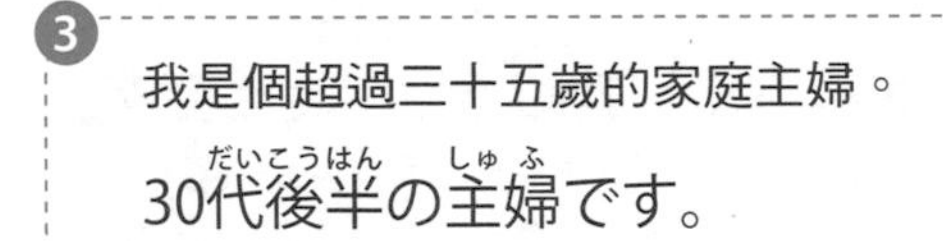

❸ 我是個超過三十五歲的家庭主婦。

30代後半(だいこうはん)の主婦(しゅふ)です。

❹ 身高為158公分。

身長(しんちょう)は158センチです。

❺ 三圍分別是79、55.5、還有74公分。

B(バスト) 79、W(ウエスト)55.5、H(ヒップ)74です。

6
體脂肪率為14%。
体脂肪率(たいしぼうりつ)は14%です。

7
大腿圍是40，小腿圍是27。
太(ふと)もも40、ふくらはぎ27です。

8
元旦春節時胖了四公斤左右。
お正月(しょうがつ)に4キロ程太(ほどふと)ってしまいました。

9
減重目標為減下十公斤。
目標(もくひょう)は10キロ減(げん)です。

10
現在身高是169cm，體重則是68kg。
現在(げんざい)、身長(しんちょう)169センチの体重(たいじゅう)68kgです。

11
我正在朝每星期瘦0.3公斤的目標邁進。
1週間(しゅうかん)に300グラム痩(や)せるのを目標(もくひょう)にしています。

12
只要持續十個星期，就能瘦下三公斤。
10週間続(しゅうかんつづ)けたら、3キロ痩(や)せられる。

23／2 飲食管理

CD230

□	減少熱量。	➡	カロリーを減(へ)らします。
□	我參考過相關書籍，花了番苦心設計菜單。	➡	本(ほん)などを参考(さんこう)に工夫(くふう)してみました。
□	減少了米飯或麵食類的碳水化合物攝取量。	➡	ご飯(はん)や麺(めん)など炭水化物(たんすいかぶつ)の量(りょう)は減(へ)らした。
□	和蔬菜類一起食用。	➡	野菜(やさい)などをいっしょに取(と)る。
□	最好要吃蔬菜唷。	➡	野菜(やさい)は食(た)べた方(ほう)がいいですよ。
□	吃些補充營養劑或是蔬果汁也不錯呀。	➡	サプリメントや野菜(やさい)ジュースもいいですよ。
□	最好要留意攝取富含維他命的食物較佳。	➡	ビタミン類(るい)を意識(いしき)して取(と)ったほうがいいです。
□	確實攝取了肉類以及魚類食物。	➡	お肉(にく)や魚(さかな)はしっかり取(と)りました。
□	吃肉的時候，盡量去掉肥肉部分。	➡	お肉(にく)はなるべく脂(あぶら)の部分(ぶぶん)を取(と)りました。
□	吃油炸類食物時，沒吃外層的裹粉部分。	➡	揚(あ)げ物(もの)は衣(ころも)を残(のこ)すようにした。
□	只在白天吃甜食。	➡	甘(あま)いものは昼間(ひるま)に食(た)べる。
□	晚上九點以後就不進食。	➡	夜(よる)9時(じ)以降(いこう)食(た)べない。
□	我確實做到三餐規律進食。	➡	食事(しょくじ)をしっかり取(と)るようにしてた。
□	我開始飲用五穀雜糧牛乳。	➡	五穀(ごこく)ミルクを飲(の)みはじめました。

☐	早上吃一根香蕉，中午也是吃一根香蕉，晚上則吃一般膳食。	➡	朝バナナ１本、昼バナナ１本、夜普通に食事している。
☐	我很注意營養均衡攝食。	➡	栄養はバランスよく取るようにしています。
☐	每天的卡路里攝取量控制在一千三百大卡以內。	➡	1日の摂取カロリーを1300Kcalに抑えてる。
☐	熱量只有一半而已。	➡	カロリー半分です。

23／3 減重運動

CD230

☐	我做到均衡攝食、確實運動。	➡	しっかり食べて、運動していた。
☐	我每天約花一個小時做運動。	➡	1日1時間程度の運動をしていた。
☐	以做運動而使肌肉變得更結實。	➡	運動によって筋肉をつけています。
☐	在每晚睡前做仰臥起坐和柔軟體操。	➡	夜寝る前に腹筋、柔軟体操をしています。
☐	每逢週末就會去健走約莫一個小時。	➡	週 末には1時間ほどのウォーキングしています。
☐	每週去游泳兩次。	➡	週2回水泳に行っています。
☐	正在努力稍微降低一點體脂肪。	➡	体脂肪をもう少し減らします。

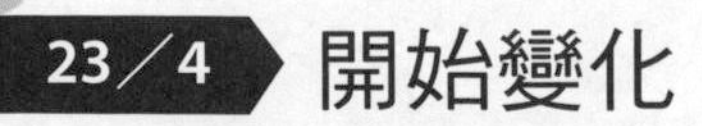

23／4 開始變化

CD230

已經施行減重計畫大約兩星期了。	ダイエットを始めて約２週間になりました。
到第三週時，減了一公斤。	3週間目に1ｋｇ減りました。
到了第三個星期，突然一口氣減下了三公斤。	3週間目にいきなり3ｋｇ減っていたんです。
到了第四週，又瘦下兩公斤。	4週目にはさらに2ｋｇ減りました。
接下來，體重則以每週少一公斤的速度往下掉。	それからは1週間に1kgのペースで落ちてきた。
首先感覺到的，就是全身肌肉變得似乎比較結實一點了耶～。	まずは全身がひき締まったなぁ～と思った。
可以感覺到腿部變得纖瘦多了。	だいぶ脚が引き締まったように感じた。
好像覺得身體變得熱呼呼的。	体があったかいような気がしてきた。
全身的代謝也有所改善了。	全身の代謝がよくなった。
全身上下的尺寸也大幅縮減了。	全身のサイズも大幅に減りました。
還想再減一公斤。	あと１キロ落としたい。
再瘦個三公斤吧！	あと3キロ痩せよう！
還想再瘦一點。	もっと痩せたいです。

23／5 減重奮鬥史

CD231

□	當時認為減重真是一樁艱難的工作。	➡	ダイエットってやっぱり難しいかなと思った。
□	確實遵守規律的作息，才得以維持住體重喔。	➡	メリハリつけて維持できていましたよ。
□	起初的兩個星期，幾乎沒什麼變化。	➡	最初の２週間はあまり変化がなかった。
□	總是沒辦法克制食欲耶。	➡	食欲が抑えられなくなるんです。
□	三餐不定時。	➡	食事もバラバラです。
□	生理期也不正常。	➡	生理も不順です。
□	由於痛苦反而不想吃東西。	➡	苦痛で逆に食事をしたくないです。
□	身上大幅度地瘦了很多肉。	➡	筋肉が大幅に削られている。
□	骨骼變疏鬆了。	➡	骨がスカスカになっている。
□	身體會吃不消。	➡	体が持ちません。
□	不容易變瘦。	➡	やせにくいです。
□	很容易變胖。	➡	太りやすいです。
□	太瘦了。	➡	やせ過ぎです。
□	只有在生理期之前，會極度想吃甜食。	➡	生理前だけは激しく甘い物が食べたくなる。

□	一口氣吃下了很多巧克力。	➡	チョコを一気(いっき)に食(た)べた。
□	只是白天要忍受飢餓感，不太好熬。	➡	ただ、昼間(ひるま)お腹(なか)が空(す)いて辛(つら)いです。
□	我每個月會容許自己一次完全不在乎熱量和體重，與朋友開心聚餐。	➡	月(つき)に1回(かい)は、カロリーも体重(たいじゅう)も気(き)にせずに、友達(ともだち)と食事(しょくじ)をしていました。
□	攝取了超過所需值的熱量。	➡	カロリー摂取量(せっしゅりょう)をオーバーした。
□	在大吃大喝以後，只留下萬分懊悔。	➡	過食(かしょく)した後(あと)は後悔(こうかい)しか残(のこ)りません。
□	受到了猛烈的罪惡感的侵襲。	➡	激(はげ)しい罪悪感(ざいあくかん)に襲(おそ)われました。
□	採取了激烈的催吐方式。	➡	無理(むり)に吐(は)こうとしていた。
□	變成沒有辦法遵守正確的進食方式。	➡	正(ただ)しい食事(しょくじ)の取(と)り方(かた)ができなくなった。

23／6 減重失敗

CD231

□	一開始確實遵守了規定。	➡	はじめはちゃんとルールを守(まも)った。
□	我最愛吃甜食了。	➡	でも甘(あま)いものが大好(だいす)きなんです。
□	如果強忍著，簡直是和壓力的天人交戰。	➡	我慢(がまん)すればストレスとの戦(たたか)いです。
□	假如吃下去的話，就成了與罪惡感的天人交戰。	➡	食(た)べれば罪悪感(ざいあくかん)との戦(たたか)いです。

□ 變成壓力。	ストレスになってしまった。
□ 遲遲沒有感受到成效。	なかなか成果(せいか)を感(かん)じられません。
□ 而且，工作變得比較忙碌。	また、仕事(しごと)が忙(いそが)しくなってきた。
□ 在精神上，有些疲憊。	精神的(せいしんてき)にちょっと疲(つか)れた。
□ 這樣真的是正確的減重方法嗎？	本当(ほんとう)に正(ただ)しいダイエットなんですか。
□ 以錯誤的減重方式劇烈變瘦。	間違(まちが)ったダイエットで激痩(げきや)せしました。
□ 減重失敗了。	ダイエット失敗(しっぱい)しました。
□ 變成易胖的不健康體質。	太(ふと)りやすく不健康(ふけんこう)な体(からだ)になった。

23／7 減重成功

CD231

□ 減重成功了。	ダイエット成功(せいこう)しました。
□ 我採用了按摩方法而瘦了下來。	マッサージでやせました。
□ 我去健身中心運動而成功減重了。	ジム通(がよ)いでダイエットに成功(せいこう)した。
□ 一個月瘦下三公斤。	1ヶ月(かげつ)で3キロやせた。

□ 體重減少了3kg。 ➡ 体重(たいじゅう)が３キロ減(へ)りました。

□ 現在的體重是61公斤，體脂肪率是23%。 ➡ 現在(げんざい)、61キロ、体脂肪(たいしぼう)23パーセントです。

□ 體重比一年前瘦了大約十四公斤左右。 ➡ 体重(たいじゅう)は１年前(ねんまえ)より14キロほどダウンしました。

□ 很輕鬆地就瘦下來了。 ➡ 簡単(かんたん)に体重(たいじゅう)は減(へ)りました。

□ 終於達到目標的體重值了。 ➡ やっと目標(もくひょう)の体重(たいじゅう)になった。

□ 無論是體重、身材、或是體脂肪率，都成為了最佳狀態了。 ➡ 体重(たいじゅう)も体型(たいけい)も体脂肪率(たいしぼうりつ)も理想的(りそうてき)な体(からだ)になった。

□ 站上體重計變成是件令人開心的事。 ➡ 体重計(たいじゅうけい)に乗(の)るのが楽(たの)しくなってきました。

□ 展現了令人喜悅的成果。 ➡ 嬉(うれ)しい成果(せいか)があらわれてきた。

□ 真是欣喜若狂。 ➡ 大変嬉(たいへんうれ)しいです。

□ 一直維持著現在的體重。 ➡ ずっと今(いま)の体重(たいじゅう)を維持(いじ)している。

□ 恭喜您減重成功。 ➡ ダイエット成功(せいこう)おめでとうございます。

□ 那麼努力減重，真是辛苦您了。 ➡ 本当(ほんとう)に、ダイエットお疲(つか)れ様(さま)でした。

23／8 孩童減重

CD231

要幫小孩子減重真是件非常不簡單的事呀。	子供(こども)のダイエットって大変(たいへん)ですね。
要減少餐點的份量實在很不容易。	食事(しょくじ)の量(りょう)を減(へ)らすのは大変(たいへん)です。
不讓本人察覺到地每天一點一滴減少攝取熱量。	減(へ)ったのが分(わ)からないよう毎日少(まいにちすこ)しずつ減(へ)らす。
此外，也不再多吃第二碗飯，對吧。	またはおかわりはしないことですね。
盡量多吃蔬菜。	なるべく、野菜(やさい)を多(おお)めにしている。
身體盡可能多動一動。	できるだけ体(からだ)を動(うご)かします。
在盼望的不是減少體重，而是增加身高。	体重(たいじゅう)を減(へ)らすのでなく、身長(しんちょう)が伸(の)びるのを待(ま)ちます。

補充單字

ダイエット 減肥	サイズ 尺寸	バスト 胸部，胸圍
ウエスト 腰，腰圍	ヒップ 臀部，臀圍	エステ（ティック） 美容塑身
失敗(しっぱい)（する） 失敗	成功(せいこう)（する） 成功	カロリー 卡路里，熱量
脂肪(しぼう) 脂肪		

CD232

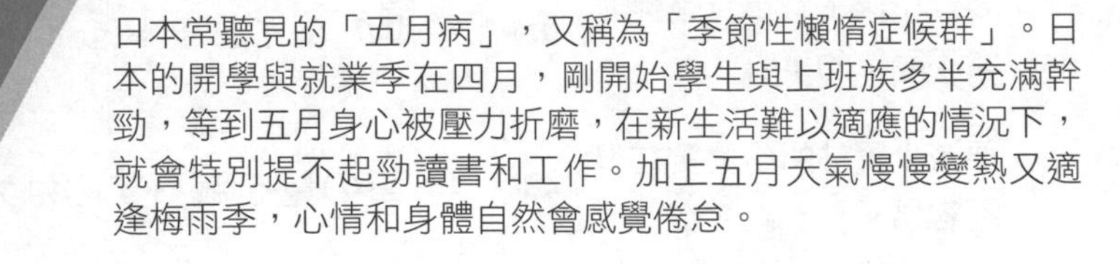
日本常聽見的「五月病」，又稱為「季節性懶惰症候群」。日本的開學與就業季在四月，剛開始學生與上班族多半充滿幹勁，等到五月身心被壓力折磨，在新生活難以適應的情況下，就會特別提不起勁讀書和工作。加上五月天氣慢慢變熱又適逢梅雨季，心情和身體自然會感覺倦怠。

24／1 不好的生活作息

1

您今天的氣色看起來不大好耶。

今日は顔色が悪いですね。

2

您的臉色泛青，是不是哪裡不舒服呢？

顔が青いけど、どこか具合が悪いんじゃないですか。

3

哎，這麼忙碌，會不會生病呢？真讓人擔心哪。

ああ忙しいと病気にならないか、心配ね。

4

我以前過的是從早到晚酒不離手的生活。

昼も夜も酒を飲む生活だった。

5

不管再怎麼喜歡喝酒，天天都喝的話，會對身體健康有害。

いくら酒が好きでも毎日飲んだら体に悪い。

6
每天會吸二十支菸。

1日に20本タバコを吸います。

7
不要一天抽三十支菸啦，這樣對身體不好耶。

▲一日30本もタバコを吸うな。体に悪いよ。

A：「タバコをたくさん吸うと体に悪いですよ。」
／抽太多菸的話，有礙身體健康喔。

B：「ええ、分かっているんですが、なかなか止められません。」
／是啊，我自己也知道，可就是一直戒不掉。

8
他的身體過去非常健壯，後來卻變得很衰弱。

昔は丈夫だったが、すっかり弱くなった。

9
隨著年齡的增長，身體逐漸變得衰弱，這也是無可奈何的事。

▲年をとって体が弱っていくのは仕方がない。

A：「怪我の程度はどうでしたか。」
／你的傷勢還好吧？

B：「ええ、それほどではありませんでした。1週間ぐらいで治るそうです。」
／嗯，沒那麼嚴重。聽說只要一星期左右就能痊癒。

24／2 健康的生活作息

CD232

□	我們多吃一點綠色的蔬菜吧。	➡	緑の野菜をたくさん食べましょう。
□	看你是要戒菸，還是要戒酒，最好挑一樣戒掉比較好吧。	➡	タバコかお酒かどちらかをやめた方がいいですよ。
□	無論有多麼吵雜，都能夠入睡。	➡	いくらうるさくても眠れる。
□	最重要的就是健康的身體。	➡	大切なものは第一に元気な体だ。
□	在早晨散步很舒服。	➡	朝の散歩は気持ちがいい。
□	我帶了孩子去散步。	➡	子供を散歩に連れて行きました。
□	每天會在家附近散步三十分鐘。	➡	毎朝30分、家の周りを散歩します。
□	我讓小狗走到公園散散步。	➡	公園まで犬を散歩させます。
□	我一面散步，一面思考當天的工作行程。	➡	散歩しながらその日の予定を考えます。
□	如果不散步的話，身體就會變得僵硬，感覺很不舒服。	➡	散歩しないと体が硬くなって気持ちが悪い。
□	不要搭電梯，我們走樓梯吧。	➡	エレベーターなどには乗らないで階段を歩きます。
□	我希望自己帶大的孩子，有著健康的身體和善良的心地。	➡	丈夫な体と優しい心の子供に育ってほしい。
□	島崎先生雖然上了年紀，但是身體還很硬朗。	➡	島崎さんは年を取っているが丈夫です。
□	雖然我小時候常常生病，因而請病假無法上學，但是現在身體已經很健康了。	➡	小さいころは病気をしてよく学校を休みましたが、今はとても丈夫になりました。

□ 只要身體能夠健康，其他什麼都可以不要。	▲体が丈夫ならほかのものはいらない。 A：「おじいちゃん、元気？」 ／老爺爺，近來好嗎？ B：「ああ、おかげで元気だよ。」 ／嗯，託你的福，精神可好得很哪。
□ 我想要聽柔和的古典音樂。	静かなクラシック音楽を聴きたい。
□ 比起熱鬧的城鎮，我比較想住在僻靜的鄉村。	にぎやかな町より静かな田舎に住みたい。

24／3 生病

CD232

□ 我討厭去給醫生看病。	医者にかかるのは嫌だ。
□ 假如我是醫生，說不定就能治好爸爸的病了。	▲私が医者だったら父の病気を治せたかもしれない。 A：「おじ様の病気はいかがですか。」 ／請問伯父的病況如何？ B：「ええ、もうすっかりよくなりました。」 ／嗯，已經好很多了。
□ 因為生病而躺了一個禮拜。	病気で1週間寝ていました。
□ 真希望您能早日康復哪。	早く病気が治るといいですね。
□ 我原本以為已經痊癒，所以沒再繼續吃藥，沒想到病情卻惡化了。	治ったと思って薬を飲まなかったらまた病気が悪くなった。

- □ 雖說有益健康，但老是吃同樣的食物，還是會生病的。 ➡ いくら体(からだ)によくても同(おな)じ物(もの)ばかり食(た)べていたら病気(びょうき)になってしまう。
- □ 家兄罹患重病。 ➡ 兄(あに)は重(おも)い病気(びょうき)にかかっています。
- □ 您先生的病情很輕，請您儘管放寬心。 ➡ ご主人(しゅじん)の病気(びょうき)は軽(かる)いですから、心配(しんぱい)しなくても大丈夫(だいじょうぶ)ですよ。
- □ 眼疾惡化的速度非常快。 ➡ 目(め)の病気(びょうき)はかなり進(すす)んでいた。
- □ 他已經因病亡故了。 ➡ 病気(びょうき)で死(し)んだ。
- □ 姑姑已經住院三個月了，病情似乎不輕。 ➡ おばさんは3ヶ月(かげつ)も入院(にゅういん)している。かなり悪(わる)いらしい。
- □ 一天到晚都待在家裡的話，對身體不大好喔。 ➡ 家(いえ)の中(なか)にばかりいたら体(からだ)に悪(わる)い。
- □ 我每星期都會去醫師那裏，請他診療鼻子的病況。 ➡ 毎週(まいしゅう)医者(いしゃ)へ行(い)って鼻(はな)の具合(ぐあい)を見(み)てもらっています。
- □ 由於喉嚨很痛，所以吃了感冒藥。 ➡ のどが痛(いた)かったので風邪(かぜ)の薬(くすり)を飲(の)みました。
- □ 因為爺爺的耳朵重聽，假如不朝他提高嗓門說話，他就聽不見。 ➡ おじいさんは耳(みみ)が遠(とお)いから大(おお)きな声(こえ)で話(はな)さないと分(わ)かりません。

24／4 疲勞

CD233

- □ 在走了很久以後，躺下來把腳抬高，這樣可以消除疲勞喔。 ➡ 長(なが)く歩(ある)いた後(あと)は横(よこ)になって足(あし)を上(あ)げると疲(つか)れが取(と)れますよ。
- □ 不管是週六或是週日都不能休息，真是累死人了。 ➡ 土曜日(どようび)も日曜日(にちようび)も休(やす)みが取(と)れなくて疲(つか)れたな。

□	一次搬那麼多東西會很累喔。	➡	そんなにたくさん持つと疲れるよ。
□	站了很久，腳都酸了。	➡	ずっと立っていて足が疲れた。
□	由於搭乘巴士的時間很久，身體變得很不舒服。	➡	長い時間バスに乗っていたので気持ちが悪くなった。
□	用跑的話會很累，我們慢慢走過去吧。	➡	走ると疲れるからゆっくり歩きましょう。
□	雖然昨天整整游了三個小時，但是並不覺得疲憊。	➡	昨日は3時間も泳いだけど、あまり疲れなかった。
□	我用力地握住原子筆寫字，結果手變得很酸。	➡	ボールペンを強く持って書いていたら手が疲れた。
□	好睏，眼睛都睜不開了。	➡	眠くて目が開かない。
□	一直盯著小字看，眼睛已經酸了。	➡	小さな字を見ていて目が疲れました。
□	盯著電腦螢幕看了太久，眼睛好痛。	➡	コンピューターの画面を見すぎて目が痛い。
□	小孩子已經累了，於是哭了起來。	➡	子供が疲れて泣いている。
□	如果老是埋首工作的話，可是會生病的唷。	➡	仕事ばかりしていると病気になりますよ。
□	當工作得很疲倦時，洗個澡後盡早睡覺，是最能消除疲勞的方式。	➡	仕事で疲れたときは、お風呂に入って早く寝るのが一番いい。
□	和她在一起生活，已經讓我累了。	➡	彼女との生活に疲れた。
□	上了年紀後，就變得很容易疲倦。	➡	年を取って疲れやすくなった。

24／5 頭痛發燒

CD233

□ 雖然頭痛但沒有發燒。 ➡ ▲頭が痛いが熱はない。

A：「どうしたの。顔色が悪いよ。」
／怎麼啦？臉色不大好耶？

B：「うん、今朝から頭が痛いんだ。」
／嗯，今天從早上就開始頭痛。

□ 假如頭痛的話就休息吧。 ➡ 頭が痛かったら休みな。

□ 頭好痛。我看還是吃藥後早點睡吧。 ➡ 頭が痛い。薬を飲んで早く寝よう。

□ 都怪你，喝什麼酒嘛，所以現在才會頭痛呀！ ➡ 酒など飲むから頭が痛くなるんだ。

□ 如果頭痛的話就吃這種藥，立刻就會止痛的。 ➡ 頭が痛いならこの薬を飲みなさい。すぐ治るよ。

□ 哎呀，你的臉好紅喔。 ➡ あら、顔が赤いわよ。

□ 是不是發燒了呢？ ➡ 熱があるんじゃない？

□ 因為感冒而全身發燙。 ➡ 風邪で体が熱かった。

□ 如果感冒的話，要休息比較好喔。 ➡ 風邪なら休んだほうがいいですよ。

□ 明天應該就會退燒囉。 ➡ ▲明日になれば熱は下がりますよ。

A：「顔が赤いけど、熱があるんですか。」
／你的臉紅咚咚的，是不是發燒了呢？

B：「いや、何でもない。」
／咦，我沒事啊。

□ 如果發燒的話，要去看醫生比較好喔。	熱(ねつ)があるなら医者(いしゃ)に見(み)てもらった方(ほう)がいいですよ。
□ 由於感冒而休養了三天之後，身體狀況稍稍好轉了一點。	風邪(かぜ)で三日間(みっかかん)休(やす)んだのでいくらか元気(げんき)になりました。
□ 吃下藥之後，疼痛就漸漸消失了。	薬(くすり)を飲(の)んだら痛(いた)みがだんだん消(き)えてきました。

24／6 肚子出毛病

CD233

□ 你的臉色慘白，怎麼了嗎？是不是肚子痛呢？	青白(あおじろ)い顔(かお)をして、どうしたの？おなかが痛(いた)いの？
□ 是啊，今天從早上開始，胃就在痛了…。	ええ、今朝(けさ)からちょっと胃(い)が痛(いた)くて……。
□ 由於從早上到現在什麼都沒吃，所以肚子裡空空的。	朝(あさ)から何(なん)も食(た)べていないのでお腹(なか)が空(す)きました。
□ 已經餓得走不動了。	お腹(なか)が空(す)いて、もう歩(ある)けない。
□ 假如肚子真的那麼痛的話，快去給醫生看一看。	▲おなかがそんなに痛(いた)ければ医者(いしゃ)に見(み)てもらいなさい。 A：「昨日(きのう)なぜ休(やす)みましたか。」 ／你昨天為什麼請假呢？ B：「おなかが痛(いた)かったんです。」 ／因為肚子很痛。
□ 我吃了三碗飯，肚子再也裝不進任何東西了。	▲ご飯(はん)を3杯(ばい)いただきました。もうお腹(なか)がいっぱいです。 A：「お腹(なか)の具合(ぐあい)はどうですか。」 ／肚子的狀況怎麼樣呢？ B：「夕(ゆう)べから痛(いた)いんです。」 ／從昨晚開始就一直痛。

□	吃那麼多冰淇淋的話，會吃壞肚子的唷。	➡	そんなにたくさんアイスクリームを食べるとお腹を壊すよ。
□	自從過了三十歲以後，小腹就凸出來了。	➡	30歳を過ぎてからお腹が出てきた。
□	吃下這種藥以後，疼痛就減輕了。	➡	この薬を飲んだら痛みが軽くなってきた。

24／7 筋骨痛

CD233

□	頭撞到了桌腳。	➡	テーブルのかどで頭を打った。
□	累死了。腳變得又腫又麻的。	➡	疲れた。足が棒になったようだ。
□	在山裡走了一整天，兩腿變得腫脹酸麻了。	➡	一日中、山を歩いて足が棒になった。
□	由於我的腳不方便行走，麻煩幫我請醫師過來。	➡	足が悪いので医者を呼んでください。
□	請問您哪裡會痛呢？	➡	▲どこが痛いんですか。 A：「どこか悪いところはありますか。」 ／您有沒有哪裡不舒服呢？ B：「ええ、足が悪くなって階段を上るのが大変です。」 ／有啊，腳不太能走，幾乎沒辦法爬樓梯。
□	腳痛得已經無法動彈。	➡	足が痛くてもう動けない。
□	你待在這裡等我喔，不可以移動喔！	➡	ここで待っているのよ。動いちゃダメだよ。

□ 傷勢漸漸痊癒了。 ➡ 怪我（けが）がだんだん治（なお）ってきた。

□ 請人家踩踏自己的腳底，感覺很舒服。 ➡ 足（あし）の裏（うら）を踏（ふ）んでもらうと気持（きも）ちがいい。

□ 這點小傷根本算不了什麼。 ➡ ▲このぐらいの怪我（けが）はなんでもありません。

A：「歩（ある）けますか。」
／你還能走嗎？

B：「ええ、ゆっくりとなら歩（ある）けます。」
／可以，只要走慢一點就好。

24／8 牙齒

CD234

□ 雪白的牙齒真漂亮。 ➡ ▲白（しろ）い歯（は）がきれいです。

A：「歯（は）は丈夫（じょうぶ）ですか。」
／您的牙還好嗎？

B：「ええ、悪（わる）い歯（は）は1本（ぽん）もありません。」
／很好喔，連一顆蛀牙也沒有。

□ 我的牙齒從昨天開始就一直痛。 ➡ 昨日（きのう）から歯（は）が痛（いた）い。

□ 從昨晚起，牙就很痛。 ➡ ゆうべから歯（は）が痛（いた）い。

□ 我的牙齒不好，沒有辦法吃硬的東西。 ➡ 歯（は）が悪（わる）くて硬（かた）いものが食（た）べられない。

- [ ] 我後天非得去牙醫師那裏一趟不可。 ➡ あさって、歯医者(はいしゃ)に行(い)かなくてはならない。
- [ ] 我已經請醫師把我的牙疾治好了。 ➡ 歯(は)を治(なお)してもらいました。
- [ ] 當牙齒作痛的時候，請服用這種藥。 ➡ 歯(は)が痛(いた)いときはこの薬(くすり)を飲(の)みなさい。
- [ ] 甜食對牙齒不好。 ➡ 甘(あま)いものは歯(は)に悪(わる)い。
- [ ] 如果不喝牛奶的話，牙齒就不會健康喔。 ➡ 牛乳(ぎゅうにゅう)を飲(の)まないと歯(は)が強(つよ)くなりませんよ。
- [ ] 小寶寶長出了兩顆小小的雪白牙齒。 ➡ 赤(あか)ちゃんに小(ちい)さな白(しろ)い歯(は)が2本(ほん)生(は)えてきました。
- [ ] 奶奶嘴裡的牙齒已經全部掉光了。 ➡ おばあさんは歯(は)が全部(ぜんぶ)抜(ぬ)けてしまいました。
- [ ] 如果吃太多甜點的話會蛀牙喔。 ➡ お菓子(かし)をたくさん食(た)べると虫歯(むしば)になるよ。
- [ ] 飯後一定要記得刷牙喔。 ➡ ご飯(はん)を食(た)べたあとで必(かなら)ず歯(は)を磨(みが)きましょう。

24／9 危急應變

CD234

- [ ] 危險！ ➡ 危(あぶ)ない！
- [ ] 小心！ ➡ 気(き)をつけて！
- [ ] 救命啊！ ➡ 助(たす)けて！

□ 有小偷！	泥棒！
□ 好痛！	痛い！
□ 您沒事吧？	大丈夫ですか。
□ 我的錢包掉了。	財布を落としてしまったんです。
□ 我的包包被偷了。	かばんを盗まれたんです。
□ 我不記得掉在哪裡了。	どこで落としたのか、覚えてないんです。
□ 我來不及趕上那班電車。	電車に乗り遅れてしまったんです。
□ 機器沒有掉出找零的銅板。	おつりが出てこないんです。
□ 我打破了玻璃杯。	グラスを割ってしまったんです。
□ 請問這附近有沒有派出所呢？	この辺に交番はありませんか。
□ 請幫忙叫救護車！	救急車を呼んでください。

24／10 給醫師看病

CD234

□ 您的肚子在痛嗎？去醫院一趟比較好喔。	お腹が痛いんですか。病院へ行った方がいいですよ。

請在這裡寫下姓名。	ここに名前を書いてください。
被叫到名字的時候要應答。	名前を呼ばれたら返事をしてください。
您有食慾嗎？	食欲はありますか。
我偶爾會發生輕微的暈眩。	時々、軽いめまいがします。
我的頭／喉嚨／胃／肚子在痛。	頭／のど／胃／おなかが痛いんです。
我覺得身體有點倦怠。	体が少しだるいです。
我最近有點睡眠不足。	最近、ちょっと寝不足なんです。
我好像有點發燒，但是身體會發冷。	少し熱があるみたいで、寒気がします。
請注意保暖，充分休息。	▲体を温かくしてよく休んでください。 A：「注射痛くなかった？」 ／你去打了針，會不會痛呢？ B：「うん、ちっとも痛くなかった。」 ／不會，一點也不覺得痛。
說不定是花粉熱。	花粉症かもしれません。
請問您有沒有對哪種藥物會過敏呢？	アレルギーはありますか。
等藥品調劑完成後，會請您過來領，請稍稍等待一下。	お薬のご用意ができたらお呼びしますので、少々お待ちください。

- □ 請在飯後服藥。 → お薬は食後に飲んでください。
- □ 這一種藥請在早晚服用，一天兩次；這一種藥則是早、中、晚服用，一天三次。 → こちらのお薬は朝と夜の1日2回、こちらは朝、昼、晩の1日3回です。
- □ 吃下這種藥後會想睡覺，所以服藥後請不要開車。 → こちらのお薬は飲むと眠くなりますので、飲んだら車の運転はなさらないでください。

24／11 生病

CD234

- □ 想去看醫生。 → 医者に行きたいです。
- □ 醫院在哪裡？ → 病院はどこですか。
- □ 診療時間是幾點到幾點？ → 診察時間は何時から何時までですか。
- □ 請叫醫生來。 → 医者を呼んでください。
- □ 請叫救護車。 → 救急車を呼んでください。
- □ 朋友倒下去了。 → 友だちが倒れました。
- □ 身體不舒服。 → 気分が悪いです。
- □ 有點發燒。 → 熱があります。
- □ 醫生在哪裡？ → お医者さんはどこですか。

24／12 看醫生

CD234

□ 怎麼了？	➡ どうしましたか。
□ 身體感覺如何？	➡ 気分(きぶん)はどうですか。
□ 想吐。	➡ 吐(は)き気(け)がします。
□ 頭痛。	➡ 頭(あたま)が痛(いた)いです。
□ 會咳嗽。	➡ 咳(せき)が出(で)ます。
□ 不舒服。	➡ 気(き)持(も)ちが悪(わる)いです。
□ 感冒了。	➡ 風邪(かぜ)を引(ひ)きました。
□ 打嗝打個不停。	➡ しゃっくりが止(と)まりません。
□ 有拉肚子。	➡ 下痢(げり)をしています。
□ 沒有食慾。	➡ 食欲(しょくよく)がありません。
□ 全身無力。	➡ だるいです。
□ 發燒了。	➡ 熱(ねつ)があります。
□ 請張開嘴巴。	➡ 口(くち)を開(あ)けてください。
□ 請讓我看看眼睛。	➡ 目(め)を見(み)せてください。

☐ 請把衣服脫掉。	服(ふく)を脱(ぬ)いでください。
☐ 請躺下來。	横(よこ)になってください。
☐ 請深呼吸。	深呼吸(しんこきゅう)してください。
☐ 這裡會痛嗎？	この辺(へん)は痛(いた)いですか。
☐ 是食物中毒。	食(しょく)あたりですね。
☐ 開藥方給你。	薬(くすり)を出(だ)します。
☐ 塗上藥膏。	薬(くすり)を塗(ぬ)ります。

24／13 吃藥

CD235

☐ 我開三天份的藥。	薬(くすり)を三日分(みっかぶん)出(だ)します。
☐ 一天請服三次藥。	薬(くすり)は1日(にち)3回(かい)飲(の)んでください。
☐ 請在飯後服用。	食後(しょくご)に飲(の)んでください。
☐ 發燒時吃這包藥。	熱(ねつ)が出(で)たら飲(の)んでください。
☐ 早中晚都要吃藥。	朝(あさ)、昼(ひる)、晩(ばん)に飲(の)んでください。

□ 請在睡前吃藥。	➡ 寝（ね）る前（まえ）に飲（の）んでください。
□ 會過敏嗎？	➡ アレルギーはありますか。
□ 請將這個軟膏塗抹在傷口上。	➡ この軟膏（なんこう）を傷（きず）に塗（ぬ）ってください。
□ 這是漱口用藥。	➡ これはうがい薬（ぐすり）です。
□ 是抗生素。	➡ 抗生物質（こうせいぶっしつ）です。
□ 請開診斷書給我。	➡ 診断書（しんだんしょ）をお願（ねが）いします。
□ 最好是戴上口罩。	➡ マスクをつけた方（ほう）がいいです。
□ 請不要泡澡。	➡ お風呂（ふろ）に入（はい）らないでくださいね。
□ 請多保重。	➡ お大事（だいじ）に。

24／14 藥物

CD235

□ 請問哪種藥比較有效呢？	➡ どういう薬（くすり）がいいですか。
□ 不好意思，請問哪種藥可以止住鼻水呢？	➡ すみません。鼻水（はなみず）によく効（き）く薬（くすり）って、どれですか。
□ 請問有沒有會讓頭髮變黑的藥呢？	➡ 髪（かみ）の毛（け）を黒（くろ）くする薬（くすり）はありませんか。

□	這個藥請於洗澡後塗抹。	➡	こちらの薬はお風呂の後で塗ってください。
□	此外，另一種藥則於飯後服用。	➡	そして、もう一つの方は食後に飲んでください。
□	請不要咬，直接吞下去喔。	➡	噛まずにね。
□	能夠治療癌症的新藥已經研發成功了。	➡	がんを治す新しい薬ができた。
□	只要吃了這種藥，就會減輕疼痛喔。	➡	この薬を飲めば痛みが軽くなっていきますよ。
□	這種藥對消除腹部疼痛很有效喔。	➡	お腹が痛いときはこの薬がいいですよ。
□	假如能夠研發出只要服用就能變瘦的藥，想必會引發搶購熱銷吧。	➡	飲むだけでやせる薬ができたら、たくさん売れるでしょう。
□	要是吃錯藥物的話，會對身體有害。	➡	薬を間違って飲んだら体に悪い。
□	這種藥怎麼那麼苦啊！	➡	ずいぶん苦い薬だなあ！
□	他在我受傷的部位敷上了藥。	➡	怪我をしたところに薬を塗ってもらった。
□	請將藥品妥善保存在小孩子拿不到的地方。	➡	薬は子供の手の届かないところにおいてください。
□	生病的時候，好好地睡上一覺，是最有效的治病良方。	➡	病気のときはゆっくり寝るのが一番の薬だ。
□	如果只是喝少量的酒，可以當作是良藥。	➡	お酒は少しだけなら薬になる。
□	請將藥物放在幼兒拿不到的地方。	➡	薬は小さい子の手が届かないところに置きます。

24／15 醫院與醫生

CD235

□	醫院直到九點才會開門。	➡	9時(じ)にならないと病院(びょういん)は開(あ)かない。
□	這個鎮上將會蓋一家新醫院。	➡	この町(まち)に新(あたら)しい病院(びょういん)が建(た)ちます。
□	村子裡開了一家新醫院。	➡	町(まち)に新(あたら)しい病院(びょういん)ができた。
□	有當醫師的朋友，就會感覺很安心。	➡	医者(いしゃ)の友達(ともだち)がいると安心(あんしん)です。
□	我想要當醫師，以便造福病患。	➡	医者(いしゃ)になって病気(びょうき)の人(ひと)を助(たす)けたい。
□	由於我體弱多病，所以想要住在醫院附近。	➡	体(からだ)が弱(よわ)いので病院(びょういん)の近(ちか)くに住(す)みたいです。
□	每星期都非得上醫院不可。	➡	毎週病院(まいしゅうびょういん)に行(い)かなくてはなりません。
□	最近有很多人在醫院過世了。	➡	最近(さいきん)は病院(びょういん)で亡(な)くなる人(ひと)が多(おお)い。
□	家姊是護士，她在醫院工作。	➡	姉(あね)は看護師(かんごし)です。病院(びょういん)で働(はたら)いています。
□	在交通事故中受傷的男子被送到了醫院。	➡	交通事故(こうつうじこ)で怪我(けが)をした男(おとこ)の人(ひと)が病院(びょういん)に運(はこ)ばれた。
□	我爸爸討厭上醫院，實在傷腦筋。	➡	父(ちち)は病院(びょういん)が嫌(きら)いで困(こま)ります。
□	再不久就能出院囉。	➡	退院(たいいん)できるまでそんなに長(なが)くないですよ。
□	我覺得去探病時，帶水果比較好。	➡	お見舞(みま)いには果物(くだもの)などがいいと思(おも)います。

補充單字

具合（ぐあい） （健康等）狀況	病気（びょうき） 生病，疾病	風邪（かぜ） 感冒，傷風
熱（ねつ） 高溫，熱，發燒	けが（する） （受）傷	痛い（いたい） 疼痛
血（ち） 血，血緣	休む（やすむ） 休息，睡，歇息	看病（かんびょう）（する） 照顧病人
骨折（こっせつ）（する） 骨折	やけど（する） 燙傷，燒傷	病院（びょういん） 醫院
医者（いしゃ） 醫生	入院（にゅういん）（する） 住院	退院（たいいん）（する） 出院
注射（ちゅうしゃ）（する） 打針	手術（しゅじゅつ）（する） 手術	レントゲンを撮る（とる） 照 X 光片
待合室（まちあいしつ） 候診處	薬（くすり） 藥	

Chapter 25 一年的節日

CD236

季節交替前的 1 月與 7 月是日本服裝大拍賣的時期；1 月正值新年，以福袋與冬衣減價為號召的拍賣為最大規模，7 月的換季拍賣則是多采多姿的夏裝清倉大拍賣，看準這個時期去血拼，其實可以買到不少好東西！

25／1 時間

1

我會搭乘今天晚上十點的飛機前往美國。

▲ 今日（きょう）、午後（ごご）10時（じ）の飛行機（ひこうき）でアメリカへ行（い）きます。

A：「今何時（いまなんじ）ですか。」
／現在是幾點呢？

B：「4時（じ）45分（ふん）です。」
／四點四十五分。

2

已經沒時間了。

▲ 時間（じかん）がありません。

A：「何分待（なんふんま）ちましたか。」
／請問您等了幾分鐘呢？

B：「15分（ふん）くらいです。」
／大約十五分鐘。

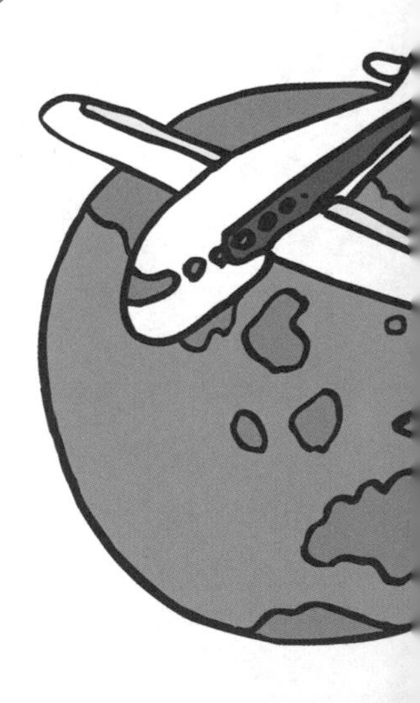

3

由於今天抽不出時間，明天我再前去拜會。

今日（きょう）は時間（じかん）がありませんので、明日（あした）うかがいます。

4

時鐘的短針代表「時」，長針代表「分」。

時計の短い針は「時」を表し、長い針は「分」を表します。

5

銀行的營業時間是從早上九點到下午三點。

銀行は午前９時から午後３時までです。

6

我們明天下午六點半，在常去的那家咖啡廳碰面吧。

▲明日の午後６時半に、いつもの喫茶店で会いましょう。

A：「９時から会議だよ。」

／九點要開會唷。

B：「午前９時？」

／早上九點？

A：「いや、午後９時だよ。」

／不是，是晚上九點喔。

7

晚上十一點會播報最後一節新聞。

午後11時に最後のテレビニュースがあります。

25／2 星期

CD236

□ 我星期天會上教會。	➡ 日曜日（にちようび）は教会（きょうかい）に行（い）きます。
□ 今天是星期二，所以明天是星期三。	➡ 今日（きょう）は火曜日（かようび）だからあしたは水曜日（すいようび）だ。
□ 今天是星期五，所以後天是星期日。	➡ 今日（きょう）は金曜日（きんようび）だからあさっては日曜日（にちようび）だ。
□ 今天是星期六，所以前天是星期四。	➡ 今日（きょう）が土曜日（どようび）だから、おとといは木曜（もくよう）だ。
□ 今天是星期一，所以明天就是星期二。	➡ 今日（きょう）は月曜日（げつようび）だから、明日（あした）は火曜日（かようび）だ。
□ 我每週二要去上日語課。	➡ 毎週（まいしゅう）、火曜日（かようび）は日本語（にほんご）のクラスがあります。
□ 我和別人約好了下週二下午三點要見面。	➡ 来週（らいしゅう）の火曜日（かようび）、午後（ごご）3時（じ）に会（あ）う約束（やくそく）です。
□ 這個月的六號、十三號、二十號、還有二十七號是星期二。	➡ ▲今月（こんげつ）は6日（むいか）、13日（にち）、20日（はつか）、27日（にち）が火曜日（かようび）です。

A：「来週（らいしゅう）、お会（あ）いしたいのですが。」
／我希望下週可以和您見個面。

B：「そうですね。火曜日（かようび）はどうですか。」
／這樣嗎，那麼您星期二方便嗎？

□ 既然昨天是週四，那麼今天就是週五囉。	➡ 昨日（きのう）は木曜日（もくようび）だったから今日（きょう）は金曜日（きんようび）だ。

25／3 年月日

CD236

	中文	日文
□	在東京，四月初櫻花就會開。	▲東京では４月の初めに桜が咲きます。 A：「いつ日本へ来ましたか。」 ／您是什麼時候來到日本的呢？ B：「去年の１月です。」 ／去年的一月。
□	無論前天或是昨天，都沒有發生什麼特別需要報告的事。	▲おとといも昨日も、特に変わったことはありませんでした。 A：「おとといの夜、何を食べたか覚えていますか。」 ／您還記得自己前天晚上吃了些什麼嗎？ B：「いや、忘れてしまいました。」 ／不記得，已經忘記了。
□	即使在元月份，沖繩的天氣依然很暖和。	沖縄は１月でも暖かい。
□	我昨日整整一天都在畫圖。	昨日は1日ずっと絵をかいていました。
□	日本的學校是在四月開學，三月學期結束。	日本の学校は4月に始まって3月に終わります。
□	到了五月，北海道也將進入春天。	5月になれば北海道も春です。
□	現在已經是六月了，再不久就是梅雨季節。	6月になりました。もうすぐ梅雨です。
□	暑假是從七月二十一號放到八月三十一號。	夏休みは7月21日から8月31日までです。
□	九月、十月、十一月是日本的秋季。	9月、10月、11月が日本の秋です。
□	一年過得好快呀，從明天起就進入十二月了。	１年は早いですねえ。明日から12月です。

- [ ] 昨天是七月三十一號，所以今天就是八月一號。 ➡ 昨日は7月31日でしたから、今日は8月１日です。
- [ ] 暑假在昨天結束了。 ➡ ▲昨日まで夏休みでした。

A：「昨日の新聞読んだ？」
／你看過昨天的報紙了沒？

B：「ええ、読みましたよ。」
／嗯，已經看過囉。

- [ ] 昨天那個電視節目真的好好看喔。 ➡ 昨日のテレビは面白かったね。
- [ ] 從今天起就邁入新的月份了，咱們加油吧！ ➡ さあ、今日から新しい月です。

25／4 日本文化跟慶典

CD236

- [ ] 對日本的文化有興趣。 ➡ 日本の文化に興味があります。
- [ ] 我對日本的傳統文化很有興趣。 ➡ 日本の伝統文化に興味があるんです。
- [ ] 請問寺廟和神社有什麼不同呢？ ➡ お寺と神社はどう違うんですか。
- [ ] 我喜歡日本的慶典。 ➡ 日本のお祭りが好きです。
- [ ] 哪個祭典有趣？ ➡ どの祭りが面白いですか。
- [ ] 在東京有神田祭。 ➡ 東京で神田祭があります。

□ 是什麼樣的慶典？	➡	どんな祭(まつ)りですか。
□ 什麼時候舉行？	➡	いつありますか。
□ 怎麼去？	➡	どうやって行(い)きますか。
□ 有什麼節目？	➡	何(なに)が見(み)られますか。
□ 任何人都能參加嗎？	➡	誰(だれ)でも参加(さんか)できますか。
□ 漂亮嗎？	➡	きれいですか。
□ 想去看看。	➡	見(み)に行(い)きたいです。
□ 我想去。	➡	行(い)ってみたいです。
□ 一起去吧！	➡	一緒(いっしょ)に行(い)きましょう。
□ 明年一起去吧！	➡	来年(らいねん)は行(い)きましょうね。

25／5 日本人文風情

CD237

□ 市容很乾淨。	➡	町(まち)がきれいですね。
□ 空氣很好。	➡	空気(くうき)がいいですね。

□ 庭院的花很可愛。 ➡ 庭（にわ）の花（はな）がかわいいですね。

□ 人很親切。 ➡ 人（ひと）が親切（しんせつ）ですね。

□ 年輕人很時髦。 ➡ 若者（わかもの）がおしゃれですね。

□ 街道好乾淨喔！ ➡ 道（みち）が清潔（せいけつ）ですね。

□ 老年人好親切喔！ ➡ 老人（ろうじん）が優（やさ）しいですね。

□ 大家都好認真喔！ ➡ みんな真面目（まじめ）ですね。

□ 女性身材都好棒喔！ ➡ 女性（じょせい）はスタイルがいいですね。

□ 穿著真有品味！ ➡ ファッションがすてきですね。

□ 男人看起來蠻溫柔喔！ ➡ 男性（だんせい）が優（やさ）しそうですね。

□ 小孩們很有精神喔！ ➡ こどもたちは元気（げんき）ですね。

□ 街道好熱鬧喔！ ➡ 街（まち）が賑（にぎ）やかですね。

25／6 生活習慣

CD237

□ 請問日本的結婚儀式會進行哪些程序呢？ ➡ 日本（にほん）の結婚式（けっこんしき）って、どんなことをするんですか。

	中文		日文
□	請問日本人為什麼喜歡排隊呢？	➡	なんで日本人は並ぶのが好きなんですか。
□	我覺得日本卡通的故事情節很有趣。	➡	日本のアニメはストーリーがおもしろいと思います。
□	日本人似乎總是很忙碌的樣子耶。	➡	日本人はいつも忙しそうにしてますね。
□	日本那擠滿人潮的電車真是不得了。	➡	日本の満員電車はすごいです。
□	擠滿了人的電車我實在無法適應。	➡	満員電車はどうしても慣れることができません。

25／7 新年

CD237

	中文		日文
□	元旦開春，恭賀新喜。	➡	新年明けましておめでとうございます。
□	去年承蒙您多方照顧。	➡	昨年はいろいろお世話になりました。
□	今年還請不吝繼續指教。	➡	今年もよろしくお願いします。
□	為了準備過元月新年，十二月份時忙得團團轉。	➡	12月は正月の準備で忙しい。
□	請問您元月新年會不會回家探親呢？	➡	お正月に帰省しますか。
□	從二十八號左右就開始湧現返鄉人潮。	➡	28日ごろから帰省ラッシュが始まります。
□	每年除夕夜，全家人都會一起去寺院撞鐘祈福。	➡	毎年家族そろって除夜の鐘を突きに行きます。

- [ ] 您已經吃過跨年蕎麥麵了嗎？ ➡ 年越(としこ)しそばを召(め)し上(あ)がりましたか。
- [ ] 這是家母親手烹飪的年節料理。 ➡ これは母(はは)が作(つく)ったおせち料理(りょうり)です。
- [ ] 我打算在元旦那天去伊勢神宮開春祈福。 ➡ 元日(がんじつ)は伊勢神宮(いせじんぐう)へ初詣(はつもうで)に行(い)くつもりです。
- [ ] 爺爺給了我壓歲錢。 ➡ おじいちゃんにお年玉(としだま)もらったよ。
- [ ] 火爐燒得熱熱的，感覺好暖和。 ➡ ストーブが暖(あたた)かくて気持(きも)ちいい。

25／8 生日

CD237

- [ ] 您的生日是什麼時候？ ➡ お誕生日(たんじょうび)はいつですか。
- [ ] 我的生日是1月20號。 ➡ 私(わたし)の誕生日(たんじょうび)は1月20日(がつはつか)です。
- [ ] 我生日是下個月。 ➡ 誕生日(たんじょうび)は来月(らいげつ)です。
- [ ] 你的生日呢？ ➡ あなたのお誕生日(たんじょうび)は？
- [ ] 7月7日。 ➡ 7月7日(がつなのか)です。
- [ ] 我12月出生。 ➡ 12月生(がつう)まれです。
- [ ] 屬什麼的？ ➡ なに年(どし)ですか。

- [ ] 我屬鼠。 ➡ ねずみ年です。
- [ ] 幾年生的？ ➡ 何年生まれですか。

25／9 紀念日

CD237

- [ ] 明天是我結婚十周年的紀念日。 ➡ 明日で結婚10周年を迎えます。
- [ ] 今年要舉行婚禮。 ➡ 今年、結婚式をします。
- [ ] 我打算穿和服去參加二十歲的成年典禮。 ➡ 成人式には着物を着ていくつもりです。
- [ ] 今天是奶奶的忌日。 ➡ ▲今日はおばあちゃんの命日です。

  A：「日本の建国記念日は何月何日ですか？」
  ／請問日本的建國紀念日是幾月幾日呢？

  B：「2月11日です。」
  ／是二月十一日。

- [ ] 在日本的兒童節那天會懸掛鯉魚旗。 ➡ こどもの日には鯉のぼりを揚げます。
- [ ] 您打算和誰一起共度情人節呢？ ➡ バレンタインデーは誰と一緒に過ごすつもりですか。
- [ ] 您會在節分日（譯注：立春的前一天，每年二月三日前後）依習俗灑豆子嗎？ ➡ 節分の日に豆まきをしましたか。
- [ ] 我在敬老節（譯注：九月的第三個星期一）那天，必定會請祖父母吃飯。 ➡ 敬老の日には必ず祖父母を招いて食事をします。

□ 八月十五日是日本終戰紀念日。	➡	8月15日は終戦記念日です。
□ 七月七日將舉行七夕祭典。	➡	七月七日は七夕祭りです。

25／10 聚會

CD237

□ 下週會舉行公司的忘年會。	➡	来週、会社の忘年会があります。
□ 春酒派對就在大學附近的居酒屋舉行。	➡	新年会は大学の近くの居酒屋でします。
□ 我會去參加迎新聯誼。	➡	新入生の歓迎コンパに参加します。
□ 大家一起乾杯吧。	➡	みんなで乾杯しましょう。
□ 大家共同分攤聚餐的費用。	➡	飲み会はみんなで割り勘にします。
□ 你會去參加特技表演大賽嗎？	➡	かくし芸大会に出ますか。
□ 別要人一口氣乾杯了啦。	➡	一気飲みはやめようよ。
□ 儘管點想吃的下酒菜吧。	➡	好きなおつまみを頼んでいいですよ。
□ 你也會去續攤嗎？	➡	二次会にも行く？
□ 會舉行研討班畢業生的歡送會。	➡	ゼミの卒業生の送別会をします。

25／11 聖誕節

CD238

□	十二月二十五日是耶穌基督的誕辰。	➡	12月25日はキリストの誕生日です。
□	過了耶誕節後，緊接著就是新年了。	➡	クリスマスが過ぎると、すぐ新しい年だ。
□	已經佈置好聖誕樹。	➡	クリスマスツリーを飾りました。
□	耶誕夜會和男友一起共度。	➡	クリスマスイブは彼と一緒に過ごします。
□	你已經買好聖誕禮物了嗎？	➡	クリスマスプレゼントをもう買いましたか。
□	你向聖誕老公公許下什麼願望呢？	➡	サンタさんに何をお願いしたの。
□	我拜託聖誕老公公送我一隻小熊布偶。	➡	サンタさんに熊のぬいぐるみをお願いしました。
□	我已經寄出聖誕卡囉。	➡	クリスマスカードを送ったよ。
□	我和家人一同享用了耶誕大餐。	➡	クリスマスディナーは家族でいただきました。
□	我收到手環的耶誕禮物。	➡	クリスマスプレゼントにブレスレットをもらった。
□	隨著耶誕節的腳步接近，街上的照明佈置十分燦爛奪目。	➡	クリスマスが近づくと、街のイルミネーションがとてもきれいです。
□	我要和朋友一起去參加耶誕派對。	➡	友達とクリスマスパーティーに行きます。

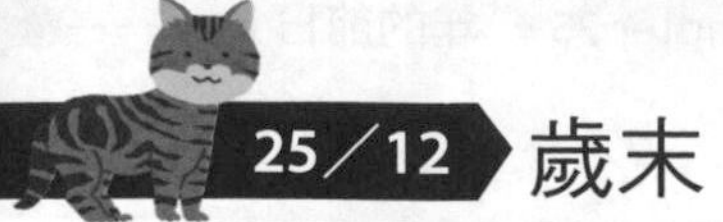

25／12 歲末

CD238

中文	日文
□ 歲暮將近。	年の瀬が迫ってきました。
□ 致贈歲末禮品給曾照顧過我的人們。	お世話になっている方々にお歳暮を贈りました。
□ 商店街上擠滿了出來採購新年用品的人們，顯得熱鬧非凡。	商店街はお正月用品の買い出しでにぎわっている。
□ 已經掛好了祈福繩結。	もうしめ縄を飾りました。
□ 百貨公司的入口處擺設著門松作為裝飾。	デパートの入り口に門松が飾ってあります。
□ 我家每年都會搗麻糬。	我が家は毎年餅つきをします。
□ 商店街已經開始進入歲末大拍賣囉。	商店街で歳末セールが始まったよ。
□ 每年都很期待觀賞紅白歌唱大賽。	毎年、紅白歌合戦を見るのが楽しみです。
□ 除夕夜是和家人共度的。	大みそかは家族で過ごします。
□ 願您有個好年。	良いお年をお迎えください。

25／13 春天例年行事

CD238

中文	日文
□ 請問會以什麼方式慶祝女兒節（譯注：三月三日）呢？	雛まつりはどんなふうにお祝いするんですか。
□ 恭喜畢業！	ご卒業おめでとうございます。

- [ ] 恭喜入學！ ➡ ご入学おめでとうございます。
- [ ] 請問小學的開學典禮是什麼時候呢？ ➡ 小学校の入学式はいつですか。
- [ ] 我們去上野公園賞花，好嗎？ ➡ 上野公園へお花見に行こうよ。
- [ ] 天氣變得很有春天的氣息囉。 ➡ ずいぶん春らしくなりましたね。
- [ ] 現在正值賞花的季節。 ➡ 今、お花見シーズン真っただ中です。
- [ ] 今年大約有兩百名新進職員。 ➡ 今年の新入社員は200名ぐらいです。
- [ ] 在這個季節裡，最傷腦筋的事就是花粉熱發作。 ➡ この季節は花粉症がつらいです。
- [ ] 明天公司會公布人事異動。 ➡ 明日、人事異動が発表されます。

25／14 夏天例年行事

CD238

- [ ] 所有的海水浴場一起開始營業了。 ➡ 海水浴場が一斉に海開きしました。
- [ ] 皮膚曬得非常黑。 ➡ すごく日焼けしちゃった。
- [ ] 提到夏天，就會聯想到烤肉吧。 ➡ 夏といえば、バーベキューでしょう。
- [ ] 媽媽，我想要吃刨冰。 ➡ お母さん、かき氷が食べたい。

- [ ] 我們下星期一起去看煙火大會嘛。 ➡ 来週、花火大会に行こうよ。
- [ ] 昨天晚上悶熱異常，令人輾轉難眠哪。 ➡ ゆうべは熱帯夜で、寝苦しかったね。
- [ ] 今天的氣溫讓人猛冒汗。 ➡ 今日は汗だくです。
- [ ] 請問盂蘭盆節的連假共有幾天呢？ ➡ お盆休みは何日間ありますか。
- [ ] 冷氣開太強，身體感覺好冷。 ➡ クーラーが強すぎて、体が冷えてしまった。
- [ ] 日本沒有實施夏令時間。 ➡ 日本はサマータイムを実施していません。

25／15 秋天例年行事

CD238

- [ ] 從明天起開始第二學期。 ➡ 明日から2学期が始まります。
- [ ] 我們正在討論在學校舉辦學藝成果發表會時要提供什麼表演。 ➡ 文化祭の出し物について話し合っています。
- [ ] 只要秋雨鋒面逼近，下雨的日子就會多了起來。 ➡ 秋雨前線が発生すると、雨の日が多くなります。
- [ ] 最近太陽下山得好早喔。 ➡ 最近、ずいぶん日が短くなってきましたね。
- [ ] 近來胃口大開，秋天果然是食慾旺盛的季節哪。 ➡ 食 欲が止まりません。正に食欲の秋です。
- [ ] 你知不知道哪裡是賞楓的絕佳景點呢？ ➡ どこかいい紅葉のスポットを知りませんか。

☐	即使是在東京都內的公園也能夠賞楓喔。	➡	都内の公園でも紅葉狩りができますよ。
☐	下星期左右要不要一起去採葡萄呢？	➡	来週あたりぶどう狩りに行かない？
☐	樹葉漸漸染上了紅色。	➡	木々が段々色づいてきました。
☐	今天的氣溫相當冷哪。	➡	今日はずいぶん肌寒いね。

25／16 冬天例年行事

CD238

☐	今年真是暖冬呀。	➡	今年は暖冬ですね。
☐	大阪也會下雪嗎？	➡	大阪でも雪が降りますか。
☐	我想嘗試一次滑雪。	➡	一度スキーをやってみたいです。
☐	今天早上的氣溫真是凍死人囉。	➡	今朝は冷え込みがきつかったね。
☐	由於我的手腳很容易冰冷，所以討厭冬天。	➡	冷え症なので、冬は嫌いです。
☐	奶奶非常怕冷。	➡	おばあちゃんはとっても寒がりです。
☐	終於降下今年的第一場雪了。	➡	ついに初雪が降りました。
☐	差不多該把被爐拿出來了吧？	➡	そろそろ炬燵を出そうか。
☐	進入二月以後，流行性感冒開始肆虐了。	➡	2月に入ってインフルエンザがはやり始めた。
☐	如果穿太多層衣服會導致肩膀僵硬酸痛。	➡	あまり着込むと肩が凝ってしまいます。

Chapter 26 天氣

CD239

日本的「（おしぼり文化）濕毛巾」文化。「しぼり（擰）」，前面加上美化語「お」，表示日本的傳統、人情、真心關懷的體貼文化。從日本飯店、餐廳、俱樂部等，都會提供熱毛巾，夏天是涼毛巾，就可見一般了。

26／1 每天的天氣

1. 今天是好天氣。
   今日はいい天気ですね。

2. 早上是晴天。
   朝は晴れていました。

3. 下午天氣很好，感覺很舒服耶。
   午後は天気が良くて、気持ちいいですね。

4. 天氣完全放晴了耶。
   すっかりいい天気になりましたね。

5. 真希望星期天是個大晴天呀。
   日曜日、晴れるといいですね。

6. 好久沒像現在這樣出大太陽囉。
   久しぶりに晴れましたね。

7

天氣漸漸暖和起來囉。

だんだん暖(あたた)かくなってきましたね。

8

雲層很厚。

雲(くも)が多(おお)いです。

9

晚上有點涼意喔。

夜(よる)はちょっと肌寒(はだざむ)いですね。

10

明天好像會比今天更冷喔。

明日(あした)は今日(きょう)より寒(さむ)くなるそうですよ。

11

風很大。

風(かぜ)が強(つよ)いです。

12

今天空氣很乾燥吧。

今日(きょう)は空気(くうき)が乾燥(かんそう)していますね。

13

開始吹起風囉。

風(かぜ)が出(で)てきましたね。

14

正在下雨。

雨(あめ)が降(ふ)っています。

15

據說下午好像會下雨。

午後(ごご)は雨(あめ)が降(ふ)るそうです。

16

好像快要下雨了耶。

雨(あめ)が降(ふ)りそうですね。

17

梅雨季節時濕氣很重，好討厭喔。

梅雨(つゆ)は、ジメジメしていやですね。

18

啊！停了耶。

あっ、雨(あめ)が止(や)みましたね。

19

今天真熱。

今日(きょう)は暑(あつ)いですね。

20

今天晚上好像也一樣挺熱的耶。

今夜(こんや)も暑(あつ)くなりそうですね。

21

快要熱死人了啦。

暑(あつ)くて死(し)にそうです。

22

明天有颱風。

明日(あした)は台風(たいふう)が来(き)ます。

23

氣象預報說，今天從早上開始會下雨喔。

今日(きょう)は朝(あさ)から雨(あめ)が降(ふ)るって天気予報(てんきよほう)で言(い)ってましたよ。

26／2 國外的天氣

CD239

□ 東京的春天如何？	➡	東京(とうきょう)の春(はる)はどうですか。
□ 東京夏天很熱。	➡	東京(とうきょう)の夏(なつ)は暑(あつ)いです。
□ 但是冬天很冷。	➡	でも、冬(ふゆ)は寒(ふゆ)いです。
□ 你的國家怎麼樣？	➡	あなたの国(くに)はどうですか。
□ 我的國家一直都很熱。	➡	私(わたし)の国(くに)は、いつも暑(あつ)いです。
□ 下很多雨。	➡	雨(あめ)がたくさん降(ふ)ります。
□ 北海道的夏天呢？	➡	北海道(ほっかいどう)の夏(なつ)はどうですか。
□ 很涼快。	➡	涼(すず)しいです。
□ 長野比東京稍微涼爽一點。	➡	長野(ながの)は東京(とうきょう)よりちょっと涼(すず)しいですね。

26／3 未來的天氣

CD239

□ 明天會晴天吧！	➡	明日(あした)は晴(は)れでしょう。
□ 明天會下雨吧！	➡	明日(あした)は雨(あめ)でしょう。
□ 明天一整天都很溫暖吧！	➡	明日(あした)は一日中(いちにちじゅう)暖(あたた)かいでしょう。

□	今晚天氣不知道如何？	➡	今晩（こんばん）の天気（てんき）はどうでしょう。
□	今晚天氣不錯吧！	➡	今晩（こんばん）は、いい天気（てんき）でしょう。
□	明天也是晴天嗎？	➡	明日（あした）も晴（は）れですか。
□	下星期都會是好天氣吧！	➡	来週（らいしゅう）はいい天気（てんき）が続（つづ）くでしょう。
□	週末天氣會變熱吧！	➡	週末（しゅうまつ）は暑（あつ）くなるでしょう。
□	東京的8月如何？	➡	東京（とうきょう）の８月（がつ）はどうですか。
□	香港如何？	➡	香港（ホンコン）はどうですか。

26／4 晴天

CD239

□	今天從一大早開始，就是個好天氣。	➡	今日（きょう）は朝（あさ）からいい天気（てんき）です。
□	天氣很好，感覺很舒暢哪。	➡	天気（てんき）が良（よ）くて気持（きも）ちいいですね。
□	昨天雖然下雨，但今天已經完全放晴了。	➡	昨日（きのう）は雨（あめ）だったが、今日（きょう）はきれいに晴（は）れました。
□	雖然從早上開始一直下著雨，不過午後就放晴了。	➡	朝（あさ）はずっと雨（あめ）が降（ふ）っていたが、午後（ごご）から晴（は）れてきた。
□	不曉得明天會不會放晴呢？	➡	明日（あした）晴（は）れないかなあ。

□	真希望能夠早點放晴呀。	早くいい天気になってほしいです。
□	我猜天氣會由雨轉晴吧。	天気は雨から晴れに変わるでしょう。
□	明天是晴時多雲。	明日は晴れのち曇りです。
□	明天的天氣應該是早上陰天，但是午後就會放晴吧。	明日の天気は、午前中は曇りですが、昼から晴れるでしょう。
□	連日來，雪一直下個不停，到現在總算放晴了。	ずっと雪が降っていましたが、やっと晴れましたね。
□	我等著放晴時才會去釣魚。	釣りに行くのは晴れの日まで待ちます。
□	雨停了以後，天空放晴了。	雨がやんで空が晴れた。
□	風日晴和，感覺通體舒暢。	晴れた空が気持ちいい。
□	假如天氣好的時候，甚至可以眺見遠方的山峰。	晴れれば遠くの山まで見えます。
□	等天氣放晴後，我們去賞花吧。	晴れたら花見に行きましょう。
□	今晚天空無雲，星光格外閃耀。	今夜はよく晴れて星がきれいに見えます。
□	月兒從雲縫中探出頭來。	雲の間から月が見える。
□	原本籠著月兒的雲朵散去了。	月にかかっていた雲が晴れた。
□	在東京的冬季，經常都是晴朗的天氣。	冬の東京は晴れの日が多い。

26／5 下雨、下雪

CD240

□ 已經連續下了七天的雪。	➡ 七日間もずっと雪が降っています。
□ 從前天開始，雨就一直下個不停。	➡ おとといからずっと雨が降っている。
□ 明天大概會下雨吧。	➡ 明日は雨でしょう。
□ 後天或許會下雨。	➡ あさっては雨になるかもしれない。
□ 恐怕快要下雨了，最好帶把雨傘出門，比較保險。	➡ 雨が降りそうなので傘を持っていった方がいい。
□ 有些人會在雨中漫步，連把傘都不撐。	➡ 雨の中を傘もささないで歩いている人がいる。
□ 藍天突然烏雲密布，開始下起雨了。	➡ 青い空が急に曇って雨が降り出した。
□ 下雨天就算開門營業，也不會有客人上門。	➡ 雨の日は、店を開けても客が来ない。
□ 颱風將船舶沖上了海岸。	➡ 台風で船が海岸に押し上げられた。
□ 船隻遇上了颱風，所以遲了一週才抵達。	➡ 船は台風にあって１週間遅れた。
□ 靜岡的平地雖是晴天，但是山上卻下著雪。	➡ 静岡は晴れですが、山は雪です。
□ 明天雖然是晴天，但是後天應該會下雨吧。	➡ 明日は晴れますが、あさっては雨が降るでしょう。
□ 從陰天變成了雨天。	➡ 曇りから雨に変わった。
□ 如果天候不好，那就取消旅遊行程。	➡ 天気が悪ければ旅行はやめます。

- □ 已經下了這麼多天雨了，怎麼還下個不停呢？ → いつまでも雨の日が続きますね。
- □ 既悶熱又下雨，真是討厭的天氣耶。 → 暑いし雨は降るし、いやな天気ですね。
- □ 今天好冷喔，可能會下雪喔。 → 今日は寒いですねえ。雪が降っていますよ。
- □ 北海道的冬天較其他地方早，從十一月就已經開始下雪了。 → 北海道の冬は早く、11月には雪が降り始める。
- □ 我打算明天如果是晴天的話，會騎腳踏車去運動；假如下雨的話，那就在圖書館裡看看書。 → 明日晴れならサイクリングに行きますが、雨なら図書館で本を読もうと思います。

26／6 陰天

CD240

- □ 厚厚的雲層遮住了月亮。 → 厚い雲で月が見えない。
- □ 早上起床時還是晴天，到了十點左右就開始轉陰了。 → 朝、起きたときは晴れだったが、10時ごろから曇ってきた。
- □ 今年夏天，有很多日子都是陰陰的。 → 今年の夏は曇りの日が多かった。
- □ 已經連續一週都是陰天了。 → もう1週間も曇りだ。
- □ 在倫敦和巴黎的冬季，總是連日陰天。 → ロンドンやパリの冬は曇りの日が多い。
- □ 陰天時晾的衣服，總是遲遲乾不了。 → 曇りの日は洗濯物がなかなか乾かない。
- □ 如果下雨的話就暫停，假如陰天的話就照常舉行。 → 雨ならやめますが曇りならやります。

□ 氣象預報說，天氣從下午開始應該會轉陰。 ➡ 天気予報では、午後から曇るそうだ。

□ 雖然現在還是陰天，但是立刻就會放晴的唷。 ➡ まだ曇っているけれど、すぐに晴れるよ。

□ 突然飄來了雲層，把月亮遮住了。 ➡ 急に曇って月が見えなくなった。

□ 如果西方的天空雲層很厚，下雨的機率就很大。 ➡ 西の空が曇ると雨が降りやすい。

□ 我們快趁著還沒轉陰之前曬棉被吧。 ➡ 曇らないうちに布団を干しましょう。

□ 趁著天色還亮，我們快點回去吧。 ➡ 明るいうちに帰りましょう。

26／7 溫度

CD240

□ 南風拂來暖意。 ➡ 南の風が暖かい。

□ 雖然早上很涼爽，但是從中午開始就變熱了。 ➡ 朝は涼しかったが昼から暑くなった。

□ 太熱了，根本不想煮飯。 ➡ 暑いから食事の用意をしたくない。

□ 風兒掀起了窗簾。 ➡ 風でカーテンが開いた。

□ 一打開窗戶就會感到冷意。 ➡ 窓を開けると寒い。

□ 由於太冷了，所以調高了房間空調的溫度。 ➡ 寒かったので部屋の温度を上げた。

□ 加拿大的冬天比日本還要冷。 ➡ カナダは日本(にほん)より寒(さむ)い。

□ 北海道是全日本最冷的地方。 ➡ 北海道(ほっかいどう)は日本(にほん)で一番(いちばん)寒(さむ)いところです。

□ 由於教室裡非常寒冷，因此點起了火爐。 ➡ 教室(きょうしつ)が寒(さむ)かったのでストーブをつけました。

□ 外頭很冷，記得穿了外套再出門。 ➡ 外(そと)は寒(さむ)いからコートを着(き)ていきなさい。

□ 在寒冷的日子裡，特別想吃熱騰騰的食物。 ➡ 寒(さむ)い日(ひ)は温(あたた)かい料理(りょうり)が食(た)べたいです。

□ 由於天冷而感冒了。 ➡ 寒(さむ)くて風邪(かぜ)をひきました。

□ 今年冬天比去年要來得冷多了。 ➡ 今年(ことし)の冬(ふゆ)は去年(きょねん)より寒(さむ)かったです。

□ 萬一會冷的話，請將窗戶關上。 ➡ もし寒(さむ)ければ窓(まど)を閉(し)めてください。

□ 到了十月，天氣才總算轉涼了。 ➡ 10月(がつ)になってやっと涼(すず)しくなった。

□ 今天還真是熱呀。 ➡ 今日(きょう)はずいぶん暑(あつ)いですね。

□ 咱們找間有冷氣的咖啡廳進去休息吧。 ➡ ▲涼(すず)しい喫茶店(きっさてん)に入(はい)って休(やす)みましょう。

A：「来週(らいしゅう)の天気(てんき)はどうでしょうか。」

／下週的天氣如何？

B：「きっと暑(あつ)い日(ひ)がつづきますよ。」

／想必是連日大熱天吧。

□ 天氣多變，請小心別感冒了。 ➡ 天気(てんき)が変(か)わりやすいから風邪(かぜ)をひかないように気(き)をつけてください。

26／8 春

CD241

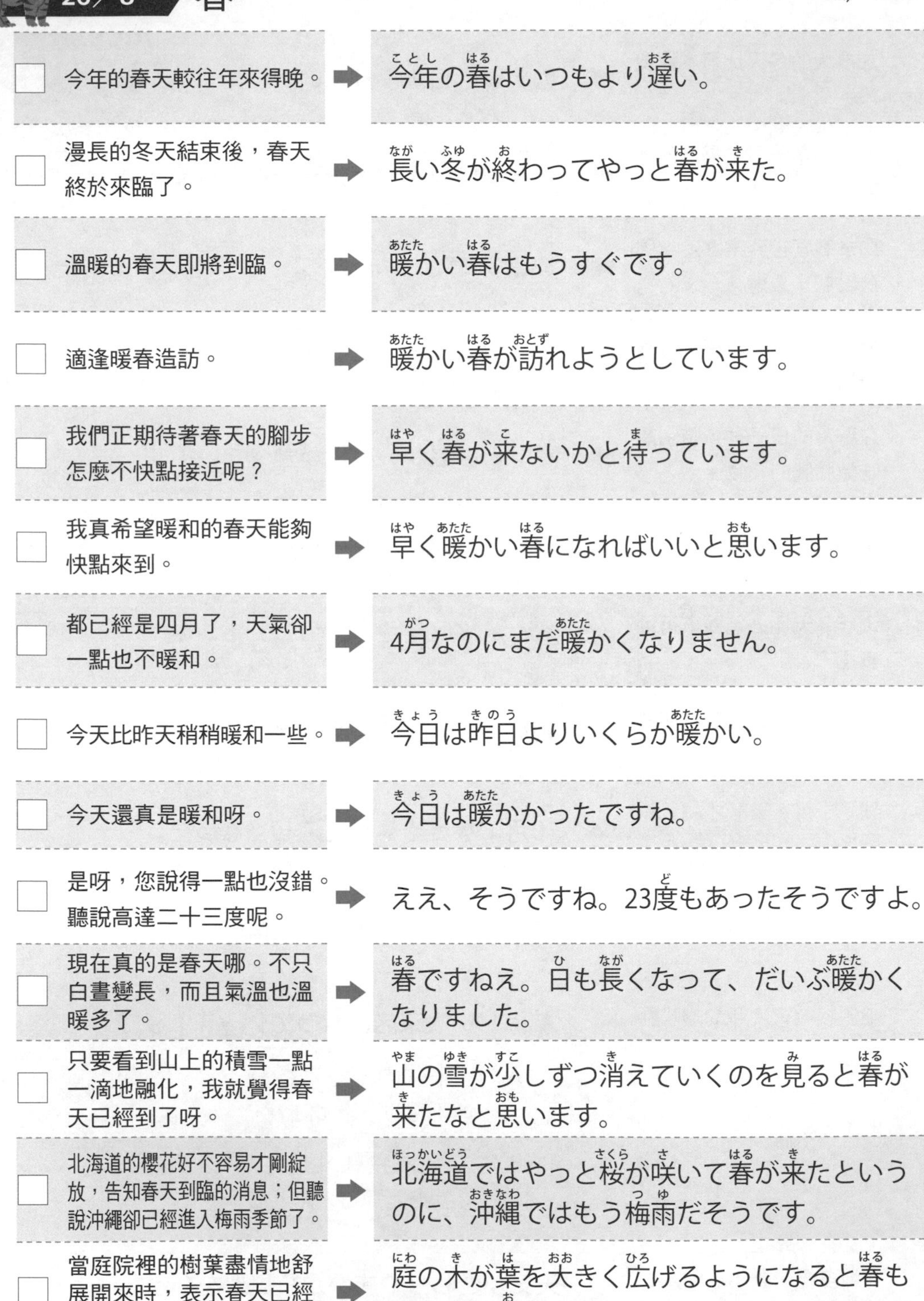

今年的春天較往年來得晚。	今年の春はいつもより遅い。
漫長的冬天結束後，春天終於來臨了。	長い冬が終わってやっと春が来た。
溫暖的春天即將到臨。	暖かい春はもうすぐです。
適逢暖春造訪。	暖かい春が訪れようとしています。
我們正期待著春天的腳步怎麼不快點接近呢？	早く春が来ないかと待っています。
我真希望暖和的春天能夠快點來到。	早く暖かい春になればいいと思います。
都已經是四月了，天氣卻一點也不暖和。	4月なのにまだ暖かくなりません。
今天比昨天稍稍暖和一些。	今日は昨日よりいくらか暖かい。
今天還真是暖和呀。	今日は暖かかったですね。
是呀，您說得一點也沒錯。聽說高達二十三度呢。	ええ、そうですね。23度もあったそうですよ。
現在真的是春天哪。不只白晝變長，而且氣溫也溫暖多了。	春ですねえ。日も長くなって、だいぶ暖かくなりました。
只要看到山上的積雪一點一滴地融化，我就覺得春天已經到了呀。	山の雪が少しずつ消えていくのを見ると春が来たなと思います。
北海道的櫻花好不容易才剛綻放，告知春天到臨的消息；但聽說沖繩卻已經進入梅雨季節了。	北海道ではやっと桜が咲いて春が来たというのに、沖縄ではもう梅雨だそうです。
當庭院裡的樹葉盡情地舒展開來時，表示春天已經接近尾聲了。	庭の木が葉を大きく広げるようになると春もそろそろ終わりだ。

26／9 夏

CD241

□ 從後天開始放暑假。 ➡ あさってから夏休(なつやす)みです。

□ 已經連續好幾天都是大熱天了。 ➡ 毎日(まいにち)暑(あつ)い日(ひ)がつづきます。

□ 昨天晚上真是熱死人了，我根本不太睡得著。 ➡ ゆうべは暑(あつ)かったですねえ。よく眠(ねむ)れませんでしたよ。

□ 在大熱天裡的啤酒滋味格外美妙。 ➡ 暑(あつ)い日(ひ)はビールがおいしい。

□ 如果會熱的話，請脫掉毛衣。 ➡ 暑(あつ)ければセーターを脱(ぬ)ぎなさい。

□ 日本的夏天和菲律賓以及泰國差不多熱。 ➡ 日本(にほん)の夏(なつ)はフィリピンやタイと同(おな)じぐらい暑(あつ)い。

□ 夏天的晚上通常熱得睡不著。 ➡ 夏(なつ)の夜(よる)は暑(あつ)くて眠(ねむ)れない。

□ 當梅雨季節結束後，就是夏天到了。 ➡ 梅雨(つゆ)が明(あ)けると夏(なつ)だ。

□ 天氣太熱了，沒有什麼食慾。 ➡ ▲暑(あつ)くてあまり食(た)べられません。

A：「涼(すず)しい北海道(ほっかいどう)で夏(なつ)を過(す)ごしました。」
／我在涼爽的北海道度過了夏天。

B：「それはよかったですねえ。」
／真是令人羨慕呀。

□ 涼風從庭院送進房間裡。 ➡ 庭(にわ)から部屋(へや)の中(なか)に涼(すず)しい風(かぜ)が入(はい)ってきます。

□ 我最喜歡夏天。因為熾烈的陽光和偌大的雲朵，讓我感受到宛如年輕人的活力。 ➡ 夏(なつ)が一番(いちばん)好(す)きです。強(つよ)い太陽(たいよう)や大(おお)きな雲(くも)に若(わか)い人(ひと)の力(ちから)のようなものを感(かん)じるからです。

□ 我想在今年夏天爬上標高三千公尺左右的高山。 ➡ 今年(ことし)の夏(なつ)は3,000メートルくらいの山(やま)に登(のぼ)りたい。

□	夏天早上的四點左右，東方的天空就會開始泛白。	➡	夏は４時には東の空が明るくなる。
□	在北海道，即使是夏天，有時也需要開暖爐禦寒。	➡	北海道では夏でもストーブがいるときがあります。

26／10 秋

CD242

□	到了九月，太陽就提早下山，完全呈現出秋天的景致。	➡	9月になると日が短くなって、すっかり秋です。
□	入秋以後，樹葉就變成黃色的。	➡	秋になると木の葉が黄色くなる。
□	秋天不僅天氣涼爽，而且食物又很美味，是我最喜歡的季節。	➡	秋は涼しくて食べ物もおいしく、私の一番好きな季節です。
□	儘管在東京還是連日超過三十度高溫的炎熱天氣，但在北海道已經進入秋天了。	➡	東京では毎日30度を超える日が続いていますが、北海道ではもう秋です。
□	時序已經入秋，庭院裡的蟲兒開始鳴叫了。	➡	もう秋だなあ、庭で虫が鳴き始めた。
□	葉子在秋天會變色。	➡	秋に葉の色が変わる。
□	樹葉在秋天會飄落。	➡	秋に葉を落とします。
□	過了酷熱的夏天，就到了涼爽的秋天。	➡	暑い夏が過ぎて涼しい秋になりました。
□	等到秋蟲開始鳴叫時，代表夏日已經結束囉。	➡	秋の虫が鳴き出したら、夏も終わりだなあ。
□	到了秋天，就會有許多當季的肥美食物上市。	➡	秋になると、おいしい食べ物がたくさん出てきます。

□ 從涼秋進入了寒冬。 ➡ 秋から冬に変わった。

□ 入夜後已經完全是秋天的氣息囉，你聽鈴蟲正在叫著呢。 ➡ 夜はもう秋みたいだな。鈴虫が鳴いてるよ。

□ 已經是秋天了哪。吹來的風愈來愈冷。 ➡ もう秋だな。風がだんだん冷たくなってきた。

□ 夏季已經結束，到了秋天囉。 ➡ もう夏が終わって秋だよ。

□ 涼爽的秋風正在吹拂著。 ➡ 涼しい秋風が吹いていた。

□ 時序已經進入吹起涼風的季節了。 ➡ 涼しい風が吹く季節となりました。

□ 到了秋天就會掉葉子的樹木，稱為落葉樹。 ➡ 秋に葉が落ちる木を落葉樹といいます。

□ 樹葉在秋天裡轉為紅色，真是美不勝收。 ➡ 秋に葉が赤くなり大変美しい。

□ 請問您今年秋天想去哪裡旅行呢？ ➡ この秋、旅行したい所はどこですか。

26／11 冬

CD242

□ 在寒冷的日子裡，就會想喝熱咖啡。 ➡ 寒い日は温かいコーヒーが飲みたい。

□ 因為一直在酷寒的戶外工作，所以鼻頭都被凍紅了。 ➡ 寒い外で働いていたので鼻の頭が赤い。

□ 雖然我很討厭寒冷，但在酷熱時不管有多熱都無所謂。 ➡ 寒いのは嫌だけど、暑いのはいくら暑くてもかまわない。

□	火爐很燙，請務必留意。	ストーブが熱いから気をつけなさい。
□	在冬天時，希望有厚重的外套可穿。	冬は厚いコートがほしい。
□	今年冬天一點也不冷。	今年の冬は寒くなかった。
□	在家裡和戶外的溫差相當大。	家の中と外では温度差がずいぶんある。
□	日本的冬天非常寒冷，請記得穿上毛衣，小心千萬別感冒了。	日本の冬は寒いですから、セーターを着るなどして、風邪をひかないように気をつけてください。
□	好冷，我們把窗戶關上吧。	寒いなら窓を閉めましょう。
□	寒冷的冬天已經來了。	寒い冬が来た。
□	到了冬天就可以滑雪或溜冰。	冬になるとスキーやスケートができる。
□	胡志明市、雅加達、或是曼谷都沒有冬天。	ホーチミンやジャカルタやバンコクには冬がない。
□	首爾的冬天比東京還要冷。	ソウルの冬は東京より寒い。
□	一九九八年，在長野縣舉辦了冬季奧林匹克運動會。	1998年、冬のオリンピックが長野で開かれた。
□	在寒冬中，清酒喝起來格外順口。	冬は日本酒がおいしい。
□	天氣很冷，麻煩開啟暖爐。	寒いからストーブをつけてください。
□	在出門前，一定要確實熄滅火爐。	出かけるときはストーブを必ず消します。

□	火爐裡的火苗熄滅了。	➡	ストーブの火（ひ）が消（き）えた。
□	到了十一月，差不多開始需要開暖爐了。	➡	11月（がつ）に入（はい）って、そろそろストーブが欲（ほ）しくなりました。
□	外頭很冷吧。請快點進來，到這間有暖爐的房間裡取取暖。	➡	外（そと）は寒（さむ）かったでしょう。さあ、早（はや）く、こっちのストーブのある部屋（へや）にいらっしゃい。

補充單字

気温（きおん） 氣溫	湿度（しつど） 濕度	氷（こおり） 冰
暑（あつ）い 熱，炎熱	暖（あたた）かい 溫暖	涼（すず）しい 涼爽，清爽
寒（さむ）い 寒冷	天気（てんき） 天氣，好天氣	天気予報（てんきよほう） 天氣預報
風（かぜ） 風	吹（ふ）く 刮，吹	台風（たいふう） 颱風
雷（かみなり） 雷	扇風機（せんぷうき） 電風扇	つける 點（火），點燃

Chapter 27 新鮮人在職場上

CD243

千萬別以為你遊學打工過，就可以在日本職場上生存！遊學打工階段的你，對日本人來説就是一個外國人，他們不會用太過嚴格的標準看待你。一旦成為正社員，所有的標準都不同，無論是職場位階文化、説話方式等，都會被用日本人標準來看待，所以別再期待同事會體諒你是外國人了。

27／1 自我介紹

1. 課長，新進員工的齊藤來了。

課長(かちょう)、新人(しんじん)の斉藤(さいとう)がまいりました。

2. 那麼，就請你來這裡向大家打聲招呼吧。

じゃ、こっちに来(き)て、みんなに挨拶(あいさつ)をしてください。

3. 初次見面，我叫齊藤陽子。

はじめまして、斉藤陽子(さいとうようこ)と申(もう)します。

4. 敬請多多指教。

どうぞよろしくお願(ねが)いいたします。

5

我是這次將在業務部門就任的齊藤陽子。

このたび営業部(えいぎょうぶ)に配属(はいぞく)になりました斉藤陽子(さいとうようこ)と申(もう)します。

6

請多多指教。

よろしくご指導(しどう)ください。

7

我是齊藤陽子。跟富士電視主播齊藤舞子同姓，名字是太陽之子的「陽子」。

斉藤陽子(さいとうようこ)です。名字(みょうじ)は富士(ふじ)テレビの斉藤舞子(さいとうまいこ)アナウンサーと同(おな)じで、名前(なまえ)は太陽(たいよう)の子(こ)の陽子(ようこ)です。

8

我是業務部的齊藤陽子。

営業部(えいぎょうぶ)の斉藤陽子(さいとうようこ)と申(もう)します。

♥ 小知識

日本跟台灣的職場文化大大不同，日本的前輩、後輩階級明顯，後輩不論有多重要的事要請假，前輩們絕對都會跟你碎碎念；台灣則是菜鳥不耐操、老鳥操到死的狀況屢見不鮮，容易發生工作能力的斷層。想去日本工作的台灣人，工作態度一定要砍掉重練，否則很難在日本職場上生存。

27／2 人事調動

CD243

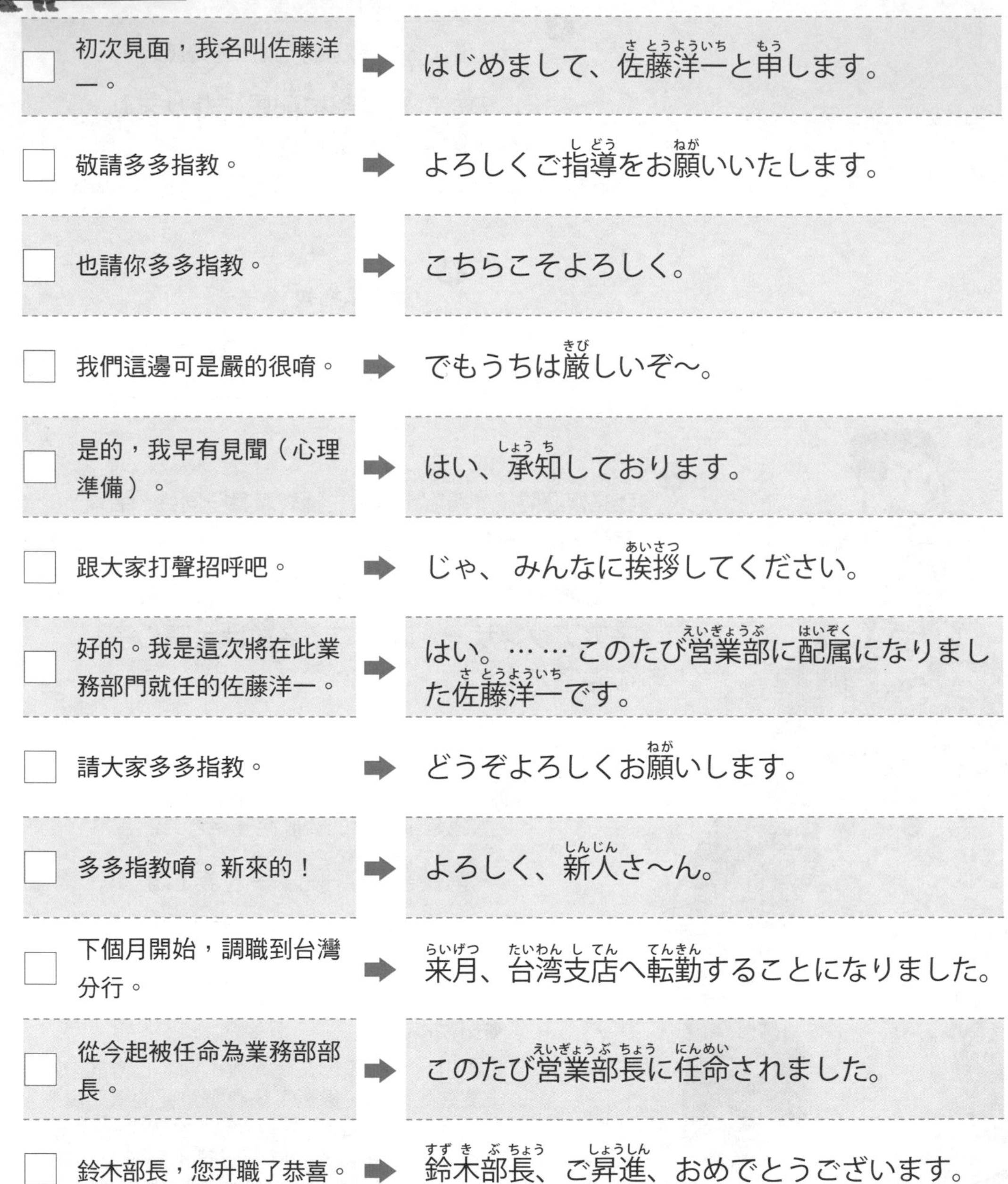

□	初次見面，我名叫佐藤洋一。	➡	はじめまして、佐藤洋一（さとうよういち）と申（もう）します。
□	敬請多多指教。	➡	よろしくご指導（しどう）をお願（ねが）いいたします。
□	也請你多多指教。	➡	こちらこそよろしく。
□	我們這邊可是嚴的很唷。	➡	でもうちは厳（きび）しいぞ～。
□	是的，我早有見聞（心理準備）。	➡	はい、承知（しょうち）しております。
□	跟大家打聲招呼吧。	➡	じゃ、みんなに挨拶（あいさつ）してください。
□	好的。我是這次將在此業務部門就任的佐藤洋一。	➡	はい。……このたび営業部（えいぎょうぶ）に配属（はいぞく）になりました佐藤洋一（さとうよういち）です。
□	請大家多多指教。	➡	どうぞよろしくお願（ねが）いします。
□	多多指教唷。新來的！	➡	よろしく、新人（しんじん）さ～ん。
□	下個月開始，調職到台灣分行。	➡	来月（らいげつ）、台湾支店（たいわんしてん）へ転勤（てんきん）することになりました。
□	從今起被任命為業務部部長。	➡	このたび営業部長（えいぎょうぶちょう）に任命（にんめい）されました。
□	鈴木部長，您升職了恭喜。	➡	鈴木部長（すずきぶちょう）、ご昇進（しょうしん）、おめでとうございます。

27／3 早晚的寒暄

CD243

□	課長，早安。	課長（かちょう）、おはようございます。
□	喔！齊藤啊！你早阿。	お～、斉藤君（さいとうくん）、おはよう。
□	早安。	おはようございます。
□	課長，我到東京商業公司去一趟。	課長（かちょう）、東京商事（とうきょうしょうじ）へ行（い）ってきます。
□	我出門了。	行（い）ってきます。
□	一路順利。	行（い）ってらっしゃい。
□	我回來了。	ただいま帰（かえ）りました。
□	你回來啦。	お帰（かえ）りなさい。
□	歡迎回來，辛苦你了。（上對下）	お帰（かえ）りなさい。ご苦労様（くろうさま）でした。
□	歡迎您回來，辛苦您了。（下對上）	お帰（かえ）りなさいませ。お疲（つか）れ様（さま）でございます。
□	辛苦您了。（平輩）	お疲（つか）れ様（さま）でした。
□	請問您找我嗎？	お呼（よ）びでしょうか。
□	讓您久等了。	お待（ま）たせいたしました。
□	好的，謹遵辦理。	はい。かしこまりました。

□	是的，遵命。	➡	はい。承知いたしました。
□	不好意思，我先失陪了。	➡	お先に失礼します。
□	佐藤先生，我先失陪了。	➡	佐藤さん、お先に失礼します。

27／4 遲到了

🔈 CD243

□	早安。非常抱歉我來晚了。	➡	おはようございます。遅くなって申し訳ありません。
□	早，怎麼這麼晚。	➡	おはよう。遅いぞ。
□	發生什麼事了？	➡	どうかしたの。
□	是的。是這樣的我把錢包弄丟了，剛剛一直在找它…。	➡	はい、実は財布をなくして、探していたので……。
□	很對不起我遲到了。是這樣的…。	➡	遅くなって申し訳ありません。実は……。
□	是這樣的，我遇到電車撞人事故…。	➡	実は、電車の人身事故に遭いまして……。
□	是這樣的，今天早上小孩發燒…。	➡	実は、今朝、子供が熱を出しまして……。
□	是這樣的，我的車子途中爆胎…。	➡	実は、車が途中でパンクしまして……。
□	原來如此，下次注意點唷。	➡	そうか、今度から気を付けろよ。

從明天開始，我必定會提早出門上班，趕在營業時間開始前到達。	明日からは始業時刻までに十分な余裕を見て出勤いたします。

27／5 早退及下班

CD244

不好意思，我先告辭了。	申し訳ありませんが、お先に失礼します。
齊藤啊！明天一定要交出（我交待的）那份資料。	斉藤君、例の書類は必ず明日提出してくれよ。
好的，沒問題。	はい、大丈夫です。
明日一早，就會讓您看到資料的。	明日の朝、書類をご覧に入れます。
明天下午我會說明那個企畫案的，不好意思，我先告辭了。	明日の午後、例の企画案をご説明します。
可就拜託你了。	頼んだぞ。
好的，那麼我先走一步了。	はい、では、お先に失礼します。
真是抱歉，我先走一步。	すみませんが、お先に失礼します。
明天得早起，先走一步了。	明日早いので、お先に失礼します。
我和鈴木部長有約，不好意思，先走一步了。	鈴木部長と約束がありますので、すみませんが、お先に失礼します。
我的身體有點不大舒服，不知道是否可以允許我早退嗎？	体調が思わしくないので、早退させていただけませんでしょうか。

□ 臨時提出這種請求，非常對不起。	➡	突然(とつぜん)、申(もう)し訳(わけ)ございません。
□ 非常抱歉。	➡	申(もう)し訳(わけ)ございません。
□ 今天有要事在身，實在沒有辦法抽身。	➡	本日(ほんじつ)はどうしてもはずせない用事(ようじ)がございまして。
□ 如果可以的話，今天是否可以容我先告退回去了呢？	➡	差(さ)し支(つか)えなければ、本日(ほんじつ)は帰(かえ)らせていただいてもよろしいでしょうか。
□ 容我先告退了。	➡	お先(さき)に失礼(しつれい)させていただきます。
□ 辛苦您了。	➡	お疲(つか)れ様(さま)です。
□ 不好意思。	➡	恐(おそ)れ入(い)ります。

27／6 請假

CD244

□ 課長，請問，下禮拜一可以請個年假嗎？	➡	課長(かちょう)、すみません、来週(らいしゅう)の月曜日(げつようび)に有給休暇(ゆうきゅうきゅうか)をいただいてもよろしいでしょうか。
□ 今年的冬天，我想請一個禮拜的假。	➡	今年(ことし)の冬(ふゆ)、1週間(しゅうかん)ほど休暇(きゅうか)をいただきたいのですが……。
□ 星期一我想補假…。	➡	月曜日(げつようび)に代休(だいきゅう)をいただきたいのですが……。
□ 非常不好意思，今日我想休息一天…。	➡	申(もう)し訳(わけ)ありませんが、本日(ほんじつ)休(やす)ませていただきたいのですが……。
□ 我哥哥要結婚，星期五我想請假…。	➡	兄(あに)の結婚式(けっこんしき)がありますので、金曜日(きんようび)に休(やす)ませていただきたいのですが……。

□	對不起，有點私事，家母的病況不太樂觀，是否可以允許我請假兩天左右呢？	➡	わたくし事で申し訳ありませんが、母の病状が思わしくないので、二日ほど休ませていただけませんでしょうか。
□	各位真是抱歉。	➡	皆さん、すみません。
□	明天開始到25號我休息，這一個星期期間要拜託大家了。	➡	明日から25日まで休ませていただきます。1週間の間よろしくお願いします。

27／7 有事問同事

CD244

□	在繁忙之中打擾你不好意思。	➡	お忙しいところをすみません。
□	我有些問題想要請教你。	➡	少々お尋ねしたいことがあるんですが……。
□	工作當中打擾，很不好意思。	➡	お仕事中、申し訳ありませんが……。
□	不好意思。	➡	恐れ入ります。
□	工作中打擾你不好意思，我想請教一下出貨給東京商事的事情。	➡	お仕事中、申し訳ありませんが、東京商事への出荷の件で教えていただけませんか。
□	好啊。	➡	いいですよ。
□	好的，什麼事？	➡	はい、何でしょう。
□	可以告訴我有關出貨給東京商事的數量嗎？	➡	東京商事への出荷件数について教えていただけませんか。
□	能麻煩教我這個電腦怎麼操作嗎？	➡	このコンピューターの操作の仕方を教えていただけませんか。

□	想跟您請教有關調整庫存的事。	➡	在庫調整の件について伺いたいのですが。
□	我不大懂〇〇的部分，可以麻煩您解釋給我聽嗎？	➡	〇〇の部分が分かりませんでした。教えていただけますか。
□	在您有空的時候可以告訴我嗎？	➡	お手すきのときに教えていただけますか。
□	可否麻煩您再說明一次嗎？	➡	もう一度教えていただけますでしょうか。

27／8 別人問你問題

CD244

□	工作當中，不好意思，有些事情想請教您可以嗎？	➡	お仕事中、すみません、少々お尋ねしたいことがあるんですが……。
□	好的。什麼事?	➡	はい、何でしょう。
□	可以告訴我有關〇〇的事情嗎？	➡	〇〇の件について、教えていただけますか。
□	好的，有關〇〇的事，看一下上回會議記錄就知道了。	➡	〇〇の件でしたら、前回の会議のメモを見れば分かりますよ。
□	齊藤小姐，你知道有關計畫A一案嗎？	➡	斉藤さん、プロジェクトAの件に関して教えていただけませんか。
□	好的，我馬上查看看就知道了。	➡	はい、ただいまお調べいたします。
□	有關那件事的話，看這份資料就可以知道了。	➡	その件でしたら、この資料で分かりますよ。
□	好的，有關東京商事的案子，是這樣的…。	➡	はい、東京商事の件ですね。それは……。

□	嗯…，我記得這好像是用新的原料做的…。	➡	え……と、これは確か新しい素材でできているような気がするんですけど……。
□	對不起，那件事我不知道。	➡	すみません、その件については存じません。
□	不好意思，那案子我並不清楚。	➡	申し訳ありません、その件については私は知りませんが。

27／9 帶領訪客

CD245

□	歡迎大駕光臨。	➡	いらっしゃいませ。
□	請問業務部的佐藤先生在嗎？	➡	営業部の佐藤さんはいらっしゃいますか。
□	不好意思，請問您是哪位？	➡	恐れ入りますが、どちら様でいらっしゃいますか。
□	不好意思，請問是哪位呢？	➡	失礼ですが、どちら様でしょうか。
□	不好意思，請問我們是否已約好要會面了呢？	➡	失礼ですが、お約束をいただいておりますでしょうか。
□	我是東京商事的鈴木。（遞出名片）	➡	東京商事の鈴木です。（名刺を出す）
□	您是ＣＢＣ企劃公司的岡山小姐吧？我立刻為您通報，可以請您在這裡稍待片刻嗎？	➡	ＣＢＣ企画の岡山様でございますね。かしこまりました。こちらで少々お待ちいただけますか。
□	鈴木先生，經常承蒙您的關照。	➡	鈴木様、いつもお世話になっております。
□	不好意思，請問有什麼貴事呢？	➡	恐れ入りますが、どのようなご用件でしょうか。

□	與您約好於兩點會面的ＣＢＣ企劃公司的岡山小姐已經抵達了。	➡	２時にお約束のＣＢＣ企画の岡山様がいらっしゃいました。
□	鈴木先生，恭候大駕了。	➡	鈴木様、お待ちしておりました。
□	岡山小姐，讓您久等了。我來為您帶路。	➡	岡山様、お待たせいたしました。ご案内しますので。
□	這邊請。	➡	こちらへどうぞ。
□	多謝。	➡	ありがとうございます。
□	我現在就為您傳達，請您坐在這裡稍待一下。	➡	ただいまお取り次ぎいたしますので、こちらにおかけになってお待ちくださいませ。
□	請稍等一下。	➡	少々お待ちくださいませ。
□	山田馬上就來，可以麻煩您坐在這裡稍等一下嗎？	➡	山田はすぐに参りますので、こちらにおかけになってお待ちいただけますか。
□	不好意思，敬請享用。	➡	失礼いたします。どうぞお召し上がりください。
□	如果您同意的話，由我來承辦您的要事。	➡	よろしければ、私がご用件を承りますが。
□	非常對不起，不巧山田現在外出。	➡	申し訳ございません。あいにく山田はただいま外出しておりまして。
□	感謝您在百忙之中特地撥冗前來。	➡	お忙しいところをお越しいただきまして、ありがとうございます。

27／10 與上司、前輩說話

CD245

□ 過來一下吧。	ちょっと来てくれないか。
□ 是的，有何吩咐？	はい、何でしょう。
□ 是。馬上就來。	はい。ただいま。
□ 是的，您有何吩咐？	はい、ご用は何でしょうか。
□ 讓您久等了，您有何吩咐？	お待たせして申し訳ありませんでした。ご用は何でしょうか。
□ 真是抱歉，您現在有空嗎？	恐れ入ります。今よろしいでしょうか。
□ 您這麼忙，真是不好意思。	お忙しいところ申し訳ありません。
□ 我有事想請教您，您有時間嗎？	お聞きしたいことがあるのですが、お時間をいただけますか。
□ 不好意思，有些事情想要請教，不知道現在是否方便打擾呢？	恐れ入ります。少々伺いたいことがあるのですが、よろしいでしょうか。
□ 企劃書已經完成了，想請您過目一下。	企画書ができあがりましたので、ご覧いただけますか。
□ 想請您教導一下關於估價單的開立方式。	見積書の書き方について教えていただけますか。
□ 我現在有事想向您報告。	お話したいことがございまして。
□ 多虧經理的大力鼎助，案子終於成功了。	部長のお力添えのおかげです。成功いたしました。
□ 剛剛接到山田那邊的聯絡，很遺憾的，這次沒能拿到案子。	ただいま山田から連絡がございまして、残念ながら今回は見送らせていただくとのことでした。

□	非常對不起，關於企劃書與相關資料…。	➡	申し訳ございません。企画書と資料の件ですが。
□	不知道是否可以延到週五再提送呢？	➡	金曜まで期限を延ばしていただけないでしょうか。

27／11 同事邀約

CD245

□	我們搭同一班電車，一起回家吧！	➡	同じ電車だから、一緒に帰りましょうか。
□	齊藤啊！如何？一起去唱個歌吧！	➡	斉藤君、どうだ、カラオケでも行くか。
□	好的！一起去吧！	➡	はい、ご一緒します。
□	很高興您邀我去。	➡	喜んで行かせていただきます。
□	謝謝您，我最喜歡賞花了，讓我陪您去。	➡	ありがとうございます。お花見、大好きなんです。お供します。
□	齊藤啊！一起喝一杯如何？	➡	斉藤君、一杯どうだ。
□	非常抱歉，我今天已經跟人家約好了…。	➡	すみません、今日は先約がありまして……。
□	我有要事得去辦…。	➡	どうしてもはずせない用がありまして……。
□	我身體不太舒服…。	➡	体調が思わしくないので……。
□	還有機會的話，請務必再邀我。	➡	また機会がありましたら、ぜひ誘ってください。

補充單字

社長（しゃちょう） 社長	公務員（こうむいん） 公務員	店員（てんいん） 店員
アルバイト（する） 打工，副業	勤める（つとめる） 工作，上班	会社員（かいしゃいん） 上班族
銀行員（ぎんこういん） 銀行員	ＯＬ（オーエル） 上班族女郎	書類（しょるい） 文件
会議（かいぎ） 會議	コンピュータ（ー） 電腦	机（つくえ） 書桌
椅子（いす） 椅子	受付（うけつけ） 詢問處，受理	応接室（おうせつしつ） 會客室

Chapter 28 職場的日常業務

CD246

日本人的「拒絕」方式特別委婉，例如在職場上常會用：「好，我們會好好考慮。」來婉拒對方，如果對方沒有明確說：「是！沒問題。」就可能是被拒絕了。如果要拒絕朋友的邀約，別直接說不，可以先表達很想去的意願，只是很可惜那天碰巧跟別人有約了。

28／1 報告上司前

1. 課長，現在方便借一步講話嗎？

   課長、今よろしいですか。

2. 東京商事的案子談成了。

   東京商事の件はお受けいただけるということです。

3. 但對方希望我們降低估價單的金額。

   ただ見積書の金額を下方修正してほしいそうです。

4. （專案）進行到中途，為了慎重起見，跟您做個報告。

   途中ですが、念のためにご報告します。

5. 這個產品比別家公司的還要高出一成。

   この製品は他社と比べて10パーセントは高くなっております。

6

這樣繼續做下去沒問題嗎？

このまま続けてよろしいですか。

7

A公司回覆同意我們公司的提案了。

A社はわが社の提案に同意というお返事をいただきました。

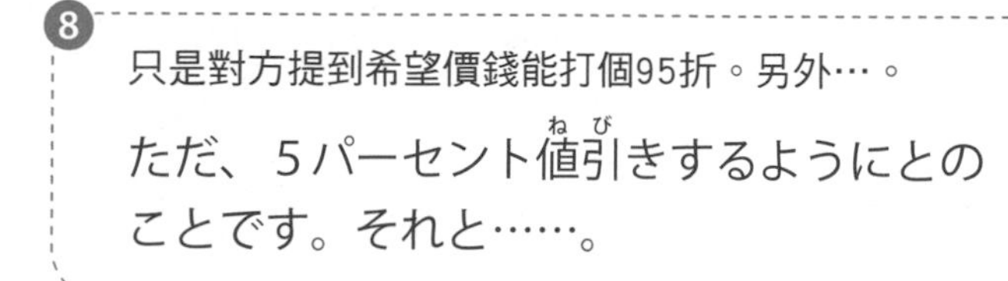

8

只是對方提到希望價錢能打個95折。另外…。

ただ、5パーセント値引きするようにとのことです。それと……。

9

您覺得該怎麼辦呢？

いかがいたしましょうか。

10

待會再說吧。

後にしてくれないか。

11

我知道了，那我稍後再來。

分かりました。では後ほど。

12

瞭解。

分かりました。

13

是的，我現在正要前往。

はい、ただ今参ります。

28／2 報告好的進度

CD246

□	這樣啊！那麼，細部的修改我們稍後再慢慢討論吧！	➡	そうか。細(こま)かい修正(しゅうせい)のことはあとでゆっくり相談(そうだん)しよう。
□	一切順利進行中。	➡	すべて順調(じゅんちょう)に進(すす)んでおります。
□	今天預定十點時前往山田興業。	➡	本日(ほんじつ)は10時(じ)に山田興業(やまだこうぎょう)に参(まい)る予定(よてい)です。
□	是的，遵命。	➡	はい、かしこまりました。
□	請容我拜讀。	➡	拝見(はいけん)します。
□	託您的福，案子接洽得非常順利。	➡	おかげさまで大変(たいへん)スムーズに話(はなし)が進(すす)みました。
□	對方非常有意願將案子交給我們公司承辦。	➡	前向(まえむ)きにご検討(けんとう)くださるとのことでした。

28／3 報告不好的進度

CD246

□	對方回答這期無法與我們簽訂新契約。	➡	今期(こんき)については、新規(しんき)の契約(けいやく)はいただけないというお返事(へんじ)でした。
□	事由於預算受限。	➡	予算(よさん)のご都合(つごう)とのことです。
□	本星期內會給我們最終答覆。	➡	今週中(こんしゅうちゅう)に最終的(さいしゅうてき)なお返事(へんじ)をいただけるとのことです。
□	課長，您知道那件事嗎？	➡	課長(かちょう)、ご存(ぞん)じですか。
□	據說A公司將採用Bob White的插畫。	➡	A社(エーしゃ)がボブ・ホワイトのイラストを採用(さいよう)するという話(はなし)です。

很抱歉，我想出貨會晚個二、三天。	申し訳ありません、出荷が2、3日遅れると思いますが。
萬分抱歉。	申し訳ございません。

28／4 聯絡

CD246

喂！我是齊藤。	もしもし、斉藤です。
怎麼了？	どうした。
我現在剛結束和東京商事的會議。	ただいま東京商事さんとの打ち合わせが終わったところです。
結束了就直接回公司啊！	終わったなら、まっすぐ社に戻れ。
非常抱歉，路上發生電車撞人事故，現在電車還停在東京車站。	申し訳ありません、人身事故で電車が止まって、まだ東京駅にいます。
那就沒辦法了。	しょうがないな。
課長，東京商事說要停止簽約…，如何是好呢?	課長、東京商事さんから、契約中止したいと……、いかがいたしましょう。
課長，關於東京商事一案我已將備忘錄放於桌上，請過目。	課長、東京商事の件は机の上にメモを置いておきましたので、ご覧ください。

28／5 社外傳話

CD246

□ 歡迎回來，辛苦您了。	➡ お帰りなさい。お疲れ様です。
□ 有沒有誰打電話給我？	➡ 私への連絡などはありませんか。
□ 剛才，東京商事的鈴木部長有電話過來。	➡ ちょっと前に東京商事の鈴木部長からお電話が入っていました。
□ 兩點多左右，銀座展示室的所長曾經打過電話來。	➡ 銀座ショールームの所長から２時過ぎにお電話がありました。
□ 他交代等您回公司以後，與他聯絡。	➡ お戻りになられたら、ご連絡をいただきたいと言付かっております。
□ 一位來自A企劃公司的高橋先生，大約在兩個小時前來過一趟，留下他的名片。	➡ A企画の高橋様とおっしゃる方が、２時間ほど前にお見えになりまして、名刺をお預かりしました。
□ 他說改天再次前來拜訪問候。	➡ 日を改めてご挨拶にいらっしゃるとのことです。
□ 他大約在半個小時前交代，等您回來以後，麻煩過去他那裡一趟。	➡ 30分ほど前に、「戻られたらおいで願いたい」とおっしゃっていました。
□ 沒有客人或是來電要找您。	➡ 電話や来客はございませんでした。

28／6 社內傳話

CD247

□ 課長，經理找您。	➡ 課長、部長がお呼びです。
□ 課長，經理說想請您「幫忙預訂票券」。	➡ 課長、部長が「チケットの予約をしてほしい」とおっしゃっていました。
□ 課長，經理交代我轉告您「想麻煩您預訂票券」。	➡ 課長、部長から「チケットの予約を頼みたい」との伝言を預かってまいりました。

	中文	日文
□	經理，課長說他「等一下會來請示您」。	部長、課長が「後ほどうかがいます」とおっしゃっていました。
□	經理似乎非常急的模樣。	部長は大変お急ぎのご様子でした。
□	經理看起來似乎很急。	部長はとても急いでいらっしゃるように見えました。

28／7 商量

CD247

	中文	日文
□	課長，您現在方便嗎？	課長、今お手すきでしょうか。
□	課長，可以打擾一下嗎？	課長、ちょっとよろしいでしょうか。
□	在您百忙之中，非常不好意思。	お忙しいところ申し訳ありません。
□	工作中打擾您真是不好意思，現在方便嗎？	お仕事中すみません、今よろしいでしょうか。
□	關於與ＡＢＣ企劃公司之間的合約，我想與您討論一下。	ＡＢＣ企画との契約の件でご相談があるのですが。
□	是這樣的，我有件事想和您商量。	実は、ご相談したいことがございまして。
□	是這樣的，有件事想特別跟您商量。	実は、折り入ってご相談したいことがございまして。
□	其實特有一事相求。	実は、折り入ってお願いしたいことがございまして。
□	不知道是否能夠向您借用一些時間商討呢？	少々お時間をいただけないでしょうか。

□ 可以向您借用大約二十分鐘左右的時間嗎？	➡ 20分ほどお時間をいただけますか。
□ 什麼事？	➡ 何だね。
□ 請容我直白地說，這次的商談進展極度不順利…。	➡ 有り体に申し上げますが、今回の商談はかなり難航しており……。
□ 我家有急事，想要跟您請年假…。	➡ 実家に急用があって、有給をいただきたいのですが……。
□ 說不定那個人也不是故意那樣說的。	➡ あの人も、悪気があって言っているわけではないかもしれませんよ。
□ 那樣做比較好喔！	➡ そうした方がいいですよ。

28／8 確認

CD247

□ 好的，…是吧！	➡ はい、……ですね。
□ 明白了。	➡ 分かりました。
□ 好的，沒問題。	➡ はい、かしこまりました。
□ 明天十點以前，這份估價單三份是吧！	➡ 明日10時までに、この見積書を3部ですね。
□ 寄給課長的資料是吧！好的。	➡ 課長宛ての書類ですね。分かりました。
□ 複印四份，各送兩份到人事部和庶務部是吧！	➡ 4部コピーで、人事部と庶務課に各2部ですね。

中文	日文
☐ 請容我確認：只要把這些資料在兩點的會議開始前，影印三十份備妥就好了嗎？	こちらの資料を２時の会議までに30部コピーしてご用意する、ということでよろしいでしょうか。
☐ 很抱歉，我想再次確認…。	恐れ入ります、重ねて確認しますが……。
☐ 慎重起見，我再確認一次。	念のために、もう一度確認させてください。
☐ 慎重起見，我再複誦一次。	念のため、復唱させていただきます。

28／9 提案

CD247

中文	日文
☐ 不好意思，我想跟您提個案子。	恐れ入りますが、ちょっとご提案させていただきたいのですが。
☐ 可以耽擱您一些時間嗎？	しばらくお時間をいただけませんか。
☐ 是什麼提案？	何だね。
☐ 是與東京商事的中國相關的新企畫案…。	東京商事さんに関する中国関連の新企画の件ですが。
☐ 課長，不好意思，我想了一個新的企畫案，要跟您報告。	課長、恐れ入りますが、新企画を考えてきました。
☐ 雖然自己這樣說有些不恰當，但我覺得這一定會成為暢銷商品。	自分で言うのも何ですが、これなら人気商品になると思います。
☐ 我認為如果是這商品的話，一定能滿足消費者的，可以麻煩您過目一下嗎？	これなら消費者にご満足いただけると考えているのですが、一応目を通していただけませんか。

28／10 催促

CD247

□	我今天是為了新企畫一案來的，由於貴公司至今未有答覆。	➡	新企画の件ですが、今日までご連絡がなかったので、伺いに参りました。
□	想請問您審過了嗎？	➡	ご検討いただけましたでしょうか。
□	非常抱歉，還在審查中。	➡	申し訳ございません。まだ検討中でして。
□	因為已超過約定時間一個星期了，所以我想應該有答覆了。	➡	お約束の日から1週間たちますので、そろそろお返事をいただきたいのですが。
□	哪裡哪裡，我們會努力趕在明天一早就給您答覆的。	➡	いえいえ、なんとか明日の朝一番には、お返事します。
□	不好意思讓您操心了。	➡	ご心配をおかけしてすみません。
□	不好意思，關於付款一事…。	➡	恐れ入ります、お支払いの件ですが。
□	為了再度確認前來打擾了。	➡	念のためにうかがいました。
□	請問現在狀況如何？	➡	いかがでしょうか。
□	我們也知道您那邊也有許多狀況。	➡	そちら様にもいろいろ事情がおありとは存じますが。
□	我們這邊也沒有辦法再等了。	➡	こちらとしてもこれ以上は待てません。
□	如果您不能在這禮拜準備好的話，就會妨礙到我們業務的進行。	➡	今週中に手配していただかなければ、業務に支障をきたします。
□	好像在催促您一般，真是抱歉。	➡	催促するようで申し訳ございませんが。

28／11 委託與命令

CD248

	中文	日文
□	齊藤小姐，工作中打擾你不好意思。	斉藤さん、お仕事中にすみません。
□	可以請您跟我起去人事部一趟嗎？	人事部までいっしょに行っていただけませんか。
□	是，請問有什麼事嗎？	はい、何かあるんですか。
□	嗯，寄給課長的貨物實在是太大了。	ええ、課長宛てのお荷物があまり大きいので……。
□	好啊！我來幫忙。	いいですよ。お手伝いします。
□	齊藤，這個幫我寄一下。	斉藤君、これ、出してくれないかな。
□	好的。	はい、分かりました。
□	寄給東京商事的鈴木部長是吧！	東京商事の鈴木部長宛てですね。
□	是，我知道了。	はい、承知いたしました。
□	五點以前提交文件是吧！	書類は5時までに提出ですね。
□	今天五點以前的話雖有困難，但如果是明天的中午以前，我會設法完成的。	今日の5時までには無理ですが、明日の昼まででしたら何とかいたします。

28／12 拜託他人

CD248

	中文	日文
□	麻煩您在〇〇日之前完成XX。	〇〇日までにXXをお願いします。

	中文		日文
□	可否麻煩您在〇〇日之前完成XX呢？	➡	〇〇日までにXXをお願いできますでしょうか？
□	可否麻煩您在〇〇日之前做完XX呢？	➡	〇〇日までにXXしていただけますでしょうか？
□	可以請您在〇〇日之前完成XX嗎？	➡	〇〇日までにXXをお願いしてもよろしいでしょうか？
□	不好意思，請幫我複印這些文件各三份。	➡	すみませんが、これを3部ずつコピーお願いします。
□	各三份是吧！	➡	3部ずつですね。
□	課長，我拿有關賞花的新企畫案來了。	➡	課長、花見の新企画案を持ってまいりました。
□	可以麻煩您有空的時候幫忙嗎？	➡	お手すきのときにでもお願いできませんでしょうか。
□	您有空的時候就行了，可以幫我過目一下嗎？	➡	お手すきのときで結構ですので、目を通していただけますか。
□	課長，不好意思，可以聽聽您的寶貴意見嗎？	➡	課長、恐れ入りますが、ちょっとお知恵を拝借できないでしょうか。
□	在繁忙之中打擾您真是不好意思。	➡	お忙しいところを失礼ですが……。
□	課長，真不好意思，我將夏季慶典的企畫案拿來了。	➡	課長、恐れ入りますが、夏祭りの企画案を持ってまいりました。
□	可以請您手邊空下來的時候，幫我看一下嗎？	➡	お手すきのときで結構ですので、お目通し願えますか。
□	可以麻煩您順便看一下這份資料嗎？	➡	ついでのときにでも、この資料にお目通し願えませんか。
□	就拜託您了。	➡	よろしくお願いします。

好啊。	いいよ。

28／13 婉拒同事的請託

CD248

齊藤啊！今天有辦法加班嗎？	斉藤君（さいとうくん）、今夜残業（こんやざんぎょう）できないかな。
非常抱歉，但最近連續加班…。	申（もう）し訳（わけ）ありませんが、最近（さいきん）は残業続（ざんぎょうつづ）きで……。
課長，不好意思，我現在不得不外出。	課長（かちょう）、すみませんが、これから外出（がいしゅつ）しなければなりませんので。
話雖如此，我認為您方才所下的吩咐有些疑慮。	お言葉（ことば）ですが、ただいまのご指示（しじ）はいかがかと存（ぞん）じます。
非常的不好意思，但我不能理解為何您優先考量那件事。	大変申（たいへんもう）し訳（わけ）ありませんが、そのことを優先（ゆうせん）する理由（りゆう）が理解（りかい）できません。
不好意思，現在是沒辦法。	恐（おそ）れ入（い）りますが、今（いま）は無理（むり）なのですが。
可以等到下午三點我回公司之後嗎？	午後（ごご）３時（じ）ごろ社（しゃ）に戻（もど）ってからでよろしいでしょうか。

28／14 道歉

CD248

實在很抱歉。	申（もう）し訳（わけ）ありません。
我會反省。	反省（はんせい）しています。

	中文		日文
□	下次注意點唷！你平常不會這樣的啊！	➡	今度(こんど)から気(き)を付(つ)けろよ。君(きみ)らしくないぞ。
□	是，我會注意的。	➡	はい、気(き)を付(つ)けます。
□	不好意思。	➡	すみません。
□	實在抱歉。	➡	申(もう)し訳(わけ)ありません。
□	這次真是不好意思。	➡	このたびは、失礼(しつれい)いたしました。
□	真是沒有臉見閣下。（九十度鞠躬致歉）	➡	まったく面目(めんぼく)ございません。
□	千言萬語也找不到適當的字來道歉。	➡	お詫(わ)びの申(もう)しようもございません。
□	真是十二萬分抱歉，我們會儘快改正。	➡	申(もう)し訳(わけ)ありませんでした。早急(さっきゅう)に訂正(ていせい)してまいります。
□	萬分對不起，我們會立刻修正重做一份。	➡	大変(たいへん)申(もう)し訳(わけ)ありません。直(ただ)ちにやり直(なお)します。

28／15 和平諒解

CD248

	中文		日文
□	不，彼此彼此。	➡	いえ、こちらこそ。
□	請不要掛在心上。	➡	どうぞお気遣(きづか)いなさらないで。
□	不要感到那麼愧疚。	➡	まあそう恐縮(きょうしゅく)なさらないでください。

	中文		日文
□	今後多加注意到就好了。	➡	これから注意（ちゅうい）してくだされればいいんです。
□	好啦好啦，請您抬起頭來。	➡	まあまあ、顔（かお）をお上（あ）げください。
□	算了，每個人都會犯錯的！	➡	まっ、誰（だれ）にでもミスはありますから。
□	不用太在意啦！	➡	あまり気（き）にしないでくださいね。

28／16 致謝

CD249

	中文		日文
□	大橋先生，上次非常謝謝你。	➡	大橋（おおはし）さん、先日（せんじつ）はどうもありがとうございました。
□	哪兒的話，彼此彼此。	➡	いえいえ、お互（たが）い様（さま）ですよ。
□	課長，昨天真是非常的感謝您。	➡	課長（かちょう）、昨日（きのう）は本当（ほんとう）にありがとうございました。
□	好的。真的是感激不盡。	➡	はい。お礼（れい）の申（もう）しようもございません。
□	謝謝。	➡	すみません。
□	非常感謝。	➡	本当（ほんとう）にありがとうございます。
□	您的大恩大德我永遠不會忘記的。	➡	このご恩（おん）は決（けっ）して忘（わす）れません。

婉拒邀約

CD249

中文	日文
□ 齊藤小姐，今晚有空嗎？	斉藤さん、今夜ちょっといいですか。
□ 多謝你的邀請。	ありがとうございます。
□ 如此特地邀約，我真的很想去，但今晚實在是不方便。	せっかくのお誘いですからぜひ行きたいんですが、今夜はちょっと……。
□ 但我那天已經有約了。	その日は先約がありまして。
□ 我很想去，但是今天身體狀況不是很好。	行きたいんですが、今日は体調が思わしくないので。
□ 如果下次有機會請再約我。	また機会がありましたら誘ってください。
□ 雖惠蒙邀約…。	ありがたいのですが……。
□ 但很遺憾的，我有點事情無法抽身。	残念なことに少々はずせない用事がありまして。
□ 非常遺憾，我今天有其他要事，無法脫身，實在萬分抱歉。	残念ですが、今日は外せない用事がありまして、申し訳ありません。
□ 承蒙您惠予邀請，真是非常不好意思。	せっかく誘ってくださったのに申し訳ありません。
□ 但是我今天已先訂下其他約會。	今日は先約がありまして。
□ 很謝謝您的邀請。	ありがとうございます。
□ 但是非常不巧，那天正好需要去參加一場法事。	大変残念なことに、その日は法事がございまして。
□ 下回請務必再叫我一聲。	この次は、ぜひよろしくお願いします。

	中文	日文
□	如果下次還有機會的話，可以麻煩您再叫我一聲嗎？	またの機会にお声をかけていただけませんでしょうか。
□	非常感激您的好意，但我實在是承受不起…。	お心遣いはありがたいのですが、わたくしにはとても分不相応なお話かと存じますので……。

28／18 接受邀約

CD249

	中文	日文
□	齊藤小姐，星期日要不要一起去東京美術館啊？	斉藤さん、日曜日に東京美術館に行きませんか。
□	好呀！我之前就想去看了。	いいですね。一度は見てみたいと思ってました。
□	好耶！打高爾夫球，我很喜歡的！	いいんですか。ゴルフ、大好きなんです。
□	齊藤啊，今晚去唱個歌吧！	斉藤君、今夜カラオケでも行こうか。
□	我不大會唱耶，我去行嗎？	下手ですけど、いいですか？
□	有什麼關係！走吧！	いいじゃないか。行こうよ。
□	好，那我就一起去囉！	はい、お供します。
□	好的，請務必讓我奉陪同行。	はい、ぜひご一緒させてください。
□	請容我奉陪前往。	ご一緒させていただきます。
□	我很樂意陪同前往。	喜んでお供させていただきます。

	中文		日文
□	多謝。	➡	ありがとうございます。
□	請務必讓我陪同。	➡	是非(ぜひ)お供(とも)させていただきます。
□	是，請讓我去。	➡	はい、行(い)かせてください。
□	我會很期待的。	➡	楽(たの)しみにしてます。
□	請問您今天要用什麼餐點呢？	➡	本日(ほんじつ)は何(なに)を召(め)し上(あ)がりますか。
□	我要點Ａ餐。	➡	わたくしはA定食(エーていしょく)にいたします。
□	請問經理是不是有在打高爾夫球呢？	➡	部長(ぶちょう)はゴルフをなさいますか。
□	請問部長是否有在下象棋呢？	➡	部長(ぶちょう)は、将棋(しょうぎ)をなさるのですか。
□	聽說昨天晚上巨人隊獲得了精采勝利喔。	➡	昨夜(さくや)も巨人軍(きょじんぐん)はみごとな勝利(しょうり)をおさめたそうですね。
□	我聽說課長擁有一副好歌喉，不知道您平常都聽哪些類型的音樂呢？	➡	課長(かちょう)はすばらしい喉(のど)をお持(も)ちだと伺(うかが)いましたが、ふだんはどういった音楽(おんがく)を聞(き)かれるのですか。
□	真是不敢當。	➡	とんでもないことでございます。
□	不好意思，讓您破費了，這餐佳餚非常美味。	➡	散財(さんざい)をおかけして申(もう)し訳(わけ)ありません。大変(たいへん)おいしくいただきました。
□	這家店營造出讓人心曠神怡的氛圍，真是家很棒的店喔。	➡	落(お)ち着(つ)いた雰囲気(ふんいき)で、すてきなお店(みせ)ですね。
□	這套餐具美得想讓人拿來作為樣本呢。	➡	お手本(てほん)にしたくなるようなテーブルウエアですね。

28／19 被上司責備

CD249

中文	日文
□ 對不起。	すみませんでした。
□ 非常抱歉。	申し訳ございませんでした。
□ 實在很抱歉。	本当に申し訳ありませんでした。
□ 全是我的錯。	すべてわたくしが悪いのです。
□ 一切都是我的責任。	すべて、わたくしの責任です。
□ 這次的失敗全都是我的責任。	今回の失敗はすべて私の責任です。
□ 造成您們的困擾了。	まことにご迷惑をおかけしまして。
□ 我會好好反省。	深く反省しております。
□ 十分地不好意思。	大変申し訳ありません。
□ 這次都是我的錯。	今回のミスはすべて私の責任です。
□ 不，我會注意不再犯同樣錯誤的。	いいえ、このようなミスは二度とないように気をつけます。

28／20 跟上司提出自己的意見

CD249

中文	日文
□ 真是抱歉。事實上，是這樣的…。	申し訳ございませんでした。実は……。
□ 恕我冒昧，但其實這是有原因的。	お言葉ですが、しかし実はこれには理由がありまして。
□ 我或許是多管閒事。	はい、差し出がましいかもしれませんが。
□ 但我大致想好了備案。	一応次善の策を考えておきました。
□ 作為事前對策，…，您覺得如何呢？	事前策としては、……、いかがでしょうか。

Chapter 29 職場上的電話日語

CD250

跟日本人講電話時，接電話不是問題，掛電話才辛苦。往往開頭的問候和事件的説明，都沒有要掛斷電話前說的那串話還長，日本人在掛電話前，總是會把「謝謝」、「麻煩您了」、「不好意思」、「請多多幫忙」、「是」、「不會」、「感謝」這些話，沒完沒了的輪播上陣。

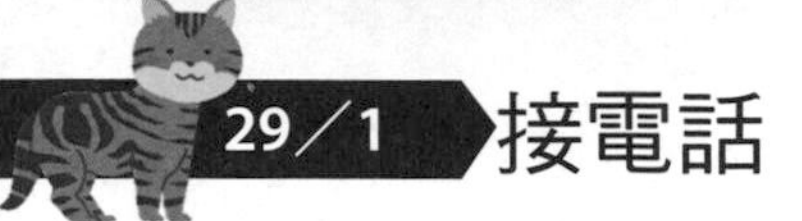

29／1 接電話

1. 承蒙您平日的關照。
   いつもお世話（せわ）になっております。

2. 彼此彼此，承蒙您的關照。
   こちらこそ、お世話（せわ）になっております。

3. 敝姓橘，承蒙您總是多予惠顧。
   橘（たちばな）でございます。いつもお世話（せわ）になっております。

4. 非常抱歉，我方才外出了。
   先（さき）ほどは外出（がいしゅつ）しておりまして、申（もう）し訳（わけ）ございませんでした。

5. 不好意思，是否方便請教貴姓大名呢？
   失礼（しつれい）ですが、お名前（なまえ）を伺（うかが）ってもよろしいでしょうか。

6. 萬分抱歉，是否方便再請教一次您的大名呢？
   申（もう）し訳（わけ）ございません。もう一度（いちど）お名前（なまえ）をお聞（き）かせ願（ねが）えますでしょうか。

29／2 打電話 -- 表明身份

CD250

中文	日文
您好，我是山田產業的齊藤。	もしもし、山田産業の斉藤と申しますが。
您好，這裡是山田產業。	はい、山田産業でございます。
您好，我是山田產業的齊藤。	はい、山田産業の斉藤と申します。
我是業務部的齊藤。	営業部の斉藤でございます。
讓您久等了，我是山田。	お待たせしました。山田でございます。
我就是齊藤，請問您是哪位？	斉藤は私ですが、どちら様でいらっしゃいますか。
請問青木專務在嗎？	青木専務はいらっしゃいますか。
不好意思，請問鈴木部長在嗎？	恐れ入りますが、鈴木部長はいらっしゃいますか。
平日承蒙您的關照。我是山田。	米山部長でいらっしゃいますか。いつもお世話になっております。山田でございます。

29／3 打電話 -- 商討

CD250

中文	日文
非常抱歉，在您百忙之中突然致電打擾。我這裡是東西電產，敝姓山田。	お忙しい中、突然お電話いたしまして、申し訳ございません。わたくし、東西電産の山田と申します。
有點事情想和您商討一下，不曉得您現在時間上是否方便？	少々お話したいことがあるのですが、今、お時間よろしいでしょうか。
幾天前曾送新目錄到貴公司，不知道您是否已經過目了嗎？	先日新しいカタログをお送りしたのですが、ご覧になっていただけたでしょうか。

關於那件事，請務必惠予撥冗接見。	➡	その件でぜひ一度、お目にかかりたいのですが。
請務必容我前往拜會問候，不知道您什麼時間比較方便呢？	➡	ぜひ一度、ご挨拶に伺わせていただきたいのですが、いつごろでしたらご都合がよろしいでしょうか。
那麼，我在二十號的下午兩點前往拜會，屆時敬請指教。感謝您。	➡	それでは、二十日の午後2時に伺いますので、よろしくお願いいたします。失礼いたします。
多次打擾，不好意思。我是剛才打過電話的東西電產的山田。平日承蒙貴公司惠顧。	➡	たびたび恐れ入ります。先ほどお電話した東西電産の山田でございます。いつもお世話になっております。
百忙之中打擾，實在不好意思。我這裡是東西電產，敝姓花形。	➡	お忙しいところ恐れ入ります。わたくし、東西電産の花形と申します。
百忙中打擾，非常不好意思。不曉得是否方便請教一些問題呢？	➡	お忙しいところ恐れ入ります。少々伺いたいのですが、よろしいでしょうか。
不好意思，請問您那邊是否為電話號碼１２３４－５６７８的北海代理店呢？	➡	恐れ入ります。そちらは1234－5678番の北海エージェンシーではございませんか。
您好我是山田產業的齊藤。休息時間打擾您實在不好意思。	➡	山田産業の斉藤でございますが。お休み中に申し訳ございません。
這麼晚打擾您，真是不好意思。	➡	夜分遅く申し訳ございません。

29／4 轉接電話

CD250

不好意思，請問您是哪裡的鈴木先生呢？	➡	失礼ですが、どちらの鈴木様でいらっしゃいますか。
不好意思，可以請問您尊姓大名嗎？	➡	恐れ入りますが、お名前をお聞きしてもよろしいでしょうか。
您是鈴木先生是嗎？請稍等。	➡	鈴木様でございますね。少々お待ちください。

□	中田興業的社長打電話來，正在三線。	➡	中田興業の社長から３番にお電話が入っております。
□	（小聲轉告）課長，您的電話。	➡	（小さい声で）課長、お電話です。

29／5 當事人不在

CD251

□	不好意思。現在鈴木剛好不在位上。	➡	申し訳ございません。ただいま、鈴木は席を外しておりますが。
□	現在，田中正好在開會中。	➡	ただいま、田中は打ち合わせ中でございますが。
□	山田正在和客人會談。	➡	山田はただいま接客中でございます。
□	田中現在正在開會。	➡	田中はただいま会議に入っております。
□	鈴木今天休假。	➡	鈴木は本日、休ませていただいております。
□	山田現在正在休假。	➡	山田は休みを取っております。
□	不好意思，承辦人目前外出。	➡	あいにく担当者は外出しております。
□	預計將於四點回來。	➡	４時には戻る予定でございます。
□	不好意思，鈴木出差去了…。	➡	鈴木はあいにく出張中でございますが。
□	非常抱歉，山田目前正在出差，預定於後天進公司，請問有什麼交代嗎？	➡	申し訳ございません。山田は出張しておりまして、あさってには出社する予定でございます。いかがいたしましょうか。

	中文		日文
□	山田將於十三號回公司上班。	➡	山田は13日に出社いたします。
□	請問需要由我們與他聯繫，請他回電給您嗎？	➡	こちらから連絡を取りまして、お電話いたしましょうか。
□	很不好意思，山田現在正在接聽另一線電話。	➡	恐れ入ります。山田はただいまほかの電話に出ております。
□	是否要他講完電話後再回電給您呢？	➡	終わりましたら、こちらからお電話いたしましょうか。
□	這件事處理起來需要花上一些時間，請問您是否很急迫呢？	➡	少々お時間がかかるかと存じます。お急ぎでいらっしゃいますか。
□	不好意思，山田現在正在忙。	➡	申し訳ございません。山田はただいま取り込んでおりまして。
□	容他稍後再回電給您。	➡	後ほどこちらからお電話させていただきますが。
□	請問他大約幾點會回來呢？	➡	何時ごろにお戻りになるご予定でしょうか。
□	那麼，我稍後再次致電。	➡	それでは、後ほど改めてお電話させていただきます。

29／6 接受電話留言

CD251

	中文		日文
□	如果方便的話，由我來幫您傳達事情…。	➡	お差し支えなければ、私がご用件を承りますが、いかがでしょうか。
□	如果方便的話，我來幫您傳達事情吧。	➡	もしよろしければ、ご用件を承りますが。
□	如果方便的話，可否由我代為處理您的要事呢？	➡	よろしければ、私がご用件を承りますが。

□	不好意思，山田正在和客人會談。如果您同意的話，是否由我轉告您的留言呢？	➡	申し訳ございません。山田はただいま接客中でございます。差し支えなければ、ご伝言を承りますが。
□	好的，等他回來以後，我會轉告他回電給您。	➡	かしこまりました。戻りましたら、お電話を差し上げるよう申し伝えます。
□	好的，我明白了，一定會轉告敝公司的山田（部長的姓氏）的。	➡	はい、かしこまりました。山田（部長の名前）に申し伝えます。
□	以防萬一，煩請給我您的電話號碼。	➡	念のため、お電話番号をお願いいたします。
□	請問山田是否知道中山先生您的電話號碼呢？	➡	山田は中山様のお電話番号を存じておりますでしょうか。
□	非常不好意思，為求慎重起見，可否請教您的電話號碼是幾號呢？	➡	大変失礼ですが、念のため、お電話番号を伺ってもよろしいでしょうか。
□	那麼請容我複誦一次。	➡	それでは復唱させていただきます。
□	東京的03-1234-5678。沒錯吧。	➡	東京03の1234の5678でございますね。
□	我複誦一次留言內容。	➡	お言付けを繰り返します。
□	我是業務部的齊藤。	➡	私、営業部の斉藤と申します。
□	敝姓香川，一定會轉告您的留言。再見。	➡	私、香川が承りました。失礼いたします。
□	我是業務部的齊藤，確實已經收到您的交代了。	➡	確かに、私、営業部の斉藤が承りました。

29／7 轉告電話留言

CD251

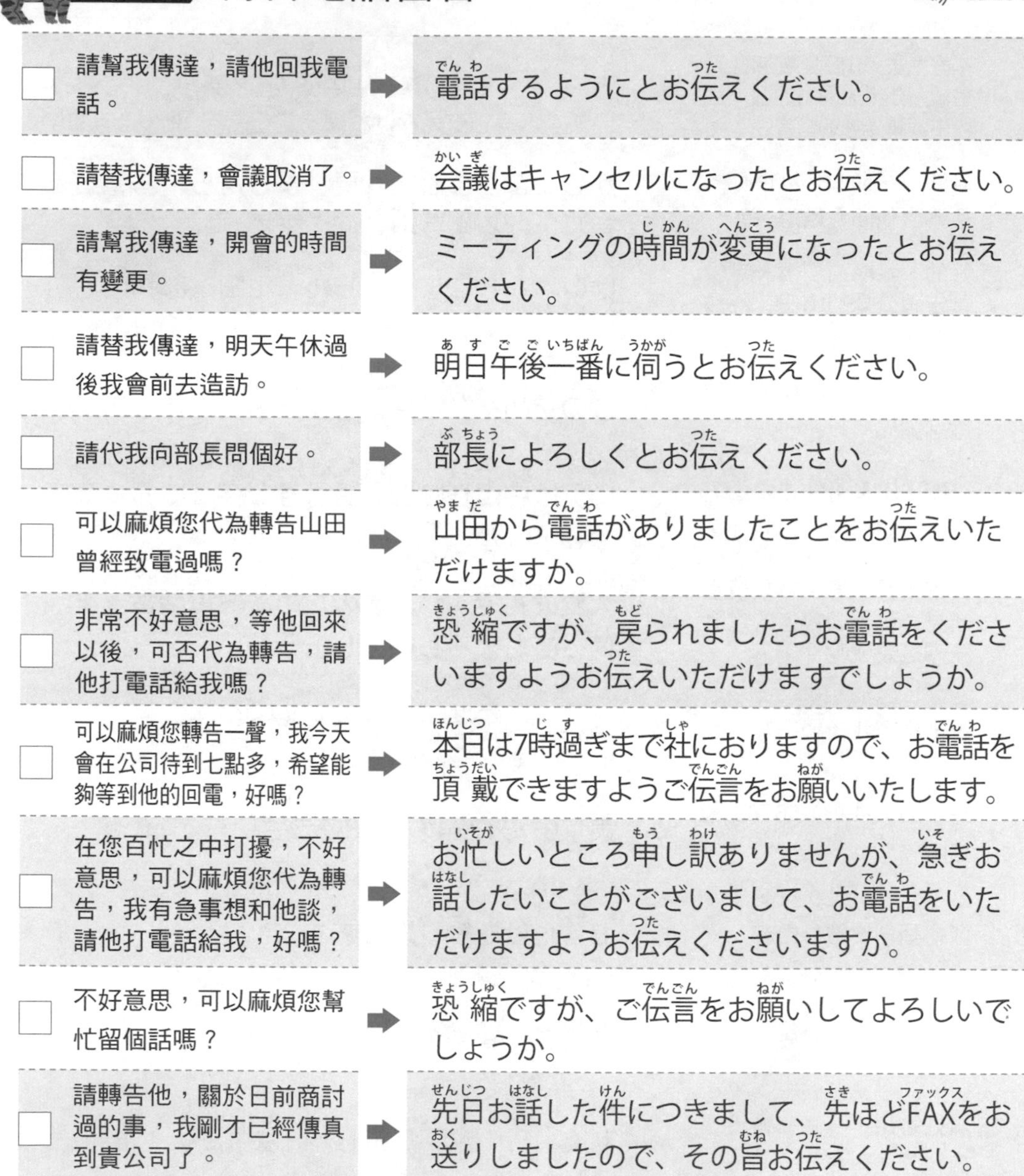

中文	日文
請幫我傳達，請他回我電話。	電話するようにとお伝えください。
請替我傳達，會議取消了。	会議はキャンセルになったとお伝えください。
請幫我傳達，開會的時間有變更。	ミーティングの時間が変更になったとお伝えください。
請替我傳達，明天午休過後我會前去造訪。	明日午後一番に伺うとお伝えください。
請代我向部長問個好。	部長によろしくとお伝えください。
可以麻煩您代為轉告山田曾經致電過嗎？	山田から電話がありましたことをお伝えいただけますか。
非常不好意思，等他回來以後，可否代為轉告，請他打電話給我嗎？	恐縮ですが、戻られましたらお電話をくださいますようお伝えいただけますでしょうか。
可以麻煩您轉告一聲，我今天會在公司待到七點多，希望能夠等到他的回電，好嗎？	本日は7時過ぎまで社におりますので、お電話を頂戴できますようご伝言をお願いいたします。
在您百忙之中打擾，不好意思，可以麻煩您代為轉告，我有急事想和他談，請他打電話給我，好嗎？	お忙しいところ申し訳ありませんが、急ぎお話したいことがございまして、お電話をいただけますようお伝えくださいますか。
不好意思，可以麻煩您幫忙留個話嗎？	恐縮ですが、ご伝言をお願いしてよろしいでしょうか。
請轉告他，關於日前商討過的事，我剛才已經傳真到貴公司了。	先日お話した件につきまして、先ほどFAXをお送りしましたので、その旨お伝えください。

29／8 預約拜訪電話

CD252

中文	日文
下次的會議，選在下禮拜一的下午如何呢？	次の会議ですが、来週の月曜日の午後はいかがでしょうか。

	中文		日文
□	十八號的下午兩點左右如何呢？	➡	18日の午後２時ごろはいかがでしょうか。
□	那天我騰不出來時間來…。	➡	その日なら、ちょっとふさがっていますが。
□	非常不好意思，那天有約在身…。	➡	大変申し訳ありませんが、先約がありまして…。
□	那天的行程已經滿了…。	➡	その日は予定がつまっていますから……。
□	下午沒有其他行程，如果可以…。	➡	午後は別に予定はありませんから、もし……。

29／9 電話行銷

CD252

	中文		日文
□	您是由哪位介紹來的呢？	➡	どなたのご紹介でいらっしゃいましたか。
□	我是由東京商事的鈴木先生介紹，打電話來的。	➡	東京商事の鈴木さんのご紹介で電話させていただきました。
□	沒有介紹人的話，恕無法安排見面…。	➡	紹介者のない方には、お目にかかれませんので……。
□	不好意思，我們剛好沒有販售那類的商品…。	➡	すみませんが、うちとしてはあいにくその種の商品は扱いませんので……。
□	課長現在剛好在會客…。	➡	あいにく課長は接客中でして……。
□	那麼，我下午一點去拜訪您。	➡	では、明日の午後１時に伺わせていただきます。
□	不好意思，請您以後不要再來電了。	➡	恐縮ですが、今後のご連絡はご遠慮申し上げます。

29／10 電話聽不清楚、打錯電話

CD252

□	不好意思，電話有點聽不清楚。	すみませんが、電話が遠いのですが。
□	不好意思，您的聲音在電話中有點不大清楚。	恐れ入ります。少々お電話が遠いようですが。
□	不好意思，在電話中似乎聽不太清楚您的聲音。	申し訳ありませんが、お電話が遠いようなのですが。
□	不好意思，有點聽不太到…。	すみませんが、少々聞き取りにくいのですが。
□	不好意思，可以請您重打一次嗎？	恐れ入りますが、もう一度おかけなおし願えませんか。
□	收訊好像不大好，我再重打一次。	電波の状態が悪いようで、もう一度掛け直します。
□	講到一半實在抱歉，不好意思，我重打一次，可以請您稍待一會兒嗎？	お話の途中で申し訳ございません、恐れ入りますが、もう一度掛け直します。少々お待ちいただけませんでしょうか。
□	我回公司後，再重打一次。	社に戻ってから、もう一度掛け直します。

29／11 打電話抱怨

CD252

□	我還沒收到訂購的商品。	注文した品がまだ届いていませんが。
□	這星期該到的商品卻還沒到，是怎麼了？	今週に届くべき品物がまだですが、どうなっていますか。
□	我訂購的商品是急件，請用空運送過來。	注文した品物は至急入用ですので、航空便で送ってください。
□	這和我們之前談好的商品不一樣吧？	約束した商品と違うじゃないか。

□ 貴公司送來的貨品破損很嚴重。	御社(おんしゃ)から発送(はっそう)された品物(しなもの)がかなり破損(はそん)しています。

29／12 接到抱怨電話

CD253

□ 你們怎麼管理商品品質的？	商品(しょうひん)の品質(ひんしつ)はどのような管理(かんり)をしていますか。
□ 因敝社的疏忽而造成您的不便，實在非常抱歉。	当社(とうしゃ)の手落(てお)ちでご迷惑(めいわく)を掛(か)けて申(もう)し訳(わけ)ございません。
□ 為我方請款上的過失而感到抱歉。	当方(とうほう)の請求(せいきゅう)ミスをお詫(わ)びいたします。
□ 我們會盡快妥善處理的。	速(すみ)やかに善処(ぜんしょ)させていただきます。

29／13 打電話致歉

CD253

□ 造成您的不便真是抱歉。	ご迷惑(めいわく)を掛(か)けて申(もう)し訳(わけ)ございません。
□ 這麼晚才給您回話實在抱歉。	返事(へんじ)が遅(おく)れまして申(もう)し訳(わけ)ございません。
□ 我們馬上著手調查，一有結果馬上與您聯繫。	直(ただ)ちに調査(ちょうさ)して結果(けっか)を連絡(れんらく)させていただきます。
□ 不好意思用電話跟您致歉，如果可以的話⋯。	お電話(でんわ)でお詫(わ)び申(もう)し上(あ)げるのも失礼(しつれい)とは思(おも)いましたが、もし⋯⋯。
□ 我們不賠償運送時所造成的破損，請見諒。	運送中(うんそうちゅう)の破損(はそん)に対(たい)する賠償(ばいしょう)はいたしませんので、ご了承(りょうしょう)ください。

	中文		日文
□	我們不處理此類的索賠。	➡	そのようなクレームは受け入れられません。
□	瑕疵品馬上為您更換。	➡	不良品は直ちにお取り替えいたします。

29／14 打電話回公司報告

CD253

	中文		日文
□	我是綜合廣告部的香川。辛苦您了。	➡	総合宣伝部の香川です。お疲れ様です。
□	請問山田課長在嗎？	➡	山田課長はいらっしゃいますか。
□	我是香川，辛苦您了。	➡	香川です。お疲れ様です。
□	和中田興業的商討花了比預定還要久的時間，到剛剛才結束。	➡	中田興業での打ち合わせが長引きまして、ただいま終了したところです。
□	最後的結論對方仍答應依照我方的要求。	➡	最終的にはこちらの希望が通りました。
□	我在五點多會回去公司。	➡	5時過ぎには戻ります。
□	如果可以的話，我今天能夠直接回家了嗎？	➡	差し支えなければ、本日はこのまま帰らせていただいてもよろしいでしょうか。
□	請問有沒有什麼人或電話還是文件，是要和我聯絡的呢？	➡	わたくし宛てに何か連絡などがありましたでしょうか。

29／15 打電話給上司商討、請假

CD253

□ 我是山田產業的齊藤，請問田中課長在家嗎？	➡	山田産業(やまださんぎょう)の斉藤(さいとう)と申(もう)しますが、田中課長(たなかかちょう)はご在宅(ざいたく)でいらっしゃいますか。
□ 請問令尊在嗎？	➡	お父(とう)さん、いらっしゃいますか。
□ 一大早打擾您，非常對不起。	➡	朝早(あさはや)くに申(もう)し訳(わけ)ありません。
□ 一打早打擾您，實在不好意思。	➡	朝早(あさはや)くから失礼(しつれい)します。
□ 那麼晚打擾您不好意思，關於東京商事一案。	➡	お休(やす)み中(ちゅう)すみませんが、東京商事(とうきょうしょうじ)の件(けん)なんですが……。
□ 那麼晚打擾您不好意思，關於東京商事一案。	➡	夜分遅(やぶんおそ)くすみません。東京商事(とうきょうしょうじ)の件(けん)なんですが……。
□ 該如何是好？	➡	どうしましょうか。
□ 在晚餐時間打擾，非常不好意思。	➡	お夕飯(ゆうはん)どきに申(もう)し訳(わけ)ありません。
□ 打擾您的用餐時刻，實在對不起。	➡	お食事(しょくじ)どきに恐(おそ)れ入(い)ります。
□ 打擾您正在準備餐點的忙碌時刻，真的不好意思。	➡	お食事(しょくじ)の支度(したく)が忙(いそが)しい時間帯(じかんたい)に申(もう)し訳(わけ)ありません。
□ 不好意思，我感冒發燒了，今天可以讓我請假一天嗎？對不起。	➡	恐(おそ)れ入(い)りますが、風邪(かぜ)で熱(ねつ)を出(だ)してしまいまして、本日(ほんじつ)は休(やす)ませていただけませんか。申(もう)し訳(わけ)ございません。
□ 非常不好意思，有點個人私事。家裡有人過世了，今天可以讓我請假一天嗎？	➡	わたくし事(ごと)で恐(おそ)れ入(い)りますが、身内(みうち)に不幸(ふこう)がありまして、本日(ほんじつ)は休(やす)ませていただけますか。

【Go日語 6】

365天用的
日語會話6,000

20K＋MP3

■ 發行人／林德勝

■ 著者／吉松由美、田中陽子、西村惠子、山田玲奈

■ 設計・創意主編／吳欣樺

■ 出版發行／山田社文化事業有限公司
臺北市大安區安和路一段112巷17號7樓
電話 02-2755-7622
傳真 02-2700-1887

■ 郵政劃撥／ 19867160號 大原文化事業有限公司

■ 總經銷／ 聯合發行股份有限公司
新北市新店區寶橋路235巷6弄6號2樓
電話 02-2917-8022
傳真 02-2915-6275

■ 印刷／上鎰數位科技印刷有限公司

■ 法律顧問／林長振法律事務所 林長振律師

■ 書＋MP3／定價 新台幣369元

■ 初版／2015年 9 月

© ISBN : 978-986-246-426-7